圣人开花

杜禅 著

华夏出版社

在大部分中国人的灵魂里,斗争着一个儒家,一个道家,一个土匪。

——〔英〕韦尔斯《人类的命运》

目　　录

《圣人开花》的解读 …………………………………（李佩甫）1
反讽的开花——序杜禅的《圣人开花》………………（陈晓明）4
用反讽为一个文化群体画像——《圣人开花》序 ……（解玺璋）9

第 一 章　洁癖者 ………………………………………………… 1
第 二 章　总撰稿 ………………………………………………… 9
第 三 章　把情人发展成卧底 ………………………………… 17
第 四 章　列国地图 …………………………………………… 25
第 五 章　双重影像 …………………………………………… 30
第 六 章　深度迷惘 …………………………………………… 35
第 七 章　两代人的远眺 ……………………………………… 42
第 八 章　关于圣徒的报告 …………………………………… 49
第 九 章　民调第一站 ………………………………………… 62
第一〇章　缺乏错误感 ………………………………………… 71
第一一章　自己绊自己 ………………………………………… 79
第一二章　天之眼 ……………………………………………… 93
第一三章　惩罚的快感 ………………………………………… 102
第一四章　国教表情 …………………………………………… 113

第一五章	关于圣人的试卷	122
第一六章	钓鱼法	135
第一七章	考场剧	142
第一八章	道德的半径	151
第一九章	功过格	161
第二〇章	戏仿	169
第二一章	面子控	178
第二二章	关于圣遗的考察	187
第二三章	三人行,必有我敌	200
第二四章	梦狗	210
第二五章	厕所怪象与敲门理论	221
第二六章	隐形物	231
第二七章	在儒术里找答案	238
第二八章	乌龙时代	246
第二九章	走错的路也是路	253

《圣人开花》的解读

李佩甫

下雪了。

整整一个冬天,天干,风硬,日子里没有一点儿水气,人只有缩着。就盼着有雪的日子。要是能下一场雪,多好。

这一天,雪终于下来了。窗外,那飘飞的雪花、纷纷扬扬、悠悠洒洒,羽毛一般的白净。在到处都是雾霾的日子里,这就像是给世界洗脸,天地间又静又白,让人不由得舒了一口气。我一向认为(或者叫"嗜好"),下雪天有两个最好的选择:一是读好书;二是邀三两好友吃火锅——就着飞雪。

恰恰,在这个下雪的日子里,朋友给我发来了杜禅先生的长篇新作《圣人开花》。于是一口气读下去,读了个漫天皆白。

跟杜禅认识很久了,大约快三十年了吧。那时,我还在《莽原》供职,常听现任《莽原》主编李静宜先生夸赞杜禅。静宜做过他的责编。静宜说,小杜文笔很好,构思常常出人意料,前景不可限量。我也曾在编辑部跟他见过几次面:当年,他还是个腼腆的小伙子,玉树临风,是人人见了都喜欢的奶油小生。人秀气,话很少,两眼锐利。后来接触少了,他像是突然消失了。再后来,偶尔会在某些场合见面,也多是闲话一番,不大提文学的。也看到过他的一些文字,仍是很有个性。数年前,忽然有一日,在新浪网上看到他的长篇《犹大开花》得了当年新浪网年度的文学榜第三名,而且是经过专家团队、读者及图书销量等综合评定的,不由得吃了一惊!由此来看,在河南作家中,杜禅是个默默下苦功的人。

《圣人开花》是一部想象奇诡、构思玄妙、具有黑色幽默意味的长篇小说,甚至可以说,这是一部堪与《第二十二条军规》比肩的长篇小说。有点儿向老前辈发难的意思了。

《圣人开花》写的是在大变革的年代里,在金钱至上、物欲横流的这样一个特定的社会环境中,有这么一个公司,派了这么一群人,以弘扬儒家文化的名义,完全从商业化的角度,拉来了一百万元的赞助,搞了一个名为"重走圣人路"电视专题片的策划。有经理人、总撰稿、摄像师、漂亮的女助理……于是,他们上路了。

这部作品的荒诞性是不言而喻的。在春秋列国的故地上,行走着这么一群人。他们打着文化寻根的旗号,踏着先人的足迹,计算着人民币的收益,就这么上路了。一路上经历了让人啼笑皆非的各种非文化遭遇……显然,这部作品的荒诞性是大于现实感的,并且,它的荒诞性是多重的。读来就像是嚼一枚橄榄果,越嚼,黑色幽默的意味越重。

首先,这么一个类似于"草台班子"的摄制团队,却摆出一副高尚无比的文化寻根架式。他们打着"弘扬文化"的旗号,行的却是诈钱之实。这是第一层荒诞;其次,这么一行人,虽出于商业目的,却有组织、有规章、有纪律。策划认真、层级分明、分工合理。他们做的每件事都是有计划、有步骤的。他们很认真地把儒家文化"表格化"、"指标化"、"问卷化",就像是一场认认真真的演出。这应是第二层面的荒诞;再次,这么一次郑重其事的"重走圣人路"竟然是不断地在明争暗斗、相互算计、疑惧丛生中完成的。团队中有"卧底"、有情人,有叛逆者、有嫖客……读来五味杂陈、妙趣横生。这是第三层面的荒诞;还有,这群人一边行走采访,一边推断或者说是猜测数千年前春秋战国时期圣人及弟子们的遭遇和行为、对千年"国教"的创始者极尽调侃、戏说,却唯独没有信仰,没有神性意识。满眼看去,在那所谓有"史"有"据"的分析中,那麻木、那辛辣的嘲讽是深入骨髓的。这应是第四层面的荒诞。

《圣人开花》层层剥笋,对所谓的流入民间的"文化遗产"片片切割,全方位透视,一路缠缠绕绕,纠纠结结,洋相百出……名为寻花,却唯独没有"花"。

也许是有花的,作者心中有花。

《圣人开花》从《重走圣人路》的制片人纪念的"洁癖"开笔,把总撰稿、康胖子、情人助理莫茗、办公室主任庄娜娜、以及叶芝,左佑等一干人放在了心理分析的"手术台"上,从一个个微不足道的细节入手,从心理剖解的角度下刀,一片片切下去,将其晾晒于光天化日之下。作品中的人物可以说个个鲜明、生动。对话极具性格特征,嘻笑怒骂,冷峻异常,就连情人间的打情骂俏也是藏有算计的:是"睡",还是不"睡"呢?"重走圣人路"行走着的几乎是一群肉欲的动物,阳光下晒出的是一个个堕落的灵魂。仿佛只有腐烂与堕落是可以开花的,看了让人心惊肉跳。

《圣人开花》的语言完全是"杜式"的。杜式语言就像是一把华丽的小刀,一把旋转着的小刀,带钩儿的、有铭文的小刀,初看并不炫目,也不见杀气,它在用的时候却锋利无比。当它一片片切下去的时候,常有凌光一现。这种旋转似的刀法让人想笑的时候不由得一怵,让人想哭的时候不由得一憷,尤其当骨肉分离的时候,你会听到骨头缝隙间撕裂时的"咔咔"声。小刀低语时,会有默默的哭声传来。它说:都有道理。

2016年2月24日

(李佩甫,第九届茅盾文学奖获得者,河南省作家协会前主席)

反讽的开花

——序杜禅的《圣人开花》

陈晓明

杜禅写小说已经二十多年了,他对文字的较真是出了名的。

我与河南作家有不解之缘,不少河南籍作家的作品总让我耳目一新,更重要的是,他们都有一定要把文学性提升到一种高度的勇气。

几年前,杜禅以《犹大开花》引人瞩目,在读者中口碑甚好,不仅因为这部小说表达了对当代文化虚假性的尖锐批判、它的销售业绩和深度影响,作品的语言和叙述格调、鲜明的反讽性笔调,也十分受年轻读者欢迎。杜禅以其饱满的智趣反讽,别开生面,自成一家。

我曾以"反讽的凯旋"为题为《犹大开花》作序,言及:

《犹大开花》在艺术表现手法上,有着显著的特点,这就是它鲜明的反讽的风格。小说叙事的发展,不是靠情节戏剧性和人物之间的性格冲突,而是靠反讽的艺术趣味,靠语言自身的修辞性,当然,这部小说也有很清晰且具体的故事,我是说,小说的结构不是靠矛盾冲突,也并不期待冲突的高潮来解决矛盾——而是靠修辞来展开,来建立小说所有的美学趣味。

今天,杜禅又拿出了《犹大开花》的姊妹篇《圣人开花》。

这部新作延续了《犹大开花》关注当代文化虚假性的主题,反讽性的叙述语言更成熟老道,小说对当代文化背景的思考,对人物性格及其关系的拿捏,都更为准确和恰当。

《圣人开花》讲述某文化公司成立了一个项目组,沿着当年孔子周游列国的路线拍摄一部名为《重走圣人路》的电视专题片。策划人又灵机一动想出"问卷调查"这个点子,这样,赞助商觉得广告效应会更好,就更乐意投入资金。于是,一帮人就踏上了他们的旅途。小说并没有着意去表现"圣人路"沿途的见闻风情,重点是放在讲述这五男三女之间的瓜葛是非、心性情绪;再就是思索和议论孔子当年周游列国的行为。杜禅对儒家在当代复兴明显有批评意见,当今,对儒家文化弘扬、传颂者颇多,批评、反思者甚少,杜禅要做这少数人,这当然很有些冒险。尽管我还是认同儒家的价值观的,但对于杜禅提出的一些反思和批评,我觉得也不妨给予言说的空间。

坚持不懈地戳穿文化的虚假性,揭示生活中某些"存在"的悖论,是杜禅这些年写作的持续性主题,也是他作品的独特意义所在。《圣人开花》,显然是对儒家文化做了一次穿刺,让其"开花"。这里说"开花",在很大程度上并非指绽放了花朵或放射了光芒,而是显现出了真相,让其原形毕露。固然,当今社会存在许多问题,但文化的虚假性足以被列为最严重的问题之一;某些知识分子批判社会,指斥各种无良现象,容易把自己放在道德制高点上,给予自己道德豁免权,甚至把自己打造为道德的化身,抨击各种所谓的"低俗"、"功利"等等现象,但却不去正视自己的利欲熏心,将对自己的利益的精致算计视为理所当然……《圣人开花》正是讲述这些试图向社会宣扬儒家文化的文化人,他们是如何陷入个人的欲望、名利和虚假性中而不自知的。

杜禅在塑造人物时,有一个鲜明的手法,就是将小说中人物的某一个特点突显放大。在写《圣人开花》时,他对笔下的这一干角色并非一视同仁,莫茗、庄娜娜、叶芝这几个女人,在文化的意义上比那几个男性更常规一些,对纪念,他也还多少有点儿手下留情。总撰稿人一向夸夸其谈,假门三道要挂起列国地图,是一个最能虚张声势的家伙,逢什么都敢摆出自己是权威的样子,好像很专业,很有学问,很有见解,而这只不过是装腔作势撑门面罢了。康胖子则是个可笑的家伙,好色、心理变态,还爱炫耀。最令人可笑的是,他个头大,每次坐在椅子上,或者从椅子上起身,都要刻意甩一甩下身,做出姿态故意彰显自己下面盘了个"大家伙"。直到有一天,康胖子被左佑目击了真相,那是个"小不点儿"。

作者一点儿都不吝啬对他的讽刺,有许多描写令人捧腹不已。也许我们会责怪作者笔调有些微的庸俗之嫌,但这也恰是对文化的虚假性最具隐喻意味的嘲弄。作家要把他的讽刺做到彻底,不留死角,故而要在身体、要在男人虚张声势的身体上,做出文章。这样的隐喻是致命的:康胖子十分可笑,这根源于男人的本性就可笑。左佑的圣徒心理,使他在整个拍摄过程中,时不时地出现幻象,从常态中发现令人愕然的"圣迹"出来。作品中有个章节叫"双重影像"。虽说写的是视觉上的幻像,但不难看出,作家基本上以此为点来构建角色的双向度人格。也就是说,每个人物的精神世界都凸显"二元对立"——想的和说的,说的和做的分裂。作家抓着了当代人的生存实况,进行了充满悖论的书写。

杜禅的揭露尖刻、荒诞,让人忍俊不禁,却又有着刻骨的真实。

在《圣人开花》中,人物的对话,依然是一个不能忽视的关节。话语的力量实在厉害,不是因为它强大,它并不能像权力和利益一样赤裸裸,但能沁人心脾,能阐明真理,能建立起来崇高感和神圣性。比如那个纪念,口才出众,风度甚好,自称有洁癖的他,以别开生面的"如厕洗手说"巧妙地勾引莫茗;在他的话语魅惑下,莫茗不仅上了他的床,差点还当了他派出去的"卧底"。另几个装模作样的文化人,也各有一套冠冕堂皇的说辞。虽然他们对意义、崇高、价值、民族和社会影响等等"宏大意象",阐述得特别到位且颇具蛊惑力,但读者依然可以从他们的话语逻辑与行动取向错位的破绽中,看出夸夸其谈外衣下的虚假与虚伪。

杜禅小说最显著的特点,就是他的反讽艺术。

杜禅的反讽,并非只是小说中的人物语言或局部的讥嘲,而是整体性的反讽。"反讽"与"讽刺",在汉语里略有不同。"讽刺"是明显的讥讽和嘲弄;而"反讽"则是实际的意蕴与字面表达的内涵几乎相反,实际意涵颠覆了表面上的或字面上的意涵。杜禅的小说叙事的假定性,就建立在反讽上,小说开始叙述、故事进展中,直至结尾,都是在反讽。他的反讽,是通过人物的语言和行为来表现的,他们自以为是,滔滔不绝,人物自己并未意识到,或者以为别人看不出虚假,但读者一目了然就能看清人物的真面目。杜禅的叙述,就是放纵人物做充分的表演,自不量力地表演,直至把自己的丑陋和虚假暴露无遗。

《圣人开花》充分体现出杜禅在反讽这点上,已然做得更为老练和自然。

他通过人物的对话来显现人物的性格和心理,让人物经由自己的言行把自己的嘴脸暴露出来,这是杜禅小说特别有趣味的地方。当然,要把人物的语言和对话写得到位、准确和恰当,是不容易的,而在《圣人开花》中,杜禅基本上拿捏得相当好。

杜禅的反讽已经自成一格,读他的小说,似乎反讽也生花。

通过描述和议论,作者将自身倾向卷进小说,显示出作家的思想力度和直面事物的锐利。杜禅在小说的故事和叙述之间,在议论和探寻之间,在反讽和批判之间,建立起一种多元复合的交叉关系。从这一意义上说,《圣人开花》是一部充满反讽意味且颇有创意和探索精神的后现代小说。也不妨说,杜禅打开了先锋小说叙述艺术的另一向度,它把现实批判性与反讽的话语体系高妙地结合,完成了使阅读更具有趣味性的跨越,从而使蕴含其间的锐利的思想更具锋芒。

反讽性小说叙述在中国当代的小说中并不多见,这由于现代以来的小说多以悲剧为主基调。现代小说家张天翼以讽刺著称,夏至清先生在《中国当代小说史》中对张天翼的讽刺艺术给予很高评价。但在进入革命文学需要书写自己创建的历史与现实时,就很不容易再有讽刺出现。刘震云的小说以讽刺笔法书写了小人物命运,博得相当高的评价。刘震云小说的反讽艺术愈趋老练和内敛,走向老道和高妙境地。杜禅则带着强烈的现实情绪,他更愿意以直接尖锐的反讽来展开他的小说叙事。如果说刘震云的反讽是柔性反讽的话,杜禅的反讽艺术则可以说是硬性反讽,即:他摆出姿态就是在讽刺,他的叙述主基调、甚至贯穿始终的,都是在反讽。在《圣人开花》里,于反讽,几乎无人幸免,包括爱炫耀的叶芝和提到几笔的那个"85后"。

反讽,是把无意义的东西拆穿给人看的,就像鲁迅先生所言,把无价值的东西撕碎给人看。显然,撕碎就是看到无,看到内里的巨大的虚空。如此反讽,当然需要技巧,于小说叙述这并非易事。正如克尔凯郭尔所说:"那样一种灵魂的睡眠,那样一种虚空无物特别对于反讽家来说饶有趣味。这里,面对尘世生活的相对性,反讽家抓住了绝对的东西,然而,这个绝对的东西是那么的轻,反讽家不可能用力过猛,因为他抓住的是虚空无物。"(《论反讽的概念》,中文版,第68页。)克尔凯郭尔在这里讲的虽然是苏格拉底在《申辩》篇里说的反讽,我们的当代小说固然未必能和经典文献等量齐观,但反讽的意义及其艺术特征是一样的。

诚然,杜禅的小说还有需要完善处,但他的艺术追求,他的坚持揭露虚假性的思想态度,他长期磨砺小说的功夫,他剑走偏锋的执拗和勇气,这些无疑都是值得关注的,更何况杜禅的小说趣味无穷,表现出持续不断的妙趣横生,反思性的思考议论与有意恶搞的戏谑相掺杂,孔夫子置身的古代与当代夹生的模仿错落有致,男女的恩怨、吸引和迷惑相混淆……所有这些,都使《圣人开花》显得生机勃勃,引人入胜,当然,无疑也会引起诸多争议。我们并不着急评价它,但肯定值得先阅读它。

是以为序。

2016年1月12日

(陈晓明,北京大学博士生导师,中国文学理论学会副会长)

用反讽为一个文化群体画像

——《圣人开花》序

解玺璋

与杜禅应该算是神交。几年前,读过他的《犹大开花》,他对上世纪90年代以来文化知识群体层层剥皮式的描述,引起我的强烈共鸣,我曾在许多场合推荐、介绍过这部作品。

他的新作《圣人开花》之"开花",显然承续了《犹大开花》,其中抑或包含了对犹大行径方兴未艾、烂漫四野的揶揄,却也有自己的侧重和角度。如果说《犹大开花》侧重于揭露知识分子或文化人对知识乃至良知的出卖和背叛的话,那么,《圣人开花》则进一步昭示了这个群体的虚伪、浅薄和无聊,已没有资格承担这个民族的良知。

杜禅为《圣人开花》选择了一个摄制组作为故事的主角,这是很有意思的一种安排。借助一个事件,他把读者带入当下最为荒唐、荒诞、荒谬的情境中。这个摄制组不是个一般意义的摄制组,它既承担着拍摄《重走圣人路》专题片的任务,还要在沿途进行一项莫名其妙的"国教调查"。这里所说的"重走圣人路",是指摄制组要追随着孔子当年周游列国的足迹,拍下沿途若干"圣迹"的现状。至于"国教调查",更是无厘头的想法——虽然这些年有人在那里张罗要搞个孔教、儒教,但事实上,两千多年来的历史证明,无论孔子,还是儒学,都从来没有被认为是"国教",董仲舒"罢黜百家,独尊儒术",却并非要将儒学立为"儒教"。直到清朝末年,康有为才提出要将儒学改造为儒教,尊孔子为教主,并在各地修建孔子庙,方便人民按时祭祀拜谒。为此,康有为专门写了奏折,进呈光绪皇帝,请求尊孔圣人的儒学为国教,在国家层面设立教部,而地方则成立教会。由于很快发生了戊戌之变,他的这个主张并未得到落实。辛亥革命后,他旧话重提,组织"孔教会",倡议以孔教为国教,被时人斥为倒行逆施——所以说,"国教"原本就是个子虚乌有的东西,该摄制组却煞有介事地在民众中调查这个东西还有多少残留,其实是"以其昏昏,使人昭昭",这事件本身就极具讽刺性。

摄制组调查的内容多与孔子和《论语》有关,其结果本来并无悬念,可笑的是,这伙人面对其结果却常常做出惊讶状,以为"儒教"既实行了两千余年,总该给民众留下点什么吧,没想到,很多人竟不知孔子为何许人,更不知《论语》为何物!

其实,民众的大多数对于孔子和《论语》的陌生,绝非始于今日。当年,科举考试盛行之时,梁启超就已清醒地看到,中国虽然号称四万万人,但并非人人都接受过"孔子之教"。首先,妇女不读书,就去了一半;其次,农工商兵不读书,又去了十之八九;剩下一二成,是读"四书五经"的,其目的却是为了应付考试,与"孔教"无关;也有些通人志士,或者把"四书五经"做成了学问,一辈子埋头书斋,钻故纸堆,或者克己慎独,束身自爱,生活在自己的小天地里,对于古人的微言大义,所谓诵诗三百可以授政,春秋经世先王之志,几乎没有认识;他们固然有很大学问,但与经无关,与教也无关。如此言之,四万万人中,真正接受过孔子之教的,其实没有几人。如果有一天取消了科举考试,先生曾经预言:"吾恐二十年以后,孔子之教,将绝于天壤。"经过了清末的废除科举,"五四"时期的"打倒孔家店",文革中的"破四旧"、"批林批孔",中国人从思想到行为都发生了深刻变化,不唯孔教与现实已"绝于天壤",既整个文化传统都被连根刨起,打翻在地,再踏上亿万只脚,即使现在翻过身来,怕也是面目全非了。

奇怪的是,摄制组对于这一切似乎全无了解,一路上只顾自作多情。而且,他们自怨自艾的样子实在太可笑了,尤其是纪念和总撰稿二位,可算得摄制组的核心与灵魂,居然也对这样的结果心有不甘,于是,又设计出所谓B方案,把孔子的思想归纳为"仁义礼智信、温良恭俭让"十字箴言,让组内每个人对照十个字给自己打分,并进而检查自己,针砭别人。摄影师康胖子给自己打90分,不光剧组全体同人哄笑,我都要笑喷了。这真是莫大的讽刺。我们不必对康胖子进行道德谴责,尽管他有很多不堪入目的毛病(比如,悄悄招嫖而被骗,又被人误会偷看女厕所等),问题在于,他与孔子之教根本就是风马牛不相及。其他几位自然也好不到哪儿去。我在这里依然没有指责个人行为缺点的意思,缺点人人都有,圣人也不例外,而各位与孔子之教的距离,何啻十万八千里?这才是关键所在。那位左佑是这些人中貌似离孔子最近的一个人物,听到有人贬低孔子就心情紧张,而他所做的,也只是举着"日行一善"的牌子四处走走,与其说是宣扬孔教,不如说是标榜、招摇。

总撰稿是个自视很高,实际上底蕴不足、气短心虚的人。他给人一种好为人师的感觉,喜欢在人前夸夸其谈,炫耀自己的知识和文化,其实是装腔作势,一知半解。这个人的有趣之处,是常常做深刻状,显得意味深长,有时长到历史深处几千年。比如《重走圣人路》这个创意,据说,就源于他买车的漫长体验。听起来似乎有点悬,其实很简单。按照他的逻辑——汽车即是面子和等级的物化,而面子和等级则是儒家文化结出的恶果。通过汽车这个介质,可以看到儒家文化对人的影响,并直接作用于人的行动。现在全民买车,造成拥堵受罪的事实,反证了这个文化真的有问题,而问题的根源就在于孔子,在于以孔子为代表的儒家这个"国教"——说老实话,真有点儿难为总撰稿了,绕了这么大一个圈子,得到这么个似是而非的结论,他还在那里沾沾自喜,真是一种莫大的讽刺。他为此纠结了十几年,最终仍为了满足生活必需而买了车,也证明了当前的"车灾"有更复杂的原因,简单地把责任推给孔子是不公平的。

实际上,动辄深挖"国民性",动辄深挖"文化老根"、"人性劣根",正是中国新旧文人的通病,妄图以道德至善强行改造人性,以为可以一了百了,其实不解决任何问题,反而使问题复杂化了。

纪念是当下文化人的另一个类型,准确地说,是个文化掮客。他自然有一点儿文化的情怀,但更多的还是商人的精明。他坦白地告诉总撰稿,《重走圣人路》就是个商业项目,拍专题片只是个由头,是披在外面的文化外衣。此人功利心很重,有心计,善经营,世事洞明,八面玲珑,却难免捉襟见肘。为赢得莫茗的芳心,他以如簧之巧舌,杜撰了一套天花乱坠的"厕所洗手"理论,将莫茗发展为他的情人,继而又将这个情人发展为他在摄制组的"卧底",但花枪虽好,最终还是被人拆穿了,莫茗也弃他而去。他是这个项目的制片人,"国教调查"就是他一手策划的,但很快就陷入了令人尴尬的处境;他为了弥补过失,又提出了所谓的 A 计划、B 计划,然而,B 计划以更快的速度沦为一场闹剧,并在全体茫然无措中结束。

杜禅似乎很善于揭文人的底,特别是在尾声,借"85 后"之眼,让我们看到了作家这个群体的浅薄、虚伪、无聊和可怜。"85 后"对作家父亲是鄙视的,甚至表示有从心理到生理上的恶心。这是小说中最"恶毒"的文字了。

作者以幽默的、揶揄的、批判的修辞方式,为这个群体画像,笔锋直逼当下。《圣人开花》最精彩的,就是它延续了《犹大开花》不露声色的反讽叙事。

何谓"反讽"? 我理解就是"反话正说"——事情原本是荒唐的、荒诞的、荒谬的,主人公们却必须将自己置身于"煞有介事"的情境中一本正经地去做——于是,越正经就越荒唐,越荒唐就越悲凉。这不同于"知其不可而为之"的悲壮,只有"自欺欺人"式的滑稽和可笑。由此,我们感受到一种悲凉之气,它弥漫在作者俏皮幽默的叙事之中,这样的文字在当代文学中是极为少见的。

丙申岁初于望京

(解玺璋,著名文化学者,近代史研究专家)

第一章 洁癖者

莫茗是个时尚兼忧郁的少妇,肤色属于典型的中原人的那种,说白有点儿黄,说黄又显得白,至于哪一种色泽为主调,这取决于什么样的情绪占上风。倘若情绪好了,眼睛发亮,笑容灿然,她的皮肤似乎就发些白;假如情绪低沉,小嘴歪着,微微皱着眉头,又觉得她的皮肤其实还泛点儿黄。

"怎么样?心情还好吧?"纪念发短信过去。他和莫茗同在一个办公室却要发短信,这种方式已经涉嫌暧昧。

"挺好啊。"她回复,基本上不扭头和他的眼光相遇。

"脸色有点儿黄呀。"

"那是阳光晒的,过了秋天,你就看到有多白了。"

莫茗表示自己的肤色发黄是夏天的原因。很难说这属于女人的虚荣还是自欺的习性。

仲夏之后,纪念才进公司,没有见识过她以前的肤色。对一个成年男人而言,只要不是色盲都能分清天生的微黄和阳光晒过的区别。纪念也就装着相信她的话,相信灿烂留下的痕迹。装着相信或者不相信,那是一种技艺甚至说一种后本能。后本能就是伪装后的本能。人生没有伪装实在难以想象。

当然,有的可以装,有的就不行。康胖子的动作你就很难装着看不见。这家伙从椅子上站起的时候喜欢摇晃屁股,有时还抓下裆,好像要把里面粘连的东西拉扯开。大凡男人都存在类似问题,通常走上几步就错开了,如果还坨在一起,也会不露声色地顿一顿,含蓄地撒一撒,采取较为低调的态度给以解决。

康胖子与众不同,他总是热衷于晃动屁股。这种扑面而来的公示你就不能装作看不见。

纪念喜欢说"看见"和"看不见"。这是结束漫长的青春期的一种感悟。人生的每个阶段都有那个阶段的感悟,现在纪念的感悟就是看见和看不见。同样一件事,有人看得见有人就看不见,隐形物无处不在。你看见的我看不见,流氓看见的君子看不见,优生看见的差生看不见;还是同样一件事,富人看见的穷人看不见,男人看见的女人看不见。任何事情都有表层和伪装的地方,视力不等于眼神。正是由于看不清或看不见,导致我们一生多在错误的道路上行走。你走的路是你看见的路,而你看见的路不一定是正确的路。

看见与看不见观点像对冲的两排波浪淹没了莫茗,她让他举例说明。事例就是岩石,好在浊浪中有个依附。他张口举了女人戴的首饰,男人通常看不见;反之亦然,男人抽什么烟,女人也视而不见。莫茗想了想觉得不大对劲,反驳这是注意力问题,不能简单地归拢为你的看不见理论。

纪念双手搓了搓,有股魔术师的味道,答应哪天给她变出个看不见的事例:"活生生的。"

纪念说得对,看见与看不见不是视力问题,而是眼神问题。

有一次,他从厕所出来,转身拐弯的瞬间,隐约感到有双眼睛闪了下疑惑,当时没在意。第二天,当他在办公室大谈洁癖者的特征时,空气里飘过几缕不同寻常的目光,他还没有在意。傍晚时分,他再次从厕所里出来,就感觉有人似有似无地嘀咕什么了。

纪念很懂得办公室里这飘忽的眼神所透露的含义,就微弱地猜测某种东西已经瞄准自己了,当然,也不是性质严重的那一类。为了验证是否和厕所有关,以后再去的时候,他便装着一无所知的样子留意别人的反应。他完全想象得出,从第一句嘀咕开始,范围渐渐扩大,以至于波及的那三个女人都知道发生了什么事情。

厕所就在离办公室十二三米的地方,因为整个楼层只那么一个,公司有好几家,人们总是进进出出。令人迷惑的是,大家共同进出的地方,为什么唯有自己享受独特的顾盼呢?

秋雨飘降的那天,湿淋淋的街道色彩斑斓,酷似创作中的油画,人们行走其间,就觉得旋进了季节转换的缝隙。他俩外出办事,然后去喝咖啡。一如过去,纪念弯了食指用关节顶开合页门,落座后,又用餐巾擦了擦本来就干净的台面。在构成一种半透明隐喻的咖啡馆,纪念提到了关于厕所的问题,好像人们背地里议论他什么,开始只是个别人,这两天有蔓延的趋势。

莫茗有点意外,觉得刚相熟的同事问及厕所,格调不大高,又因为刚相熟不便流露什么,只好摇下头表示不该谈起厕所的问题,她很直率:"咱们的关系还没有到讨论这事儿的程度。"

纪念一听来了劲儿,他正是借助了解事情缘由的机会,将俩人的关系往可以讨论的程度上引导。到了这把年龄,完全知道谈什么话题有利于往深处沟通。纪念朝下说:"往往就是这样,当事者是最后一个知情者。你知道他们说些什么,希望你满足一下我的好奇心。"

"凭什么满足你的好奇心?"

"他们议论我什么?"

莫茗的脸色一点点地黄下来,拖着慢慢的腔调:"不知道。"

她是知道的。纪念弹下舌头蹦出个脆响,这个舌头弹出的脆响有种轻佻的指向,而轻佻对男女来说类似一架秋千,容易从地面的步行,悠地荡起来,掠过一些程式化栅栏。

"我觉得吧,我们俩最能说得来。"秋千飘到空中了,"最能说得来的就是朋友了嘛,是朋友就该相互帮忙。好几天了,我只要从厕所出来,人们的眼神就不对。搞得我跟有性病似的,同性恋,还是……"

"洁癖。"

"什么,你说什么?"

"你有洁癖。"

这就更匪夷所思了。"我是有洁癖,洁癖和厕所有什么关系?厕所和人们的眼光又有什么关系?"

莫茗不露牙齿地笑了一笑,看来不说明白他永远不明白:"你号称是洁癖主义者,多次说过,看不惯那些回家穿着外衣就躺床上的行为,看不得那些美女公交车上头枕椅背上的样子,还容不得桌上有灰尘,一天擦两遍。可是在最重要的地方,你倒不讲究了。"

"哎哟,"莫茗这么一说,唤起了纪念更大好奇,"我听不懂你说的什么。"

"就拿刚才进来说,你是勾起指关节顶开门的。你用指关节的理由是,门把很脏,如果用手握着门把推,就将上面的脏蹭到了手上,而手指总要理一理头发,挠一下发痒的鼻子,这就把手上的脏带到了脸上。而指关节的用处就少得多,脏了也就脏它自己,不再传播了。"

"对,我是这样说的,也是这样做的,那又怎么样?"

"你还好奇呢,好奇的应该是我们。一个人在细节上下那么大的功夫,自己犯了更大的错却一点儿不知道。"

"我膝盖都软了,真想跪求你了,到底我犯了什么错?"

"据说,我是说据说,你到厕所是不洗手的。进去办了事就出来,是不是这样?"

"不洗手?"纪念瞪大了眼睛,那是惊诧度很高的眼神,但毕竟话题往里推进了一步,似乎摸到了一点儿线索,他催促她往下说。

"你个洁癖者,去厕所为何不洗手?"

纪念伸出两只手摊到桌上,用辩护的声调为自己洗冤:"我是洗手的啊。"

"可是,"莫茗以转述的口气说,"就有人多次观察你是不洗手的,还不止一个人。"

纪念费力地琢磨,经过困惑和恍然的几度交替后,终于明白不是洗手不洗手的问题,而是针对他这个洁癖者为什么不洗手的问题。上厕所洗手,连这种最简单的常识都违背的人,怎么好意思到处说自己洁癖呢?

"原来是这个问题,这几天你们议论的就是这个?"

莫茗耸了下右肩,还个模糊的回答。由于耸肩,她衣服的一端给拉高一截,从脖子到胸部自然地腾出了一块三角形的丰饶空间,隐藏的半根红色乳罩丝带闪现了一下,又害羞似的躲进去了。

纪念郑重表示他是洗手的,之所以被人们质疑,看样子是程序出了问题。他说解手与洗手是有因果关系的,在实际生活中,绝大多数人总把这种关系给搞反。人们进到厕所做了什么呢,解开腰带热气腾腾地撒泡尿,撒完了尿这才转身去找水龙头。

这回轮到莫茗困惑了:"这有什么错吗?"

纪念像幼儿园的阿姨揭开谜底似的指出,当然错了。他讲了整个程序应该的样子,尿尿是为了排解,排解要到一个特定之处,那就是厕所。在人们的意识中,厕所这地方很脏。注意!问题就出在这个节骨眼上。人们为什么解手之后去洗手,是因为在意识或潜意识中,觉得从又臭又脏的地方转一圈,自己也脏了,就要通过洗手把沾染的脏给洗掉。是不是呢?

纪念看着从明白走进迟疑的莫茗,知道自己的启蒙初见成效,他抬起下巴往里一勾,再次做个注意的手语。所有的人都被假象给蒙蔽了。事情的本来面目是——在你去厕所之前你的手才是脏的呢,因为你的手摸过许多东西。掏过钱包,钱包里的钱脏兮兮;扶过栏杆,栏杆又通常那么黏糊糊;跟人握手,打麻将,提鞋,推门……这手是不是很脏?你说是不是很脏?

莫茗偏着头一副嫌弃的样子。这个偏头的侧面让纪念觉得很熟悉,像以往什么时候一个熟悉的女人的脸孔。这是常常出现的情况,某个人像另一个人。

"现实图景就是那样荒唐与可笑,人们进去的时候,带着一双脏手直奔便池解裤子,把脏东西抹到内裤上了,尿了之后再煞有介事找水管。你到底想洗什么?你都把手上的脏弄到内裤上了,你还要洗什么?好像你的内裤很脏,你的那玩意儿很脏。如果这世上还有天地良心的话,那玩意儿其实在裤子里藏得严丝合缝,哪里来的半点脏呢?你在掏它之前,它是很干净的。你把脏带到那玩意儿上面,反倒以为那玩意儿把你的手弄脏了。你听明白了吗?人们在如此简单的常识上犯了严重错误却不自知,并且构成了大面积的集体性错误。不论什么身份地位,住别墅的和仟丁棚的,医生和患者,精英和土包子,几乎都给一网打尽了。卫生意识大家都有,行为也有,但是违背了这个本意走向了反面。"

纪念一口一个"那玩意儿",将男女平日忌讳的词语,包含进了具有学术性的探讨中。事实上,它的妙处就在于此。你说它有学术性,却在说一个粗俗的忌讳之词;你说那是忌讳之词,又因学术性的表达而具有了郑重的色彩。

那个秋千在空中荡来飘去,莫茗已经坐在上面了。她顿悟地努努嘴,承认以前没注意过:"经你这么一说,觉得是有点道理。"

纪念高兴了,继续说:"你不是要我给你找个看见和看不见的事情吗?这厕所怪象就算一个公案。多年前,我发现这个问题后,总是热衷观察它,百分之九十九点九以上的人都是匆匆进去,尿一泡再洗手。"

"你的统计都精确到小数点上了?"

纪念一副无奈继而又假装怒气冲冲地说:"这还是善意的统计、客气的表达呢。多年前,我发现这个问题,还以为是我们中原人落后,后来到北京、上海、广州,一看都这样,又以为咱中国人落后;出国几次,法国、瑞士、韩国,也都他妈的这样。这就搞不清哪个国家落后了,看来这是人类的话题。"

莫茗已经跟着纪念的秋千荡出了普通同事的关系,说的话都有点那个了:"你一大男人在这上面下功夫,专一猫在厕所观察人们犯错,真够无聊低俗的。"

"你其实想说:恶俗。"

"是,恶俗。"

"可不这么简单。反复查看人们洗手不洗手,那就太傻了。我是要这个统计上升到一个层面。"

"上升到层面?你要把厕所上升到什么层面?"

"这是个极为普通的日常小事,但它十足地表现了人们的荒唐。这说明了什么呢?说明人们,广而言之,人类,很普遍地违背常识。多可怕呀,面对厕所如此简单的事情都这样了,在其他事情面前还能好到哪儿去?爱情上呢?工作上呢?大到人类的战争上呢?只不过以不同的样式进行了隐身。错误总处在隐形之中。至于隐形物到底是个什么玩意儿,很难下个明确定义,这算是个较为模糊的表述。大概那些发生的,自己看不见,或者看不清又存在之类的事情都属于隐形物。"

莫茗一听上升到那么高的层面,有点力不从心:"回到现实上吧,就是说,你进厕所先去洗了手,别人没注意,而人们只看到了你解手后就转身出了门。"

"就是嘛。我先把脏洗掉,办了事还需要再洗第二次吗?我自己又不脏。可他们非要按照他们的逻辑来套我。"

莫茗很善良:"如果这样的话,就该找个时机给大家说一说,让人们知道你的对,不再冤枉你了。"

"不行呀,妹妹。"纪念适时地亲密地一叫,又把两人的关系拉拢近了,"寡不敌众,他们人多。"

"既然真理在手,你就能让人家信服。你没发现?我都信服了。"

"你是明白人。和他们不一样。"

"你给别人说过吗?"

"以前也说过,没起作用的。该咋办还咋办。"纪念无奈地摇头,"这也好,我把这件事当成一个标本。你明白吧?人类的标本。有的人一天到晚人五人六的,连最起码的问题都发现不了,凭什么那么自信?"

"好像扯得远了,咱们就说眼前,同事们会接着议论你的。"

她说了"咱们",这是第一次用这个词,含着亲近和共谋。

"议论就让他们议论,我知道怎么回事就行了,知道真理在一个洁癖主义者手里,就行了。"他将手掌摊开,好像有团东西跳到里面,接着握成拳头。

莫茗不露牙齿地笑了笑,又表示"随你去"地耸了耸肩,那半条红色小鱼探个头又消隐进去了。莫茗看了会儿窗外,又抿了口咖啡,还是建议他给大家说明白,这次理由有点深度了,超出了一般同事的关注:"如果只限于洗手不洗手倒算了,清者自清,浊者自浊。问题是,你能上升到一个层面,别人同样能上升到一个层面,这就对你的形象很不利呢。"

"他们能上升到什么层面?"

"凭什么你上升,别人就不能上升? 在他们眼里,那个天天叫喊洁癖的人最不讲究卫生,去厕所都不洗手。人家也按你刚才的逻辑来推:在厕所面前都这样了,在其他事情面前你也会这样。"

"这倒是个问题。他们会说我言行不一、自相矛盾吗?"

"这对你的工作不利呀。"

纪念做了个"怎么办"的求助表情。

"当然啦,"莫茗替他想了一个解决问题的办法,"你要真不说破也可以,就不要老在人们面前叫喊什么洁癖不洁癖。其实,你应该看明白,只要你不说'洁癖'俩字,人家才不管你洗手不洗手这等闲事呢。"

"看来我没有看错人,咱们真可以当朋友了。"纪念欣慰地对莫茗赞扬说,"这事容我考虑考虑。你发现没有? 有些事是一下子说不明白的,得拐两三道弯。再回到刚才的话题,首先我是对的,大家是错的。只因为我有洁癖,大家在已经错的前提下又辱没了我一回。请问,是不是有人骂我臭美了?"

"不知道。"

莫茗开始以欣赏的眼光关注这个男人了。他身上好像有股魔术的味道,能将习以为常的事情轻易地给人以信服的反证。按照纪念的隐形说,在我们生活中还存在着许多错误,人们之所以难以发现,是因为把生活当成生活而没有当成一张卷子。如果你将生活当成一张张卷子,就会发现一些算式是错误的,那些错误的算式得出的答案,当然也是错误的。

第二章　总撰稿

纪念拿着电视片《重走圣人路》这个项目跑资金的一星期里,一直带着莫茗。这个女人负责文字工作。在和投资方谈项目的时候,她就静静地在一旁做记录。那些天,纪念开着车在城市拥堵的街道上穿来绕去,出入商务大厦、酒店、茶楼。他很明确地看到,和投资朋友接触的时候,其实是最好的社会调查,他们会从自身的角度来谈对项目的认识,投资还是不投资。

在第四天晚上,纪念翻看了莫茗的笔记本,那是他俩头一回单独坐在咖啡屋的一隅。关于洁癖者如厕洗手不洗手的对话也是在那天晚上进行的。进行的还有另外一些重要的谈话,比如分析投资商们的言谈,再猜一猜投资商中哪一家对项目合作有兴趣。其实这里面已经暗含了他本人的一个野心,将这个项目提升到一个更高的层次,只是没有告诉莫茗。他要把这个项目做大,做成他的一个代表作。人有一定阅历之后,就有了对事业的高标准,这个由他当制片人的大型电视专题片,再不能是一部拍了就播、播了就结束的平庸之作了。《重走圣人路》有它巨大的文化宝藏性。

又过了三天,终于落实到一家愿意投一百万的合作之后,他单独和孔总见了面,巧妙地将自己的决定,冠之投资方的要求转告孔总,那就是在系列片中增加一项"国教调查"并把自己草拟的问卷拿给孔总看。

孔总是孔子后人,担心节外生枝,还担心效果不会好:"增加这项调查?这一调查就要和当地的人们打交道,调查谁,怎么调查?"他看着问卷,皱着眉头说。

"做调查是投资方的意思,只有将策划方案从平面到立体,从单线到复线,再提到重大的文化高度,上升到中华民族的大事件,人家才有兴趣。现在的人就好这,贪求大。钱不是问题,只要哄起来就等于找到了钱。要是不搞国教调查,人家投资商觉得太平淡就不拿钱。"

"如果我们不搞社会调查,他就不投资吗?"

"各人算各人的账。你收你的一百万,人家投一百万就是要收二百万的效益。我们不能盯着他的口袋进多少,只要我们自己的事情启动做好就行了。"

"启动是启动了,"孔总提到现实性,沉重起来,"有两点你得考虑进来,一是调查要和当地人接触,一接触就容易发生这样那样的乱子。再一个是调查的结果,我看不大乐观,真的不大乐观。我看了你的调查问卷,别说别人,就是我们也有不少答不上来。你想想这么个糟糕结果,怎么表现在片子上?"

"但是,拿钱的老板就这个要求,你要不同意我们可以不签协议。这事儿,是多了麻烦,可这麻烦是和钱捆绑在一起的呀。"

"理由不那么充分。"

说理由是纪念最擅长的了,他能把一个理由放大发挥得很充分。他借投资方的口吻说:"走一路拍一路,已是纪实片子的老套打法了。只有从平面的行走,到立体的调查,才能够向世人展示当今被称为'国教'的儒学到底还存留多少家当。我们要抓住观众,让他们踏着圣人脚印,颠簸前行,体验一下内在的和时空打通的精神畅游。重走圣人路,是要上升到独特的文化之旅。如何达到神奇的历史返场呢?"

孔总问:"是呀,怎么达到历史返场呢?"

纪念说:"这就是国教调查。历史是条河,寻找源头很容易,它就摆在那里。我们要做的是既要逆流而上,还要顺流而下,并入当今的社会,取样打捞,看看我们这些活着的人还有多少国教因子。"

当时没有讨论出个结果,到了晚上,孔总给纪念回了电话:"好吧。"他用妥协的口气说,"资金是你跑来的,项目又是你来做。你不怕麻烦我也就不怕。"

资金一到位,总撰稿也来报到了。这个人,和纪念一样,因项目而临时聚集而来。他学识多,什么都能够得着,文风花哨兼实用打底。有点儿名气但又不是很大。名气大的人过于喜欢在常识上发表真知灼见,懂的敢说,不懂的也敢说,有哪怕事情做错还勇于表现出坚韧不拔的品质,合作起来不大顺畅。

总撰稿报到的那天下午,纪念晚来了一个小时,抱歉地伸手过去。总撰稿温和含蓄地报了自己的姓名。他之所以含蓄,是因为他知道自己的名字很响,认为对方应早已听说过。

可他却忽略了这种事实,社会上原来是有一些名家的,因为信息时代的海量信息将人们头脑里的东西给冲击得不成样子,那些名家的旗帜飘忽不定,就降格成了准名家。准名家的尴尬处境就是好像有这么个人,又似乎没有。客观而言,总撰稿应归于名家与准名家的浮动区间,但他本人对此持否定态度。多年来,他一直以公正的态度确认自己是个名家。这个结论最集中地反映在他的书房里,证书、作品、采访、剧照,累累硕果集中在一起就很琳琅满目。他的三部地方戏演出过,获过省里二等奖,与人合编过两部电视剧,市级电视台专访过,省级报纸也报道过,至于出入高层论坛那是难以计数的。尽管介绍名单上,自己的名字总是在"等"字的前后左右摇摆,他还是真诚地相信,人们会及时猜中"等"的后面,也就是看不见的地方,自己刚好排在第一。只要把"等"字往后挪那么一格,他的名字准能瞭望得到。他还发现一种现象,即便有少数的人不大认识自己,八成也是假装出来的。比如现在和他握手的这个人,那种头一次听到名字的漠然,应该就是假装的。文人总是很奇怪,有的人假装是源于嫉妒,有的人假装是拿捏不好表达热情的尺度。眼前这个人属于哪一类,总撰稿认为还有待于日后观察。

每个人都有自己的口头禅,总撰稿的口头禅是"众所周知"。和众所周知毫无关系的事,也非要来句"众所周知"。他说:"众所周知,《重走圣人路》是个重大的文化项目,既然是重大项目,是不是在撰稿人前面加个'总'字呢?'总撰稿'怎么样?"他解释并不是自己要浪得什么虚名,而是为了大展宏图。虽然撰稿人只一个,众所周知,在前面加个"总"字就增添了磅礴和气派,增添了与重大题材相匹配的高规格。

他还说当他放下电话的那一瞬间,就在想,为什么重走圣人路?为什么重走圣人路从我们脚下开始?两千五百年,没听过有谁重走过,它就摆在那里,为什么一朝一代地过去了,轮到我们这里才来走呢?总撰稿提高声音说:"这就是'势',众所周知的势!今天的这个势是什么?我认为就是儒家的复兴!"

总撰稿边说边留意所说的效果。一时还拿不定两人是洗耳恭听呢还是心不在焉。单从表面上看,那样子可以往心不在焉靠一靠;然而,自己说了这么独特、富有见地的话,两人一定会受启发和震动,那就应该归到洗耳恭听上来。

过了若干分钟后,在孔总和纪念的陪同下,总撰稿来到大办公室,和涌现出的七八个人见了面,一一握手之后,便在屋里环步走起来。起初,他也不知道要找什么,只是隐隐约约有缺少什么重要东西的感觉。当看到墙上的中国地图,眼光凝滞片刻,他马上就明白要找什么了。

他发现的问题是,墙上只挂了张中国地图,而没有当年的列国线路图。

"列国地图呢?"总撰稿问,态度亲切儒雅,又因为是工作上的事情,表情里还捎带着严肃。

孔总看看纪念,纪念又看看办公室主任庄娜娜。

庄娜娜有点惘然,反问:"什么列国地图?"

"我们要拍摄孔子周游列国,是不是应该有张列国地图?"

庄娜娜很快明白了,释然地说:"书店里没有卖的。"

"你去看了没有?"总撰稿当然知道书店里没有卖的,但他还要这样问。

"没有去。"庄娜娜诚实又习惯性地为自己找到了理由,"我想书店不会有,没有人专门……"

总撰稿知道她下面说什么,抬起右手往下压了压:"当然,也许书店买不到,在别的地方也买不到。可我们的工作需要它。你说,我们需要,又找不到,该怎么办?"

这回轮到庄娜娜求援地看看纪念了。

总撰稿初来乍到,就以质疑的方式表现与众不同,恰恰是纪念不乐意看到的。纪念预感到,在以后某件事情上,自己会还以颜色。

总撰稿告诉他们有两种方法:"一是买不到,放弃;另一种是买不到也要找到。这就看我们的主观能动性了。我想,如果负责任的话,解决问题的方法很简单。上网查找,再找家彩印社制作,放大,然后悬挂到整面墙上去。"接着他伸长臂膀对整面墙壁抢了个半圆。"研究线路的时候,要挂一张春秋时期的列国地图,可不是古色古香装艺术,而是让它把我们带到遥远的古代。光是全国地图可不行。众所周知,春秋时期的诸侯列国很多也很小。你们过来看。"他指着中国地图,把手放在雄鸡肚子的位置上,"孔子周游的列国,在现在的版图上,仅仅是块腹地,只是半片中原。北抵濮阳,也就是当时的卫国;东至商丘,也就是当时的宋国;中到郑州,也就是当时的郑国;南达信阳,也就是当时的楚国。"

总撰稿吩咐庄娜娜去搞一张列国地图来,这是个方向问题,再难也要搞。行军得有线路图,不能走着走着到哪儿了都不知道。

第二天下午,庄娜娜指挥着两个人抱着一大卷列国图回来了,几乎贴满了一面墙,空气里弥漫着油布的气味。总撰稿再次召集大伙过来,指着古色古香的地图,要求大家熟看熟记。

"从现在开始,我们就生活在这幅列国图里。"他说,"这幅图不仅有孔子行走的线路,更可贵地还标识着名胜遗址,大大小小地分布在线路的周围,这样一来,周游列国的故事和人物就很直观地呈现在眼前了。凡是直观的,人们总能油然而升起感慨。看着地图,我想大家和我一样,觉得古人非常了不起。在没有地图的情况下,孔子是怎么从一个国家找到另一个国家的呢?有没有路呢?显然没有路,那又是如何深一脚浅一脚地向前摸索的呢?现在,看着地图,人们知道那是两点一线,也知道是跑了七八个国家,画出的不规则的几何图形。可在当时,没有,什么都没有。弟子们怎么簇拥着圣人一个个地穿越的呢?"

总撰稿有着一定的演讲水平,演讲的一个技巧就是多来点问号。疑问句容易把问题一层层地提示出来。周游列国走过多少次弯路?走过多少次歧路?寻问打听,折回来转过去,是不是绕得更远呢?继而,又从走路上升到信仰和毅力,勇气和智慧。

通过短短几天的相处,总撰稿发现摄制组的人水平很差。他们缺乏历史知识,不懂什么叫儒家思想,甚至连最常识的东西都不懂。这就不大好了,水平差肯定不利于工作,不利于项目的推进。可是反过来讲,又没有什么不好的。人们水平差,他就可以不受什么限制,想怎么做就怎么做。如果面前的人都很聪明,懂很多,合作中发生冲突的可能性就增大。现在,总撰稿可以有把握地说,无论智力还是知识储备上,他都能够轻松地凌驾于他们之上。

素质低不光表现在学问上,生活陋习方面的表现也很突出。人们都能将思维的东西存放在脑子里,给以有效控制,等有了对象,这才将嘴巴的龙头打开哗哗向外流。可是,左佑的嘴巴似乎缺乏阀门装置,总是沉浸于一个人的自言自语,就像三四岁的幼儿对着积木边垒边嘟囔,旁边的人一个个成了桌椅板凳。这种毛病多次发生在过道里,他一边走一边说着话,走着说着,给步伐打着节拍。有一次总撰稿以为左佑在和他打招呼,慌忙回应,结果发现那是人家陶醉其中,和自己没丁点儿关系。

还有康胖子,表现着情色男人比较推崇的明快风格,河马般的身体总是岔开两条肥腿,骑在椅子上。站起来后,幅度较大地左右摇动,再配以上下的震颤,要把裤裆里某种粘连物抖落;偶尔伸手掏一把裤裆的前襟,好像抖落不开只得强行分离似的。这是个公开得近乎亮相的大胆尺度,直率而坦诚地宣告自己藏有一个稀世宝物。

总撰稿第一次看见这种景况的时候,正收拾笔记本,那种粗鲁发生在文化人之中非常刺眼。他觉得,无论裤裆里的家伙有多大,坨成什么样子,完全可以站起身走他几步,以不经意的方式处理掉。比如支起一条腿,让盘起的家伙像蛇那样应用自由滑落原理一节节地剥离;如果效果欠佳,还可以介入简要的劈叉造型,而最便当的方法是做个既健康又优雅的投篮动作,落地的瞬间足可以把那劳什子给蹾散开。

总撰稿第二次发现这个行为时依旧惊讶,便含蓄地表达了对不雅视频的提醒。康胖子下巴仰起,为自己开了一剂理由。这不公平嘛,女人的胸部高,可以隆起示众,平整干瘪的戴什么 A 型和 G 罩,也可以隆起示众。怎么轮到我们男人就只能藏着掖着,跟偷来的似的?我这家伙大,坐下来盘成一坨子,站起身抖抖把它松开有什么不行?这就像眼睛进了沙子,是不是要揉一揉?牙花子塞根儿肉筋,你是不是要嘬一嘬?家伙和家伙不一样,处理的方式当然就不一样了。不要嫉妒嘛。他把牙花子和高胸部一对比,划入了最基本的生理层面,就可以在这种理论保护下继续公开亮相,继续流畅地"播放"不雅视频了。

总撰稿是个知识分子,这种人的共同特点就是容易被逻辑整死,只要你把道理讲透他就束手无策。人家康胖子言之有理,总撰稿只得怀疑自己的潜意识是不是嫉妒了。

不能干预人家摇晃屁股,以一个知识分子的身份表示对学问的纯粹的尊重立场,还是可以的。在下班之后,总撰稿专门多留了一会儿,等到只有纪念时,便谈了对摄制组的看法:"不专业也就算了,问题是那些众所周知的常识也不懂。"他故意压低声音,一副惊讶不已的样子。

纪念望着满墙的地图,似听非听。他当然知道摄制组是怎么回事,他也知道总撰稿一再突出的自我表现是怎么回事。他想已经到了给总撰稿降降温的时候了。待屋里回归安静,他这才把目光收回,做了比较中肯的解答。

"这得从两个层面上来看,第一,欠缺历史知识,并不代表对现实缺乏认识和缺少处理事务的能力。这帮人都有自己的一把刷子,随便拉出来都是人才。康胖子摄影获过大奖,庄娜娜的美声很棒,上电视演出过。他们只是对国教知道得比较少,这也怪不得他们。这是普遍现象。至于第二,您本人得清楚,不要把拍摄之事当成学术活动,它只是一个商业项目。如果它不是一个目的性明确的商业行为,我们重游列国的本身倒很荒唐了。在一个金钱至上的社会,在一个物欲横流的时代,儒家的东西早就被打得七零八落、满地找牙,没掉的牙还在嘴里当啷着。我们之所以去做,不是去拯救也不是去呼吁,我们不具备这种身份,我们只能借此为由头给它披一张文化外衣。说白了,我们这次拍摄,是一个以拯救为形式、以营利为内容的商业行为。"

总撰稿明白自己过于认真了,按说用不了纪念说这番话自己就该知道。说实在的,他并不在乎什么原则,类似的话他也多次在其他场合以洞达的口气说过。

"请你来当总撰稿,就是解决这些问题的。"纪念的声调里流露出了对工作的要求,"你已经看出来,我们需要什么。那么好,我们需要什么你就指导我们。反过来说,真是专业队伍也不一定能办成事。孔子周游列国就是最好的例子。一肚子学问,脾气很大,到一国不如意扭头就走。结果呢,十四年下来一事无成。有些事就是奇怪,懂得多一事无成,无知者倒可以遍打天下。"纪念发现对方的态度已经被扯到自己的思维中了,便继续说,"当然啦,眼下还是要进行必要的培训,让相关人员上速成班之类的,请你来就是给大家武装武装,穿上衣服。"纪念说完,右手在两米远的地方向他捣了几下。

虽说相隔两米,那个捣的手势还是表达了一种指令,并且含着一种要对指令的服从。总撰稿心里明白,脸上也就堆着一层服从的虚笑。老早以前,他就知道自己胆子较小怕得罪人,有火不敢发;现在成了名家,同样有火不敢发,反而可以蒙混过关,升级为胸怀宽厚教养好的高度了。这种自我疗伤的本能让他的心绪平复下来。他劝说自己,不必在乎外表礼仪、指令性手语,而应以名家的成熟姿态顺势迎合同事间的谈话。

"好吧,"他说。仅仅这两个字,总撰稿就摆正了两人的主从关系。他很会来事,迎合纪念的观点说:"概括起来就是,有些事情不能往深层次上挖,挖深了,也就不大好看了。就拿现在这事来说吧,其实不懂孔子,不懂儒家,而能大胆地当项目开发,倒是秉着商业文化的精神。不是这样想的,为了达到目的,还要显出就是这样想的样子,还要虚假地做出一番对它敬重的态度。"

"唔?"纪念问是什么意思。

总撰稿说:"咱们往后就是朋友了,有话敞开说。儒学是否国教,很可能是个伪命题。我们今天就是拿这个伪命题当真的来做。我们要打国教牌,就要把这张牌给打出花来。两千五百年前的事,说白了只是遗产,既然是遗产,我们就可以把它拾起来继承和发扬它的价值。尽管近百年来社会巨变把人性改变了很多,但是我们要做节目,从今天起,儒学就得担当起这国教来。"

"不是国教也要当国教,要不我们就不好拿它来做项目了。"

"就是嘛。"

第三章　把情人发展成卧底

在跑资金的时候,莫茗跟着纪念见了四五个老板,有的还见了两次三次,一边听一边记录。当然这只是皮毛,一些关键的地方还是看不出名堂。以她的眼光来看,那个平头眼镜有戏,问了许多问题,可后来却是她最不看好的胡子老板跳到面前答应合作。纪念借此机会又兜售起了"隐形说",说他早就看到了希望,看到了希望从茂密的胡子里冉冉升起。

"你从哪里看到的?"莫茗很想知道,像"如厕洗手"那样,一个很简单的问题被人们疏忽,而纪念轻轻一撩,掩盖的面纱就给揭掉了,她当然想看到那一百万是怎么中邪似的飘过来的。

"我觉得吧。"纪念模仿着她曾经说过的话,"咱们俩的关系还没到讨论这种事的程度。"又一副让她看出来假装的严肃样子,"关于洗手问题,同事间是可以探讨的,至于运作资金的深层玄机,恐怕仅以同事关系是不大那个的。"他又诡然一笑,释放了一个成熟男人的示爱信号。

面对一个既能发现洗手问题又能解决运作资金的男人,身为少妇的莫茗没有不被魅惑的理由,她相信了他。她甚至还估摸地相信,生活中的其他大宗问题,纪念那里恐怕也有答案。只要和纪念建立友好的关系,那些有趣的答案就会一个个掏给你。这是莫茗婚后六年,首次涉足禁区。从办公室到咖啡屋,又从咖啡屋到宾馆开房,这之间的距离跨越,让她一直处在好奇而又迷迷糊糊的状态。她并不是要从中学到什么,她知道自己缺乏进取心,但对生活谜面的天生好奇还是有的。这个洁癖者有双魔法师的眼睛,能够看到别人看不到的隐形物。

同样地,床上的事也带着洁癖者的种种印记,要不是基于对纪念的欣赏和好奇,她会以为他那么多讲究其实是不爱自己。他的一系列动作都严格地贯穿着一条洁癖的主线。当他的拇指和食指在她的乳罩钩上轻轻一拨,哗啦涌出一团粉肉的当口,她蓦然觉得横在两人之间的东西消失了,她掉进了一个破译隐形物的世界。她有一双高耸的随着走路颤悠悠的乳房,不像那些箍着钢丝圈的乳罩撑起的生硬的胸脯。像其他过来人那样,纪念也能一眼把乳房和胸脯划分开来,那种看上去左边和右边连成一片,貌似富饶的形状,其实是技术硬撑起来的。莫茗就不同了,双乳丰硕,颤颤悠悠,涌现的形态有种看不见但可以感觉到的波纹,将女人的身份提升了好几个层次。正是那双乳的形态,引发了他的兴趣和决定了幽会的内容。就在这关头,洁癖者和大多数非洁癖的差别就体现出来了。他没有直接上床,而是一头钻进卫生间,冲澡,刷牙,拿着雪白的厚厚的浴巾出来,一边擦头发一边示意她去做同样的事。等她几分钟后从里面出来,窗帘已经拉上,只有床头灯泛着红色微光。

"这样你就是个全新的你了。"他张开双臂迎接着,说。

又过了一个双休日,也即定好重走圣人路行程的那天,两人再次到那家咖啡屋,落座于那个临窗的一角。

纪念一副吐吐吞吞、迟迟疑疑的样子,碍于什么缘由而显出很不适宜的窘态。莫茗有种不祥的预感,猜到是不是人家对自己不热乎了,或者有什么风言风语,他在规劝自己隐匿得更深点。莫茗没有正面叩门而是以女人的技巧从侧面开锁,就用调皮的口吻唤了声:"老大,看你这愁眉苦脸的样,是不是要找我借钱?你的表情透着隐忍般为难,很像要借钱的样子。"

"这件事是难以启齿,我还真的很少有这种欲言又止的情况。"

莫茗皱下鼻子挖苦说:"前些天你对人家下手还挺大方犀利的。"

"当时也忐忑,只是到这把年龄,硬装出春风拂柳的轻松,用假象掩盖了自己。"

莫茗吭地冷笑一声:"你是不是特想让我相信你说的?好吧,我就硬装出相信好了,你个忐忑的小男生。那么我要问问,是什么事情让你愁肠百结、难以启齿呢?"

"这事我矛盾了几天,容我想想怎么说好。"

莫茗看到纪念那副毁容的样子,想了个主意:"小男生,写字你会不会?"

"还行。"

她说不妨搞个小游戏,躲在游戏中,人就比较好意思表现为难情绪了。她玩的游戏是让他写十个词汇,把他的心思圈定在十个词汇里,然后凭她的聪明才智挑三个出来,并说只要这三个里面有一个,就算猜对了。

纪念从桌上抽出便笺,边想边写,一会儿列出十个意思迥异的词。莫茗探头斜视,最后在几个词上打转转,转着转着就睁大眼倒吸口冷气,用手捺着一个词:"卧底?你总不会让我当'卧底'吧?"

这回轮到纪念跳起来:"咦,这有十个词,你凭什么挑出这个词?"

"你说吧,是不是这个?"

"我先问你的,你凭什么单单挑这个词。这里有'蜘蛛',有'嫉妒',还有'算账',你怎么不说'算账'?"

"排除法。卧底最不可能,只有最不可能的词让你难以张口,你交代是不是卧底吧!"

面对一个费解又难以表达的话题,莫茗三下五除二就给解决了。纪念表示佩服地在桌下踢她一下,又踢她一脚,而后百感交集的样子称赞两人实在是知音,要是放任自流不做情人那可太亏了,太没道理了。

莫茗看他从游戏背后走出来,追问为什么是这奇怪的卧底。结果刚刚轻松的纪念又难以启齿了。经过短暂思忖,他觉得不妨借用莫茗的方法,既然莫茗用游戏的方法让他写十个词,找到了答案,那么,他借游戏缩小范围,由她提出质疑,他再针对她的问题一一解释,同样能够找到答案。

莫茗沉默地看着他,她不想提。她把纸杯叼在嘴上,努着嘴上下地翘动,那纸杯宛如一只蠕动的活物,一上一下,再一下一上,遮着嘴、鼻子,翘得高一点儿还能遮着上方的半只眼睛。她预感到自己也许被利用了,进入了什么圈套。鼻子上爬着耻辱,有点僵硬。

"好了,我看出来了,你本来想骂我什么。"纪念把肩头挺得有担当的样子,"我就直说了吧,这次我们远行拍摄,非常重要。重要到什么程度呢?重要到我想看见却看不见,又必须看见的程度。"

她把纸杯取下在手里转,对着纸杯说了第一句话:"你什么时候有这念头的?"她得搞清楚是不是当情人前就被打了埋伏,这可和情人间的单纯欢爱有着天壤之别。

值得庆幸的是,让莫茗做卧底的念头是定下行程日期后纪念才突然想到的,若以上床为准,此前他俩已经做了一个星期的情人了,这个先后顺序很重要。所以他能坦率地一点儿不脸红地相告:"是定行程之时。马上要走了,我突然有了很大的压力,不知道重走的路上会发生什么事。拿了人家的巨款,能不能把项目做好?当然,洗手问题也给了我很大的启发,我不知道人们为什么诡异地看我。我看到了人们的眼光有问题,又不能去问。要不是那天你跟我说,我一直闷呆,猜测不出问题所在。那么以此类推,在今后整个拍摄活动中,从理论上说,还会出现其他更多的问题,人际关系、矛盾冲突、对工作的不满、生活的怨气,可是我不一定知道,不知道就解决不了,等到积聚、爆发,最终酿成乱子,就晚了。"

她还是看看纸杯,不为之所动:"这算什么伎俩吗?"

"比较好的表达应是,策略。"

又停了几秒,她问了第二个问题,眼睛也抬起来了:"像你说的,我来当卧底,将一些你听不到的话转告你?"

"是的,是这样的。"

"我可以不可以说,"莫茗做了个打断的手势,改用征求意见的口气,"我们是情人关系吗?"

"当然,"纪念听到讽刺,不大自然地笑,"当然,关系。"

"那么好,"莫茗也笑着,脸上的笑从冰箱的冷冻仓里取出,有点光了,"我们是'当然,关系',由于这种关系,我貌似可以暗地打听,或者说把听到的事情转告给你。问题是,人家凭什么对我说一些你听不到的东西?你听清了,我用了'貌似'一词。"

纪念点头表示貌似听清了:"我吧,高低也算个当家的,我说什么话,态度和方式,都不可避免地受人关注。所谓关注,就是对我的言行给以评判,有评判就有表达,既然表达就不会对着我的脸。这样我就听不到我想听到的了,而我很想听到却听不到,而你则能听到我想听又听不到的话。"

"别人对我的信任,又是从什么地方来的呢?"

"哦,"纪念感到发窘的情绪有点回暖,显得从容一点儿了,"和你聊天很开心,有种层层揭秘的奥妙感觉。是这样子的,你的角色恐怕得转换一下,如果仅是同事之间他们也不会对你说那么多。同事之间一般只说同事之间的话,内心深处的真想法不一定说。如果,大家知道我们两个有矛盾,情况就大不相同了。"

莫茗冲着窗外发呆,那发呆中散发着忧郁、茫然和天然的怡静,人的剪影,很抒怀地游移在秋天的背景下。

"我可能……会在公开场合表示对你不满。我们假装有矛盾,明白? 我是说假装。那么就会有人把某种话说给你听。"

"你特喜欢假装。这个词,你的使用率很高。好了好了,看你强装笑颜的样子我就放手吧。接着刚才的话说,比方说你要假装对我有意见,要说些难听话?"

"不一定单边行动,如果你觉得委屈,也可以对我有意见,没意见也可编些出来,只要让他们信以为真就成。"

"这就是说,我们来演双簧?"莫茗的脸色有点黄了。

"正是我们特定的关系,决定了我们可以演双簧。我在他们面前偶尔说你几句什么,你也别当真,那是对你卧底工作的一种掩护。"

掩护一词让莫茗觉得自己身上罩了层黏糊糊的黑雾:"这就太难了,你得花多少心思寻找我的毛病呢? 据我所知,在你眼里我是没有什么毛病的。"

纪念坦诚地说:"是人都有毛病,没有毛病那是不好意思说。"

"噢,"莫茗有了期待已久而终有所获的喜悦,"你平时对我有看法,只是不好意思说,是吗?"

纪念又觉得口误了:"纠正一下我刚才的表达,我对你没什么看法。我要说的是,如果我们两个合计好了,你答应做卧底,我勉强挑你毛病,还是能找到个别毛病的。你听清了,我用了'勉强'一词。"

"那你勉强找一个给我看看?"

纪念想了想,摇头表示暂时没有找到:"这样子,你心里有个底,哪天我真的在他们面前怪你两句,你知道是做给他们看的就行了。"

莫茗横过去一眼，问最后一个问题："在这之前，你在其他公司是不是也做过这样的事？"

纪念没料到她联想到这上面，发誓绝对没有："我这是初犯。刚才我说了，这是一个非常重要的项目，不能输到信息上，我才来一个多月，对他们不熟悉。"

"是啊，真好意思说才来一个多月，不熟悉。不熟悉也不耽误把人家骗上床呀。"

这句抱怨的话透着一种默许的意思，从几分钟前的难为情走出来，返回到了现实。有了现实就有种台面的支撑感。

"说骗不合适吧，要追责那得追到缘分上，没有缘分十年也不正眼看一眼。许多事情在缘分两字里早埋下伏笔了。再说，这卧底不是我的本意，我只是为了工作。希望你站在我的角度来理解。"

"我理解？"她阴阳怪气地，"你确定你能理解这变态想法？你总得陈述一下卧底的理由嘛？貌似怪诞的事情经过说服，也好让对方接受？"

"人心隔肚皮。我吃过这亏，过去我在一家公司，有个副职负责回款收钱，这家伙一直说对方有什么托词收不回来，其实他收回来私下给贪了；还有一次，公司一对男女，也不检点，搞得家属知道了打上门，那男的待不下去，人走了业务也带走了。如果事前知道相关的信息、动向，及时解决，也不至于这样。多年来的经验教训让我感到，人际关系中有一种暗物质，你看不见，但它们却起着重要的甚至方向性的作用。所以，眼下运作这个重要的项目，我要看见我自己看不到的地方。我们马上外出拍摄，在路上这半个月，上帝都算不准会发生什么奇怪的事。"

"是奇怪，上帝都看不到，我怎么能看得到呢？"

"我不是说过了吗？我是项目负责人。通常来说，任何一件事总会有人胡乱议论，而人们又不可能当着我的面说，给什么人说呢？通常给老大的对立面说。因为他们信赖这种人。你现在扮演这种角色是再好不过了。第一，人们觉得我对你不好，有看法，这就有了卧底的外部条件；第二，暗通曲款，我们有比同事密切多的关系，这就有了卧底的内在基础，换了别人我还不信任呢。我需要知道民情，你做卧底就成了情报的最佳通道。人们有什么怨言和不满，都容易向你倾诉。当然，需要说明的是，我不是为策略而策略，我是为工作而策略，掌握民意可以让工作朝着正确的方向顺利发展。还有……"

"还有？还有什么？"

"这可以不说，我觉得理由说得很充分了。"

"不！"莫茗口气加重，多少有点蛮横的意思，仅这一个字和它的语调，就透出她借机撒了撒娇，"你得说，还有什么。"

纪念后悔多事，本来都说好了，一顺嘴溜出个'还有'，人家又非得听："嗨，我怕说了你听不懂。这太深。"

"听听，"她眼睛眯成一条缝，调皮地说，"听听再说深不深。"

"只讲一遍啊，听不懂不准问。是这样，我有一个观点，'敌人是最好的朋友'。看看，你听不懂了吧？这是个很有趣的悖论。几乎所有的人都知道敌人就是敌人，朋友就是朋友。怎么敌人成了朋友，还是最好的朋友呢？有些事要用反向的眼光看，这样子恐怕更接近本质。你不要问。这个话题确实有点深了。你记着我这个观点，慢慢悟好了。"

"我不想再搭理你了，你这人太复杂。"莫茗把杯子慢慢倾斜，几滴咖啡滴到桌上，"你为了得到你的，就要当众给我难堪？"

纪念再次摆出"公正的"态度："你也可以给我难堪。"

"你是老大，我怎么敢给你难堪？"

"这话刚才好像说了，那我就给你难堪。"纪念被迫接受了这个现实，"至于怎么做，请相信，我有很好的分寸感，我会控制在不伤害你的面子又让人觉得我对你有意见的分寸之中。"

"我觉得这样做牺牲大了点，平白无故地给我难堪。"莫茗又将杯口倾倒得多点，几滴咖啡连成了一条细线，不易察觉地顺着桌子斜度汇成一摊，又注入一点儿之后，那摊灰色的液体崩开顺着斜面快速流向纪念："我纳闷一个问题，我凭什么叫你讨厌？我，好好的一个人，凭什么叫你讨厌？我得做什么样的窝囊事叫你讨厌？"

纪念觉得这确实是个问题："当然不能无缘无故了，我会见机行事，你只做好心理准备就成。真的哪次当众对你不大待见，比方说你迟到了，我会黑着脸说你两句，而在过去，我最多用平和的口气提醒一下。你呢，当面顶撞不大可能，私下里可以说说对我的不满。最好是能限制在一个度上，别弄着弄着把我的形象给毁了。"

日子过得太平淡了,莫茗之所以充当情人,很大程度上是对平淡日子的反叛,许多人都在悄然地反叛,给平淡无波的生活增加一点儿趣味。现在,扮演卧底让莫茗在反叛平庸道路上走得更远,成了一种自我颠覆的重塑。

"当然,这事对我也是种挑战。你想想,明明心里爱的人,外表上却装出讨厌的样子,这确实是种挑战,能不能忍心,我对自己也没有把握。但是,为了孔子,为了圣人,你和我都要转型来迎接这种挑……哎哟!你轻点,轻点呀。"

莫茗又踢了纪念一脚。

莫茗的真实身份被篡改得荒唐而模糊。表面同事的里面隐藏着情人,再以情人身份做卧底,而想要成功,这卧底还得绕到同事的原点上。这么一来问题就纠结地呈现了,自己到底是情人呢,还是为了探听消息而被利用的卧底呢?如果是情人,那就按情人路线走,别搞情人之外的麻烦。倘若两者都做了,再加上当众给她脸色看,这就更让人错乱了。

作为女人,莫茗有着天然的自我保护意识——要是真的听见别人的抱怨、指责,甚至谩骂,那些纪念想听而听不到、想看而看不到的东西,她可不一定都告诉他……

第四章　列国地图

测试的那天下午,大家分散地站在巨大的列国地图前。纪念用竹竿指着地图说:"重走列国路,到每个地方都要搞国教调查。基本上分随机式和卷面式。我们自己需要在家里热身模拟一下,熟练熟练业务。自己先考一下自己,错了也没什么不好意思。答对了,说明我们已经掌握相关知识,可以高兴地开赴前线。答不出来呢,也无所谓,知道问题出在哪里。"

"注意,回答者都要在地图上,点名具体位置。"他又特意追了一句。

为了表现随机式,测试的方法也同样如此。地图下面摆张桌子,桌子上六个杯子排成一溜,每个杯子里放着十个纸团,上面写了编号以及所问的题目。一个杯子为一轮,每一轮每个人只能摸其中一个纸团。

考试的方法原本有很多种,纪念偏偏搞出个"摸纸团"的怪诞,是受莫茗"十词法"的启示。他觉得这很好玩,既是暗中对莫茗的一种含有默契的呼应,也是对平庸的司空见惯的方法的超越。莫茗的"十词法"是通过游戏将疑惑的范围缩小,而他的"摸纸团"借鉴了游戏,却不伦不类地把简单问题弄得复杂化了。如果有人质疑,他会解释在看似多余的甚至儿戏的动作中,其实富含着某种新型的有益的拓展方法。他知道不会有人质疑,因为谁要质疑就表明谁比较笨。而在这类人群中,你骂他什么都可以,骂他丑,骂他穷、品行不端都行,唯独不要试图触及智商。

庄娜娜听明白了,只是觉得这么新颖的游戏,好像有人应该疑惑。这个女人聪明之外还兼善良,便以设问的口气替那些可能不明白又不好意思表示的人代言。她问,是不是六个杯里各有十道题,从编号1到编号10,谁取出哪个号,就回答哪道题?

康胖子起初不太明白,正是看出他的惘然,庄娜娜才发自善意替他问的,而在她设问的时候,康胖子恍惚了一下。他无法洞悉庄娜娜的善意,反倒觉得这女人很笨,便探身从1号杯里摸了个纸团握在手里。

大家纷纷效仿摸出一个纸团。纪念巡视一圈拳头,有大的小的,白的黑的,软的和硬的。纪念让摸到6号的先回答。

莫茗应声抬了抬手,她拿的6号纸团上写着——

孔子为什么周游列国?

她接过纪念递来的竹竿,先在孔子家乡曲阜指了一下,然后往西滑动到卫国,再沿着线路一程一程地经过宋国、郑国、陈国和楚国。孔子用的十四年,她仅用十四秒就熟练地走完了。接着回答为什么走的问题,回答得不理想,大家都看总撰稿,总撰稿把眼睛移向左佑,左佑对莫茗的问题做了一些补充。

接着第二轮,大家纷纷伸手从2号杯里拿出纸团,纪念又让拿着6号的回答,这回莫茗又拿着了6号。她摊开纸团——

孔子在卫国几进几出?

这个问题有点难。莫茗的竹竿在卫国附近上下划动三下,大家相互看看,目光又集中到了总撰稿脸上,总撰稿再把眼睛移向左佑,左佑便自言自语似乎在计算着次数。

"应该是五进五出吧。卫国是周游列国的第一站,也是孔子去过的大小列国中唯一容下他的地方,在十四年里来回了五次。"

对此,总撰稿进行了史料之上的哲理性的解读:"你说的是教科书,见物不见人。人的性格隐藏起来了。众所周知,那个时代的国家是互通的,类似今天的联邦,相互间可以穿来走去,当然还有本质区别,联邦做不到春秋时代那种士无常君、国无定臣。孔子需要卫国,走了来,来了走,其中两次都不打招呼。为什么？能不能往深处想一想呢？一想就有点意思了。不打招呼地溜走,有不打招呼的好处,无法认定你是不是真的离开了,还以为你一时兴起到哪儿游山玩水去了呢。孔子内心深处是有伤痛的,只是别人看不出来,只好装着没有。这情景很普遍也很有意味,每个有生活阅历的人都觉得,只要问题不公开化,不让外人看见就有了余地。自己就可以假装没发生或不知道。假装,既是无奈,也是一种生活技巧。大家都是过来人,谁都知道这假装是怎么回事。"

纪念感觉斜对面的莫茗扫了一下自己,尽管眼神很淡,纪念还是感到莫茗有用意,后来他恍然明白那是假装一词的作用。因为卧底,他和莫茗说过关于假装的事情:"我们假装是有矛盾的人,我是说假装。那么就会有人把某种话说给你听。"现在总撰稿也在用假装,由此看来,假装一词在生活中的使用频率蛮高。

"我插句话啊,"于是,纪念假装没看到莫茗的一瞥,"总撰稿解读得非常有趣。我看可以概括'卫国现象'。其实我们每个人在一生中总是处在这种状态中——不喜欢又没更好的选择。就拿朋友说,有多少我们心里是满意的?有的吵架闹翻,发誓不再来往,可是四下张望没更好的,真分手连这都没有,就假装没有生气,是不是这种情况呢?工作也是这样,很不想干,东挑西拣没有更好的,辞职呢没饭碗,还不如将就着算了。'卫国现象',是很有意味的。找不到好的,我们内在的原则就放低了,就让步了。让步了不说让步,还尽挑好词说,贴上有肚量有胸怀的牌子。有些事看你怎么说,严格地说,这其实是人格上的污点。"

大家纷纷去摸第三个杯子。纪念想了想,既然叫了两次6,第三次不妨还叫6吧,也好预示重走列国路的大顺。他叫"谁拿第6号了?"的话音未落,莫茗吃了迷魂药似的仰头做了个祈祷的表情,指尖慢慢松开,展开的纸条一飘一袅地旋到桌上。

康胖子捡起纸条扫一眼爆出大笑:"一连三次叫6已经很奇葩了,你竟然三次中招,真是太一根筋了。你就不能灵活一点点,摸出个别的,非要摸个6出来?"

叶芝崩溃地指着纪念:"一定是串通好的。纪念你施了什么魔法?这是大家的集训,你怎么就变成了莫茗的专题讲座!"

是太奇怪了,莫茗也相信被这巫师施了什么魔法,一连摸三次6。这在概率上几乎是零。八个人每次面对十个数,其中每轮的6都让一个人摸着,这情景只有用超自然来解释,只有看不见的领域里有种神秘的机缘来解释。

这道题是:"孔子周游列国,为什么是五十五岁?"

莫茗第三次拿着竹竿,就有了恍惚:"这没什么为什么。五十五就五十五,孔子正好到了这个年龄。"

"不不不,"总撰稿很学术地摇了摇头,摇得意味深长,几乎长到历史的深处,"五十五岁。这个数字太重要了。可以说,孔子的一切都浓缩在五十五这个数字里。成功的,失败的,希望的,绝望的,都混在五十五这个年龄里。再早他不甘罢休,再晚他没了奔头,这个数字是人生的大坎。"

"我觉得有附会之嫌。"庄娜娜嘟囔。

"一点儿不附会,孔子说三十而立,四十不惑,五十知天命。"总撰稿双手合在一起,"五十知天命,按说应待在家里。为什么五十五岁还远走他乡呢?知天命了吗?这就给我们后人留了一道解不开的谜题。"

康胖子不满地说:"这个问题太过于专业了。"

"对别人是专业,对我们来说,就不能说是专业,"总撰稿停顿一下,用富于责任感的眼光巡视大家,"同志们,我们去拍专题片,接触的对象不光是平民百姓,我们还要采访一些专家、考古学家、学者,到时候我们连这都含含糊糊,你说行不行呢?我要说了,当然不行!"

康胖子同所有在座的人一样并不觉得过意不去,也不觉得难为情和愧疚,因为大家都面临着同样的匮乏,还因为在现代化社会他们懂得许多其他的事情,更因为这个项目是披着文化外表的商业项目,几个月后就与人们没有关系了。为此,康胖子又加了一句:"说专业那是好听,我觉得这就叫钻牛角尖。"

面对如此回击,总撰稿的脸上应该流露出一些惊讶,辅以适当的轻薄之色。然而没有,如果脸上出现惊讶或轻薄那就和他优雅的教养有所抵触。于是他选择了淡然一笑,很温和的,当他的这种笑刚一表现出来,他就对自己立刻有了积极的赞赏。

"知天命,众所周知,就是顺从天道的认命。五十五岁,在古代,五十五岁那是什么概念?一把胡子的大爷了,儿女成群,养花弄草。孔子可好,离家出走。

五十五岁离家出走那是他在鲁国没了前途,用现在的话说没戏了,再混也混不出名堂了。注意下面我要说的,寻找新的机遇,这就是另一个层面的知天命。不是不知天命,而是另一个层面的知天命。"总撰稿很满意自己的解释,忽然听到有人发出声音,斜了一眼看,是左佑。

"我有不同意见,"左佑的口气比康胖子的更硬,"孔子是有骨气的,有着伟大的人格,你们刚才说的不打招呼地走,是有。但为什么不说另一种事实呢?《论语》、《孔子传》里多次用'孔子行'表述孔子对国君不满而转身走掉,'孔子行'这说明什么?我这做了粗略的统计,至少有三次。第一次是在卫国,卫灵公问孔子军旅之事,话不投机。孔子就'遂行'了;第二次是在齐国,齐景公对怎么用孔子迟疑不决。那么好,'孔子行';第三次,我一时想不起来了。"

康胖子替他想起来了:"第三次也是在卫国。灵公与夫人南子同车,招摇过市,孔子在后面跟着。孔子恼了,抱怨我还没见过好德如好色的人呢,于是就走了。"

左佑疑惑地看了康胖子一眼:"是吗?不记得了。总之,我们看事情要客观,要积极,同一个孔子,为什么我们看到的都是圣人风范?为什么看到的尽是人格的闪光呢?"

第五章　双重影像

左佑与现实之间有一种错位状。之所以有种错位状,大约是他的生理内部的某种构造出了故障,类似于导航仪的准确度失灵那样,容易偏离方向而不自知。这样一来,左佑就会做些错位的事情。最直观的表现,是很早以前,他找小伙伴,尽管去过几次了,左佑仍旧坚持多走一个门宅或敲错楼层。还有过多次乘车坐反过方向的不俗佳绩。他觉得挺好玩,总会摸着脑袋当趣闻告诉别人。"噫,我明明看着站牌上的车,谁知到了下一站才知给坐反了。"别人就用古怪的眼神看他,悄没声儿地躲开。左佑的心里话没人倾诉,只得留给自己独享。久而久之,自言自语便成了他的一种特有方式,换到别人眼里就成了病态。

他的体质和仪态基本上将他是什么人描绘得很清楚了。个头"瘦小",头发"短而密",鼻子"挺直饱满",眼神"明亮而闪烁",下巴"稀稀拉拉七八根胡子",衣服"总是蓝色和白色,最上一颗纽扣常扣着",裤子"皱巴巴不知多久没洗过",说话"用力,好像在揭示秘密或真理"。据说,少年时期梦见父亡的人不在少数,大多数的人有能力在第二天或过几天之后给淡忘掉。放在左佑很难,他历时大半年都缓不过劲儿来。黄昏时分,和家人吃饭,面对父亲,他心里总是独自呢喃是不是看到了鬼魂。

这种内部构造导致的偏差还波及他人生的方方面面,有的事情本来并不存在,只因他个人的缘由而七拼八凑就构成了。成年之后这类事件仍旧逆袭他的生活。

那天,摄制组到了圣城孔庙,开启重走之旅,当他走在神道上看到孔府宾馆、孔子学堂、孔子画像、孔子石像、孔子玻璃像时,那种恍惚错位的感觉不经意地又出现了。

在买了一个有孔子像的瓷盘之后,左佑问:"你有没有一种特别的感觉?"

"什么感觉?"

"和平时不一样的,我说的是空气。"

"没有,只是有点湿。"

"不是,我指的文化,我闻到了一种圣地的味道,我觉得这空气里有种任何地方都没有的味道。"左佑神色庄重,高度认真。对他而言,这里东一处西一点儿隐隐乎都带着遗产的密码,只要凝神专注就能捕捉到孔子的讯息。大概用力过度,他的眼睛也就出现了朦胧幻象。不止一次,他恍然看到街坊徘徊着模模糊糊的身影,飘着飘着就隐隐地伏到某个人的身上。那个抡着笤帚扫马路牙子的清洁工,还有那个外地来的背包客在门廊下闪过的身影,都有某种转世的嫌疑。尽管理智告诉他这不大可能,可类似于梦幻的感觉还是带着他前行。

夫子洞就在孔庙东侧二十五里远的山丘下,是孔子出生的地方。狭窄的洞里仅有一张石床,上面摆一石枕。因陋就简的条件下,七十岁的老汉和二十岁的姑娘在老天安排下的一次野合,结出了孔子这只硕果。一生最讲体面的孔子就他出生一事来说,是很难为情的。可是把"野合"放在人类文化的广阔背景中,和基督教的耶稣比较,这种不大光彩反倒寻常起来,隐喻也深刻起来。上帝借大姑娘玛利亚在马厩产下了基督,正好能与降于石洞的东方圣人遥相呼应,诠释着人类的过去和未来之谜。

夫子洞前,有几个揽生意的土著,夹杂在游人之间,兜售一次性成像。"老板来一张吧。送一个圣人像。"他们手里拿着玻璃制的孔子像,明知游客带有相机和手机,他们也不大理会,还缠着追问。左佑开始没有想来一次性成像,只是一个操着本地口音的老头儿,发现他嘟嘟囔囔、自言自语,和别人不一样,堵着他讲起山洞的故事,他听迷了,作为回报才照了一张。

"孔子出生前没有姓孔的,就是说没有这个姓。为什么有孔这个姓呢?是因为孔子,孔子从这孔洞生出来,就叫他姓孔了。所以说,孔子是世上姓孔的第一人,所有孔姓的人都是他的后代,光我们这曲阜就有十万孔姓。"拍了一次性成像之后,老头再接再厉,又讲,人生的三大不幸都叫孔子摊上了,少年丧父、中年丧妻、晚年丧子。当左佑作为回报又要再照一张时,被庄娜娜拉走了。

左佑跟着人们,拿着相片边走边看,奇怪地发现相片里的自己身后,居然有个模糊的人头!他揉了揉眼,模糊的人头还在。他又折回刚才照相的位置,前后扭着身子去找那模糊的人头,结果什么都没有。实景中,没有模糊的人头,而不存在的东西却在相片上奇迹般地降临了!

他闷不作声地四下看看,游客仍然如常地参观拍照,又看了看天,天上也没什么奇异。看来只是自己这里发生了幻象。他的心一热,是不是古代的神灵,附着相片显现了出来?

依照他的秉性,他会激动地招呼人们围拢过来看看。可是,他强制性地忍着了,有一种声音告诉他,如果真的隐含着天机还是保密为好。

双重影像给左佑内心一种与天人悄然接通的神圣感,这种与众不同的感觉在行动上让他由衷地表现出特有的亢奋,如施了魔法似的反复纠结一个观点:这次重走列国路,绝非偶然,漫长曲折的两千五百年,涌现的无数儒家弟子都去干什么了呢?天天坐在书斋中,怎么没有想到重走列国路呢?那条两千五百年前的线路就在那里,为什么到了全球化的年代,儒家文化支离破碎地散布在人类知识海洋、都快找不到的今天,偏偏由我们来行走呢?这里一定暗藏着神谕,启示着中国文化复兴的新征兆。

通过悉心观察,左佑发现别人没有看到双重影像的情况。为了不引发大家的惊讶和恐慌,左佑思前想后,制定了化整为零的方法:分别给同事们说一说,看他们有什么反应。

第一个人是庄娜娜,他选她并不是有什么明显的理由,而是选不出更好的人,他向她伸手:"让我看看你的照片。"

"我没有照一次性成像。我的照片都在手机里。"

左佑等待着,按礼节她应向他要自己的一次性成像。结果很失望,对方没有一点儿想要看的意思。他只好主动地拿出,递过去,斜着眼看庄娜娜,这种斜眼看女人的眼神发生在他身上,平生以来还是第一次。庄娜娜淡然地扫了一眼,她是看到了相片景深处模糊的人头,只因对左佑本人的无所谓,双影相片的奇异也就顺理成章地归于看不见了。

类似的情景在晚饭时也发生了。大家围在圆桌就餐,聊着趣闻。左佑将相片随意地摆到桌上,采取了愿者上钩的策略。据他观察,每个人都是看到了那张相片的,也只是看看而已,上面模糊的头像没有人发现,他的心里泛起酸楚,酸楚了好大一会儿,直到一个重要的念头出现,这才解救了他——双重影像上那个模糊头像,是不是别人看不到?仅有他一个人看得到?

紧接着他又想到出发之前的那次考试,莫茗能够连续三次抓到6号,突破了概率范畴,已经预示着朝圣路上的启示。现在,他自己的双重影像也正好呼应了某种征兆。既然他和莫茗分别都呈现了异常,会不会她身上也有种和自己类似的奥妙呢?

他试着把相片放在莫茗的桌前,还是没有期待的反应。在人多的场合,莫茗总是忧郁寂然。

左佑只得收回照片,独自一人再次端详双重影像,既然是一扇神谕窗口,从这个窗口看,那些普通的日子就不那么平常了,空气中的气流颤动、凝聚、旋涡般地从某个看不见的深处飘过来,经过头顶又向古代的历史移过去,在通向列国的平原上,感到风、风的轮廓、风的色块裹挟着片状的甲骨文和竹简。

如果双重影像用神奇多少可以讲过去,那么他本人能看到而其他人看不到恐怕就违反科学了。如果这事换到康胖子身上,他一准认定这是上天对他个人的恩赐,是他非同一般的关键之处,并以此为由奔驰到某个疯狂的地方。左佑缺乏那种自大狂的精神。既然大家坚持看不见,他决定直接面对这个问题。

他指着相片,用一种首次发现的好奇口气问:"这是怎么回事?"

85后侧身瞄几眼,终于发现了,表示不解的样子:"这在哪儿照的?"

"夫子洞啊。"

"谁照的?"

"当地的快速成像。"左佑松了口气,说明双重影像还是可以让人看到的。

85后又探头移近点,捏在两指间:"是有点奇怪。"

"你年轻,高科技懂得多,解释解释这说明什么?"

85后又端详一会儿:"不知道,他们是不是有了技术上的处理?"

"技术上的处理?又是怎么处理的呢?"

"就拿照相来说,你在几米远外,这边一摁快门,啪,几米远外的你就给摄了进去,这本身就是技术。"

这句话是左佑最不愿意听到的,他绝不允许一件带有圣迹的事情变成一则简单的技术处理。在85后眼里,左佑本身其实就是一个双重影像的人。

长期以来,在左佑的种种错觉中还有一种错觉:自己是什么样的人,别人也是什么样的人。尽管他也知道,别人和自己不一样,然而每逢遇到事情,他还是习惯先将别人当成自己,待后来看到不是那么回事,发现又是犯了以自己代替别人的毛病。

晚饭进入尾声,庄娜娜去总台办了入住手续,回到杯盘狼藉的餐桌给大家分发房间钥匙。按常理说,康胖子和左佑住在一起,纪念和总撰稿住在一起,可是剩下的一间让85后独自享用,那显然就荒唐了。身为摄制组的主导者,纪念很想自己独享单间,只是碍于某种原因,不便明说。他相信庄娜娜会明白并处理好这个问题的。

庄娜娜完全可以在没有纷争的情况下,自己住一间房,让少言寡语的莫茗和优越性无处不在的叶芝住在一起,但这样的话就涉嫌搞特权。世道人情,搞特权是要树敌的,一旦树敌,就会在意料不到的地方派生麻烦。两害相权取其轻,非要挑的话只好挑与叶芝同住,起码不至于沦陷沉闷。她先递给莫茗一把钥匙,在给叶芝的时候,叶芝正捧着手机对着远方的什么人缠绵,腾出一只手做哑语状,你拿还是我拿?人们其实很容易沟通,仅仅几个手势下来就明确了钥匙由庄娜娜拿着,旁边的莫茗一看就知道是自己独个儿住了。庄娜娜给康胖子钥匙的时候,拍着左佑的肩膀向前拢了拢,很明白,是他俩同住的意思;给总撰稿钥匙就格外讲究了,她做出足够尊敬的样子说:"您年龄大,又是摄制组的主角,最操心,得给您配个勤务兵。"然后用眼光对85后一点儿,像用木棍似的一寸寸给赶过来,交代他要搞好服务。现在,庄娜娜手里剩下最后一把钥匙了,这是特意留给纪念的。她伸长脖子,做着一副寻找状,那情景犹如在人头攒动的街头,寻寻觅觅似的。整个过程造成一种就近分配的原则,谁离她近钥匙就给谁,之所以最后给纪念钥匙,把单间房给他,并非搞特殊而是没看到他人在哪里。当她隔着叶芝的肩膀将钥匙抛过去,早已悄然等候的纪念,抬手一勾就给接着了。

他暗暗对庄娜娜领会精神又不露痕迹的水平给以赞赏,他赞赏的方式内涵而质朴——埋头翻看钥匙的门牌号。

第六章　深度迷惘

康胖子和谁住在一起都可以,和总撰稿住可以,和85后住也可以,他会指挥85后做这做那,将他训练成一个听命于他的马仔。如果上天安排他和三个女人其中的任何一个住,他也很乐意。他那么随和,跟谁都能聊得来。钥匙拿到手,他拖着拉杆箱,屁股后面的轮子咯嘣咯嘣滚动着微型雷声,电子钥匙贴在锁上,感应出清悦的吱声,绿光一闪,就推门进去了。

门廊边的壁柜,摆放着两瓶矿泉水、两桶方便面,还有花里胡哨的印度神油和振动避孕套。两张床之间的床头柜上,一个妖艳的半裸女人指着按摩服务的电话号码。

突然,左佑被什么蜇着似的,窜跳出来,由于房间小,动静就闹得很大,康胖子受了惊吓,本能地向窗口躲闪过去。

"怎么啦?"康胖子奇怪地问。

左佑从门缝边捡起一张扑克牌:"你看这!"

这是张招嫖广告,上面有个半裸女孩子,自称清纯学生,提供全套服务,还留有手机号。

康胖子接过扑克牌,边欣赏边嘻嘻地笑,笑得都有点儿厚颜无耻了:"这妞是个尤物。"

看到康胖子这副嘴脸,左佑觉得挺丢人,他指着壁柜上的色情玩意儿,进行抨击,接着又担忧地分析,要是一家老小住店,看到这该多难为情?地上,壁柜、床头柜上,整个屋子充满色情。

"你是真不懂还是假不懂?"康胖子也很意外,在这个世道还有这样的清教徒,不过转而一想,也可能这是个伪装到连自己都相信的清教徒。他讨厌伪装:"现在到处都是这,你可以选择,也可以不选择嘛。"

为了表明不选择的坚决态度,左佑拿起床头柜上的电话拨打总台号码,叫服务员来一趟,把这些东西拿走!康胖子一听头皮都麻了,扑向前劈手夺下电话,吼叫起来。这是酒店的安排,你让服务员拿走算是怎么回事。左佑抗议说这是污染,严重的视觉污染。康胖子说这有什么大惊小怪的,每个房间都有这,每个城市的酒店都有这。你要玩圣洁把全国的这东西都收起来烧掉。左佑又夺起电话,全国是什么样我不管,曲阜就不同了,这是孔子的家乡。康胖子抢不到话筒,气得用脚"嗵嗵"踢了两下桌腿,叫他不要偏激,这东西扫黄办的都不管,轮不到我们,我们是来搞社会调查的。我们是……

服务员按响了门铃,左佑抢先一步开门,质问这色情卡片怎么回事,是你们宾馆自己发的,还是谁发的?知情的服务员很职业地装糊涂,这怎么可能是我们发的,是别人从门缝塞入的。左佑不大相信,来人鬼鬼祟祟你们都看不见吗?服务员笑了,现在哪还有鬼鬼祟祟的人,人家都是大摇大摆地跟进自家院子一样,分不清是不是客人。康胖子夹到中间拦着说这是宾馆领导的事,一般职员管不着。服务员笑着走了,留下一堆硬邦邦的轻蔑。康胖子觉得丢人,数落指责了几句,打开电视,调不到想看的节目,气哼哼脱了衣服,穿着大裤衩,晃着河马般的肥肉进到卫生间,开始冲澡。

只剩下左佑了,他用怒视的眼神看着壁柜上那些色情玩意儿,在内心经过多次来回的较量,又有了新的解决办法。既然不能把房间里的色情物拿走,把它们先收拾起来还是可以的。到了明后天离开,再悄悄放回原处。按说,这种解决疑难问题的机智并不是他本人头脑里能够产生的,只因那张双影相片的暗示,让他隐约觉得自己有了秘密使徒的身份。他起身来到壁柜前,把色情东西收起来,拉开衣柜塞了进去。正在卫生间享受着光滑浴液的康胖子,听到外面仓促的好像藏东西的"乒乓"声,那双肉嘟嘟的手在身上停下来,拉开门缝,探出一颗全是泡沫的头。

"什么东西乒乓响?"

"我先把它们收起来,等我们走的时候再拿出来。"

康胖子没明白："你把什么收起来？"

左佑略显负疚地解释并不是自己保守，过于正统。可是他的话音刚落，又觉得不应该是这种态度，又不是做错了什么事为自己辩解。这个世界真是什么东西都弄反了，于是索性高声道："我把它们收起来是想让这个地方干净一会儿，我的视觉干净一会儿。我们沿着圣人的路线走，感受和情绪都不要受污染，如果我们不把好关，这次重走的活动就有了污秽气。"他还举了个例子，如果预报天气的仪器有毛病，那么它报的数据也会失效。

康胖子难以置信地摇晃着头，上面的泡沫甩向四周，他用痛心疾首的口气再次宣布："老哥。我说过，全国各地每家宾馆、每家酒店都有这些东西啊。"

"我也说过了，这是曲阜，这是圣人的故乡。"

"你就发疯吧，像我这样宽容的人都觉得发疯的人，那可是真的发疯了！"

康胖子不想吵架，这大概是肥胖人的一个优点，面对尖锐的冲突，浑身的肥肉也许对意志力有种缓冲作用。他不想吵，还因为他赤身裸体，动一动泡沫就会破裂。人没有衣裳的遮掩很脆弱，战士之所以英勇是身披坚硬的铠甲。康胖子用力把门推上，哗哗地冲洗泡沫，几分钟后裹着浴巾带着热气出来。他坐在床上，一只腿折叠，另一只搭拉在外边，针对眼前的恶劣情况，摆出一副需要像模像样谈一谈的架势。

康胖子从大处着眼谈起，认为不能将注意力分散到鸡毛蒜皮上，要聚精会神搞项目。说到项目，他的话就向纵深发展，这是文化和商业混合的项目，是对儒家在这个时代还有多少存量的调查，还有什么表现的形式，将它们表格化、指标化。而你呢，就走得偏差了。还以为我们是吹响儒家文化的号角呢。不，我们的重走只是通过拍摄残存的遗址，进行一次盘点。你知道什么是盘点吗？盘点就是对营利和亏损的总结。营利多少，亏损多少，都没关系，但要进行盘点。至于它在我们的心理结构中内化成什么样子，那是道学家的事，在我们的潜意识中还有多少儒家基因，那是哲学家的事。我们只是在事实上、行为上、语言上、交流上、冲突上，寻找一些碎片，再将碎片拿去化验，搞配方。我想……我想我说得够明白了。

左佑站在床和电视之间回答："我们做文化，为什么非要扯到商业功利？我最看不惯的就是，好像什么事不扯到商业上，不扯到赚钱上就傻。那么，好，我再退一步,你说我们的商业行为又是什么呢?"

"什么意思?"

"赚了钱,我们还干什么?"

"再接着赚钱。"

"然后呢?"

"接着再赚钱呀。"

"再然后? 然后再!"

"再找别的文化玩啊。孔子后面有孟子,孟子后面有二程,儒家走一遍还有法家,法家走一遍还有纵横家。老祖宗的饭我们吃到死都吃不完。"康胖子把自己说得激动起来,以他对中国历史的有限了解,现在是中国最好的时代,经济腾飞,社会多元,物资丰富,人身和思想自由都到了空前的地步,想说什么就说什么,只要在法律的框架里,想干什么就干什么。想经商就经商,想出国就出国,想搞什么文化项目就搞什么文化项目,想找女人只要不让老婆发现,就没人管。这个时代好得不能再好了,所以我们要尽情地玩才对得起它。

左佑从来没有听过这么荒唐的理论。

康胖子接着说:"文化这东西大而无当,你说它是什么就是什么,一到项目就具体了。可是你,"他指着半开的壁柜,"你把人家东西藏起来,什么也说明不了。只能说明你很落伍,带着这种痕迹我真担心往下怎么走。我们走复古之路可不是为了复古。看样子你已经深度迷惘了。"

左佑还是第一回听到别人说自己迷惘,他可不吃这一套。真理不能由他说几句就成他的了。左佑紧皱着眉头反问:"什么叫深度迷惘?你说的深度迷惘又是什么意思?"

康胖子以精辟的口气告诉他:"没有方向感就是迷惘的主要特征。"

"我怎么没有方向感?"

左佑太乖张了。把人家放在壁柜的玩意儿藏起来,就是现代版的掩耳盗铃。既然你左佑见不得色情玩意儿,他也不想见到左佑。顺着这个思路往下走,他发现这条路是能够走通的,他无力把左佑藏起来,却能把他给骗出去。康胖子打算让他没有方向感。

"这些东西藏起来的难度很大,服务员第二天打扫卫生,发现没有了,一看屋里,哎,俩男的,人家就会往坏处想。"

"往什么坏处想?"

"有些事情我真的不想说明白,可不说明白你就不明白。你想啊,人家把我们当成伪君子,这是轻的,重的往同性恋上扯。明早进来打扫卫生,不见了东西,还以为我们消费了呢。消费了,潜台词就是我们使用了!她会再拿两套出来!"

"胡说八道。我们怎么就消费了?"

康胖子突然扬了一下手,在他肩头上拍出一个清晰的主意:"要不这样,我看你实在受不了,不妨换个思路,你让人家拿走东西不可能,把这些玩意儿藏起来更荒唐……"

"以方便顾客、人性化服务为名,搞得像个淫窟。我只是把这些东西收拾起来。"说着左佑又去拿壁柜上的最后一样东西。

康胖子拦住了:"你听我把话说完,现在是你和这几样东西的矛盾,对不对?刚才我替你分析了,让人拿走不可能,藏起来呢顿生歧义,怎么办呢?这个问题还有另一个答案。当矛盾解决不了,矛盾双方的某一方退让,就等于找到了解决的途径。这话你听懂了吗?"

左佑皱紧眉头表示没有听懂。

"你作为矛盾双方的一方,把你自己解决了,矛盾也就迎刃而解了。"

左佑很想听懂,可是想想还是没听懂。

"你想圣洁,想六根清净,在这个地方看样子是不可能了,我建议你最好自己离开这里。"

"什么?我离开这里?"

"是呀,你离开。既然它们不可能动,那么你走。你一走问题就解决了。我要是你我就到外面住,听明白了吗?到外面住。我劝你赶快走吧,趁现在还来得及。"他甩了甩胳膊指着门。

"什么来得及,又没人追我。"

"是没人追你,可我担心你半夜醒了睡不着,后悔再走,那就成了自己追自己了。"

这当然是个极具颠覆性的创意,左佑难以做出反应,一脸的困惑茫然:"你让我住外面？为什么我要住外面？我到外面又住什么地方呢？"

康胖子晃动大肥脸，做出不满和失望，他指责左佑："你既然受不了这色情环境，又改变不了，为什么不能做出牺牲呢？还有你一再说这是孔子故里，就应该在孔子故乡转转，搜集素材，寻找灵感，你泡在这宾馆看这不想看的东西干什么？"

"只是我觉得，这个弯子太大。"

弯子当然太大，康胖子就是要把他弄得深度迷惘，找不到方向。"问题出来了，"康胖子一副查找病症的样子，"到底哪个重要？到底钱重要还是灵魂重要？既然害怕别人说你是伪君子，如此看来，你还真是伪君子。"康胖子觉得再加上一点儿东西就更好了，"噢，对了，不再说气话了，就今天这事儿，使我对你有种新的，或者说好的认识，我觉得你身上有种稀有品质，苦行者的品质，这一点儿放在别处可能是错的，放在拍这专题片上，还真是顶重要的品质，你可以更接地气地去街上转转，捕捉素材提供给我们。"

"我们？"

"是的，我们。"

"我不是我们的一部分吗？"

"是也不是，不是也是。在灵魂上，你和我们还是有区别的！"康胖子心怀鬼胎地赞扬。

左佑被震住了，在钱和灵魂上，他和别人是有区别，但他并看不到这种区别在哪里，经对方这么一说，他的认知就比较清晰了。他当然义无反顾地选择灵魂。只是自己以出走的方式回避龌龊之事，不管怎么说还是令人匪夷所思。康胖子见他迟疑不决，需要再努力把事情往前推动一把，就迈步到门口把门拉开，做了个送行的手势。看看没有效果，又回来把手放在左佑的肩头往门口推。左佑不情愿离开，侧着身子像坏了的合页门，康胖子推一下他反弹一下，又推一下再反弹一下。推急了，左佑说："把手放下，放下。我还没表态呢。"

"只是这一会儿没表态，以我对你的了解，你稍等一会儿就会走的。我相信只要出了这门，你会为自己的毅然决然而庆贺。说真格的，人战胜自己一次真的很不容易。"

左佑很不情愿地给推到了门口，这一切发生得陡然而荒唐，尽管如此，他还是习惯性地顺手提起了自己的包。

"我觉得,"康胖子替他出主意,"你最好悄悄地走,这包就不要背了。不能让人看见。"

"为什么?"

"他们要问你去哪里,你要不要解释呀?这事儿你又怎么能解释?"

"要是他们事后发现怎么办?"

"我就替你说,你去见一个亲戚。对,你就说见一个亲戚。"

康胖子看到自己成功地把对方搞得晕头转向,成了深度迷惘的人,就在心里偷偷大笑,肚子都快笑破了。两人就这么来到电梯门口,康胖子推荐他去找小招待所,五六十块的,那地方不会有这些令人恶心的龌龊事。至于再拿出钱自费住店,那显然很有必要,没什么冤枉不冤枉,面对庄严和圣洁这样的大宗事体,花这点小钱算不了什么。

"这就看你是真心还是假意了,"他推了左佑最后一把,"以我对你的了解,你完全是真心的。"

第七章　两代人的远眺

85后是剧务。剧务,在外界好像有个什么名分,业内只是一个杂工。从规格上讲,总撰稿和剧务同住一房实属胡来,但万事的好坏看你怎么协调,庄娜娜将打杂的剧务变成服侍人的勤务兵,这样一来,总撰稿岌岌可危的身份感就得到了昂扬般的重现。

他俩属于两代人。85后和总撰稿的儿子只差一岁。总撰稿在家里和儿子长期冷战,渴望打破僵局而无能为力。总撰稿很想从85后身上了解一些问题,诸如他和他的父亲有话说没有?有话说时都说些什么,冷场时又怎么解决?自己的想法是不是真的像儿子所说的那样,没有意思?

85后和总撰稿的儿子一样,喜欢玩手机。"我和儿子在交流上可以用一个字形容,冷。我试图打破,可是,他总是在我讲话的时候掏出手机,漫不经心地玩着,边听边哼。我心里就一冷,知道完了。后来到了这种程度,只要他掏手机,甚至掏别的,手帕、钥匙,我就条件反射地心里一冷。"

其实,85后也不想听总撰稿说话,正像在家里,讨厌啰唆的父母一样。所不同的是,父母可以回避,想说话就说话,想做什么做什么,不想做什么就不做什么。走入社会他没了这等自由。比如在摄制组,时间上的自由以及最重要的精神自由都被工作收购了。不想听康胖子吆喝,还得面对他凑出感兴趣的模样;不想看左佑疑似神经病,也得听他突然降临的施了什么魔法的自言自语。85后是迎着中国开放的春天出生的,春天是以否定寒冻为标志的。长期以来批臭的金钱仅仅花了几年工夫,翻了个身成了王道霸占了世界。他们不再以为人类、为社会、为他人做出什么事而自豪了。因为钱的属性,他必须为自己挣钱而努力,金钱时代决定了人以自我为中心,而以自我为中心的物质保障就是要有金钱。当他听到父辈们谈起灵魂的时候总觉得他们是从巫术里走出来的。好端端的物质世界,怎么让他们一说就成了消费时代、庸俗社会呢?还竭力表现得那么无奈、嫉俗,好像刚过去不久的时代遗留了什么宝贝。更让人费解的是,他们又坚决不同意再拾起那些革命宝贝。

"孔子时代,其实就是微博时代。你看那《论语》,每段也只十几个字,几十个字。少而精,为什么几句话就能说明白的非要花那么多的字表达呢?"85后说。

"我认为,网络最大的罪恶是破坏了道德生态。恶性事件层出不穷地报道,将个别人的极端行为强行放大,覆盖社会。"总撰稿说。

两代人的差距表现在方方面面,其中包括阅读。50后的总撰稿和60后的纪念,阅读的书是动辄几百页的砖头,世界名著。70后的叶芝们则是看几十页的杂志。到了85后,他们既不啃砖头也不翻杂志,而是上网。网络里什么都有,又什么都没有,什么都可以找到,又什么都记不大住。看视频,连字都懒得过目了,基本上活在几十字的数量里,转发几十个字的笑话,对着手机浏览微博,他在化名为"微微小起博"的微博里随时都将身边的生活记录下来并发出去。这次重走列国的活动,他以改头换面的形式发布出去,身边的其他七个人一概不知。他将总撰稿给他说的话一段一段地记下来,发到微博上,全是一些关于儿子与父亲存在代沟的苦恼叙述。

两代人的差别还表现在对人的分类上。在总撰稿那里,人分许多种,用儒家学说的一些条款,把人分得很细:"这人奸"、"那货滑"、"这人稳重"、"那货木讷"。而在85后的眼里,人只分两种:穷人和富人。表面上这是种粗线条的划分,但又是最简洁最本质的划分。穷人和富人,穷人受到的轻视通常比富人多得多,富人得到的尊重又比穷人多得多。即使穷人得到尊重,那也只是在穷人层面上的尊重;而富人得到敌视,那也是在富人层面的敌视。

穷人的孩子不像父辈那样上了大学就意味着改变命运,摇身一变,进入国家机关或者有保障的机构。上了大学之后就显出穷人和富人的差别了。大学毕业后,富人的孩子可以飞到海外,穷人的孩子只能在人才市场一次次地投放简历,四五个年轻人挤在一间屋里,比大学期间更窘迫。因为今后的一切都得靠自己了,像段子说的那样:"用一麻袋的钱换了一麻袋的书,毕业了,用一麻袋的书却换不到一条麻袋。"

总撰稿想就和儿子的关系问题,寻找突破口,可又找不到。现在,在重走列国的路上,他试图从85后身上找到一架连接的桥。他很想知道自己为什么和儿子总是说不到一起,他无论说什么儿子都是带着嘲讽的表情,这是他最苦恼的地方。"你说孝不孝呢,只要我们在一起,他就没话说,就冷场,而我要是不在家,他又关心我,我也搞不清是不是孝?你说,这种情况你和你父亲有没有?"85后的回答是:"也有,不过我爸现在学聪明了,不管我,少管我,这样就好多了。""道理归道理,我也懂,也在试着做,可非要当睁眼瞎又不可能,左耳朵进右耳朵出也不可能。遇到事光想过问,看到他没经验就想指导,不能眼看着他走弯路。""看样子这是你们当家长共有的问题。""是啊。"总撰稿说,"我们年轻时也不想让父母操心管教,也惹过他们发火,也很前卫,可以说冲破层层藩篱那是我们这代人前赴后继做的。唱香港歌曲、跳欧美热舞、穿奇装异服、读异端邪说,唯恐思想不激进。可是走着走着,脚步渐渐放慢了,对曾经的追求提出了质疑,开始修正自己,有点儿回归的意思了。断断续续就接上了传统,平和了,沉稳了。到我们当了父母,就回归了传统模式,很向往三纲五常了。"

总撰稿又讲了身份决定观点。梁启超一开始是反孔的,后来任司法总长——孔子也当过大司寇——就效仿起了孔子,非双马车不坐,安富守贵,开始咀嚼孔学,品到了香味。

85后问儒家能不能称为国教时,总撰稿说当然可以,任何宗教都是围绕"人"这个字打转的,是人和超自然的关系。儒家是人与社会的关系,是给人设置标准的。标准又是谁制定的呢?这个很重要,它就来自于我们的儒家。可归纳为五常。这五个字就是仁义礼智信。把这五个字做好,这个社会就完美了,国家就安康了。

总撰稿的谈兴很浓,是因为他把85后当成了儿子。当成儿子就有了说话的劲头,有种父子补课的意思。多年来他和儿子一天能说两句话就不容易了。为此,面对85后,他就上足了发条似的讲起了平时想说而儿子不听的东西。

社会是一代人一代人向前流动的。我说过我们像你们这么大时也是叛逆者。经过回归和修复,我们又成了正统,看不惯你们了。看不惯你们什么呢?太自我、能力差、什么都不会。当年,你们是被贴上小太阳、小皇帝的标签的,你们有什么自立的能力吗?在总撰稿的眼里,85后有点像智慧的提款机。只要放进一个智能卡,就能提出现金,然后再用这些现金去买别的道理。总撰稿渴望85后是儿子的角色,在这半个月的交往中,了解对方,也让对方指出自己的不足,好回到家里后与儿子的关系有所改善。"人生其实有其共性,不管哪代人都是三部曲。第一部,'我就是我',年轻自信;第二部,'我不再是我',成年人的世故;第三部,'我其实还是那个我',老年人的无奈。"

总撰稿说,为什么一个讲君君臣臣父父子子的民族,到了现在,又是最不讲家政秩序的民族呢?

总撰稿有时会严肃得一点儿声响都没有,陷入深思,成了一个活动的雕像,有时又突然开启,滔滔不绝。春秋时代没有金钱的冲击、物质条件的刺激,我们现在就不行了。欲望被刺激得无止境了。众所周知,比如我这买车,根本不想买,还是为面子而买了。就是现在开的这辆车。买了六个月了,我开着它不断地问自己,到底是我开这辆车呢,还是这辆车驾驭我呢?

重走列国路拍摄项目来自总撰稿的创意,这个创意又来自他买车的触发。中国文化有很大程度是为了别人的眼光而受罪的文化。全民族都在买车,拥堵造成的受罪事实,反证了这个文化肯定有问题。有问题就要去探讨问题的原因所在。结果,我开着车找到了孔子,又从孔子找到了周游列国线路。

总撰稿发现同样的谈话,和85后交谈很愉快,为什么到了儿子那里就成了絮叨?他对此进行了深入的衡量、评定,找到的答案是,我想说服儿子,而与85后只是交流,没有说服的意思。这就是差别。为了说服就会摆事实,就会讲道理,生怕儿子听不进去,记不牢,结果儿子就烦了。对85后呢,没有这个责任和义务,反而轻松愉快,一愉快就容易往深处沟通了。

重走列国路来源于一次买车的漫长体验,买车的动力来自面子和等级制。汽车成了面子和等级的物化符号。满街上飘的是汽车吗?都是脸啊!这就是贵贱身份在科技时代、工业社会结出的肿瘤。在过去,我们看不到人的思想,它是气态的。现在通过汽车这个介质,我们看到了人的思想的形状,看到了儒家对人的直接再现的影响,它又直接作用于人的行动,购买,使用,从而达到炫富的目的。人们不是为自己,而是为了别人的目光。而人们一直在说其他的,说是经济现象、开放成就。我不这样认为。我发现这是儒家的贵贱等级在我们身上作祟,是儒家文化这个根结出的恶果。

总撰稿说,他五十出头的年龄才能对车的发展有全面的认识。打记事起,全城只有少量的公交车和卡车,好一点儿的也就是绿色帆布的吉普了。他回顾梳理了自己和车的种种关系。比如,最早一次坐的车;路途最遥远的一次以及最短的一次;哪一次载过幸福,哪一次运过痛苦;坐过什么最漂亮的车、最破的车、最豪华高档的车;等等。

就说第一次吧。第一次肯定是记不起来的。我只能说我记忆中的第一次。也很模糊了,坐的是公交车,从家属院到火车站。三四岁的时候,在幼儿园,影影绰绰的,和儿童电影里的一些镜头混淆重合。印象最深的是乘卡车从郑州到开封观看展览资本家的奢侈腐朽。那是1967年,上小学的夏天,"文化大革命"狂风席卷,其中一项叫忆苦思甜,牢记阶级仇不忘血泪恨。我们随着大人乘着卡车从省会东进开封。两地相距一百余里,现在一小时即能抵达。当时用了一个上午,整个路途都是在大人高喊口号、小孩欢声笑语中愉快地度过的。到了开封,进城不久驶入一个大院子,四面宅房里陈列了无数的绫罗绸缎。这是开封一个大资本家的家产,也是压榨工人血汗的罪证。当财富转换为罪证之后,财富就失去物质上的含义了。在漫长的中国历史上,这是第一次对财富敌对蔑视,以革命的名义对财富判处死刑,在灵魂上将财富定义为可耻,这种意识形态恐怕在人类的无尽未来再也不会有了。但"文革"十年,在人类的社会长河中挖出了一个极端的洞。那时人们视金钱如粪土,资本家的香水是世界上最臭的脏水。灵魂完全可以战胜金钱,那么轻而易举,像三十年后的今天金钱轻而易举地践踏灵魂一样。

路途遥远的一次坐汽车的经历是从赤峰到北京。那年在内蒙古参加一次会议,因为参会人员多,赤峰仅途经一列火车,购票困难,主办单位只得将火车票给了更远的参会人员。我去中原,本来已经很远了,但和南方、东部、西部相比,我还算是近的。于是就乘汽车。早上从赤峰起程,翻山越岭经过承德进入北京,长达十四个小时,那一次在车上睡了无数觉,时间错乱,方向混淆,明明往正南方向行驶,却总觉得向北。迷糊地看着连绵不断的山峰,恍如运行在地球内部。

最近的一次就很滑稽了。打车一百米。正走着,暴雨倾盆,身边驶来黄面包出租车,钻进去,要司机载到前面一百米左右的大楼。

最差的车当然算三轮车改造加工的蹦蹦车了。用帆布包裹四周,后面垂条肮脏的布帘,主要是遮挡土路扬起的灰尘,坐在上面颠簸还要抓住木板凳,预防坎坷的路上猛地一耸,头碰到棚子上的钢筋。那是九十年代初的场景,这种蹦蹦车是中原的县城通向各个乡镇村落的主要交通工具,一辆接一辆,"突突突",在原野上机械式地欢叫。

再说坐过的最豪华的车吧。那是黑天马公司戴总的专座,是我坐过的最豪华的高档名车。一百八十万。通常人在创业奋斗中总有绝处逢生的机会。不过换到戴总身上,绝处逢生频发率太高!这么形容吧,就像一个人,胃,发现了癌,绝望了,一手术,是良性的。肝,发现了癌,绝望了,一手术,又是良性的。淋巴,又发现了癌,他会想,怎么这么多灾跑到我身上啊?这一次可能就不是良性的了,向世界告别吧,向人生挥手吧。一手术,还是良性的!戴总就有这种命。常言说,福大命大造化大,人家就有本事开大奔。

就实际而言,我对车缺乏敏感。街上跑来跑去那么多车,我也不知什么牌子的、什么价位的。如果想知道这个车是什么档次,看看司机的脸就能估计个大概。那些紧绷着脸的人开的车不会超过十万。从容得有点儿尊荣的人开的车大约有二十万。再往上去,开车人的眼睛就是无所谓的,他在摸方向盘的时候,他在慢行等车的时候,目不旁视,而知道别人在观赏他。像一个美女走在街上,虽然目不斜视,但知道周围的目光在或色迷迷或偷偷窥视一样。或者是傲慢的,或者是漠然的,根据人的性情而定。人在世上,总会有一件你在意的事情,这件事会引起你的兴趣。比如说我对人文知识就很在意,对物质、财富不那么关注。九七年香港回归,随旅行团去香港,在半岛酒店,前面停了辆凯迪拉克。先是女人们惊呼,接着男人们蜂拥而上,与车合影。那种喜悦包含着荣耀,好像这车和他们有嫡亲关系。两个男人相互鼓励,这辈子奋斗终生的目标就是要买这么一辆车。看样子价值观真是决定行为,人们恋恋不舍,纷纷与这辆车合影,唯有我一人在旁观望。这件事情表明我的两个态度:一是我对物质生活的追逐度较低;二是我对汽车的兴奋度较低。确切地说,第二个比第一个更重要,如果说对物质财富缺乏兴趣,就很难解释我给文化公司写脚本算什么行为。死工资已经无法满足我对生活的欲望了,同样的劳动,比如说每天八小时,每月只发几千块钱。不会发生任何奇迹。但是写电视本子就快得多,我是从一集三千写起,写到现在的一集两万。早在二十世纪末,我手头就拥有买辆奥迪的钱,我准备二十一世纪的第一春开上我自己的座驾。那年是龙年,斗转星移,这个想法竟然延迟到第二个龙年才实现。

  总撰稿说,做什么事都有因果关系,因为买车之事,我对这个民族发生了严重的质疑,寻找问题的根之所在。最后,我找到了儒家这个国教,就想到去孔子故乡和他周游过的列国去考察。考察需要交通工具,这就有了买车的直接理由。你看到了,人是怎么绕着弯儿骗自己的,从原点绕了一大圈又回到了原点。从要不要买车到挖掘买车的原因,到找到去考察的理由——既然需要交通工具,那就行动吧。重走列国路的理由,是最正当的无懈可击的理由。这个重走列国的原创是我的点子,我就说服自己,买车不是为了买车,也不是为了面子,而是为了实现文化游!

  不想而又想的情景正是人生的一种尴尬。买车与不想买而又非要买的纠缠,让我联想到孔子离开鲁国的两难处境。孔子其实不想走,他想以走的形式让鲁王挽留他。这真是浪漫的幻觉。国君就是国君,不会为了一人的走或留而丧失脸面。就是说,人人都有面子。你孔子讲面子,人家国君同样讲面子。你的面子和国君的面子相比,就没有人家的大了。你的面子和国君的面子撞在一起,你的分量就很轻很轻了。结果,孔子离开家乡的时候走走停停,迟迟疑疑,回头张望,期待身后的尘土扬起,飞马追来,但终于落个空。

第八章　关于圣徒的报告

1

周游列国,孔子带了多少弟子说法不一,有的说七八人,有的说十几人,但至少子路、子贡、颜回、宰予是铁杆儿。当然还有冉求。冉求这个人,在孔门弟子中的名气属于说大也不大、说不大又大的档位,他的作用主要在后来。孔子周游十四年,最后三年一直蹲在卫国,也就是说,离家乡鲁国很近,也没事做,就这么蹲守了三年,直到冉求接迎他回去。冉求跟着老师游过列国,不知什么时候离开,提前回到鲁国,因立奇功,受到重用,这才有资格谈到他的老师,并把老师接了回去。这就给人一种带有悬疑的遐想,孔子蹲守卫国,其实就是一种期待、一种等候。当时的师生关系,并非后世人们效法的那样,毕恭毕敬,唯唯诺诺。从《论语》里看得出,师生之间除了尊敬、友好,还有劝阻、嘲笑,甚至谩骂。子路对老师发过火,而孔子对宰予爆过粗口,骂他是朽木和粪土,主要原因是这个人爱睡觉。通常来说,爱睡觉的人比较懒散,如果再往深处讲,就是笨了。孔子把笨弟子发配锅台边,当了厨子。

2

重走列国路的第二天,摄制组到了古城村。一个自称是宰予七十四代孙的人,领他们到宰予墓。当介绍到宰予只因爱睡,被老师辱骂,有人就笑着跟康胖子开玩笑,让他多拍一些,也算是遇到了同量级的睡友了。七十四代孙嘴一歪,辩驳说,看样子你们没有好好读《论语》,只看到一个爱睡觉的人被骂成粪土,而忽视了其他的重要段落。如果将宰予的有关事情集中起来看,就能发现孔子对宰予,有种天然的敌视,错了要骂,不错也要骂。七十四代孙指出,《论语》里有好几个宰予的故事,恰恰证明这是个非常不得了的人。但世人就是这样恶俗,只拿睡觉这种生理缺陷来寻开心。

康胖子也爱睡觉。看电视、开会、聊天,他总能睡他一会儿。起初是"噗噗"地吹气,"叭"的一声,破个泡,"叭"的一声,又破个泡,继而咕噜咕噜,好像一节节骨头在木地板上滚过来、滚过去。夜晚的动静更大,呼噜声、哼哧声、梦话相互交织,上演着一幕激烈的床笫搏斗。

##

《论语》中有段著名的故事:鲁哀公找宰予请教,做神事用什么木料?宰予相告这要看什么朝代了,在夏朝用松木,在商朝用柏木,到了周朝就得用栗木。为什么用栗木呢?因为到了周朝民智大开,百姓敢闹事了,那么就要用栗木让百姓战战栗栗。这段君与民的对话,宰予回答得很专业。孔子事后有所耳闻,知道了,就挖苦地臭批了宰予一通:成事不说,遂事不谏,既往不咎。翻译成白话就是,过去的事有啥好说的呢,正在发生的事也不要劝阻了。言外之意透出对宰予的不满,这孩子卖弄显摆,抢占风头。结果,一个弟子给老师脸上贴金的好事,只因懂得太专业,反倒招惹麻烦。

按孔子的成事不说,既往不咎,天下事不要说了。那么,他一辈子忙碌,搞复古的集大成干什么呢？自己可以到处说，本国说不够，还跑到国外游说，而弟子一说就涉嫌卖弄，犯了忤逆之罪。

4

七十四代孙说，孔子心胸狭窄，容不得学生有本事、受关注，也容不得学生独立思考。他又举出《论语·雍也》为例。宰予很爱动脑筋，他问孔子，如果一个有仁爱的人，见到有人掉入井里，是不是要下去救呢？救是仁，可下去很可能是个死；而不救，怎么表现仁呢？对此两难的问题，孔子回答得有点儿语无伦次、语焉不详，他似乎不擅长思辨诡异古怪的问题。大凡老师都讨厌给自己出难题的学生。什么是好学生？除了弄懂老师教的，还应有条标准，那就是问些老师能够回答上的问题。

宰予之问，放在古希腊是最让人神往的形而上的问题。稍后于孔子的柏拉图对待学生亚里士多德却不这样。柏拉图的弟子奠定了西方文明的基础，指出了发展方向，而同样具有形而上天赋的宰予，则被骂成了朽木和粪土。

5

康胖子对自己的评价比别人高得多，也正确得多。别人知道自己有缺点，只是发现不了，而康胖子则很诚恳地认为自己没有缺点。如果真的听到有关指责，他也有能力通过某种转换，变成一种自我欣赏。比如纵声大笑，在众人面前是令人讨厌的粗俗行为，他几乎不假思索地将其定义为男人的豪气、开朗、达观。

叶芝对此有种幽默的表达："你这人对自己有种深深的眷恋。"他双眉一挑进行反驳："你对我不满并不是针对我本人，而是取决于我俩的关系。""哦，"叶芝双手捧着心口，做出受重挫的样子问，"我们什么关系？""如果我是你家老公，那缺点就不是缺点了，你就会肯定我赞扬我了。你会自豪地竖起大拇指，叫道,看俺老公,纯爷们哪!"

多年来,康胖子因为喜欢睡觉、打呼噜,常常被人们耻笑。这里隐伏了一条逻辑线,爱睡觉的人就懒,人一懒就笨。他又拿不出证据驳斥这种世俗的错误,只好委屈地默默忍受。现在,阿弥陀佛,苍天在上,在《论语》里居然找到了和自己很像的人物。康胖子装着哽咽地说,都看见了吧,我一直觉得委屈,可就是搞不清为什么委屈,哪里委屈。现在看到宰予的下场,这个苦结终于打开了。人们应该遵循另一个相反的逻辑,喜欢睡觉的人恰恰很聪明,表面上的懒,掩盖了大脑在梦中高度的活动。

6

七十四代孙为了替祖上昭雪,备足了料理,以设问的方式提出问题。《论语·阳货》里有段师生交锋的对话。父母故去,儿女守孝三年,是世俗定规。宰予则认为三年太长了。他言之有物地陈情:要是三年不习礼,那么礼会废掉的;要是三年不闻乐,那么乐也就垮下来了。陈旧的粮吃完了,新粮也来了。怎么办呢?我看守孝一年,就可以了。

"礼崩乐坏"一词就源于此,后来被学人们用以解释孔子时代的社会,以示孔子所处的时代很糟糕,这个崩那个坏。

孔子火了,质问宰予:"亏你说得出口,一年守孝?这饭你吃得香吗?这衣你穿得舒服吗?你能安心吗?"

宰予脱口一字:"安。"

师生对话到了这里触摸底线了。孔子原本想看宰予的难堪,承认自己错了,愧疚。他相信他的期待会兑现,于是松口气正转身而去。没料到这关口,宰予脱口来了个"安"。一个"安"字,咔嚓击破了底线。

孔子愤然叫道:"在守孝的三年里,真君子是吃不香的,穿不舒服的,听音乐也没情绪的。你倒好,只一年,还可以享受,你能享受那就去享受吧!"

宰予被呵斥后,出了门。孔子余怒未消,怒斥这人不仁:"孩子长到三岁,才能离开父母的怀抱,父母再艰难地拉扯半辈子,你仅守孝三年就受不了啊,这人不仁啊。"

7

康胖子在古书里找到了同仁,当然抓着做文章。从《论语》中的故事看出,宰予并非笨,而是善于独立思考又心直口快。不世俗,不虚伪,敢于打破常规。想到什么说什么,往往给人笨的印象,其实不是他智商低,往最坏处说顶多是策略上的笨。真是道德和勇气的交锋。在中国历史上,敢于和圣人当面对阵者极为罕见,宰予堪称是千古绝唱。

道德是容易找到制高点的,站在上面的人,往往乐意批判别人来抬举自己。批判别人比较容易,只要发火、跳脚就成,而通过自己的躬身行动就很麻烦和艰辛了。

康胖子最后总结道,宰予被严重歪曲了,正像我被歪曲那样。

叶芝和庄娜娜相互看了一眼。

康胖子故意气她们,很开心地戏仿起了孔子,问:"你安心吗?"

又转过身戏仿宰予:"安!"

从对学生的态度来看,孔子也逃不了常规。国君喜欢顺我者昌、逆我者亡,因为他有牢狱。孔子是教人读书的夫子,无牢给人坐,但他有厨房。

8

子路墓在卫国公坊。

摄制组特意在墓地献了一捧花,洒了一瓶酒。

子路是儒家弟子,同时也是一个壮士。他为人鲁莽、正直,富有信念,结缨而死的故事感人至深,为儒家的文弱平添了奇采和风骨。周游列国后,子路在卫国当官,一次战事中他被抓获,临死前,不忘老师之训"君子死而冠不免"。就是说,死不足惜,帽子不能掉下来。他把掉下的帽子举到头上,庄重系好,这才同意敌人把他砍了。

子路死的时候,孔子已经垂垂老矣,回到了鲁国。听到远在卫国的子路阵亡,孔子为之号啕。孔子一生只为两个学生哭过,另一个是身在陋巷而知足的颜回。

子路秉性鲁莽,因发难过老师,阻止孔子两次变节,从而成就了儒家始祖的政治品格。

第一次,周游列国之前,公元前502年,孔子已经五十岁了,对政治依然高度热心,渴望做官,求仕到了饥不择食的程度。鲁国贵族的家臣公山不狃叛乱,请孔子出山。最讲究君君臣臣、人伦等级秩序的孔子,原本应该对叛逆的家臣断然拒绝和声讨,然而他没有。他接到邀请就乱了方寸,很现实地看到了好处,踌躇满志,准备前往赴任。子路反复阻挠,摆明利害,孔子这才无奈地断了念头。

第二次,周游列国之际,晋国赵简子的家臣盘踞中牟叛乱,又邀孔子辅佐。因为周游列国阶段遭受了一些挫折,六十二岁的孔子到处奔波,无所依附,怦然心动,准备前往。子路又一次力阻,理由和前次一样:面对叛贼,老师你得考虑自己的形象,不能背离你所倡导的社会伦理啊。

这两件事在史料中均有记载,真实性不容置疑,如果不是子路的坚持,孔子的操守又如何体现呢?当没有利益诱惑时,人们是那么清高和傲慢,有了利益诱惑便一副务实的嘴脸。可以这么说,孔子的伟大是弟子们成就的。如果孔子辅政叛逆,三百年后,董仲舒以什么理由罢黜百家,独树这个圣人呢?

道德应有楷模,当楷模没有了,道德又以何标准去宣传普及?

还有,孔子离开故土,周游列国也和耿直无畏的子路有关。

公元前497年,孔子五十五岁,终于捞到了高官,在鲁国身为大司寇,大权在握,八面威风,堕三都,杀少正卯,紧邻的齐国闻而惧怕,说孔子为政,鲁国必霸,殃及我们。怎么办呢?有人想到了美人计,送了八十个美女。先是贵族季桓子在城门外观看,观看了三次之后这才告诉鲁定公,可以借到各地视察为名,乘机到城门外观看齐国歌女的表演。结果,鲁定公不仅看上了瘾,还把美女们接到宫内,从此就懒得打理朝政了。孔子很失望,学生子路嚷嚷道,老师,都这样了,咱们还是离开鲁国吧。

《史记》权威发布的美人计,缺乏足够的逻辑关系。齐国是大国,为什么讨好相对弱小的鲁国呢?送了美女怎么就知道鲁定公从此懒得理朝政呢?鲁定公是一国之君,贪享美色,完全可以在一国之内招选,不是有了国外的赠送才能享受。再往下更难以理解,孔子只是一个大司寇,国君享用美女的歌舞,干卿何事?犯得上离开故土,云游他乡吗?这里显然省略了一些重要且足以让人信服的理由。从逻辑上讲,孔子既然可以说服鲁定公堕三都,杀少正卯,同样也具有说服其避色的能力。齐国的美人计这种低级的谋划,怎么七拐八扭地就能逼着孔子远走呢?几面镜子相互映照,第一面镜子是美人计,映照到第二面镜子是鲁定公贪色,映照到第三面镜子就是孔子灰心绝望。最后人们从镜子的深处看到了几辆马车在历史之路上颠簸周游。

孔子面对两次辅佐叛贼的机会动心预谋,这透露了重要信息:孔子其实是个政治投机商。道理是给别人说的,面对机会自己则另当别论了。后人故意淡化或忽略了险些辅佐叛逆的事情,从而塑造出一个光照千代的圣人。

10

秋雨中,摄制组来到闵损故里。

闵损是孔子七十二弟子之一。早年丧母,父再娶,后妈又生了两个孩子。因为贫穷,给孩子做冬衣就有了区别。后妈给自己儿子的棉衣里套的是棉花,而给闵损的则是芦花。严冬之际,寒冷袭身,闵损手脚哆嗦。父亲觉得这孩子没出息,就用鞭子抽打他,衣服被抽破了,里面的芦花飞涌出来。父亲才恍然大悟,抱着儿子痛哭起来。

《二十四孝》里有这"鞭打芦花"的故事。

幼儿园时期,大多数孩子听过这个故事,内含的主题是,没有妈妈的孩子很可怜。这次重走列国时,途中考察,才知道故事还有后半部分。父亲知情后,非要把继母休掉。闵损反而跪下求情,后母在,只有我一人受冻,你再娶个后妈,我和两个弟弟三个人都会受冻。父亲觉得有理,把后母留了下来,她受感动,从此像对亲儿一样疼爱闵损了。

这个孝道的故事,两千年来一直被人们传诵着,文以载道,好让后人以此为学习的榜样。不过,要是按现代人的辨证审视,从故事的本义分析,闵损明明是为了自保,不再受第二个后母的虐待,怎么就曲解地把它提升为孝道了呢?事实上,这个故事像许多其他的故事一样被主题思想利用,不大顾及事实真义和逻辑关系。

为什么不可以演绎为智慧的故事呢?闵损保护了后母,也保护了两个弟弟,当然更保护了自己。如果从佛教或基督教的立场,又可以是以善报恶的德行经典。这个故事像一个万能的养料球,需要什么就从这个球体上挖下一块,塑成神像供奉或宣扬。

其实,后妈是恶的存在,人们应该能够看见。但这则故事被孝道的主题把恶遮掩了起来。恶,就成了隐形物。这就给恶一个自由纵横的空间,我们怕它而回避,装着看不见。但它像地球一样,在旋啊转啊地运动。

还有个孝道故事,更是掩映恶的典范了。

这一天,孔子在家和学生曾参聊天:先代圣贤有一种高尚品德,它使天下归心,百姓融洽,你知道是什么吗?

曾参惭愧自责:我愚钝,不知道。

孔子说了一个字:孝。

《二十四孝》的第一个"孝感动天",讲的是舜的故事。他是伟大的孝子,也是传说中的五帝之一。早年时候,后母多次迫害他(又是后母),而生身父亲是个瞎子,不知内情就跟着帮忙。舜上房修补漏雨的地方,后母放火烧屋,舜手持斗笠跳下,逃离了大火;还一次,舜挖井,后母又填土活埋他,舜横向挖洞,再次逃离险情。可贵的是,舜好像没有发生这些事,依然孝顺父母,此事感动了尧帝,一下子把两个女儿嫁给了他,还选定他做接班人,使他登上了天子位子。更可贵的是,舜当了天子依旧孝顺父母。

12

由此看出,中国文化的源头充满了荒诞。为了倡导孝,就不遗余力地用恶做铺垫,继而再忽略恶,使之成为成为"看不见"的隐形物。后母杀子,是恶。而作为人类社会上另一种类型的恶,既是社会实战者,又是得胜者。历史的书写者没有对此揭露和指责,而是一厢情愿地将杀人恶事剥离了出去,使其成为孝道的原材料。事实上,故事里的后母,更呈现了世界的真实的残酷图像。

这故事充满功利诱惑。当孝子好,好就好在能有重大回报。天帝在高渺的云端俯视着呢。世上之恶横行,那只是现象,而现象内部有着本质的回应。当了好人就有好报,从而彰显着远比做成几宗大生意更功利的价值向度。

故事里恶的化身,像遮了隐身草似的看不见。结果在现实生活里,善行总是被恶一而再、再而三地打倒,并踏上一只脚来羞辱。

是后母、火和井,构成了现实的隐喻。但书写者和倡导者却把它们当成工具和木偶,成了衬托孝行的反面教材。然而事实上,正是这些所谓的工具、木偶、衬托,在历史上以强大的破坏形态将人类推动。用现代人的眼光来看,《二十四孝》的第一孝中,后母所代表的恶在人类社会是横行的主角。所以说,人类的善行文化本身包含着荒唐、怪诞。就像一个美女,人们为了表现其美,非要用破旧的衣裳来衬托,结果,破旧的衣裳就成了身体的主角。问题不在这,纪念觉得有趣的是,人们硬是装着看不见。

两千多年来,全民族围绕一个人,不厌其烦地娓娓道来,又不遗余力地循循善诱,春风化雨式地解说,润物无声地渗透,最后砌成了一道软软的灵魂之墙。而这个人毕其终生,又围绕着几个字——"仁、义、礼、孝"等高分贝地叫喊,飘荡在江河大地上。

13

周游列国途中,匡地有着特殊的位置。

匡人围孔的故事源自一个误会,匡人生活在蛮荒之地,曾被叫阳虎的人打过,有人见孔子像阳虎,就把他围了起来。困了几天,子路愤怒得要挥剑冲杀过去。孔子拦着说,你要逞一时之勇,天下人该笑煞我了。随后他便操琴弹曲,匡人听曲识人,才知道孔子是圣人,不是阳虎,自动散开离去了。

颜回是孔子最喜欢的弟子,内秀、温和得有点儿木讷。然而温吞吞的人也能一鹤冲天。在匡地被围的时候,不知怎么回事,孔子和颜回失散了,后来危机解除,两人又重逢。孔子就问颜回,被困的时候是不是害怕,想到死了没有?颜回是这么回答的——

"老师,有您在,我怎么敢死?!"

颜回面对老师的问话,冷不丁蹦出个"敢"字。

"我怎么敢死?"颜回的一个"敢"字,制造了特定语境:我可以死,也不怕死,但老师您还在,我就不敢死。我的命不是我的,是您的。该死都不能死,只要老师一句话,我这命就像鲜血浇灌的花朵奉献给您。

自古以来,死有许多方式和原因,却少有在死的前面加个"敢"字的。敢,包括无比尊敬、无比捍卫,没有自我,生命不属于自己,连恐惧也不属于自己。一个"敢"字,揭示了无限的孝忠,也表达了无限的讨好。孔子历来反对巧言令色,喜欢颜回,也就是喜欢他的木讷内秀。结果,嵌在平静叙述中的一个"敢"字,映照出了真正的大智若愚。这句话非同凡响,绵里藏针,肃然卓然的圣人听了会有多么幸福的感受。

14

还有一个会说话的故事。孔子在宋国演讲周礼,被人赶杀,仓惶逃跑,路途上和弟子们又分散了(活像武侠片,只管分散,不讲为什么分散,反正几百里,总会突然相遇)。到了郑国时,弟子们到处寻找老师,有人就告诉他们,见城门有一人,脑门像尧,脖子像皋陶,肩膀像子产,腰以下不及大禹三寸,茫然狼狈像只丧家狗。子贡得信赶去,果然看到城门下孤独的孔子。子贡逐一相告郑人之评价,孔子听得手舞足蹈,高兴还不忘自谦,把我比作先贤圣人,太夸张了,说我是丧家狗倒像那么回事。

古代人显然不懂逻辑学,不大注重事物之间的联系性。如果考证的话,丧家狗的故事肯定是后人编造的。尧、皋陶、子产、大禹,都是古代的圣贤之人,以当时条件,后人不可能知道这些圣人长什么样,却一口连叫了四个名字出来。《史记》这样写,旨在凸显孔子非同一般的圣人形象。而子贡这样说,玩的是小骂大捧、曲意奉迎的路线。

子贡,是孔门中最有钱的高徒。凡在生意上成功的人,大都会说话,说得有水平。他摸清了孔子最高的愿望,就是当一代圣人,所以不吝谀辞地来了一串排比夸赞。同时他也看透了孔子的虚伪,表面上讨厌巧言令色,而这种东西一旦落到自己身上,那种被拍马屁的感觉还是十分受用的。

巧言令色,鲜矣仁,粗听起来很哲学,但子贡却给破了。有种说法,孔子周游列国的费用来自子贡的赞助,不知是否属实。但孔子死后,大多弟子守墓三年,唯独子贡一人守了六年。既巧言令色,又大仁大孝,子贡成为商人与孝子的完美结合,成为后世儒商的楷模。

15

有些事,不需要专业性很强也能发现疑点。康胖子将宰予引为知己同仁,甚至流露出了把自己喻为当代宰予的企图,就注定让人反感了。不管是无意,还是故意,挑错总给人一种快感。在离开宰予墓向卫国行驶的过程中,为了在康胖子与宰予之间划上隔离带,庄娜娜指出宰予可能具有分裂式的人格,或者温和地说,呈现了一种和现实生活游离的状态。同一个宰予,在《论语》里有着天地之差,面孔复杂,既是睡觉的懒虫,又是历史的专家,还是个反世俗的先锋。

这些难以理解的人物特征又源自《论语》。后来的人在抄写时是不是出了误差呢？抄写时的纰漏，给历史带来了无穷的可能性和戏剧性。于是，庄娜娜想到《论语》一书的真实性问题。这个虚无主义色彩的问题直逼核心，一个宰予，几次出镜，落差极大，是不是记录者在人物身份上的笔误？以此推导，《论语》中那么多人物、故事、对话，都是什么人记录下来的？又是如何结集的？如果它有个母本，这个母本又是如何演变而来的呢？

16

就是说，《论语》母本是怎么产生的？

不妨用最简单笨拙的方式来复原一下。这本集结孔子和弟子言行的书，在时间上纵跨几十年，空间上横贯数千里，结成这么个集子，总得有一个人或一个班子去完成。要知道，《论语》是在孔子死后一百年汇编而成的，如果用现代的逻辑认定，那就会问，在汇编之前，它们是以什么形态和方式存在的？记录的准确性是第一个问题，汇集成册，成为母本。第二个问题更麻烦，都由谁来传播呢？大家知道，那时的书写工具是竹简。庄娜娜的问题是，由谁负责誊抄，又是怎么抄录的？抄一份，一万多字，第二份还是一万多字。一份传十份，十份传百份，从鲁国传到齐国，再传到楚国。千山万水，路途迢迢，传来抄去会不会传歪？到了秦始皇统一文字，又得用统一了的文字连翻译带誊抄，有没有错别字、漏字、添字呢？难以想象的是，诸多国家都有《论语》，如何鉴定哪个是权威的文本呢？更加难以想象的是，无数手抄本，经过跌跌撞撞，烽火连天地传到几百年后的汉代，落到司马迁手里的，又该是哪一份呢？

几个问题归纳如下：

一、母本从哪里来？谁来汇集的？复制的准确率如何？

二、抄写传播的是什么人？秦始皇统一文字怎么解决原文的问题？

三、在印刷术之前，只有手抄本，手抄本又不可能都一样，那么几百年后，到司马迁手里的那本《论语》又是以哪个为准的呢？

庄娜娜的问题确实很有难度也确实很有趣味，当然也很危险，如果事事都这么求真去追寻,世界将陷入严重的迷茫的云雾中。尽管提的问题是问题,但无法找到答案。

17

想一想真不容易,"仁、义、礼、智、信",每个字都是对某种行为的界定,要花费多少功夫?像化学实验室里的标准,它们是怎么辨别出的呢?在无数个行为里,又是怎么在混沌中挑选出来并固定下来的呢?淘洗,认定,然后从中推导出一个理念,再将理念铸入一个字里。

第九章　民调第一站

因为有卧底,纪念的胆子大了许多,以前不敢想的现在敢想了,以前敢想而不敢做的事情,现在也开始揣摩如何去实施了。坐在飞驰的车上想到身边有一双暗藏的眼睛,他心里就唤起了独特的欣喜。他眯斜着眼,打算做点什么,去引发人们的议论,然后通过卧底转述给自己。

临睡时,纪念在床上给莫茗打了电话,宾馆内线,讲了他的有点儿风险的设想。

"我不明白。"莫茗在另一房间,听得半懂不懂。

"哪里不明白?"

"你可以好好给大家说,为什么突然袭击呢?"

纪念解释这个突兀动作的必要性。这就像游泳,对于初学者,光用鼓励和循循善诱是不行的,最好的办法是搞一脚踹,他跳进水里就会扑腾着自救了。现在,纪念说的就是用一脚踹的残酷手法,让大家猝不及防。他又说,之所以给大家难堪,还有层意思,是这帮文化人太书生气,一个个都那么自以为是,只有棒喝一声才能让他们灰头土脸、心态归零。当然,说到这里,他的口气缓和下来,重要的一点儿是有了你,大家说什么或骂什么都有回收的可能。换句话说,这个动作的风险可以在控制之中。

第二天,天空灰蒙蒙,摄制组沿着孔子的足迹向卫国进发。

10点多,在途经的一县城停了下来。纪念实施了预案,发给每人十张卷子,要求每人再把这十张卷子散发给当地的随便哪一个人,只要带回填写好的答卷就成。国教调查就这么突兀地,没有任何铺垫和酝酿地拉开了序幕。由于猝不及防,大部分人给弄得仓促,迟迟疑疑,手足无措。最感觉荒唐的要数总撰稿了,他是总撰稿,应该在决策层里,可这种调查方式自己事先一点儿不知情。庄娜娜拿着卷子困惑地和康胖子对视了好几秒钟。这种情景全在纪念的预料之中,看着大家为难的样子,他还是坚定地、不容辩解地驱赶人们四处散开。

"12点,大家还在这里集合。"

人们分头散布在大街小巷,带着装有中国文化之根的卷子让那些陌生的行人填写。在街头散发的时候,他们发现不仅陌生人是陌生人,连他们自己也成了陌生人。不仅如此,他们还觉得自己在干一件初看很神经质而实际上一点儿不神经质的严肃工作。

不到11点半,人们垂头丧气地陆续回来了。手里的十份卷子有的少了几份,而带回来的也没有怎么填写。只是看到别人和自己一样没有收获,空手而归,这才觉得好受点儿。起码证明自己并不笨,不笨而又无所收获,只能归于民调本身的难度大。庄娜娜在附近的饭店定了个雅间,大家围着餐桌开会。

康胖子说:"我拿着卷子走的时候,还没觉得什么,可是,到了跟人说话递卷子的时候,突然不知怎么办了。"

"就是就是。"叶芝说,"很突兀,这种突兀感过去从来没有过,嘴张不开。"

"我递上卷子,眼神都乱了。我想起少年时代送情书时的紧张忐忑,这比那还严重,因为对方是陌生人。"

只要人多的时候,莫茗总是一副少言寡语、内向的模样,只有与纪念等能够欣赏自己的人单独相处,她才会似涓涓流水。此时纪念有意看着她,问她怎么样。当听说没什么进展时,纪念表示了不满,叫她具体说说情况。莫茗讷讷地说:"我只找了三个人,人家一见卷子就躲着走开了,真的没想到会这样,好像'扑通'掉进黑洞,不知所措。"

庄娜娜说:"如果我们推销保险、义诊病人,倒很正常,可是拿着卷子来搞儒家文化,人们就把我们当成了傻子、疯子或者骗子。"

纪念双臂抬起,像翅膀一样柔和地上下摆动,让大家停下来,面带笑容地问诸位,在座的有没有上街推销过,或者站过柜台?他看都不看地替大家回答,基本上没有。那么,现在一上来就拿着卷子去街上,种种错乱甚至屈辱感也就正常了。

他又问:"诸位,为什么我非要大家都去街上?不,不,不光是去体验一下。你在给陌生人卷子的一刹那,你看到了什么?如果仅仅是看到了什么,也用不着让大家辛苦地跑到大街上。现在我来告诉大家,只有每个人跑到大街上与行人接触,这套动作全部做完,我再给大家讲下面的道理,就易接受了。不光卷子的内容是卷子,一个陌生人写卷子的过程本身同样是一种卷子。我要告诉大家的是,民调由三个部分组成。"他伸出食指说,"第一部分,如果光是卷子本身,那太简单了,我们只要找个屋子,有奖答题,十分钟就能一拨一拨地换。再有,雇几个闲散人员去街上散发,也是可以的。不,我不会这么做,因为这样做,只是浅层次的。"他又竖起中指说,"第二部分,我们要看到答卷人的反应。这一点儿,比卷子本身还有价值,当你说了你的目的,他也看到了卷子的内容,是什么样的反应呢?理解、诧异、反感、怀疑等等,这些都富含着重要信息。第三部分,噢,朋友们,刚才各位有了体验,这第三部分是什么,应该能说出来的。"

足足一分钟,大家没有明白"第三部分"是什么。

纪念知道人们答不上来,他看看总撰稿,又落到莫茗脸上。突然心里划过一个疑问,自己设计这个民调,到底是因为民调本身需要的呢,还是打着民调这个幌子来取悦女色呢?这当口,他也分辨不清了。他伸伸手拉直无名指说:"第三部分就是我们自己。"

"摄制组必须进入角色,这样才能配得上这个文化项目。"看看人们并不懂,他继续说,"第三部分,恐怕更重要。我们不光是对别人的调查,同时也是对我们自己的调查。因为,陌生人接受的是陌生人递过来的一张卷子,他比我们自己更意外得多、困惑得多、防范得多。我们知道我们在干什么,陌生人并不知道呀。所以说诸位,你说什么,怎么样说,说得怎么样,等等这些水平,决定了陌生人对你的接受程度。"

空气有点松动,人们微微点头表示明白了。

"在屋里,人们说什么都行,怎么说都行。纸上谈兵嘛,智慧又从容。一旦走向街头,拿着试卷面对匆匆而过的人们,就完全是另外一回事了。我们遇到的情况是,行人们头都不抬,眼都不看,躲瘟疫似的侧身溜走。搞得大家很狼狈,感到自己做了件见不得人的事,甚至不如那些散发诸如房屋中介、推销产品等小广告的人。是不是?"

纪念告诉大家,只有十四天的时间:"我之所以事先没有和大家商量,直接让大家去街上发卷子,就是为了让大家尽早有体验有心得。现在,大家先谈谈遇到的问题,再议议如何解决这些问题。"

"我先说。"庄娜娜气愤而抱怨地说,"遇到的最突出的问题是,嘲笑。要么不搭理,要么一搭理就是嘲笑。"

纪念看看总撰稿:"我遇到的也是嘲笑。怎么解决这个共性问题?"

总撰稿针对嘲笑讲到民族病的问题,为此做了一番从历史成因到现实状况的解说。什么都是嘲笑。过去是富人嘲笑穷人,现在穷人也嘲笑起了富人;过去能人嘲笑笨人,现在笨人也嘲笑起了能人;过去美人嘲笑丑人,现在丑人也嘲笑起了美人。总撰稿说他曾对我们的时代为什么充斥着嘲笑综合征进行过思考,要说嘲笑得从上世纪八十年代算起。那是一个反叛的年代,什么正统就嘲笑什么,什么传统就嘲笑什么。以反思的名义唯西方月亮是瞻。这嘲笑就是从那时候盛行的,以至于从思想文化领域蔓延到社会生活、日常的人际关系,思想混乱而矛盾。进入二十一世纪不同了,经济发展之后出现了许多重大的问题——"文化在学者眼里还是文化,到了官商的眼里则变成了商业运作的一堆材料,变成了文化项目运作的快感,变成了一桩桩事情成败的快感,变成了一张张钞票累积的快感。信仰已经失去,主义已经边缘化了,到处泛滥着实用功利主义者,到处是开发,到处是老总,到处是酒店,到处是钞票,到处是欺骗。有了这种种的社会背景,当你把儒家卷子递给人家,你的动作就是一种被怀疑的行为了。你,是不是一个骗子?这就是现在的社会背景,什么都离不开社会背景,既然被怀疑为一个骗子,那么就得接受嘲笑待遇。"他说。

"噢,"庄娜娜说,"对,骗子问题,我看应该是第二大问题。怎么能先不让对方感觉我们是骗子。"

"这是不可能的!"康胖子用定论的口气说,"朋友间你越真诚,还会越怀疑你的动机。何况陌生人?你是陌生人,这一点儿谁都无法改变。陌生人——防范——抵触——拒绝,尤其是看到孔子的调查,那种反应更是致命的。"

说到底,纪念也不知道怎么办。仅用"走向街头"这一方式是行不通的,但纪念不能让别人看出他只有这一个方式,并不是他硬装高人,而是第一炮打哑了,对下面的以至于整个计划,都有着重要的负面影响。大家这时候都眼巴巴地看着他。为了大局,他装也得装得从容,一副有备而来的样子。

"好了,咱们先就嘲笑和骗子说一说。在我看来这是问题又不是问题。它是不是问题那取决于我们的自身因素怎么样。没气势,自己先输了一截子。人家陌生人一见你都这样了,还不趁机嘲笑一下。"

左佑愤愤地说:"屈辱,我们办圣事得到的却是屈辱。"

纪念想了想,说:"屈辱?这种感觉本身就不对头。你看《孔子传》怎么看的?十四年,跑了七八个国家,推销自己,给个一官半职没有?没有,硬是碰壁无数还锲而不舍。人家不搭理,他接着说,不听,还接着说。鲁国不听去卫国说,宋国不听去陈国说,郑国不听去楚国说。说了十四年。我们呢?这才第一天就气馁了?单从这事就看得出圣人和凡人的差别了。"

初听起来纪念说得对,细想又觉得不大对,过了一会儿,有人才琢磨出不大对的地方。康胖子反驳:"那还是不一样,孔子对的是国王贵族,不待见,板冷脸,那不丢人。我们面对的却是一个个市民村夫。"

叶芝也说:"平时我对康胖子的观点不大看好,可他刚才说的我还是赞同的。孔子和诸侯是熟人,谁都知道谁,不丢人。但我们是谁呀?往这大街上一站,尽是陌生脸。"

纪念发挥逻辑辩论的长处:"要是这样的话,那更说明是我们自身的问题了。我们的成果取决于市民村夫的态度。他们是我们的顾客。看问题有时要反向看,一反向就是另一个感觉了,他们成了顾客,按照现代商业伦理,顾客又是什么呢?"他看着85后问。

85后说:"上帝。"

"对,顾客是上帝,我们把他们当成上帝,有了这个认识,就不屈辱了。"纪念说了这番话后一下子看到了局面的转机,"不能偷偷摸摸,跟见不得人似的,更不能像递情书,找个偏僻的地方找个角落。我们应该大大方方,气气派派!这种态度至关重要。接着再细化到具体场景。在不同的地方,顾客的反应是不一样的。街头有街头的好处,有种朗朗乾坤、光天化日之下的信任,可我们个别朋友,总觉得太乱。当然街头也有劣处,人们匆匆忙忙,你打断他人家不耐烦,但是,我相信总有办法的。"

总撰稿点支烟对大家说:"我赞同纪念的那句话,人们对儒家试卷态度的本身,就是试卷的本身。众所周知,你要是给他一本健康杂志,实用的,那么他很高兴,给他一份广告,也能习惯。面对不同的东西人会有不同的反应,如果我们给他们发钱,他们就不是嘲笑和躲着走了,他们害怕,因为这是不可能的;不可能却还出现,那只有一个答案:阴谋。所以说,我们的儒家调查,他们从来没有见过这种东西,你不能让人们没见过这些东西,还要像我们期待的那样,兴趣盎然,点头哈腰是不是。通过分析以上的情况可以得出一个结论,人们冷淡属于正常,这不是问题,更不是进行不下去的问题,万事开头难,路是走出来的。我真不想说这句老掉牙的话,可是现在,不说这话,你们谁能给我找个更合适的话出来?"

叶芝说:"问题比这更复杂,在街上你给人家传单呀、门票呀,人家可要可不要。我们就不一样了,还要人家填写,耽误时间不说,坏在人家还不懂,人们遇上不懂的时候最容易恼火。"

屋里哄起一片会心的笑。

莫茗觉得说来说去还在原地踏步,她说:"今天的情况好像素材,就像画画一样,只是勾勒草图,具体怎么操作,纪念应该给大家做个示范,好让我们踏着你的光辉足迹往前走。"这等于把问题赤裸裸扔给纪念,如果他都拿不下来,就没有理由指责别人。按说莫茗这么谈议纪念的提议有着很大的风险。纪念在短时间也感到划过一条鞭痕,不过他马上心里窃喜起来——如此公开地难为他,很可能是莫茗在履行卧底职责啊!

纪念二话没说,拿着几张卷子走出雅间,大家纷纷趴在窗口往外看。他来到街上拦住一个行人,指手画脚地做了一番自我介绍。那个行人侧耳倾听,接着溜几眼卷子,重新打量他一番,又警觉地向周围扫了一圈,查一查谦谦君子的身边有没有埋伏。等这套防范的程序完成之后,这才迟迟疑疑接过笔,挪到不远处的一个台阶,在垃圾筒上填写。很快结束。纪念接过笔做了个谢谢的手势。

填写的卷子只写了三道题。纪念给大家介绍经验,不在乎做几道题,关键叫他们做:"我谈点体会,刚才的情况大家都看到了,但是有一点儿,我估计没有看到。这就是'让'与'叫'的区别。我让他们做与我叫他们做是有区别的。同样的动作,因为'让'和'叫'而给人的感受不同;感受不同,效果也当然不同。'让'字里有谦让、礼让的意思,人家陌生人可以不搭理;而'叫'字里有种气势,大方、自信,对方就受到你的影响而去做了。"

康胖子发现了问题所在:"我看你那气势涉嫌表演。你深知背后有人民群众热切地张望着,当然气势如虹了。要是气势决定一切的话,我也行。"康胖子说到做到,顺手拿两份卷子奔出雅间,走到街上还回头向这里招招手,玻璃后面一张张热气腾腾的脸期待地张望。一个汉子走了过来,康胖子横出一条胳膊堵上,跟他说了什么,那汉子接着卷子,只看那么一眼,随手一扬就给丢掉了。这可太没面子了。不用看,里面的群众一个个乐得前仰后合。这让他羞愧难当,只差坐地上蹬腿号啕了。

康胖子不好意思再进雅间,立在门外,直到大家用笑声哄他进来。纪念对此分析说:"从理论上说,国教和国民,是对等关系。但是,一旦具体分析要复杂得多。国教只一个,国民的成分就丰富了,包括了工、农、商、学、兵、无业的和官员。仅以商人为例,又分成功的商人、失败的商人、大老板、小商户,他们对国教都是有不同的见解的。文化人也杂得很,胆大的、谨慎的、内向的;而内向的又分内向丰富充盈的、枯燥干瘪的;内向充盈的又分闷骚偷看邻家女人的,和搬着名诗一行行修改,再组合到自己的作品中的。林林总总形形色色,都会对我们的出场有着不同的反应。但有一点儿,不要在乎他们。我们只管我们的堂堂正正。又不是搞邪教、反社会什么的,不要一副亏欠的样子。"

"好。"左佑赞同响应,"不管搭理不搭理,我们都要理直气壮。"

"不是气势逼人,那样也不好。"纪念说,"至于调查的方式,是一个人还是相互结合,这可以看自己的情况。"

庄娜娜具有善解人意的天资,替纪念说了正要说的话:"我看这样,为了便于工作,谁跟谁同屋,就自然合并为一个调查组。"

只用算术方法一下子就看到了答案,六个人都是成双的。只有纪念和莫茗是单间;也就是说,他可以和莫茗一组也可以不和她一组。

民调工作就这么像推土机一样,嗡了几嗡,纵了几纵,将无形的障碍推倒了,前面呈现了高低不平的土堆。因为有了方向和方法,大家吃饭的时候很高兴,边吃边聊。

这期间发生了一件事,尽管是纪念一再渴望发生的事,然而真的发生了又和原本渴望的有相当的差距。纪念神聊的时候,大家都注意听,只有莫茗一会儿看一次手机,并用手指和对方互动,整个人被外面的什么事给勾过去了。通常来说,人们最忌讳和反感自己讲话时,别人的小声议论和心不在焉,这时候的莫茗两者都触犯了。她不仅用手机跟另一个地方的人交流什么,还不时侧过头对叶芝嘀咕两句。这让纪念很不高兴。

纪念因为一直想当面找个理由让莫茗难堪,好让人们知道自己对莫茗有意见,从而将卧底的身份明确下来。人要是想达到自己的目的,总是会找一些适合自己的理由,哪怕这个理由很勉强,找理由的人也会觉得不那么勉强。这当口,纪念抓到了机会。

在莫茗放下手机之后,纪念问莫茗刚刚说的一个问题,她没有听当然回答不了。

"那你在忙什么呢?"

"我家'葡萄'病了。"

"葡萄?"

叶芝解释:"宠物的名字。"

"我出来两天,它就不吃饭了,已经病恹恹了。我家人说,它天天卧在门边等我。"

纪念用多少有些讥讽的口吻说:"有种女人养个宠物就是为了把自己扭出贵妇状。对狗过度关爱,给人感觉是将小狗当成道具,炫耀爱心。如果真有爱心,为什么不用这钱救助失学儿童,搞慈善?"这些话从纪念的嘴里说出来很不适宜,但是为了"目的论",他也只好这么不适宜地说了。

"你不喜欢宠物,那是你有洁癖。"莫茗顶了一句。

"对,我是有洁癖。"纪念做了个讨厌的表情,这个表情是大家都能看到的,"我真不懂,那小动物天天在地上跑,又脏又有味儿,有什么好喜欢的?我觉得这种爱很假,尤其是'叫爸爸''叫妈妈'地喊,听着浑身起疙瘩。"

莫茗不回应了,默默地承受着公开的讥评,她知道纪念的目的达到了,遂了他的意。这样一来,人们看得清楚他们俩的不和,如果谁想说他的坏话,就有了和她交流的可能。她坚持着,屈辱地承受着。

如果和莫茗只是一般的同事关系，纪念心里的怨恨也不便表示出来，正是她身上除了情人身份，还内设了卧底角色，纪念就可以公开地表示不友好了。大多的时候，有些事情模糊得没有具体形状，现在纪念则将模糊的事情勾勒出清晰而硬朗的线条。

这公开不和有三大功效——第一，他对她有看法，需要发泄一番。第二，给别人看，既然你说庄娜娜有所猜疑，分配钥匙藏有学问，那么我当众讥讽你，就会打消她的疑虑，这也正好中了他下的圈套，让别人看到他和她不大对劲。不大对劲的潜台词是不可能当情人的，谁有本事和一个讨厌的人处情人呢？还有第三，再一次让莫茗以密谋者的卧底身份牺牲自己。纪念越想越觉得这三点的功效像三角形的三条边，构成三个角的总和等于一百八十度那样完美。而自己就是这完美的设计者、实施者。

纪念以为公开讥评能够断了人们往情人关系想的念头，看来只是一厢情愿，男人的策略恰恰遭遇女人的直觉而出现破绽漏洞。叶芝就感觉严重失当，她以女人的敏感，觉得纪念讥评莫茗过分和出格。纪念对其他的人，包括他背地里明确地表示讨厌的康胖子，也得装着一副忍受的样子，为什么对一个女人的讨厌就控制不住呢？除非有真正过不去的地方，那么，又有什么过不去的地方呢？在别人眼里，莫茗还是挺好的，这挺好的一个人，在摄制组为什么就成了唯一被讥评的对象？

叶芝的直觉是对的，庄娜娜就没有这种直觉。不过她有她的人生角度，这里有八个人，三女五男。这三女五男要同游半个月，从理论上讲，应该有男女间的戏发生，只是从表面上看不知谁和谁。男女之情就是这样，有的可以看出来，有的看不出来。不像孔子和风流的南子见那一面，被子路看出了名堂，搞得孔子指天发誓：绝无此事！

第一〇章　缺乏错误感

错误和错误感是两回事。正像金钱是一回事,由金钱产生的快感或者幸福感是另一回事。

以前,纪念没有这种认识,和众生一样,犯错误必然有相对应的错误感。错误越大错误感随之也越重。自打认识康胖子以来,纪念恍悟,并不是每个人都有错误感的。犯错误是肯定的,人生每走一段路总会伴随着犯错误,在错误中成长。纪念对错误感的解释是,悔怅、愧疚、对着镜子瞪自己、巴望别人忘记等等内心活动。但是,康胖子没有。起初,纪念以为康胖子会掩盖,有较强的心理素质及时有效地调整,又一度以为是康胖子经历过的事情很多,历练得无所谓。

就拿康胖子睡觉来说,他当着众人连打几声哈欠,接着扯呼噜,对这种严重的怠慢他并没有什么歉意,而是眨巴着迷离的眼睛,抹抹嘴角的哈喇子,嘟哝着说:"嘿,又睡了一会儿。"

能睡觉是康胖子与生俱来的本领。这种本领并不是表现在该睡的时候能睡,而是不该睡的时候也能睡。沙发上,椅子上,哪怕站着把手搭在一个固定的东西上给个相对稳定的支撑,也能睡上十分钟八分钟。有一次开会,康胖子坐在沙发扶手上,听着听着,眼神就糊涂起来,右手搭在叶芝的椅背上。叶芝听到身后有人"扑哧"吹气,便在尽量不被察觉的情况下慢慢将椅子一点点地抽出。奇迹出现了,康胖子在失去支点的情况下,身子向前倾斜眼看着要扑空,居然像不倒翁似的,那肥圆的屁股顿了顿又找到了重心,右胳膊是掉下来了,可变成柱子支在了大腿上。

重走列国的第四天,摄制组来到历史上著名的匡地,这是孔子被困的地方。

吃了晚饭,人们进入房间,地上又有张从门缝钻进的卡片,这回左佑换了策略,权当没有看见,否则只要面对就有再度被请出去的危险。他打开电视看,节目调到"新闻调查",也就是8点多一点儿,东边的隔壁传来了啊呀呀的嬉闹声,从忽高忽低的调情中,很难断定这是一对情侣呢还是招来的小姐。隔音效果很差,几乎是一张纸一块板的那种。左佑把电视的声音调大,既可以抵制那边的浪声又可以起到提示作用——让隔壁那边的人听到这厢的电视声响,进而知道隔音效果很差,他们的嬉闹让这边的人都听到了。这真是善良人的思维和愿望,结果电视声音传了过去,那边竞赛似的叫嚷得更加厉害。

康胖子面对挑衅和欺侮,伸手就往墙壁上猛拍一掌。通常来说,墙壁都是砖块水泥做的,如果用足了劲头去拍,那将是很"扁"的一声,冰凉而结实。康胖子走的也是经验主义的老路,大手猛击,没有料到爆出的是"嘣咣",震天响的嚎叫!墙壁原来是双层木板组装的。他吓了一跳,左佑也吓了一跳,那边热火朝天的男女更是吓了一跳,被愤怒的抗议吓得没有一点儿声音,好像双双给吓死了。

那边没了声音,可是没声音并不是没有动静,过了一会儿又叽叽咕咕起来,一种小心的不发出音响的声音,如秋虫抓枯叶的声音,开始是一只两只,渐渐多起来了。已经不是听到听不到的问题了,而是不由得借助想象去猜测复原那边的景象,空气里也就泛着彩色泡沫,终于跳出一声"哎哟"的压抑声,更搞得咣哩咣当的令人心跳。

康胖子对那边的声音很受用,只是不想和左佑待在一起欣赏。不想待在一起,只有一条路,这条路又是一条走过的比较成熟的路,那就是让这个多余的人走,离开房间。

这一回和前两天的那回不大一样,这次康胖子不说话,他只凭借动作就能表达要说的意思了。他先是摇头表示无奈,面对这么淫荡的声音,你那圣洁的灵魂肯定无法忍受。接着他朝门口看看,下巴抬高指向那里,喻示那里是条求生的通道。

以往,他讨厌和嘲笑那种伪君子,现在,他真的渴望对方有颗圣人的心。越是正经,走的可能性越大。这里隐含了逻辑的倒置关系,为了让他走,就得让他先正经,不正经都不行。

康胖子伸伸手,苦楚个脸。"这夜里肯定是睡不好",他的表情这样说。"你会受罪",他的手势也这么说。围绕让左佑离开的主题,形体动作述说得很明白了。恰巧墙那边"啊"的一声,犹如甩过来的一条鞭子,康胖子双肩惊耸,一副替左佑挨了抽的疼痛样子。

厌恶归厌恶,可离因为厌恶而离开房间那还是有相当大的距离。可是,经过康胖子一而再、再而三的夸张模拟,左佑也觉得应该离开,再不离开就太不像话了,说不定还有了故意窃听的嫌疑。道德是有力量的,力量又是看不见的,于是左佑就被这看不见的力量推着磨蹭到门口。康胖子在后面向他招招手,仅仅两米远,那手势却像从对岸招过来的,是在祝他逃离苦难,那表情像是在说,你是走了,可这苦难还得由我替你来扛。

门一关上,康胖子就喜不自禁地摇晃屁股,这次是为自己摇晃,所以摇得比往常纯粹。他从窗口摇到门后,蹲下来捡起招嫖卡片,又扑到床头柜,按上面的号码拨打了过去。

真是谈一桩生意,双方直截了当开出条件,那边接电话的中音男说三个小时四百块,整夜的八百块。康胖子首先代表世界范围内所有嫖客的共同心声问,小姐怎么样?那中音男告诉他这里的小姐很好,学生妹,勤工俭学,长得不好就找不到活。继而康胖子提出个性化的具体标准,说他的要求不高也不低,只是不能太瘦。中音男说不同客人标准不同,他会送去三个小姐,你可以一个一个地挑,三个总会有一款让你中意。康胖子又问了所有嫖客都会问的第三个问题,什么时候可以过来?中音男说一二十分钟。在问了客人的酒店和房间号后,中音男做了一些情况说明,虽然去三个小姐,但为了安全考虑,不能同时上电梯进房间,那样目标太大,得一个个去,不行了换下一个。还有,中音男放缓了声音,强调先交钱,这是行规,交了钱才能把小姐留下来。就像打牌桌上没钱等于没有赌资就好抵赖,康胖子觉得这没有什么不合理的,便满口答应。

也就二十分钟,门铃响了,进来一个小姐,亲热发嗲唤声"大哥"。康胖子一看起火了,这是个又丑又黑又瘦的小姐,他摇摇手腕做个打发的动作,这丑女解释说她是来探路的,怕公安钓鱼,说着还打量房屋,推开卫生间。康胖子问了几个问题,她一一解释,她说和这家酒店合作好多年了,老板给我们立了规矩,不要出事,真出了事也不能咬出他。正说着,这丑女的电话响了,丑女说看过了,没事,放下手机,就伸手要钱。康胖子掏了一半觉得不对劲,停手说我还没见人呢。丑女冷脸说电话上不是讲好了吗,先收钱。放心大哥,我们这行不讲信誉,闹出乱子酒店也不好看。康胖子把四百块递过去,丑女收了钱,揉一揉验验,还凑近看是不是伪钞,这才再次打电话通知楼下的人可以上来了,就消失在门外。

　　康胖子看着床,已经兴奋得不成样子了,到底是县城,三小时才四百,换在城里四十分钟就五百了。他留神走廊的声音,急不可耐地立门口等待。又过了三分钟,加上前面的三分钟,已经是很长一段时间,康胖子隐隐觉得不大对劲,这不大对劲的主要原因是他已经付了款,而丑女去了哪里他并不知道。莫非被人家骗了?带着这个疑问,他以尽量快的速度,从三楼下到一楼。

　　大堂的总台有两个男客登记,没有一个女人,没有他想象中或者说是要分别去他房间供挑选的一个女人。这时候,由于交了钱,他还不死心,也因为炙热的梦让他一时返回不到现实,他甚至以为那两个女人为了安全起见,从另一个楼梯绕上去了。这不是不可能,于是康胖子气喘吁吁地重上二楼,谛听三楼的动静,又一步步地爬到三楼,向十米远的自己的房间看,长廊空荡荡的,康胖子这才认定被骗了。

　　他多年来没有这么气愤了,四百块倒不是多大的事,而是转眼间,被一个不认识的又丑又瘦的女人骗走了,这对智商和人生经验是个很重的打击。他在屋里看着空床,想到自己刚才颠鸾倒凤的幻觉,受伤得要命。过了好大一会儿,一点点硬化的屈辱,凝固成为报复。让他们再过来人,把钱要回来,哪怕要不回也要让他们知道他可不是好惹的。

　　又把电话打过去,接电话的还是中音男。康胖子捏了调,换成京腔,相信对方一定听不出来,他报的房间是二楼。其实中音男看到手机上的座机号码,和上一次一样,又听到故意拿腔捏调就断定这是报复,也没有派人过来。做这种行当有着近乎天然的自我保护的警觉性,他们知道哪里有危险。

　　康胖子下到一楼在大门口徘徊了一阵子,像公安便衣"架网布控"那样,躲到宾馆大门口,暗中观察那个来骗钱的丑女人。这种行为被宾馆监控看得清清楚楚,保安人员不知道这个人是什么意思,好像在等人又好像在找人,好像伺机作案又不像伺机作案。保安把录像倒回半小时前,这才知道客人是从三楼的303出来的,又看到熟悉的职业丑女敲303的门,进去又出来了,也就明白了一切。

一个红衣女从外面飘然而过,康胖子心有所盼,没有理由不相信她不是来的特服,他甚至嗅出了那女人一身的风骚。红衣女顺着走廊向里走,上了二楼。康胖子窃喜,只差笑出了声,这正是在三楼客房打电话报的二楼位置。红衣女觉察到后面有个男人尾随自己,停下来警觉地问:"你跟着我干什么?"康胖子调戏地称道:"只是想看看你的背影。"红衣女带着怒气拐进小门,关上了。与此同时,旁边的另一扇门"嘣"地被踢开了,一个女人嘴里咬着杂志系着裤子扭晃出来。这种格局已经昭示了所处的地方。通常来说,跟随者会猛然一惊,慌张地掉头溜走,继而再奋力地撒腿奔跑,逃离现场。然而,康胖子就是康胖子,他没有走通俗的路子,居然还愣在原地。因为这情景和他事前预判的心理定式出入很大。那个系裤子的女人突然惊惧地爆发出惨烈的尖叫,杂志"哗啦"掉下来,那个女人从他身旁窜过去,并在走廊里继续扩大惊叫的影响。康胖子抬头看了门上的牌子,这才明白惹了麻烦,抬腿就跑,只是跑到七八米又收住了脚。他不知道是厕所。既然不知道还要用逃窜的方式,恰恰说明自己的心虚。他放缓脚步,还鬼使神差地在原地兜了几圈,好像在等保安奔跑过来把他当现行抓获似的。

大部分人在这种狼狈下都会一副窝囊样,申辩解释。康胖子没有这些自救的行为。那张又胖又白的脸照例很坦然地笑。"我就是没有看到,"他的右手打着简短有力的弧线,"要是知道我还敢待在原地吗?我是有时间撤离现场的。"

"站在原地没跑,并不能说明你清白,只能证明你这家伙是老手。"

纪念闻风赶赴现场。"喂,怎么回事?"他吃不透深浅地问。

保安说:"你问他自己。"

康胖子再次声明,要是知道做了坏事还敢待在原地吗?你们都看到了,我是有条件离开现场的。

"你不跑,那是你知道跑也跑不到哪里。都一把年纪的人了!"

"对,这话说得好,我这一把年纪的人,什么不知道,还用进女厕所吗?"康胖子觉得自己受了比较大的羞辱。他是花钱买春的主,怎么沦落到窥探女厕所的惨境了。

"上个月我们抓到一个七八十的老杂毛,你有他老没有?"

"我只是走错了门。走错门有什么了不起的?"

纪念看到康胖子这个轻松动作和笑容,已经在心里佩服他了。纪念在想,换了我,绝做不到这般从容,纪念亲眼看到一个人缺乏错误感的好处。

酒店的经理也来了,保安附在他的耳边嘀咕了几下,经理是个精明强悍的生意人,听的过程中他的眼神发生了种种变化。起初这眼神是询问式的,掂量着对方什么身份,当他从对方的反应、举止,嗅出了对方没什么大的来头,断定对自己构成不了威胁。有了这个前提保证,他可以放心地有声有色地把事情搞下去了。在这家酒店里,他遇到过形形色色的人,有骗子,双性人,老色鬼,恋童癖。经理可以调出监控解决问题,又觉得这是个底牌,早点打出去就没好戏看了。如果只是单独跟对方交涉倒没必要太认真,倒是找到了训人的机会,好让部下们看看,他平时温和的背后其实还藏有凌厉的一面。

"问题就在这里,你要走别的门就算了,你进了女厕所,这就制造了麻烦。"

庄娜娜闻讯赶了过来,因为和经理谈过相关合作事宜,成了熟人,便有资格站在中间充当调解员。尽管还不知发生了什么事情,也能猜个大概,便亲热地赔着小心:"都是自己人,误会误会。都是自己人。"待她听清了事情的缘由,就料到这单合作的协议又他妈完蛋了。她真想一个箭步冲上去,叭叭扇康胖子两个耳光。她还是压抑了,施展了岁月在她身上的铸造,掩饰得连她本人都佩服。先是难以置信地咯咯笑起来,看样子真的是误会,这种偷窥厕所的低劣行径,断然不可能的。为了把道理揽过来,她使用了好几个极端的字眼,"断然"、"肯定"、"绝对",还有"纯粹"。"纯粹是个误会,绝对走错了门。"庄娜娜好像是个向导,知道这个男人走哪里不走哪里。她急于把人搭救走,还舍生取义地爆料自己的隐私:"要说走错路摸错门,我想大家都有过,我本人也有过。前两年,我去洛阳,本来坐火车两个小时,可是聊天聊得太投机,到站了不知道,车开了几分钟旁边就有人问,你不是到洛阳吗,怎么没下?害得我只得又坐一小时到下一站。那事让我很没面子,事后只要想到这事就好笑。有道是,一天三迷瞪。正是要下火车的那一分钟,我迷瞪了。"

经理木着脸听,不打算理解。

纪念深受感动,打算学习庄娜娜,也把自己从不示人的糗事贡献出来,力求有助于解救人质:"就拿我来说,我也走错过门。我家在四楼,一次喝了点儿酒,加上心里有事,想着想着到了三楼我把钥匙插进去,怎么拧都不行。按说应该受到提醒了,我还固执地开,直到里面突然有人打手机报警了!我吓得抬头一看,门框对联不对,是三楼。"

纪念觉得理由已经很充分了,对经理说:"看看,是人总是会犯错误,我晕过,他也迷过。"又转向康胖子,启发地眨了眨眼:"你说你刚才是不是迷了?"

"关键是,"人家经理不打算通融,口气增添了攻击性,"你这哥们不一样的,问题出在性质!他迷哪里都可以,可别迷到女厕所,这是问题的关键!"经理心里有底牌,如果需要的话把监控放出来,那就好看了。

康胖子手里也有张底牌,那丑女说过和他们酒店合作多年,到关键时候他也会亮出来,只是一想这等于自供招嫖了。"什么关键不关键。"康胖子乐呵呵地辩解,那超脱劲儿像在说身边另一个人,说纪念,"我走错了,本来没有啥,问题坏在那个女的大喊大叫。她要是不哼一声,我一看,啊呀呀,怎么出来个女的,凭我的智慧第一时间就什么都能明白。坏就坏在她大喊大叫,好像我动手动脚对她做了什么。"

"坏就坏在这里,谁都犯错,对不对。"经理很乐意借此机会阐发自己的人生观,"同样的犯错有几种情况,一种是自己知道,别人不知道,偷偷一改没事了。像她坐过了车站,除了她本人知道,没人知道,这样不算丢人。"经理又转身看着纪念,"另一种是,自己不知道,别人知道,比如开错了门,在别人提醒之后你才知道,这也很幸运没什么大碍。再一种是,"经理又转身看着康胖子,加重语气指出,"你的情况就很糟糕,进女厕已经错了,退一步像你说可以不算;甚至被人撞见了,这个错像你说的可以算也可以不算;问题在后面,人家非得乱叫一通,嚷得全楼都知道,这个错就得算了,因为构成了一个事件。你就得面对你的错了,你就得面对发现你错的人。对不对?"经过社会学的分析之后,经理对此进行了宿命式的总结,"还有一点儿得说,你的运气比别人差。好多事情就是这样,没有人发现,也就自然消失,一旦有人发现再叫喊几句,嗨,它就跑不了啦。"

康胖子边听对方有理有据的分析,边点头称是,换了他也会这样鞭辟入里,这种对人生三种境况的洞悉很见功底,只是到了最后一句"你的运气比别人差",他才发现原来还是针对自己,方才猛地收回赞许的表情:"前面说得都对,只是后面你把事情归到我的运气上,还是逮着我不放,尽管ABC都是同样的,不能因为被发现就是问题了。"

"其实,你的问题比我们看到的还严重,"经理压低声音神秘地说,眼睛里闪着让人猜不透的神色,"但是,这就是我的特点,就事论事,就像我管理这个酒店,掌握的情况很多,但不能什么事情都给手下的人说,保护他们的隐私就是保护他们的积极性。"他扫了一眼旁边几个部下,这是句一语双关的话,要让他们知道,其实,他们的一些东西正掌握在自己的手里,"隐私比虚荣更重要。我说这话你应该明白吧?"

康胖子不明白地晃动肥蠢的屁股。

经理觉得这怪异动作是对自己的蔑视:"这屁股有什么好晃荡的?就因为它很肥吗?还是里面有两个了不起的铃铛?"

康胖子双手放在前面,知道风险过去,开起了玩笑:"说对了一半,哥,里面不止有两个铃铛。"

纪念对事情的本身已经没了兴趣,他完全为康胖子的表现吃惊。看样子,不是什么潜意识,而是一个从来没有见过的潜世界。他活在一个潜世界里。有一种油质的与世界隔绝的、透明的、隔离的东西。纪念总是乐于发现一事物与另一事物之间的关系或说区别,发现事物内部的变化,发现事物的角度,发现事物的本质和概念对本质的强化或者稀释。同样的一句话,经过道德、耻辱、快乐几个概念的转换,到每个人的身上,反应又是那么的不同。世界总是需要解读的。就有这么一件神物,国家叫它经济,社会叫它财富,个人叫它金钱,而跑到了佛教寺院竟然改叫功德箱了。结果呢,谁给的钞票越多,功德越多。那么再进一步问,谁又能给得多呢?当然是富人,一抬手就是成千上万,而富人的钱从法律和道义上来讲,又有多少干净的呢?在尘世做坏事,到了寺院花大钱把尘世的污点给赎回来,这是多么美好的循环啊。

一个器官钝化的人在利器下和普通人的反应差别很大。你很难定义是感官的钝化造成的英雄呢,还是超人的意志造成的英雄?放在康胖子身上,道德感钝化的指数天生很低,发生什么事也就无所谓了。

第一一章 自己绊自己

摄制组向"孔子击磬处"进发的时候,途经一个服务区休息,康胖子把自己给绊倒了。本来他可以正常地行走,只是为了加快步子赶上纪念,结果两脚一错,趔趄地给绊倒了。

康胖子开着车驶进服务区,人们纷纷下车,又磨着方向盘去找车位,等他几分钟后到了厕所,前面已经不稀不稠地站了些人。表面上看,七零八落挺散乱,其实里面隐含着先来后到的秩序。

纪念办完事退出来,和康胖子打个照面擦身过去。康胖子站在两个便池之间,等离开的人刚刚转身,他脚往前一迈,晃了晃屁股,算是提醒旁边的人们有插队的意思。他挪上前掏出那东西,刚滋了一半,大概触景生情,突然想到关于洗手的事,也就是说,他想到了纪念洗手的问题。门口的一排水管就在那里,里面的人惯性地从便池走过去洗手,正如他所料,纪念如往常一样没有在水池边停留,而是径直地从人群中穿过,往外走了。康胖子匆匆尿完,省略了抖三抖的重要环节,扭身窜到水池边,草率地冲一下,甩着湿淋淋的手追赶那个天天叫喊的洁癖者。头天晚上,因为走错门的事被宾馆的人围堵,纪念借机欣赏了个够,弄得他很失面子。现在,他要抓个现行。他要让纪念看看:你自己也有着和自己宣扬的洁癖观相悖的举动。他要让纪念知道,每个人都有毛病,我走错了门而你纪念连手都不洗,远不是你以为的那个样。

他追出厕所,腆着肚子大摇大摆和迎面来的一个客人相向而行,经过变窄的拱门下,康胖子让了让,身子内缩了一点儿,因为变换了细微的行走节奏,他的右脚皮鞋的前头刮蹭了左脚皮鞋的后跟,刮蹭的力度极其有限,可是人在运动中,这种行走的刮蹭就不折不扣追随着物理学的速度原理,让康胖子失去了平衡,换了别人也就趔趔趄趄。可他不行,体胖笨拙,那种趔趄到挣扎的程度,给人一种地面上不是有个坑就是嵌了石块的凸凹感觉。

日常生活中,趔趄时有发生,没有什么好稀罕的,可是给后面的左佑看到了就非同小可。他是个认真过头的人,看到康胖子被什么绊了一下,便生发好奇,弯腰寻找一时还不知道的什么。暗红色大理石平展光滑,砖与砖之间的缝隙都细腻如丝,路面没有问题,他又从油渍污水的角度认真地检索了一次,还像工兵探地雷那样用脚来回扫了扫,看有没有惯常的油腻,既然外部因素一一排除,人又险些绊倒,那么问题只能来自康胖子脚下,八成鞋底粘了或卡着石子枣核什么的硬物。

康胖子用不着别人为他在安保上忙碌费心,也见不得动不动表现出为别人着想的善良。他知道怎么回事,要不是躲让对面那个人,他才不会绊着自己呢。现在,对面的人走了。他不用躲不用让,完全可以正常地、稳稳当当地、不受任何影响地迈步行走。但是,左佑像哑巴那样热情,非要搞明白怎么回事。

为了让左佑看清到底发生了什么事,看清他怎么绊了一下,不要总那么疑神疑鬼,同时挟带着逗乐的意思,康胖子打算再来一遍。

他退后几步,转过身,指着脚尖,以示那里是条起步线,接着便抬起脚再来一次标准的正步走。步子迈得很稳健、平衡和周全。然而,人总会派生出额外的事情来,在成功地走到了之前趔趄的地方时,他便又乘兴增加了演示的意思。他的后脚的脚尖抬起去碰前脚的后跟,两脚在碰的时候还停了那么半秒钟,有意识地炫了炫。由于平生从来没有出现过重走的阅历,也没有演示的经验,当他试图像第一次两脚碰到一起,让对方看个明白的瞬间,又忽略了运动中的速度问题,结果轻轻一碰骤然变成了踢。这回比上次还严重,一点儿不含糊,他失去重心张开双手,像个跌跌撞撞的大青蛙扑扑腾腾拍到墙上!

这一个戏剧场面正好被从女厕所出来的叶芝看到。她不喜欢这两个男人,而不喜欢的人所做的事,也可以装作不在意和真的不在意。她从旁边侧了身走过去。

左佑更加困惑了,起先只是从后面看到康胖子绊了一下,接着却看到他倒退几步,鬼使神差重走一遍,真真切切把自己绊得更重,贴到墙上。这前后两次之间一定发生了什么事,藏着毫无道理的深意。

康胖子重走一次的本意是摆着居高临下的姿态嘲笑对方的,结果喜剧性地把自己给绊倒了。这一切来自左佑该死的神秘探求,他很恼火地恶狠狠地瞪着他。他想解释又无法解释。当然,连带怨恨的还有纪念,要不是追他也不会慌里慌张地碰到对面那个人了。

半小时后,他们来到一个镇政府旁边的餐馆,桌面上的塑料布黏糊糊的,纪念用食指用力下捺,再往上提,塑料布居然像胶纸一样提了起来。庄娜娜从包里取出湿巾擦擦,又叫来服务员把碗筷用开水烫烫消毒。

康胖子不怀好意地问洁癖是不是一种病。纪念给以否定的回答。他说他还好,算不上病,只是讲究卫生。真正的称得上病的表现是不断地清洗,洗一遍不行再洗一遍。莫茗问他什么时候开始有洁癖的,是从小呢,还是后来?纪念一本正经地回答具体时间想不起,肯定与物质生活条件提高有直接关系。要是非得划分个时间界限,大概是结婚前后。有了个小家,有了客厅,朋友同学同事来玩就坐沙发。他说客人这边走,他那边就把沙发巾扔到洗衣机里搅……

康胖子突然畅笑起来,引得大家都好奇,催问他想起了什么。康胖子接着又傻呵呵地笑了一阵,说要是这样讲究会失去很多乐趣。"乐趣!"他的"乐趣"两字似乎有着重号和拖长的声音。有人猜中了故意追问什么乐趣。康胖子吧嗒两下嘴——你这么讲究,亲嘴怎么办?嫌不嫌脏啊?大家期待纪念回答,莫茗专注的样子都失态了。照实说来,她和纪念的肌肤之亲是残缺的,他不亲嘴。没有品尝接吻中的陶醉,这里隐含了一个爱情逻辑的问号,如果相爱还会嫌弃自己吗?

自从民调第一步实施,总撰稿就有了被冷落的感觉。纪念没有事先给他打招呼,搞得自己这个总撰稿跟普通工作人员似的。而在大家眼里,他总撰稿的身份应该享受决策层的待遇。现在,他可以退一步,纵然实际上享受不到待遇,但在形式上,在其他人眼里还是应该有的。为此,他当着众人的面,故意向纪念移近身子,表示他和纪念之间拥有特殊的默契。这恰恰又是纪念不喜欢的,小动作给人"常戚戚"的感觉,还容易疏远大伙。

为了表示自己的独特身份,总撰稿再次讲解了关于"一对一"的调查,说这在理论上是有支撑的,也能找到依据。当年孔子给学生讲课的主要方法就是一对一,因材施教。集合上大课,也是偶尔为之的事。我们之所以受阻,是一上来的标杆定得太高。叶芝插话说,孔子可以一对一,放在我们恐怕不行,个别人能乘机钻空子谋私利。大家都不露牙齿吭吭地笑。康胖子抖着腿迎着众人目光跟着笑,好像这事和自己无关。康胖子其实很乐意别人在他的风雅事上扒拉两下。作为摄影师,康胖子多次提出要有大的场面,镜头里很有气势也有视觉冲击。不能让观众们总看到一对一,跟聊天似的。

纪念将长长的烟屁股随手从肩后丢掉,接着康胖子的话说,当然要有大场面。大场面应该分几种,其中一种就是文化风光。他说我们现在就在淇水流域,就要把淇水的风光场景拍好。当年孔子的足迹涉及淇水流域,据统计,他编纂的"《诗》三百"中,淇风占有十分之一强。他又说去"孔子击磬处"拍摄也是个大场面。那是一个名胜,旅游团的人去得不少,可以把卷子发给他们。"发卷子,就打破了一对一的格局。你不是要大场面吗?那可是群体性的。"

左佑觉得眼角有一条细绳在向上升,扭头一看,一柱纤细的烟从墙根升起。那是两分钟前纪念随手从肩后扔掉的。半根烟翻了个跟斗,竟然神奇地站着了,下面是黄色过滤嘴,上端的烟一袅一袅地飘,渐渐燃成了白色的灰。人们纷纷围拢过来,又不敢太靠近,怕气流将竖立又虚弱的烟灰吹散。总撰稿边啧啧称奇边给以科学的解释,把烟蒂随手丢掉而烟蒂竟能立在地上,在概率上它无限接近于亿分之零。

离开餐馆之后很久,左佑还沉浸在香烟的缭绕中。那根墙边竖立的香烟绝不能孤立地看,绝不能被像总撰稿所说的什么概率就蒙混带过了。它应该和几天来发生的稀罕事一一联系起来。并不是他非要联系起来,而是发生的事带着神秘的主题,自己给联系起来了。先是双重影像,又是康胖子绊了两跤,什么都没有的平整的路给绊了一跤,已经够奇怪了,令人惊诧的是:他为什么非要重走一遍,把自己绊得更狠呢?几天来,左佑总有一种发生怪事的预感。从道理上来说,重走的圣人路和其他的路就该不一样,就该发生带有启示性的神秘事情。"绝不能孤立地看。"现在,半根香烟神奇地站立终于像预期那样发生了。依据双重影像的经验,左佑认为,这些神秘的事情并不是大家能看明白的,看得到和看明白是两回事。人们的双眼被红尘蒙着,会把隐秘的神迹当成常规的科学现象进行世俗化的解释。

毫无办法,人们总是看不清事物的面孔。像如厕那样,人们就是搞不清解手和洗手之间的因果关系。左佑的思维人们同样也是无法看见的,人们无法看见他的幻觉,也就无法看见他看见的事物。左佑陷入魔怔中,他的心理和生理纠结着通常没有遇到的奇异现象。凭着直觉,他意识到和双重影像、香烟倒立相比,康胖子的绊跤容易进行探讨。当事人就在眼前。他要跟康胖子讨论一下绊倒的事,可以作为破解神秘事物的一个切口。

讨论的地点设在宾馆的房间里。两人坐在圈椅里,中间隔着圆形茶几。上面摆着烟、本和手机。左佑从不抽烟,他将烟从中间拧断,烟屁股竖放到桌面上,放一次,倒一次。康胖子嫌他笨,吸了几口烟,蹲下身子,眼睛和桌面一个平面,小心地轻轻竖着放,大拇指上有汗或者油渍,总是一松开烟就歪过去。这样一来,左佑更加坚信有一种神秘的力量起作用了。摆都摆不好,居然随手一扬翻几个跟头站立起来。

左佑问起了绊倒的事。

康胖子觉得好玩,凡是好玩的事情,他都乐意享受,于是再次复述了当时的情景。过道狭窄,人又胖,迎面来了个人,躲让时就碰了一下脚,纯属意外事故。你难道吃饭没咬过舌头吗?就是咬舌头的意思,你从咬舌头里能看到什么神奇来吗?

左佑咬过舌头,但他认为这显然和咬舌头没有关系。最有力的是他下面说的话:"那第二次呢?"

"什么第二次?"康胖子问,话音刚落就明白第二次指什么了,"第二次纯属技术问题了。"

"我仔细看了地面,相当平整,不可能绊一跤。尤其第二次。我看得很明白,有一种神奇的力量推着你,你倒退着步,不为第一次绊跤所动,还弯腰用手指在脚尖前划了个道道。"左佑表现出抓着要害的那种亢奋,他相信对方无法辩驳了,"当时是不是有种不可抗拒的力量推动着你?"

"没有。"

"那你为什么非要再来一遍呢?"

康胖子气呼呼地回答:"那是我想来第二遍。"

"问题就在这里,你刚才举了个咬舌头的例子,举得真好,恰恰帮了我的忙。你说咬舌头,总不能再去咬一次,对不对?但在平整的地面上,好像有个魔,你不由自主地又走一遍,结果绊了更大一跤。"

"你到底想说什么呀?"

"我想知道你当时为什么非要走第二遍。"

康胖子发现自己陷入了两难之间。如果公布真相,只要简单地演示一下让他看看,就行了,但是人家不会相信,会以为是在糊弄编造;如果不公布真相,后脚尖踢着前脚跟,左佑又非得上升到神秘主义里面去。看来走投无路了。走投无路的人往往能说出精彩的话来。

"你非要知道我为什么非要走第二次吗?"

"不。"左佑被两个"非要"搞糊涂了,做了相反的回答,"我不要知道你非要走第二次。"

"那你要什么呢?"

"我要知道你为什么走第二次。"

康胖子伸出肉乎乎的指头,往怀里搂了一下,待左佑移近,听到粗重鼻息的当口,奸笑得意地说:"那我不告诉你!"

左佑听不到真相,并不放弃探索。剩下的时间,左佑的眼光开始打量康胖子那只绊了一跤的脚,既然问题出现在那里,当然需锁定来观察。他的目光集中在康胖子联动的双脚之间,偶尔也会延展到他河马般的肥腿上。

"干什么你?干什么你?"康胖子摆脱不掉地斥道。他一向以公开放肆的风格盯女人,现在他成了被盯着的角色,感觉浑身不自在。而只有此时,他才将心比心地体会到,被盯着时内心是多么的反感,并不像他和那些男人误以为的,被盯着的女人们表面反感而内心高兴。

在神秘主题的期待下,左佑相信那双脚还会再绊一回。

任何一双脚在忽略的情况下可以自行其是。它的不存在就是存在,它的存在就是不存在。左佑一双探究的目光几近猥琐的观看,使康胖子的两只脚存在了,行走的步伐存在了,前后的交替也存在了。康胖子的意识也集中到了双脚的交替行走上。他的步态在极短的时间里发生变化。有一次,右腿的膝盖还莫名其妙地软了一下;还有一回,一点儿征兆都没有地碰了床帮的棱角。按说也没什么,每个人的腿都会在这里那里碰一碰家具的某个部位。但在关注中,它就成了问题。康胖子是个乐观主义者,为了证明自己浑身上下都正常,他故意串门子,到总撰稿房间站一会儿,伴着咚咚的脚步声穿过走廊再到庄娜娜屋里聊两句,还故意示威地返回来,迈着胜利的步伐,在离左佑仅有半米的地方停下,戏谑地挑起眉毛,那样子好像在问:"阁下你可发现敌情了?"左佑严肃的脸上呈现了一层更深的危机,因为他发现,不仅是双腿的问题了。

"你走路有点儿歪着身子。"

"唔?"康胖子开心地双手相握,"不歪着不行啊,你看这屋子多么狭窄。"

"歪和侧不一样,"左佑谈了观察的结果,"你现在是一步迈得长一步迈得短,步调不大一致。"

步调不一致就是深一脚浅一脚。康胖子命令自己无论如何不要让对方看笑话,结果相反,越是暗示越是步子迈得别扭。一次吃饭,康胖子积极组织反攻,他报复性地站在左佑面前,盯着他进食。这招很灵验,弄得左佑吃着吃着就不会吃了。不是难以下咽就是发出咕咕叭叭的口腔声音,于是左佑只好端着碗去另一张桌子吃剩下的一半。康胖子胜利地冲大家笑,正巧一个美女进了餐厅,他的笑直接并入到脸上,又用眼光大胆粗野地袭击人家的胸部。康胖子的眼神尺度来自于女人的美度。越美尺度越大。是大胆得让对方知道的那种,同时配套地晃了晃屁股,这个动作的直接后果是再次磕绊了自己一下,岌岌乎快要跪下来了。纪念急忙出手托着他的胳膊窝将他从地上扶起。这场景不幸地又让叶芝看到,她故意轻描淡写地揶揄一笑,要让人知道,她知道这是盯美女的恶果。

左佑越发有种强烈的预感,这条圣人之路,还会继续发生一些平时看不到的事情。这仅仅是个开端,只要走下去,未来的日子里还会发现新的必然的和圣人路有关的奇事。其实,他的预感有种向内转的倾向,只是一时他还没有意识到。重走圣人路发生的种种奇异事情,激活了他内在的沉睡多年的善良,即特别想做好事。简直到了冲动的地步。冲动的直接后果就是诱发了那种自言自语的毛病。他在给自己开会,一串串话里蹦出个很刺耳的句子。当时康胖子迷迷糊糊躺在床上,他已经习惯了左佑这种自问自答的情况,但当隐隐听到"冲动"两个字,还是给捅了一棍似的清醒了。康胖子肥脸枕在雪白的床头上,歪着脖子关注地问：

"什么冲动？"

左佑被打断，但思路还在强有力地延续，直接将自言自语换成公开的表达："道德冲动，为欲望正名。多年来，人们一提冲动都是负面的、坏的，这是不对的。人们习惯了物质下的利己，而我认为，欲望也有善良的一面。"

"哦，"康胖子坐了起来，这显然和人们惯常的性冲动不是一种冲动，"你的冲动长得什么样？"

"你想歪了，"左佑受了侮辱似的，"你肯定想歪了。"

"冲动还有别的说法吗？"

"当然有了，道德也有冲动。就拿我现在来说，我很想做好事，想得很厉害，很厉害就是冲动。"

"那就做嘛。如果说是冲动，"康胖子很想看到一件非常奇怪的事，戏弄地鼓励说，"你不妨打开自己，不要压抑。你能不能具体说一下，你想做什么呢？"

"这个我暂时还没有搞清楚。"

"噢——"康胖子斜眼看着他，"这大致和性冲动一样，不一定有具体对象，哎，你可别误会啊，我绝对没有画等号的意思。"

"我说了暂时不清楚，不过很快会清楚的。做好事还有什么，那就是帮人。"

"要是这样可就难了。"康胖子摆出一副在拥有人生经验方面，他还是有相当权威的样子，"为什么这样说呢？因为好事的标准不大一样。你认为是好事，别人不一定认为是。你非要去做可能还会成为坏事。"

"有道理。这是我们认识以来，你说过的最有水平的话了。我是这样想的，我想把我说的好事，限制在那五字真言里面，仁义礼智信。我想围绕这五个字做，总不会错。这是我们国教的精华。这就解决了好事坏事界限模糊的问题了。我拿不定做哪一个。"

"一个个做嘛。"

"时间不大允许。我现在最担心的是，过了这十几天，事情一结束，回到家里，恐怕就没冲动了。"

"你是什么时候成为现在的你的？"

这句问话左佑又听不懂了:"我一直是现在的我。"

康胖子当即反驳不可能:"摄制组出发之前你就不是这个样子,我们认识两个月了,你也不是这个样子,你没有冲动。你有冲动只是这一两天的工夫。"

左佑解释:"那是没有机会。"

"什么机会?"

"重走圣人路的机会呀,这条路本身具有特定的磁场。你应该看到发生的那些事就证明了这一点儿。而我之所以感受到了磁场,你们没有感受到,又说明我本人的体内也有种磁场。我的磁场和圣人路上的磁场内外呼应,当我的磁性被唤醒,就成为你刚刚问的'什么时候成为现在的你的'。"

康胖子看到他疯了,很乐意帮他再往疯里走一走:"有时环境决定行动,这一点儿我非常赞同。人到夜总会光想疯狂、堕落、尖叫;进了图书馆就想奋斗、进取;到街上的菜市场,就讨价还价世俗猥琐了。我理解。现在的你走进了你的现在。走在圣人路上,激发了你内在的善良。一定是这样的。那么,我想问我能帮你什么呢?"他太想目睹一下人疯的辉煌的瞬间了。

左佑头一次发现康胖子原来也这么好,这么善解人意。看来善是有传染性的。"你帮我选个字吧,看看先做哪一个?"

"以我对你的了解,你最想做的是仁。"康胖子挑逗地指着叫,"对不对,我说的对不对?"

"对!"左佑拍了下大腿,"我是这样想的,义礼智信,这几个字我得等机会。仁,好像就不一样了,仁是大事体,这种爱无处不在,随时都可以做。"

在短短的重走路上,康胖子见证了纪念的洁癖,还见证了左佑道德冲动的怪癖。见证的事情多了,眼睛就有点儿散光,说话也口吃起来:"除了环境外,是不是,还有别的原因,比如这两天,吃了什么? 我知道,你的条件不太好,平时缺乏营养,这两天跟着摄制组,鸡鸭鱼肉不断,吃得太好了?"

"和吃没有丁点儿关系,我是'一瓢饮'的那种人。还是和这圣人路密切相关。"左佑发现如果不展开说,将秘密透给对方,康胖子就不会真正地进入他的思维路径和精神世界。于是汇总几天来发生的一系列稀罕事,左佑说,"先是测试时那三次抓到的6号;接着是夫子洞前的双重影像;还有纪念的那根香烟,站得直溜溜,跟钉在地板上似的。这说明有个'它',那也是'它'放的。我们试过多次,专门放你还放不直哩。"他再次强调康胖子不清不楚绊的那一跤,"明明是平展的路,最奇怪的是,你竟然反常规地又走了第二次。我认为有种神奇的东西在发生作用,只是你我的肉眼看不见。这里有个'它'。'它'在看不见的地方指引着我们。'它'让你走的第二次,是'它'让你走的。不是你自己想走就走的。如果没有'它',你绝不会再走第二次的。"

"这个'它'是谁呀?"

"不知道。"

"这话我们好像说过好多次了。我再正告你,如果我绊的跤也算一个,这和神秘没有任何关系,完全是我的个人走路的技术问题。"

"不可能!"正是说过好多次了,左佑料到他会说这句话所以反击很快,"技术问题是幼儿学步的问题,你都年过半百了,哪来的技术问题?你看看,这些怪事都让我看到了,收集在一起,就有了必然,为我说的道德冲动做足了条件。"

"你的意思是,你的道德冲动……也是那个看不见的'它',让你冲动的?"

康胖子害怕起来,他害怕左佑在自己身上做好事,这种人做好事也很危险。因为害怕又导致他不再想看左佑疯了。如果真是个疯子,自己和一个精神病患者纠缠注定倒霉。康胖子脑中有点空白感,他担心这种空白感扩大,找个理由抽身跑到外面去了。后来,遛达到一里多地远,在街头的地摊碰见了总撰稿。85后抱着一摞"文革"时代的书籍,其中还有八个样板戏的小人书。康胖子诉说了左佑向壁呢喃的危情,想听听渊博之人怎么看。

大凡别人向他讨教问题,总撰稿总是很高兴。每到这时候既可以展开学问,还可以表现学问之上的睿智高见。孔子说"人之患在好为人师",可作为中国历史上第一个私塾老师,他到处游说王侯,"好为人师"得很啊!怎么又"人之患"了呢?显然很虚伪。总撰稿最高兴的事,或者说最幸福的事之一就是好为人师。

"道德冲动,他真的这样说了?这在理论上很新鲜,我也是第一次遇到。"尽管第一次遇到,总撰稿还是执意地要分析出一点儿成果来,"有种人抓着别人的问题给以揭露和抨击,一半是为了抨击嘲笑别人,来表明自己是有道德判断的,是有人生标杆的;另一半,恐怕连他自己都没意识到,在批判别人的时候,间接地实现自己的道德幻觉。什么叫道德幻觉呢?众所周知,在批判别人的时候,你会发觉自己很正直、很纯粹、很君子,甚至能够有效地掩盖自己平时对自己的不满。"

他侧脸留意康胖子的反应,对方似懂非懂的表情令人满意,这再次说明人与人之间是有差距的。

"道德冲动让我想起'文革'。"他指着85后怀里抱的书籍,"虽然遥远,一些场面还是历历在目。那时我上中学,经历过批判时代,现在回过头来就很一目了然了。在那个年代,一个人要想引人注目,风光一把,不用吃苦,不用受罪,只通过大批判这种形式的疯狂,就能巧妙地实现。你知道吗?"他重新停下来,又一次遭遇了冷漠的反应,他猜想康胖子是个实利主义者,对这种有玄机的人生妙语不大容易接受。

康胖子提醒道:"我们正在说道德冲动。"

"我说的不是道德冲动吗?我正在展开说。我又想起我们单位有个说闲话的女人。从你的表情看,我好像又说跑题了,怎么从左佑身上想起另一个女人呢?任何事情,其实都有着这样那样的联系。你知道,做我们这行当的人就喜欢琢磨人。再说这女人,可以分几个层面。刚开始我认定她是个长舌妇,搬弄是非嚼舌头,很讨厌,影响破坏了同事间的关系。后来我有了新发现,源自一位朋友的什么事。她在背后痛骂,无法忍受的样子,为此我惊诧了:她其实也是这种人呀。接着我又发现,她其实是在实现自己的一个愿望,什么愿望呢?掩盖缺点。她发现自己改不了的缺点,通过对别人同样的缺点进行嘲弄,来表示自己没缺点,让别人看到自己是个有品行的好人,欺骗一下自己。喏,人生其实很可怜,自己的问题解决不了,就用批判别人来转换,间接地实现。你说人是不是很可怜?"

康胖子想了想,觉得左佑还不是这种情况:"你说得对,但左佑不是,不是表现,他好像是个真正的……"

85后插话:"你是说人格分裂?"

康胖子问:"能不能这么理解,凡是说别人的人其实是在间接地说自己?"

"当然啦。一个人骂别人,其实有对自己的不满在里面。骂别人是掩饰对自己的不满。针对左佑,你不妨往深处挖一挖,挖他的阶级根源。也就是病根。这是一个罕见的病,你看,我用了一个老掉牙的词,阶级。二三十年来,我们很难听到阶级这个词了。其实,这东西是存在的。你不说,就不一定不存在。社会是以阶级的梯形呈现的。既然有阶级,就有阶级立场,咱们回到刚才的话题,回到左佑身上。"

康胖子回到左佑身上,说:"你说他有善的冲动,潜意识是希望别人对他行善?"

"基本上是这个意思。"总撰稿肯定地说,"有这么一句话,'吾不恶其穷,而恶其所以穷'。这句话,精彩极了,知之者甚少,所以一直没有成名言。'恶其所以穷'就是查找穷的原因了。穷人总有一套荒唐的理论。注意,我刚才提到长舌妇,是为我下面要说的做铺垫。作为一个穷人,是什么心态呢?首先醉心于善良,不善良也得装善良,以此证明他有品德和坚守。在过去,穷指向一些职业、社会阶层、经济状况。现在就很麻烦了,它散见于各个群体的人们,工人穷、农民穷、知识分子也穷。我们已经学会看问题的实质了,不仅看到穷字当头,还能看到穷字背后写的什么。写的什么呢?背后写的是,无能、懒、自私、狭窄、无知、不负责任,以及太本分、太老实、太仁、太义、太礼、太有耻感、太自信,或者太有灵魂。"说到灵魂,总撰稿突然停了下来,脸上僵一下,渐渐化开了似的,像是一个绝望的情人听到爱神的呼唤那样,既有了希望又一时反应不过来,还略带害羞地说,"刚才,我怎么说到灵魂上了?灵魂,这个词好久没有说了。"

"可不是嘛,这东西像阑尾,越来越觉得没什么用处了。"

"这个比喻很不妥,没用归没用,平时不提就算了,一旦提到它的时候,我们还是应保持敬意。"

康胖子很不耐烦,已经拉扯得够多了:"你还是没有针对道德冲动说点什么。"

在几秒钟的敬意表达之后,总撰稿回过神来:"你这人最大的毛病就是太功利,什么都想一步到位。你看看,道德冲动对我们是个新玩意儿,我不是刚刚才听你说吗?刚刚听你说我就在一步步地进行分析了。任何一件事都是要分析的,我能在这么短的时间分析出这么多的东西,实属难得。我印象中有这么一本书,叫《善的研究》。一本书,也就研究个'善'字,一个'善'字,研究了一本书。你却不近情理地叫我很快给你一个答案出来,这种态度很不严肃。"

85后又插了一句话:"我想到颜回。颜回。如果给人分类的话,左佑可以划到这种类型里。"

"他本人也是这样自命为颜回的,一瓢饮,他就是这么说的。"

"这就对了嘛,人是分类型的,左佑就是颜回这种人。要是你说你像颜回那就是搞笑了。颜回成了穷人和善者的符号,穷是因为善,善又导致自身的穷。现在我就有了奇怪的感觉,虽然我没有见过颜回什么样,但我觉得左佑他俩长得很相像,颜回就是他那样。"

不能因为他们长得像,康胖子就要无端地受神经病的折腾。晚饭之后,他又找到纪念,提出要跟左佑分房的要求。这个要求不仅过分甚至荒唐,既然荒唐当然难以被别人接受。纪念从经济角度计算一下,只要你和人分开,那么就等于我要住过去,如果我不住过去,你一人一间,总撰稿也有更好的理由一人一间,那两个女人,也都有同样多的理由分开。那么八个人就八间。"我从来没有听到一个单位外出每人一间房的。你听说过吗?"

"那我自己拿钱,"康胖子做出了以牺牲个人经济利益也要换得正常生活的决定。

"那更不行。"纪念回应,"这等于把你和左佑的矛盾公开化了。你要知道,矛盾断然不能公开化的,否则就会陷入是非的旋涡中,你要知道,我们是来干事的。大家陷入是非旋涡,这事还怎么干?"

康胖子看到换房之路走不通,懊恼地说:"看样子,我就真的要当他道德冲动的试验品了。他要把我搞坏怎么办?"

"坏又能坏到哪里?"

"太恐怖了,你不知他下一步怎么做,我猜想……"

"你猜想?"纪念拒绝康胖子的荒唐问题,自然就有一套现成的反驳理由,"这就是问题的实质了。你猜想?这有什么好猜想的呢?人家又不是说用刀、用火、用石头,你猜想什么?看来问题真的出在你自身。你的问题解决了,人家那里就没问题了。"

"我的问题?"康胖子很奇怪地问,他向来认为自己没有问题。

"听听你这口气。你犯了所有人的通病,总认为别人不好,问题全在别人身上,而自己很好。你自己是不是觉得自己很好?"

"是的,我自己很好。"

"可你在别人眼里毛病一堆呢。一、啰唆;二、你晃屁股;三、别人说话你打哈欠;四、尤其是打呼噜,严重地影响别人休息,人家都没提出要分开,你倒提了。看看随便一抓就是五个毛病。"

"不是四个吗?"

"五个,最后一个也是。"

"最后一个打呼噜,这是第四个。"

"你打呼噜,人家左佑受了严重影响都没来投诉,坚忍着。坚持忍受着!噢,这倒提醒了我,他是不是因为你打呼噜睡不着,才半夜起来研究道德冲动的?很有可能。而你呢?却说了别人一堆问题,这本身就是毛病。这就是第五个毛病。其实还有,你在女同志面前,爱讲些不大健康的笑话。"

"不大健康的笑话?"

"有点儿下流的那种。"纪念明确地说,"人家可没有找我指责你如何污染空气,这是第几个毛病了?"

"第六个。"

第一二章　天之眼

　　追溯起来,纪念小时候就听过隐身草的故事——得到它的人在身前一晃,自己的形体就消失了,然后想干什么就干什么别人看不见。传说中,有个汉子得到了隐身草,喜出望外,跑回家在老婆眼前演示,问她看见看不见。问一次,老婆说看见了,再问一次又说看见了,多次之后,老婆不耐烦就说看不见了。他信以为真,就跑到街上行窃,瞄准目标将隐身草一晃,以为自己消失了,结果被人当场抓获。上中学时,纪念又知道有隐身功能的来自外星的飞碟,以及随着环境的变化而变化着保护色的动物。再往后,科技发达,隐形飞机也造出来了,在空中飞来飞去,你就是看不见。以上隐形物都是从报纸、电视等媒体上得知的,它们真实但遥远,又因为遥远而越发真实。从理论上讲,人是那么渺小,这世上出现超乎人的想象的事物不足为奇。所谓的超自然其实并不是超自然,而是超人类。长期以来,纪念一直以为隐秘的东西属于神秘领域,高深莫测。而没有想到这个一向游离于科学和逻辑之外的东西,在最不经意的时候,也降临到自己的头上。而自己随机胡诌的"天之眼",骗得康胖子团团转,让他震惊地以为这世界真的有超自然的异灵了。

　　负责通联的庄娜娜,尽管在诸多事情安排上很周到,面对这个陌生的城市,还是出了差错。而通常的情况是,差错总是在事情过去之后才能发现。康胖子要去博物馆拍照,纪念和总撰稿要到文物所采访。也不知问题出在哪个细节,庄娜娜将仅距半里的两个单位,想当然地搞成一个在城东、一个在城东南,中间好像有七八里远的路程。这样一来,整个行车线路就发生了变化。

总撰稿开车朝东南驶去,先把康胖子送到博物馆,然后带着庄娜娜给他的线路拉着纪念去找文物所。地形不熟,向南穿过两个路口,正好碰上中途修路封闭,待问清交警之后,又顺着另一条呈U形的路绕了回来。他们并不知道绕了回来。当重新经过博物馆的时候,纪念坐在车里,看到几十米外的康胖子,还以为是个像康胖子的人呢。"有的人长得很像。"前两天叶芝就说过这话,那天晚上逛街她看到一个很像左佑的人。事实上,那个人就是左佑。因为晚上九点多了,在情理上不可能,加上天色昏暗,辨识度差,也就把左佑本人看成像左佑的另一个人了。这当口,纪念在车上看到了一个很像康胖子的人。因为感觉中跑了七八里地,他看到康胖子本人也就不大相信是康胖子本人。"有的人长得很像。"如若从神秘主义来说,在这个城市里,说不定也有个像自己的人呢,只是没有机会撞在一起而不知道。

　　总撰稿将车停在文物所门前,考古学家迎了出来,长期囚在古典文字里,线条僵硬的瘦脸笑的时候,依稀听得见浆糊风干翻开的枯裂声。

　　面对考古学家,总撰稿在学术层面上迅速降到二三流的水平。这是没办法的事,到一定程度学问就论真功夫了。考古学家超越了《论语》的世俗层面,进入孔子删编的"四书五经",还讲了深渊般玄奥的内六十四条象辞、六十四条卦象辞、三百八十四条爻象辞。对此,总撰稿一概不知所云,不懂没有关系,能掩盖就行。凡是遇到太专业、不懂的地方,他就用喜悦的赞赏表情及时辅以切入,再用转换手法将话题引到有利于自己的方向。考古学家告诉他,孔子的《春秋》一定要在拍摄中给以重视,并对《春秋》一书和"春秋战国"的"春秋"两者间的关系进行了阐述。

　　总撰稿依然用喜悦的赞赏的富有文化内涵的微笑,显示自己很懂的模样。只要不说话,专家就不知道你的底子浅到哪里,就不会露马脚。而考古学家是个老学究,缺乏商业头脑,那些重要的看法都轻易地很傻地贡献出来。他不知道,在两个小时里,正是他的滔滔不绝将总撰稿武装成了准专家。事实上,所有的领域都是这样,只要模糊几个尖端问题就可以蒙人唬人,而尖端问题大抵如此,仅凭几次讲座这种捷径式的方法就能把握。不必像建造高楼那样,费力费时打基础,再层层砌垒线条笔直的墙壁到空中。

　　总撰稿采访的时候,纪念转到外面给莫茗打电话。

他也记不清这是第几次找她约会了。按理说,远离家乡,两人又各自一个房间,完全可以半夜溜过去,可是她坚决刹着第一步。她总觉得有双眼睛在暗处伺机捕捉。而世上男女之情只要放纵就会留下放纵的痕迹。即便发现不了夜晚的行踪,白天的眼神和口气里也会带出来。纪念在电话中恳求地说,你的顾虑我能理解,但今天下午是个机会。人们四处忙碌,没人能想到。莫茗停了好大一会儿,叹口气勉强接受开房。

为了约会,纪念走出庭院,佯装在附近的仿古建筑群徘徊,而后沿着破旧的小巷出来,走到了一条次干道上。

天空晴朗,秋光明媚。城市的建筑物上的金属、玻璃,呢喃着温存之光。他正要招手打车,突然,又看到一个和康胖子相似的人!那人从一家洗脚店出来,挺着富足的肚子往前走。那是种悠然地把自己放在快乐空气中的知足。纪念难以置信地摆了摆头。两个小时前,他们送他到博物馆,亲眼看到他下的车;而一个小时前,在汽车窗口又看到了一个像康胖子的人;这当口,又一个出现了。也就是短短的一会儿工夫,竟然接二连三地出现了和康胖子有关的三个人!这太令人惊异错愕了。看来这全得怪罪庄娜娜,她的信息出了差池——博物馆和文物所两者相距七八里,这在地理学上界定了很远的感觉。而现实的线路很清晰,他们放下康胖子之后,汽车往前开,并不知道绕了一个 U 形,重新折回来。从窗口看到的康胖子就是原地的康胖子,而他却以为看到了七八里外的另一个康胖子。于是神秘主义就在这种偶然的误差中诞生。

纪念被一种迷宫般的感觉蛊惑,决定打个电话过去,看看几十米外的人接不接电话。即使不接电话,他也要充满好奇地迎上去,探个究竟,为什么这货和康胖子长得一个样。

纪念拐进小商店,躲了起来,路面上有往来的行人:"康胖子,你在哪里?"

浑身散发富足气息的康胖子停下来,如实报告:"我在博物馆。"

纪念一阵凌乱,他确信这个世上,真的还有另外一个康胖子。他们是一魂两体,在不同的角落里现身。

"你在哪个博物馆?"

"还能哪个博物馆?就是你们把我送到的那个。"

纪念看到一个古建筑的屋顶,还没有想到这是博物馆的一部分:"你好像没有在博物馆,你在街上。"

"你不要以为自己很幽默,噢,你是不是跟踪我了?"

"你又不是美女也不是什么大人物。"

"你在哪里?"

"我在文物所。"纪念回答之后,突然发现了古建筑的一角,顿时怀疑整个事情的真伪了,也猜测大概是庄娜娜的失误,人为地造成两地很远的错觉。纪念灵机一动,决定将错就错,不能捅破:"刚才有个什么声音,落到了我手机里,我打开看到了你的号码,就试着给你拨过去。"

"你是说你能看见我?这没什么,3G就有这功能。"

"两回事,3G是双方都开通。我没开通,你也没开通。现在我能看到你周围模糊的情景,好像遥视似的。"

康胖子叽咕着:"一点儿不幽默。"

"哎呀,"纪念再次透出难以置信的惊诧,"如果不是真的,那一定是我出了问题,可能是我产生了幻觉?"

"左佑给我玩幻觉,你也给我玩幻觉,你说说你都幻觉了什么?"

"你,行走在街道,右边有一棵,槐树?是不是有棵槐树?"

康胖子扭头找到了一棵槐树,七八年的样子,却一口否定:"胡扯,我身边没有什么槐树。"

"这就怪了,不过我看到的就是这种情况。看来怪我了,你忙吧,我挂电话了。"他自嘲地表示荒唐。

"别别,"康胖子劝道,"你接着说,别管我,你只说你幻觉了我的什么。"

"幻觉还说什么,我都觉得是扯淡。我挂机了。"

"纪念!"康胖子突然失口大喊,肥脸像塞进冰柜里冻僵的豆腐。他央求纪念别挂机,立刻承认身边确实有棵槐树,"你说你还看到了什么?"

"真是这样吗?"这口气应用得好极了,既包含着不大相信,又透出有点儿模糊的意思。他看到康胖子对面走来个老人:"你对面走来个老人,大约七十岁,瘦瘦的。"又看到后面几米有对男女:"老人后面几米,有对男女,是不是有对男女?"他用怀疑的、试探的、没有把握的口气迟疑地问。

"有。"康胖子替他作证,"真的有。"

"女的红上衣?"迟疑不决地,"是不是红上衣?"

"是,是红上衣。"

"你现在站着了?"

康胖子确实站着了,他证实地低头看看自己的脚。他险些被神奇的事情击倒滑入梦游。也许圣人路上真有左佑唠叨的神奇异灵?

"我是站着了,你再说。"康胖子发怵,声音如犯罪嫌疑人。

为了把戏做足,纪念又用难以置信的口气:"哎呀,你说得我都害怕起来了,哪能这样啊,你不是随口应承我,骗我的吧?"

"不是,"他鼓励地说,"你还看到了什么?"

"我还看到了,我有点不敢再说了。"

"说说说。"

"有没有,一个大广告牌子? 啤酒的?"

没有理由不让康胖子发疯:"我完全相信世界上有上帝了。我前面真有一个啤酒广告,在三楼上竖着,看样子你还能看得很高。你手里的那玩意儿是什么东西,给我留下看看。你在哪里?"

"我们在文物所。"

"总撰稿呢? 让他接电话!"

"正采访,别打搅了。"

纪念悄悄地转移,去和莫茗约会,留下个巨大的谜给康胖子。

这个大家共同陌生的城市,提供了捉弄人的可能,哪里有陌生哪里就有谎言,哪里有陌生,哪里的谎言就能成为真实。

总撰稿正在采访。考古学家很开心,作为嘉宾而上电视,可以将煴在肚里发霉的学问拿出来晒一晒,还可以在业界提高知名度。人遇到好事的时候往往不由得大方起来,他先是将桌上的一件瓷器送给总撰稿,又执意唤人买来几个菜,取出一瓶白酒:"简单简单。"

正常的时候,总撰稿总会维护儒雅的形象,有时还会儒雅得过头。只要和酒干上,他的话会踏着酒量高起来,喝得越多解放得越粗野。酒精激活了体内的堆积物,汹涌地从嘴里喷发,还痛快拍着大腿。考古学家难以置信地看着,一会儿的工夫,总撰稿就着魔似的换了个人。

总撰稿说:"这是咱在喝酒时说,其实我对儒家国教的说法,也有点儿那个。一个基本事实,汉朝之后,儒家独尊,社会是不是就很好了?百姓是不是吃饱了?国家是不是就安定了?是不是历代历朝贪官就少了?要知道,走仕途,考八股,用的全是儒家的东西。我们要看到儒家的长处,也要看到短处。我总觉得儒家这个盘子太小,人类社会的东西很多,不能三纲五常就行了。这盘子太小。"

"这盘子太小?"考古学家发了下愣,喝酒的当口,突然摄入一个叫盘子的东西,他观察桌上的几个菜盘子,问起盘子怎么个太小了。

"这文化都是从人性中长出来的。整天文化文化地叫,好像是天上掉下来的。不,是从人性里长出来的。你看看春秋战国的历史,就发现了什么样的人造什么学说。不是哪个学说好、哪个学说坏,而是造学说的人是什么样的人。人形形色色,有一百个人,就有一百个观点,将观点写成书就成了学说。儒家、道家、法家、名家、纵横家、墨家、兵家,都是和这学说有血缘关系的人造的,跟风的人是类型化的人。然后,又在变化,体现在学术上就处在溶解状态中了。天生本分老实的人喜欢儒家,讲秩序,讲中庸;天性邪恶的人,就会造出纵横家,让别人听自己的话打来打去。"

考古学家明白盘子太小是怎么回事了。"庄子说,'朝菌不知晦朔,蟪蛄不知春秋'。孔子是两千多年前的人物,他连秦始皇都不知道,刘邦、李世民、十八罗汉、李后主也不知道;卧榻之侧岂容他人酣睡,满族和蒙古族的入侵他更是一概不知道。凭什么要当我们的国教呢?我想来思去,还是这种类型的人多,老实人多、中间人多。人多市场就大嘛!"

"还是和您这专家聊天长学问。"

"孔子是什么样的人,说什么样的话,说的话一经记载就成了'学问',一'学问'就成了'思想'。墨子呢,是仗义之人,在生活中我们有这种朋友。纵横家呢,没有仁没有义,不儒也不墨,什么都是策略和诡计,我们身边也有这种人。你让他去学什么儒家,那是不可能的。说来说去都是几个人的事,什么世界观,搞得很玄乎,都是几个人的事。几个人,闹点学问出来,一帮弟子一哄而上,官方觉得挺好,一恩准便成了主流。大家就在这个主流里漂浮了,在一个主流两边的河岸之间漂浮。"

"你说得很对啊。这孔子对中国的影响太大了,哪能一个人影响一个国家一个民族呢?这本身就不符合道理。这不就是神了。你看啊,仁爱教育、家庭伦理、师生关系、礼仪节制、君父秩序,哪个不是孔子这个人的思想?"

"要说问题,"考古学家说,"多得很,就拿中国的史书来说就很多。写的随意性太强,你比方说,这孔子周游列国,什么原因?你看看史料就好笑了。《论语》是这样写的,'齐人归女乐,季恒子受之,三日不朝,孔子行'。一百年之后孟子又这样说,'孔子为鲁司寇,不用。从而祭燔肉不至,不税冕而行'。到了五百年后,司马迁将两段合而为一,并通过文学虚构把孔子的故事搞得丰富多彩,'选齐国中女子好者八十人,遗鲁君。往观终日,怠于政事'。你看看,《论语》里的季桓子,走到《史记》中变成了鲁王。最后的《史记》就成了定论,成了最权威的发布者,什么事都得从那里引证。"

"我也发现这问题了,一事多说,一题多解。"

考古学家又极富兴致地喝了一杯,说起了人性演变,举了《吕氏春秋》的一则故事。二侠士出游,在一酒家喝酒,但没有肴,怎么办?二侠士说,你我身上都是肉,割下来烤烤给对方吃不完了?结果酒喝完了肉也割得差不多了,血流淌完,人也就死了。现在有这种人吗?考古学家又讲到古时候的人的品格和现在的也不一样,差别很大。那时的人不会笑。我说这些可能夸大了,但很严肃是真的。何以见得?子夏是孔子高徒,这人有一段话透出了信息。人们之间是"望之俨然,其言亦厉"。人与人的关系是这种样子的,那是什么情景?一个个跟敌人似的,警察对犯人,"文革"时对五类分子。这一点儿,很多专家都忽略了,而这一点儿是不能忽略的。

总撰稿坦诚地说,因为拍摄专题片,集中地翻阅了一些书,发现了一个现象,现阶段的道德水平较之过去的道德水平大幅度降低。这种句式连成一个板块,称之为道德从高原依阶梯一层层地向下降,降到了现阶段这里是最低一级了。总撰稿发现人们不仅有种美化未来的本能,同时也有种美化过去的天性。发展的动力同时又是绞杀的机器。孔子生活的春秋时期,已经礼崩乐坏,他本人怀抱救世理想,举着复古的大旗,四处奔波。他创立的儒学其实是为了弘扬逝去的周朝,结果成为一种行为准绳和社会规范。

考古学家竖起大拇指,赞扬地推到他面前:"说得好。孔子有一点儿,我挺讨厌。他动不动君子君子地叫,小人小人地喊。什么君子怀德小人怀土,这种思想长期禁锢人们的思想,看不起物质生活。怀土怎么了?西方就是怀土,发展了生产力,解放了生产关系,推动了上层建筑,我们天天怀德,怀德,搞得一国的真君子和伪君子。说到这我就恼火,年轻的时候我们还能分清什么是好什么是坏。现在奔到中年,好坏反而分不大清了。你说这种思想对一个国家有多大的危害?就这,还什么传承呢。"

两个人就这么一句递一句交织往下说,其实也没什么新鲜玩意儿,一会儿说这儒家的东西很矛盾,人们对儒家的态度也很矛盾。社会越商品化,越需要儒家学说,自觉不自觉就把伦理道德摆到重要位置上了。一会儿又说,摆在重要位置上,也只是文化人自己的意淫。社会该怎么邪恶还怎么邪恶。为什么钱在某种人手里?只要搭眼这么一看,什么人拥有财富就知道我们是什么社会。总撰稿的手一翻,搭在眼边,好像眺望远处的某个地方。你看出来了吧,这大把的钱能把人的胆撑大,胆一大心就野了,到处成了交易。社会成了买和卖的平台与黑幕,买卖女人,买卖官员,进入恶循环。

这个世界是按照自身的逻辑往前趔趄。金钱有金钱的逻辑。可笑的是,文化人看不到金钱的逻辑,而执意相信文化的逻辑。好人有好人的逻辑,问题是,坏人不屑好人的逻辑而自行其是。每个不同的身份都有自己的逻辑。就连这次重走列国也是循着某种逻辑发展起来的。一家文化公司老总要找项目,于是抓着了国教调查的命题,至于真命题抑或伪命题都不重要,只要够上命题的边儿,就可强行往上靠。

"市场经济造就了商品社会,商品社会造就了钱就是爷。这钱一当家,其他的就排在后面跟着它变质。昨天,嗨,我就遇到这么个怪物,拉我的衣袖直喊大哥,求我在电视上给他露一脸。大哥,我私下给你拿点儿赞助。我说我们是家影视公司,为拍片先打前站,下一次拍摄不知什么时候。他说,哥就是这意思,钱,你先收下,算我排队挂个号。你看看,他把我看成什么了?"

考古学家拿起的酒杯又放下,怀疑眼前的人以讲别人上镜头给钱,暗示他也得送钱,是不是个骗子?

考古学家双手轮流搓着脸,又做了几个深呼吸,天色灰暗,好像有一个风筝在前方飘着。他右腿搭在左腿上,身子往后一仰。他以为对方暗示给钱侮辱了自己,报复性地瞪大了眼,进行反击:"我斗胆问一下,恕我直言,你们拍历史片,好……好像不大懂历史?"

半月前,总撰稿几乎用同样的问题质疑过制片人。现在,他成了摄制组的一员,又被考古学家当面挑衅地质问。"这话对也不对,我们不懂历史而拍历史,可是你们懂历史却不去拍历史。对中国历史,我用十分钟讲完了,可你呢,你是专家得十个小时。在摄制组,我是最高学历的了。这也是酒后,我给你爆个狗血级的料。我连《论语》都没通读过一遍。"

"你敢对你的摄制组这么说吗?"

"那倒不会。"总撰稿肯定地做出保证,"我的任务是指导他们。尽管我心里没有数。"

考古学家假意正襟危坐:"不懂装懂?"

"不懂装懂。你是怎么看出来的?"

"这不难啊,现在到处是不懂装懂的人。新东西多得很,人们静不下来,躁得很。还得硬着头皮去做,怎么办呢?只能不懂装懂。"

"文化不是科学技术,有个标准有个尺度。这玩意儿,我说什么它就是什么。我的就是标准。让你见笑了。"他的手不再拍自己的大腿了,而是很哥们儿地拍在了对方的腿上,还结结实实停在上面捺两下。

"球,都一样的,考古界也一球样,都为经济服务,向金钱低头。哎,老弟,都一球样。评职称,开学术论证,立项目,只要给钱、给名,那声音就出来了。"

"什么声音?什么声音出来了?"

"'扑通',跪一下。'扑通',跪一下。"

"'扑通'跪一下,'扑通'跪一下。"总撰稿带着韵味地模仿起来。"怪好听的,'扑通',跪一下。'扑通'……"他不但嘴上模仿,身子也不由得晃了两下,结果椅子一歪,自己也"扑通"掉到地上了。

第一三章 惩罚的快感

　　已经好多次了,纪念回想莫茗的时候脑子里一片模糊,并且越是努力追忆越是模糊。更滑稽的是,因为莫茗和多年前他同事的妯娌有局部相似,当他想她的时候,那个妯娌总是从遥远的地方飘然而至,占据她的脸部。

　　那天下午,纪念搞了"天之眼"以后,和莫茗通了幽会电话向宾馆走的时候,两个女人就这么在他脑中交替叠映。为了固定其中的一个,他会突然停下步子,好让固定的身子将输送到脑子中记忆的人物也给固定下来,结果两个女人云里来雾里去更是找不到了。有一次,他试图将那个同事的妯娌确定下来,回忆二十年前,那个衣着时尚的妯娌走进办公室的瞬间,或是站在单位大门侧面等待的样子,结果大门前的那个妯娌一挣一脱,又变成了莫茗。还有一次,他想固定一下莫茗,唤起和莫茗上床的记忆,但记忆的魔法还是把床上的莫茗变成了那个妯娌。他觉得好玩极了,他从来没有和那个同事的妯娌上过床,甚至连上床的念头也没有过。现在,他走在异乡的路上,由于莫茗而将她置换到了床上。当他试图赶走那个从来没有摸过手的女人,她反而撒娇地和他逗趣:"来呀!"那个妯娌在二十年前的远处向他勾手……

　　这个有趣的游戏直到纪念进了宾馆的房间才告一段落。那个妯娌吃醋地扭着屁股消失在薄雾深处。

　　纪念不大喜欢一上来就搂搂抱抱,这不是他的行为方式,也不是文明教养的体现,他不想给人一种直接赤裸的贪色印象。人就在眼前,时间又那么充裕,用不着猴急忙慌的。他多次阐发过男女何以成为情人的观点——重要标志之一就是说话。说什么都行,连平时无聊的话也能聊出味道来,聊得无边际,大的小的,有意义和无意义都行。如果你发现这个男的找话茬,装出兴趣来,那么说明他对她的喜欢指数并不高,或者说由曾经的高往下降。

废话连篇充满趣味的观点当然对。只是对女人而言,她们还在意感性的或者说一种肌肤之亲,她们会由一些细节分辨出是不是喜欢。多日以来,两个人像地下工作者,现在终于找了个时间约会。他进门没有拥抱,也没有吻,而是充满兴趣地问她有没有过这种感觉,一个人很像另一个人?

"你是不是要说一个人长得很像另一个人?"

"是啊,我要说的就是这。"

"那你刚才说的就是病句。一个人长得很像另一个人,或者另一个人长得很像这个人,那是他们两人本身长得很像,而不能是因为你的感觉而像。"

"好吧,"纪念口头承认他说的是病句。但他知道,说的还是感觉。莫茗和那个同事的妯娌对他来说就是感觉。仅仅某个侧面和额头在局部上似是而非,经过他的感觉,就让她俩相似了。如果换了康胖子或者左佑,还是这些似是而非之处,这两个人就不那么像了。

"这话好没来头,你是不是看谁像谁了?"

纪念没有提起那个妯娌,而变成了刚刚发生的"天之眼":"我先是看见个人,很像康胖子,待打手机去验证,结果真是康胖子。"

"这只能说你眼神不好。"

"我本来要给他说破的,解除误会,可是我想起这家伙总是惹麻烦,索性假戏真做,借用'天之眼'吓吓他,让他知道头上三尺有神灵。这个人的好色属于悍然式的。对,他是找女人,对摄制组就是找麻烦。上次他说他走错了门,这可能吗?"

"老大。这话听着咋恁别扭啊!就兴你能和女人约会,上床。人家顶多是关关门,拉拉手,和你比那可差远了。"

莫茗的反讥其实是一种示爱的意思,纪念没有及时理解,挠挠额头。"要说也是,不过这世界就这德行,"纪念假装一副检讨的样子,"每个人都有自己的逻辑,同样的事,对别人的行为痛心疾首,至于自己,那就放宽尺度网开一面了。"

"所以说嘛,这个世界很自私,挺没劲的。"

纪念无法料到对方的逆向心理,他讲"天之眼"的初衷是给幽会增加点笑料,却陡然降低了室内温度:"自私?这样表达让人不大舒服。"

她似笑非笑地撂了句:"你发现没有?我们之间还是有很大差异的。比如你说'天之眼',沾沾自喜,在我看来也就一恶作剧。"

"恶作剧?"

"你就爱搞恶作剧。那回我一连三次抓了6,是不是你搞的恶作剧?"

"这怎么可能?是我先说你后抓的。纯属巧合。"

"在别人纯属巧合,换了你就是搞了鬼的。像你刚说的'天之眼',在康胖子看来就很神奇。"

纪念意识到对方说的"恶作剧"大概和她"卧底"有关系,但他又不能表示明白,那样就等于承认自己确实有问题了。为了解决她的隐虑,他绕着圈子对自己的行为做了补充说明。多年来自己养成了一个习惯,某些事情,每逢在办理之前总要进行一番模拟,看看对事情发展的线路和结果预测如何,临到事情结束,便给自己打分,有多少的正确率。汲取经验教训,以提高下一次预测的能力。不容乐观的是,自己的能力并没有因此有多大的改进,有的仍然很离谱。对某些元素的忽略,只有走到一定程度才能发现忽略得很没道理。"总有三十度左右的偏差。"他自评道:"康胖子这人爱惹麻烦,我只是用恶作剧来掌控和遥测。要他规规矩矩不要乱说乱动。"

纪念为"天之眼"辩护,好让对方理解自己,结果问题走向反面,他越想让对方理解自己,她越是觉得他为人阴险。道理很简单,既然任何一件事在他那里都能成为功利的算计,那么男女之间的情感同样可以进行表演。

她突然想起他曾经说的那句,"敌人是最好的朋友",这句悖论的话,多日来偶尔闪过几下,此时两人既然没完地臭聊,不妨听听这话深奥到哪里。

"今天不合适,今天我们是幽会,不搞学术那一套。"

知道幽会你还扯那么多?"人家想听,说说呗。"

"真的不合适。我怕一说起来,情绪拐弯跑远了。咱们还是聊些轻松的事好了。"

还是聊还是不作为!所谓聊出废话的趣味应是种掩饰。莫茗寻思道,不亲吻那是因为没有刷牙,不拥抱那是因为没有洗浴。一次约定的情爱专场,只因嫌弃对方嘴里的唾液,而不亲吻,这是荒诞无稽、骇人听闻的。在走入婚姻之前,她经历过有限的男女之事,还从来没有过不接吻的事情,她甚至遇到过和电影上一模一样的情景。在宾馆的走廊上就开始嘴对嘴,急切地脱着衣服,激情四射,磕磕绊绊,到了房间就扑到大床上。然而他没有,他嫌她没有刷牙。这让她很难受,屈辱似的难受。当一个人嫌弃一个人那是爱得不够。这让她想到自己对宠物的态度。每天,她都牵着那个叫葡萄的宠物到街上,小家伙在地上跑来跑去,身上该沾了多少汽车废气?四脚又沾了多少灰尘呢?她明知它身上脏,还是在家里抱着玩。这就是爱,将脏物过滤和净化了。

进行如此对比之后,她的嘴半张,舌头卷成槽,在上面一排牙齿上来回划拨。

隔着圆形茶几,纪念看到莫茗舌头卷成槽,在上面一排牙齿上来回划拨。纪念中止了趣味性啰唆,站起身,从绅士走向骑士。

拥抱是象征性的,仅在她的胸部挤压若干秒,吻,也是意思性的,鼓了鼓嘴唇碰中有停地触了若干下。这个吻是标准的,字面上的,尽管一点一滴,却缺乏湿度。纪念洁癖式的约会方式宣告开始。

他放开莫茗,先是去卫生间洗了洗手,这才脱衣服。对他来说,两张并排的床正好划分了各自的功能。挨窗的平整洁白,留着睡觉,具有床何以叫床的内涵和功能。临门的就当衣服架子,而架子也要分档。外衣放一头,内衣放另一头,中间以尘土多少为界划出了一条禁飞区。整个程序熟练地进行完之后,赤裸天使亮了四分之一秒的相,冲向卫生间。

上床累加如此多的外部要素,这爱还能做吗?我总比跑来走去的宠物干净吧?莫茗心里升起火苗,叫住了他:"等等。"

纪念停下来:"等等?"

"过去你和情人也这样吗?"

他的赤裸的身体有一半镶进门里了:"什么这样?"

莫茗意外看出对方一丝羞涩。这个表情那么真实,让他顿时年轻了好多岁。她又想起上次,当他要她当卧底时,那种羞涩表情。她笑道:"你个小男生,我又不是你老婆,说说呗。"

他知道她指责洁癖,吞吞吐吐地说:"算是吧。"

"如果她不愿意呢?"

他要往里钻。

她用明显让他停步的口气:"我要知道,如果她不愿意呢?"

他又退回来,侧着身:"不就是沾染上点资产阶级的……"

"有的女人确实不讲究,你怎么办?还有,没有宾馆这种条件,在其他地方,别说冲澡,连洗手都难,又怎么办?"

一个人没有衣服遮掩已经很脆弱,再光着身子被奚落,纪念顿觉自己小了,萎了,极度的狼狈。

莫茗开心极了,对方那幅难以启齿、欲言又止的模样,越来越像小男生:"小男生,我真的好奇,你和一个美女吃了饭,没条件刷牙,你亲不亲呢?你嫌这嫌那,人家下回还和你约会吗?"

纪念意识到话题不可能马上结束,光着身子又有点冷。

"噢,我在想,有关洁癖,你是不是也很苦恼?"莫茗说。

"为什么苦恼?"

"比别人多一些烦琐的手续嘛。"

"你要和我一样就不烦琐了。"

"和你约会,就像进手术室,每个环节都得消毒。"

"这也是为了更好地做爱嘛。"他承认这是他本人的毛病。他知道这个毛病可是改不了。为此——他讲了和漂亮风骚的有夫之妇的故事——那个女人见面就接吻,是那种舌吻,他受不了口腔里的搅拌。有一次她质问,你舌头有问题吗?他忙说是是是,没感觉。她说你不需要我需要。

他说这些是为了让她理解自己,不是爱的问题,不要为此多疑和伤心,他再次拿如厕洗手做例子,主要是洁癖,只有洁癖才可能先去洗手,这是一种生理导致的意识。他笑着又说,幻想遇到个同样有洁癖的人,那样的话,每个人都知道该做什么以及下一个动作是什么。

每个人的道理都是从自身的情况派发而来,纪念的道理对莫茗无效。她有她的道理,她的道理更成立,放着这么好的、丰满的、鲜艳的肉体你他妈的还不色狼似的扑上来,贪婪地占有,疯狂地享受,搞什么病态的洁癖。莫茗委屈而恼火,溜了一眼他的私处,从茶几上拿起杂志摊开,挡了一半脸,拢起的黑发里隐着精巧红润的耳朵。

他赤条条地站着,捂着下体,无中生有地逗她:"要看就光明正大,拿东西挡着偷看,你这叫窥阴癖。"

"你不穿衣服,这叫暴露癖。"

他挪前一步伸脚踢了她的小腿:"那是我脱了要冲澡,你给喊停了。"

莫茗移开杂志露出半张脸,用老师的口吻批评:"小男生,你乱尥蹶子,还有虐待症。"

他又踢了她一脚,转身去卫生间冲澡。听到里面的哗啦啦的水声,她心里骂了一句,妈逼!又是洗又是漱,外套内衣分开放,搞得干干净净一尘不染。把自己冲洗得像刚刚来到世上的婴儿和秋雨过后幽蓝天空的新月。在短暂的时间里,她的委屈和伤心转化到反感,又转成了黑色的报复。这真是个激动人心的念头!她决定让他扑个空,一无所获。她可以逆转这一切。惩罚!惩罚他的洁癖,惩罚他的欲望。这个念头大火一样烧着全身,让她兴奋极了。

纪念冲洗完毕,热气腾腾地走出来,以为她已经脱衣服或正在脱衣服,看着她依旧坐在椅子里,做了快点行动的手势。走到里面的床边,拉开雪白的被子,躺下来。

"我的胃好难受。"她抱着胸口说。"好难受"是电视剧里烂掉的台词,按照她的生活用语应该是"很难受",可她不说"很难受"而是娇弱的"好难受",不仅是对屏幕上的戏仿,更是对纪念恶作剧的戏仿。

"我冲洗前还好好的?这也太快了。"

"不知道,突然就疼啦,"她瞅见镜子里的自己,额头又皱重一层。

"你过去疼过没有?"

"有过。"又娇弱地来声,"好难受。"

洗完澡原本可以进入做爱阶段了。对方的胃部突然降临疼痛,纪念只好忙于安抚。他给她续上热水,轻轻地充满爱意地替她揉着胸口。接受一个女人就意味着接受她的全部,除了欢乐还有痛苦。领略床笫的欢娱,还得分担她的烦恼,这些都是一场情感的有机部分。对纪念而言,莫茗不仅是情感的依托、床上的消费品,不仅具有探听消息的功能,能探听到单凭自己的能力听不到的事情,以期拓展视野宽度和延伸长度,她还像一条无形的游蛇,带你触摸坑坑洼洼的角落,看那小洼地里积蓄的液体。

安抚的时候,纪念看到了她的脸上敷着一层细绒绒的浅黄汗毛,停了几秒钟,才从那毛茸茸的一吹就散的旋涡里盘出来。

他知道安抚的最好办法是分散注意力。他一边揉她的胸口,一边对三次约会进行回顾性描述。他对第一次的评价是"大有斩获";第二次的评价是"旖旎风光";而第三次则是"征剿未遂"。话题已经很情色化了,他试图让燃起的情欲能够压倒胃疼。为此特意具体描绘第二次的"旖旎风光",她探出了一朵火苗似的舌尖,幽会之后,那朵火苗仍若一个幻象在他眼前飘来飘去。以至于渴望再来第三次,好将那梦幻飘然的舌尖特写下来。可是第三次发生了意外。这也基本符合事物总有变数的规律。第三次的时候,两人渐渐入港,当她激情迷醉欲吐出艳红的舌尖时,走廊对面的客房突然传出嚎叫,那是杀猪般的嚎叫。开门开门开门开门开门开门开门开门开门!这两个字,捉奸者喊了十几分钟。这两个字,捉奸者喊了无数遍,也不改口,就那两个字。开门开门开门开门开门开门开门!!以至于,多日之后那两个字还在脑际激荡,开了个窟窿!他说他还记得她躺在床上的样子,把白色的被子拉到下巴底,紧张得浑身僵硬。一阵骚乱之后,那边的人被带走。平复的酒店更加令人不安,弥漫着恐惧感。他说她抬手指指圈椅上的衣服让他拿来,眼睛里颤抖着惊吓,成了禁苑里受伤的小鹿。

莫茗受到了启发:"噢,我还奇怪呢,为什么突然胃疼?经你这一说,我明白了。我这是怕出事,紧张了。生理是一种预警,它在帮助我暗示我。给我出逃的机会。你明白吧?我们得离开这里。"她多么想将恶作剧再深情地演下去啊。

"哦,离开?好不容易见个面,还什么都没有办呢。"

"可我害怕,害怕才胃疼的。离开这个环境我就会好的。"

"到街上更不安全了,我就是在偶尔的不经意的时候看见了康胖子。现在两人在街上走,八成能被摄制组的人发现。"

惩罚的快感支配着这个女人,她知道如何解决知识分子的问题,于是说了句话,这句话果然把纪念的器械给缴了。

她质问面前这个阻拦的人:"我现在要问你,你是要占有我,还是爱我?"

"这话太难听。"

"已经讲得很明白了,因为害怕才胃疼,要想不胃疼就离开这里。你要爱我就不能看着我受罪。"就要以恶作剧处罚恶作剧。

话都说到这份儿上了,尽管心头怨恨,表面上也得一副放弃肉欲之欢,不得不离开的遗憾。知识分子的悲悯情怀还是派上了用场。他一件一件重新穿好衣服。当俩人走到门口,她拧开锁的瞬间,他心里"叭"的一声,摔掉一个东西,荒唐极了,久盼的第三次就这样不可逆转地再次流产吗?

他做了最后努力,将她已经出去的半个身子拉回来,急切地带着少见的粗鲁拥着她,用她的背靠着门,往前猛推把门重新关上。这情景呈现出了通常的那种男女之欢,事实上也符合作为失身少妇的期待。她的眼睛迷蒙起来,佯装的胃疼也给忘了,一只胳膊不由得从他身后绕过来搭在他的肩头,如果他的吻这时顺着迷蒙的眼睛和性感的鼻子一路下来,完全有逆转的可能。把她留在屋里,留在床上,留在高潮迭起中。然而,她的脸庞领略了粗重的鼻息,在极短的两公分,那个叫洁癖的怪物再次跳出来,阻拦了期待的嘴唇。

一切都那么顺理成章,她挣脱地逃离他的怀抱,义无反顾拉开门。俩人离开宾馆来到街上。

莫茗走在林荫下面的小路上,她这是头一回惩罚人,体验着惩罚带来的快感。快感不仅反映到步态上,还表现在脸庞上。纪念从来没有看到过她如此富有弹性的步态和由于步态的弹性而身段柔美,还以为她是逃脱了险情胃不疼了。

街角窜来一只黑色的泰迪,女主人跟在两米远的后面。莫茗伸手招呼,因为喜欢,就用自己宠物的名字来唤它:"葡萄,葡萄。"那只小狗凭直觉知道她的友善和喜欢,停下来摇摇尾巴回应。

她说她喜欢宠物,重要原因是它的单纯、漂亮、娇嫩和灵性,呈现天然的品性。生气的时候小脑袋枕着墙根,讨好呢,会站起来蹦蹦跳跳,前爪欢快地摆动。光看晶莹的眼睛就知道有多单纯了,充满温柔的让人心疼的信任。

莫茗说了一个神奇的现象,每个宠物和主人竟然那么相似。遛狗时,总会发现这种情况,每当看到狗,我就想不知它的哪点像主人,带着这种预测,抬头一看,真的不骗你,那主人就是狗的翻版。有的头型像,有的鼻子像,有的走路姿势像,这让我常想,这是不是佛家说的轮回?狗其实是另一个世界的自己。

这个自己与另一个自己,相依相守?

纪念没有养过狗,人和狗相像也就听不懂,他不想这么宝贵的时间谈起一条不认识的狗。秋天的阳光在树荫中有薄有厚,筛着沥下来,洒落脸上肩上。

"你不怕别人看见吗?"

她已经看到了惩罚他的效果,而暗中赞许自己,这真是一场漂亮仗。让该死的洁癖见鬼去吧。还有,让该死的卧底见鬼去吧。她无所顾忌地对他说:"谁爱看谁看。"

"在他们眼里我们是不大对劲的,他们看见会很奇怪。"

"谁爱奇怪谁奇怪。"看着他懊恼的样子,她心里的快感又涌出一波,内心旋荡着胜利的欢乐。不能总是他说了算,想让她当情人就当情人,想让她卧底就卧底,想搞洁癖就没完地犯病。她要在他最想要她的时候闪空一回。此刻,她达到了预期。

纪念不了解女人的突变,还待在经验的老套中:"你怕在房间里被人逮住?"

她挑了个词,刺激他:"可不是什么逮住,这,叫,捉,奸!"

"捉奸?"这个词包含着不正当、下流,甚至坏女人的淫荡。

莫茗接着刺激纪念:"开门开门开门……"

"求你了,你说点儿别的吧,千万别说开门开门开门了。"纪念的眉头皱了皱。

"好吧,"她同意,"说点儿别的。说点儿别的什么呀?"

"随你了。就是别说'开门开门开门'。"

她哈哈笑起来:"老大,你懂得多。有一次说的'暗通曲款'。这个词是什么意思?"

"你真的不知道?"

"这词太雅,不知道。"她当然知道,"说说呗。"

"换成通俗的说法就是情人关系。"

"庸俗的说法呢?"

"不正当男女关系。"

"恶俗的说法呢?"

"一对勾搭成奸的狗男女。"

"噢,哟,"她害怕地缩了下脖子,"原来我俩是这种关系啊。"

他想象着待在房间里翻江倒海的情景说:"要是不出来,我们这会儿正在快感中呢。"

看到他被恶作剧玩弄出的懊恼和无奈,她正昂扬在快感中。

"我现在就很有快感。"

这句话更是刺激得不行,他恨不得重新把她拉到房间里,撕破衣服滚到床上,就地正法,而这时的他因为欲火腾腾没有想到文明绅士应有的冲澡和刷牙漱口。如果这时两人真的进入房间,他的洁癖真的会没有了。莫茗说得很对,他的洁癖是资产阶级的思想作怪,还是爱得不深。

又走了一会儿,拐弯的时候,她妩媚地邪去一眼——是"邪"而不是"斜"——极女人味。他痛心疾首地幻想:"要是我们待在床上,这会儿正在高潮中呢。"

她这会儿正在高潮中呢,惩罚的高潮比床上的那种更有胜利的成就感。一个把你当成工具的人就要给他挫败和扑空,不能让他处处得意、事事如愿。你不是个生活的魔术师吗?那就让你的观众戏弄你一次吧。她装得很单纯,迷惑不解:"高潮?什么高潮?"

"床上还能什么高潮?"

"你在计算时间哪?"

"就是嘛。按照惯常的时间来说,我们要是待在床上,前几分钟你会喊不要不要,过几分钟你会喊噢唔吁,再过几分钟你就升起一面飘扬的旗帜,最后几秒,你的旗杆'啪'地断了,飘落,降到一个沉沦的泥潭。"

惩罚就是再刺激。她做了个从泥潭里出浴的动作,讲了一个真实的梦——梦中的模糊物蠕动着,渐渐变成了纪念,纪念猫着腰从空寂的走廊上穿越,贴着门缝,像狐仙一溜飘了进来,移到床前。在梦中她看不清他的脸,但知道是他。接着,他抖掉身上的披风趴在她的身上。一切和现实中的情景一样,开始她抵抗说有人看见了,他充耳不闻,上下翻动,为自己的大胆成功而得意。接着她看到了自己的就范,一种在现实中无法比拟的快感侵袭了全身。透彻的承欢,直到她高潮快降临之际,好像什么东西惊了一下。中断了。第二天一大早醒来,那种残留的快感还在身上,尤其腰部缠绕着一股淫荡之气……

她讲了梦之后,媚态可掬地请教:"老大,你说,我这可是妖精附体?"

"我们还是回去吧。"他受不了了,拉着她的袖口,口气都央求了。

"不行啊!"她快乐地往前一蹿。等到蹿了十几米远后,回过头故意气他:"哎,你的'敌人是最好的朋友'到底什么意思?"

纪念恨恨地叫嚣:"就是现在,老大和你的意思!"

"哈哈哈!开门开门开门!"

第一四章　国教表情

总撰稿和85后在认真地闲扯,他说这次"重走",真的有了很大的收获。在书房里就是翻破书,就是绞尽脑汁,也不一定得出来个道道。行万里路啊,给你一个广阔视角来看世界。仅仅几天,我就找到"非要买车"的文化里的原因了。一开始,我觉得牵强,可是深入思考,觉得问题还真的出在孔子身上,他是文化之根嘛。孔子的生命历程,有几件重要的事,都与车纠缠着瓜葛。

先说第一个,孔子很虚荣,换个世俗说法就是特讲面子。孔子二十出头,得了儿子,起名叫孔鲤。为什么叫鲤呢,原因是国君给他送了一条鲤鱼祝贺,为表示感恩,起名叫鲤。在事实上,这是不可能的——那时候,二十啷当岁的孔子只是一个仓库看守,又没有显赫的家族背景,在等级森严的社会,一个国君怎会送他一条鱼呢?要是他这种平民也送,全国每天都有人生孩子,国君要送多少?显然不可能,不可能又要编一个故事,当然是虚荣。换了老子,或是墨子,就不会冒出鲤鱼这个水生物。

第二个,和车有直接关系了。孔子周游列国的第一站是卫国。你知道,卫国国君的夫人叫南子,性格开朗,喜爱热闹,名声不大好。孔子和卫国国君一起出游,很高兴,风光无限。有一次,国君带着夫人在前头跑,让孔子坐后面的车,这下子可惹恼了孔子。他觉得耻辱,骂卫君"吾未见好德如好色者"!仅因此,再次愤然离开卫国。这件事让我很错愕很纳闷。太荒唐了啊!这说明孔子太小心眼、太敏感,按现在的话说就是有病态的敏感。光想让人家供着、赞着,稍加不注意就给气着了、惹着了。你看看,先前离开鲁国,也因齐国送一帮美女,给惹着了，离国弃家就走了。如果卫国君王也跟一帮美女玩，你孔老师生气还多少靠个边儿，人家很本分啊，领着自己的老婆，又有什么不对之处？难道非要让孔子你坐到中间，或者让南子坐在中间，或者让南子坐在后面的车里？人家和夫人在一起，还带着他，说明已经很高看他了。你一个客人，还想处处当主角，不当主角就骂人家好色。放在现在，自恋狂啊！没有一个喜欢的。很讨厌。孔子"自诩五十知天命"，拿这事对比一下，这叫"知天命"吗？人情世故都不懂，叫他孔老二不亏，真的很二。

　　第三次，更说明孔子的虚荣不是一般的了，而是很可怕、可憎的了。孔子七十二贤弟子，他最喜欢的是谁？颜回，说他一箪食一瓢饮，在陋巷，赞不绝口。颜回也很忠诚。后来颜回病死了，他老人家捶胸顿足，一把鼻子一把泪地号啕："噫，天丧予，天丧予。"就是说，老天爷要我的命啊，老天爷要我的命啊。颜回的老父看他那么悲痛，当真了，抹着老泪建议孔老师把车子卖了，给儿子换副椁。椁是一种葬具，只有一定身份的人才配用。颜回的父亲本来也不奢望，只是看孔子老师痛不欲生，为了让他好受点儿，就斗胆建议。结果，自取其辱。孔子拒绝了，给了他两个回答。一是，他的儿子孔鲤只是棺葬，他把颜回当成自己的儿子，所以，也要棺葬。棺是薄葬，椁是厚葬。第二点，他曾经在鲁国当过大夫。大夫的身份就得有车。天呀，那是他周游列国之前十多年的事了，还念念不忘呢。官迷啊，身份啊，放在现在，这种人是要被人耻笑的。这种世俗之见称得上圣人吗？当然，他没把自己当圣人，但后人看到这一点儿世俗表演，也不要把他当圣人嘛。

　　面子需要外物来表现。孔子的这辆面子车就这么从历史深处开出来了，从东周开到秦汉，从三国开到隋唐，从宋元开到明清。这面子车一直开到了今天。满大街都是注册孔子商标的车。你看看，一条大道，一条双向的大道，每边四排车，加起来八排，被两百多辆车给占满了，其实这车里最多四百号人，只这四百多人，却占了百分之八十以上面积的道路，剩下的百分之二十的地方则挤着蝗虫般的电动车、自行车和行人。道路拥挤、人多是一方面，更重要的是人开的车占的体积大于人的几倍。这就是儒家祖宗给我们的遗产。如果老子是我们的文化根，那就另说了，他骑牛出函谷关，悠然西去，对面子无所谓。超脱，本我，如果我们继承老子的思想，那么，我们今天的人就不会这么拥堵一起开面子车了。

众所周知,现在的社会进入了汽车社会,百分之二十的人有车,占百分之八十的地盘,就叫汽车社会。这么说来,我是没有进入这个社会。从漠然到焦虑,知道自己身陷危机里了。汽车问题不再是虚荣的问题,而是社会问题,人与社会严重脱节的问题。

中国人讲面子,贵贱等级,官场以排量大小看级别。"仁义礼智信"中的"礼"字,现在给搞得很烂很烂。拿礼品来说,前些天过中秋节,我收到几盒月饼。包装豪华的箱子,打开呢,套了一层盒子,铺了层金色丝绸,再打开是八个方格,摆八个漂亮的塑料包,撕开是一个碗状的塑料盒,里面又卧着真空包装,再打开才是月饼。就是说,从第一层到第五层,打开五次包装才见月饼。而月饼只有鸡蛋那么大小。八个小月饼,摆拢一起用饭盒也就够装了,却用了大它十倍以上的箱子。标价888元。这是送月饼吗?不是。是送包装的。月饼吃了包装怎么办?扔掉。真不敢算,按每家一盒保守算,当废品丢掉也堆积成山了。大量的浪费,这一切一切都是面子问题。虚荣造成灾难。我在想,儒家文化是否如这礼盒呢?真是无法衡量。儒家文化是不是也在附加?包装?只是文化没有形态你看不见。

脸文化——人们轻而易举地归于人性。我要问的问题是人性无法改变吗?不,人性可有许多种。如果没有经过"文革",我会相信现在看到的人性是人性。可在那时代,"文革"把一切颠覆了。穷的光荣,是真的光荣。香水比粪还臭,补丁比绸缎还美,我不评判是对是错,我只说文化对人的思想和行为的支配作用。我们只要有好的文化,完全可以不要车也一样幸福。

买车这件事让我思考很久,不需要也去买。贵贱等级、面子、虚荣,毒害一代又一代,是文化呢还是人的本能?是本能还是用思想包装修饰成一种文化呢?闻香识女人,看车辨男士。在美国则不是这样的,人家是超级大国,却讲究实用主义。反过来也成立,正是实用主义,才能走向强盛。美国这一点儿很好,不为别人的眼光只为自己舒服。小型面包车、皮卡占总车辆的53%。为什么呢?两个字,便捷。还有一点儿附带上说,美国人聪明而重实用,有多少钱办多少事。拿房子来说,他们大多数是租房,日子过得很轻松。而中国大多数人要买房,买不起四处借钱也要买,搞得整个生活很紧张,心情很糟糕。说到这面子问题还有很多。比如婚礼,非搞得排场豪华不行,为了给娘家和朋友们看,只得乱叫人过来参加。甚荒唐的是,仅在朋友饭局上认识一人,留有电话,过了一年没见面,竟然给我发请柬,怕我不去,连着三天给我发短信。我想他一定觉得这样很可怜可笑,并不是为了我随份子的几百元,他是要把这些准朋友都拉去撑场面。还是个文化问题。葬礼就更不能提了,找哭丧队的来替自己哭。这是什么文化嘛! 这一点儿我真是赞赏西方,那文明到骨子里了,某人死了,寥寥数位亲朋,一袭黑衣,伫立墓前,默默致哀。那才叫葬礼呢。让死者安静入土。

　　二十一世纪的第一春,我没有买车。前面说过,不是经济上的原因。当我准备买车,面对这个事情的时候,出现了几个问题:第一个问题是你阿姨反对。她的理由是,车是交通工具,满街上都是出租车,招手即停,为什么花一二十万买辆车? 车还招惹是非。亲朋好友有事需要帮忙,你是出车不出车? 她举了几个例子,都是因为车引起的矛盾。买车只能算是一种动议,你阿姨说的话也是我多次考虑的。还有一个更为重要,我和你阿姨商量的时候没有说出来。日常生活中,我不是那种让人关注的性格,基本不可能成为什么焦点。在新世纪初,私家车是很少的,我要买辆车就意味着以我为半径画圆的范围内的震动。人们会对此议论。有一次,我在你阿姨单位门口等她,突然听到二十米外发出一声叫喊,那声音是热的,带火光的,爆发性的,叫着我的大名冲我跑来,指着旁边一辆黑色轿车:"这是你的车?!"老婆这个同事和我并不熟,仅是认识而已,简单地打过招呼。而她这充满炽热的态度,让别人以为我俩是很熟悉的朋友。我看着身边那辆车告诉她不是我的。"那是谁的?"我答不知道,她的情绪一落千丈,充满遗憾地说:"我还以为是你的咧。"显然她意识到突发狂热造成的失态,离我而去。这件事给我提供了一个很好的注脚,就是为什么美女总是和豪车联系在一起。同时,也再次提示了我,如果我真的有这么一辆车,也真的会引起人们的关注。我不喜欢这种关注。性格决定选择,当我看清车成为所谓富人标志的时候,买车的念头打消了。

　　打消买车的主意之后,就把车变成了房。也就是说,我又买了一套房。再加上单位的,我有了两套。那时的房价是两千一平,现在看着低,在当时也是远远跑在人均收入的前面。置房多好啊,隐起来嘛,藏起来嘛,这说明我是个家庭观念重的人,是个好老公,是个好爸爸。车是自己开,房是全家住。当时真没有搞投资的想法。

不买车的理由是没有理由买车。需要是最大的价值。第二次动买车的念头是三年以后,孩子考到重点高中,寄宿制,一周回家一次。对孩子来说,时间就是知识,就是分数,就是效率。三十多里地,挤车、转车、堵车,回家返校就要四个小时。有些家长已经开始买车了,送孩子去学校的时候,校外停了上百辆车,这难道不是理由吗?以前说的什么理由在这个事实面前已经苍白无力了。我们商量多次,先坐公交车看看,真不行再考虑买车。没想到,在我们商量未果的情况下,首先反对的是孩子。他连"啊"了两声:"就为我买辆车?"

在他看来,抢时间虽然重要,但花一二十万买辆车,就觉得难接受了。我们对他说人家谁谁买车了,这车早买晚买都是买,早买早为我们服务。孩子说:'同桌的爸爸要接送的,我搭他的车就解决问题了。军训时不就是人家主动送我回家的吗?人家的车是公车,他爸是办公室主任有专车,我们俩又是好朋友……'我觉得我已经说服不了孩子,但我喜欢体验他说服我的能力。很多事情都是如此,孩子大了,可以故意设置点儿话题。站在问题的一方,与孩子交流,看看他的想法,看看他的能力。这样下来,三年都是孩子到同学家门口,和他一起去学校。同学的父亲热情诚恳,没有丝毫怠慢。这件事情对他们来说,有空位子,帮个忙而已,对我们来说则解决了大问题。所以,根据需要的原理,交通问题得到解决,买车的计划再次搁浅。

汽车是交通工具,但就性能而言,属于机械的一部分。对于机械我是天生地本能地拒绝,当然,还有一个短板——对数字的模糊,这也是我从业选择回避的。比方说会计、财务、工程师等等这些行当。随着现代化的进程,我们的生活中一些机械加数字的东西越来越多,比如录像机、VCD、音响、手机、洗衣机……它们成为组成家庭生活的重要元素。可我仅仅是一个使用者,需要说明的是,我所说的使用是最简单的使用。比如音响,那得你阿姨调好之后我光按开关就行了。还有手机,我算大哥大之后第一代手机的拥有者,可它对我来说仅仅是个电话,里面的诸多功能我一概不懂。一次商务纠纷谈判,需要偷偷录音作口供,也是在朋友帮忙事先调好之后使用的。最可笑的是电脑,它只是个打字机,是一支十个指头分别弹奏的平面的笔。我啰唆这么多什么意思呢?我要引到汽车身上。VCD你不会玩老婆可以给你调好,懒洋洋坐到沙发上看片子,或者跟着功放动情地吼上几曲。唱得好是原版,唱得不好是假唱。手机功能不开发你可以不用,需要哪项找行家帮忙。电脑你可以当打字机,需要哪项还找专家帮忙。一个问题找人帮十次忙你还学不会最多落个"迟钝"。但是,汽车这玩意儿就得拿下它的全活儿了。它哪个是里程表,哪个是油门,哪个是离合器,各档的档位是怎么回事,它还有方向盘、倒车镜,还有平常熟视无睹的交通指示牌子、斑马线、禁令标识、单行线、加油站……这么多烦琐的事情只有你一人独立完成。如果你一个人在大草原,没有房没有车没有人没有树,你开着车跟野驴一样冲到前面,又像突然中弹样戛然停下把自己从座上掀起来那也没有什么大的麻烦。问题是,你要在城市驾驶汽车,要在什么都有就是没有安全的地方驾驶,你对机械的排斥就是一种最大的危险了。当然,我倒不是说不能学会,这么多人都会开车,我肯定同样能学会开,只是要有麻烦。为了脸上的光彩,要解决很多麻烦。值不值,值不值呢?如果一个人要获得什么,但得到它的途径和过程很麻烦很痛苦很荒唐,它就可以放弃了。正如谭咏麟歌中所唱:爱,如果,是种折磨,我宁愿错过。我改改词:车,如果,是种折磨,我宁愿错过。

总撰稿说,他其实有点儿理解左佑的自言自语。当一个人过度紧张,神经到了一定的程度会自言自语,他自检到曾经有过这种经历,就是和买车有关的经历。他从来没有因为什么事难堪过,也就没有什么事能够让他紧张。去年发生了几件事,因私家车触及了面子,又因面子说了谎,又因说了谎而紧张,又因紧张而掩饰。对抗与投降之间出现了恐惧症状。具体表现有:第一,顾左右而言他;第二,失语失态;第三,岔开话题;第四,寻找机会来解释。

"有一个段子很有趣:人最纠结的事情不是挤不上公交,而是到了站却挤不下来。有段子说有一天挤得脸对脸,把那肥姐的乳房都挤爆了,听说孕妇都挤流产了,最有创意的是:把中年妇女都挤怀孕了……挤公交把人的尊严给挤没了,我准备打车出行。我也这么想的,有一天,等了好几辆出租,问某地,不去,太堵。为了尊严我决定买轿车出行,上下班不再挤了,大家都开私家车,路上就堵了,不再是人挤人而成了车挤车了。"

人是社会关系的总和。这是青少年时候经常看到的一句话。马克思说的。后来很少再见到这句话了。按我的理解,这句话应是,社会是人的关系的总和。是不是当年的翻译有问题?随着年龄的增长,越发感觉人生活的环境就是每个人的社会性。最佳状态是均衡状态,而要均衡你就要做点儿什么和不做点儿什么,为了别人的眼光而修正自己,这是没有办法,我们从小到大都是在修正自己,以适应环境。至于环境,它可不是一个空洞的概念,它是眼神、口气、态度、强烈的损毁、赞美、讥讽的综合,我们每个人都在别人无形的约束中生活,在潮流和时尚中找到自己的位置。对了,位置,就是这个意思。这就像一个剧场,坐前排的人是少数,坐中间的人是大多数,越往后人越多。那么在社会环境中我们就要找到自己的位置。而位置呢,是由一些标志显示的,这话说得有点虚晃。我想用些生活场景来表现——有一次,我到一家出版社谈稿子,说完稿子要道别。人家编辑问我怎么来的。我说打车。对方有一点儿意外,那不易察觉又能感觉出来的表情可以看出她一定以为我是开车来的。这个表情在其他场合也多次重现。有教养的还好办,遇上直率的会脱口而出,打车?你的座驾呢?我说我没有车,对方突然感觉自己冒失。因为他问我的潜台词是认定我有私家车,只是因为某种原因没有开而已。当他听到我说没有车,就觉得自己冒失了。我想事后,他一定会给他老婆说自己以后要注意云云。还有一次,我就显得不那么从容了。几个文友吃饭,约好到黄河边吃野味。时间都定下来了,一个朋友说咋去,大家总共五个人,四个人的目光不约而同集中到我的脸上。这就让我感觉有问题了,是啊,我要是他们其中之一,也会这么反应的。干了十年的文化工作的人很多,发财的人也很多,发大财的人也不少。上亿元的文友、千万富翁的文友也能掰手指头算出来。人们没有期望我到这种份儿上,但总觉得发不了大财发小财,发不了小财也得有辆车吧。这车工薪阶层都能买,你买不了?那你到底有没有写那些电视剧和专题片啊?这些话我可以从他们的眼光里面、从酒后赤裸裸的态度里面直接听到。其中一个就真的借酒发问了,你没有车?十几万的车你没有?我说,没有。这个文友对其他三个人说:"那你瞎折腾啥呢?"我真觉得无颜以对。另外一个朋友替我圆场:"这也不奇怪,人家可能包俩二奶呢。"这个朋友真善解人意啊。他继续为我解脱,把他表哥也卖了:"说是老板,有车有房,外面还包了二奶,但银行里贷了五百万。拿着银行和朋友的钱做生意,那叫胡来,并不是本事。"说实话,这种对我的开脱实际上比第一个直接的轻视更让人难为情。人哪,我开了一句防卫性的玩笑:我就那小打小闹的能耐。

我在想怎么来解释,下次见面怎么说,几多纠结,便不由得一个人自言自语起来。开始我也不知道,有一次,突然,我停了下来,家里没有人,感觉刚刚有什么声音。是我在想问题,这个问题即是面子问题,因为没有录音,以前也没有过这种情况,我怀疑自己是不是自言自语了。又有一次,我在书房,突然你阿姨在门口探头,问我说什么。我一怔,才觉得刚才自己好像自言自语了。你阿姨的样子像抓着什么东西似的,但只是就车子与面子的事而已,别的事就没有这种情况。所以,我在来公司不久就发现左佑有这个毛病。理解他是因为心理有什么很大的压力,不知不觉地自言自语。

真正让我狼狈的,是在老婆同事面前。她们年前聚会,几个朋友吃饭,晚上九点多,老公们纷纷开车去酒店接老婆,你阿姨要打车回来,后来还是搭了别人的顺风车到了小区门口。虽说我没见她的同事,但我完全想得出她的同事想什么或议论什么,归根结底一句话,她老公要不窝囊要不混砸。这就涉嫌伤害了。并不是没有车,老婆低人一等,绝对不是这个意思,而是老婆嫁的男人没出息。虽说你阿姨不在乎,她绝对不在乎别人会怎么看车和车后面的老公,但我在乎,我不能装着不在乎。就像孩子发烧,我会比我发烧更难受;就像孩子的腿磕了一下,仅仅是擦破点儿皮,也比我缝两针还难受。这个车,已经是人们看你的眼光问题了,现在人们生活在金钱帝国里,评判价值真的是钱而不是其他。二十年前,当大家物质生活拉平的时候,我们对人的判定价值会以性格和行为为圆心。二十年前,一个人品质很高我们会尊重他;教养很好我们会赞美他;一个人口才很棒我们会喜欢他,大家吃饭沉浸在对某个人口若悬河口、吐莲花的喜欢中。现在情况完全不同了。还是这个人,让你在吃饭的时候哈哈大笑,出了酒店他骑着自行车,而大家开着自己的座驾,大家酒桌上的欢喜就掺进另外一种世俗的成分,逗引大家捧腹笑的朋友因为那辆自行车表现出的经济地位,变成了供人取乐的小丑。同样,那些教养好的人也会因为拮据而显得轻飘、苍白。

暑假到了,孩子大三,暑假期间,几个同学相约来找他玩,这本来是一个正常的走访活动,住是没问题的,房子多嘛。吃也没问题,我可以领他们不重样地吃风味。可是游玩需要车啊。我和你阿姨商量,市内找朋友公司的车接送游玩,市外郊县的一些景点直接订票走旅游专线,尽管这样安排很好,解决了问题,但实在让我感觉不安。我本人可以接受朋友熟人惊异的眼光,我不想让孩子接受这种眼光。尽管大多数孩子家长不会给孩子同学在家里安排一人一间的住宿,尽管大多数孩子家长不会给孩子同学在城市安排不同风味的饭店。这时突然跳出来一个问题,过去没意识到的,什么呢?家庭财产结构问题。结构问题就是个政治问题,大部分人家的财产结构是一房一车、有住有行的。不管迎来送往也好,朋友聚会也好,都能乐观从容。但是我的结构是三套房产,住得很宽敞,光空调就有九部,其中两部是柜机,冰箱三台,电视三台。这种结构本身是合理的吗?生活,既不能为别人的眼光,又不能逃避别人的眼光。我的这种感受在一天晚上吃饭时跟老婆谈了,就是结构问题,但我没有谈我遇到的这些麻烦、脸面、身价的负面影响,一字不谈。我不谈的原因是我不想把我反对的事情作为理由,我只说结构问题,我们不穷但给人的感觉很穷。比方孩子的大学同学,孩子去过他家,三室一厅,一部桑塔纳,这就宽宽松松地过日子了。而我们三套房产,却因为交通问题,过得介于工薪和下岗之间,住好房吃美味但却骑单车打出租车。本来是自我选择的事情,放到社会环境中,人们的眼光就有把我的衣服扒掉的感觉。你阿姨就是好啊,当我把结构问题剖析清楚,她说:"也是啊,住的是富人,走的是穷人路线,半江瑟瑟半江红。"我一听,高兴了,只要结构问题调整好,就解决了我们的实际问题。真穷就穷个明白,真富就富个清楚。哪能像咱这,进了屋是富人,出了门是穷人。

第一五章　关于圣人的试卷

1

在卫国宾馆，康胖子看上了那个负责接待的美女，依然延续着他的搭讪套近乎的惯常作风。既没有觉得脸皮厚，也没有觉得人家慢吞吞虚于周旋。

这次的切入点，是聊文化。

"文化这东西，不是一般人能做的。"他在美女办公室说，同时转身带上门，美女在给他倒茶的时候，顺便把门拉开了条缝，有了虚掩的意思。

"第一，他得有文化，可是有文化的人也不一定能做好文化事业，这是两回事。你好像听不大懂。我给你举个例子。"康胖子指着窗外，让她往街上看，小小理发店，只那么十来平方，但打着"发展基地"就是文化；再看右边那家酒行，广告牌子写什么旗舰，什么宗师，什么鼻祖，"都往最高处喊，这就是文化。文化嘛，就是制造彩色泡沫。再比如，'我爱你'，三个普通字，穿着衣服说那是情感表白。还是这三个字，光着身子跑到酒店的高处阳台，对全城人喊，那就是行为艺术了。"

康胖子转身踱了几步，来到门口，又顺便把虚掩的门推紧。仅仅一条细如发丝的门缝就构成暧昧和私密。"还比如，我们这个《重走圣人路》，其实就那么七八个三线、四线城市，没人有兴趣。怎么办呢？嗨，有办法！我把孔子周游的几个列国这么一串,神奇就降临了,就成了历史返场。圣人之路的名头就大了。一个千年过去了,又一个千年也过去了,没人重走,也没人想到重走,可我——想起来了。"

康胖子注意到美女已经对自己投来崇拜的目光了。尽管人家仅是出于礼节,应酬地迎合。康胖子的眼里忽闪着欢快的笑:"文化的核心是策划,全国多少家文化公司,数以万计,可是硬是没有想到我这一招。全国又有多少文化人,数以万计,还是没人想到我这一招。"他再度停下来,依旧没听到预期的掌声,换了失望的口气:"你知道《论语》是什么吗?"

美女摇头表示不知道。她的笑很独特,明明在笑,动的却是眼睛。

"就是一本书。"

康胖子从包里取出一份卷子,用神秘的口气告诉美女,作为社会调查,这份卷子是酒店所有员工要考的,当然,作为朋友,他可以私下里让她先看一看。

"你说什么?"美女问,"没听说要考试?"

"我们会考试的。我现在给你透个秘密,这样对你的成绩有好处,而你的成绩一好,我们下次专门来拍摄会邀请你做嘉宾。我的话有潜台词是不是?看你笑的样子就知道你听出来了。"

"没听出来。"

"我是摄像师,给你上镜头。这回你听明白了吧?"

"没明白。"人家美女明白地说。她看出了对方的诱惑,就使用惯常伎俩装个笨女人。

2

康胖子叉开腿抖动一下,同时用手在裆部拉一拉,宣告那里有一坨沉甸甸的充满活力的粘连物——这不是什么下流动作,仅仅是为了使身体舒服,像耳朵痒掏一掏,牙花子塞着东西你挑出来会舒服一样,拉裤裆可以用类比的舒服来延伸性暗示或挑逗。

说到底,康胖子并不是品质有多坏,他只是喜欢勾搭美女,而勾搭美女的动机也没那么丑恶,只不过是想把手放在她的胸脯上。他有一句名言,裤裆决定帽子。下面能量的多少决定行为的尺度和方向。能量少了,你的心就静了,戴的帽子就是白色的,或者道士那种灰色;要是能量多呢?需要一条排放的出口,理所当然,你就经常鸡一嘴、鸭一嘴去寻找出口,寻找到了就给人家老公戴顶绿帽。至于怎么寻找,就诞生了他的"敲门理论"。男女之间的距离只是一扇门的距离,谁也不知那门是不是虚掩着的,所以需要敲一敲,如果是虚掩着的你就可以进去享福了,如果上了锁那也不碍什么事,再去敲下一个嘛。事实上,他是有过成功经验的,有的只那么一拍,门就被里面的人拉开了。所以说,哪怕只成功一扇门,那九扇门就算没白敲。什么都得讲究个概率,10∶1 的比例,成功的概率已经很高了。这就是他和其他男人的区别,大多数男人只看到那九扇关着插了闩的门,而忽略了那扇虚掩的门。他敲门的技巧也很好,基本上是一套正话反说的套路,操作便当。比如勾引人的时候,他会声明:"我这可不是勾引你啊!"约人家吃饭,他则说:"我可不是跟你约会啊。"想去人家屋里,他这样提醒:"你要真给我留门,我也不得不去。"

3

一条闪着光的河水在空中悬挂的半轮幽月的映照下,左佑觉得自己进入了一个梦里。他望着淙淙的河水,像许多读书人那样,不由得想到孔子的名句:"逝者如斯,不舍昼夜。"过去在其他河流面前也想过这名句,可是今晚处在"重走圣人路"的特定情境中,这名句就悲情得很。一悲情,他又不由得给自己说起了话。

这当口有个收废品的从旁边经过,大概今天的成果显著,一手拿着啤酒,一手握着车把,走几步喝一口。

左佑和他聊会儿天,意识到这是开展民调工作的好机会,用话把他拉着:"这里是匡人围孔之地,有没有留下什么传说?"

收废品的表示不知道。

"你是本地人怎么不知道?"

"没人说过,我在这儿住了六十年,第一次听到孔子来过,还被围住。"

左佑准备按卷子的内容问:"你知道孔子,知道不知道他是做什么的?"

"知道,是个教书的。"

"儒家呢,知道不?"

"不知道。"

左佑开始遗憾地问:"仁呢?你知道仁吗?"

"人?什么人?"

左佑解释这个仁不是那个人:"但这个仁是指'好人'的意思。你认为你是个好人吗?"

"好人嘛,当然是。"收废品的可以肯定对方的神经不正常,"不是好人能干这活?脏活累活都是好人才肯做的。我当然是好人了。"

4

左佑觉得自己进入采访调查中了:"你这收废品,进过千家万户,你说说在你眼中,什么样的是好人,什么样的是坏人?"

收废品的扭头对他一个世故的笑,一针见血:"对我好的就是好人。"

"那什么样的人是坏人呢?"

看样子对方被坏人坑害过,坑害得走投无路了:"对我不好的就是坏人。"

左佑难以置信:"难道你是这样划分的?"

收废品的停了下来,粗硬的手像石片拍在左佑肩上,奇怪地反问:"难道你不是这样划分的?"

在左佑眼中,这是一个狭窄的以自我为中心者的标准,可哪个人不是这样划分的呢?其实他也是这样划分的,只是没有这样往深处想过,他一直觉得好人和坏人的划分应有一条社会公尺和道德标准。

尽管这样说得有点乱,左佑还是用一对一的方式,说:"我有点儿不清楚,你给我举个例子,让我看看你眼中的好人是什么样的。"

"对我来说太简单了,凡是有钱的人都是好人,没钱的人就不是好人。"收废品的不假思索地说,这是他从事职业工作得出的最明确的一个定论。这个定论不容置疑。

"刚才还说干脏活的人是好人,怎么转个身又变成有钱人是好人了?"真是从一个极端跳到另一个极端。"你给举个例子,举个例子,有钱人怎么是好人了?"

"举例张口就来。周校长就是个好人。她发现男人外面有秧后,离婚一个人住。上个月她搬家,叫我去收拾屋子。我做这行多长时间了,一进门就知道要发财了。什么收废品呀,那叫搬家具。一人高的柜机,搬走;八成新的电视,搬走;真皮沙发,搬走!人家周校长不要了,离了婚,旧的看着伤心,这也不要那也不要,统统让我搬走。统统!我的一个老乡结婚,我转手卖给他,只一天的功夫我就挣了五千。前几天,周校长又卖掉她的酒吧,叫我去,桌椅统统当废品处理。统统!那家具都是一年前买的东西。我转手按五折给卖了。"

5

"孔子击磬处",一队夕阳红旅游团。

女导游长发飘逸,容貌清秀,声情并茂地讲解孔子击磬的故事,将游客带入历史场景。一天,孔子为了发泄积郁,在这里敲磬,"嘭嘭","嘭嘭"。这时候有个挑草筐的人路过门前,听到了"嘭嘭","嘭嘭"的声音。听了一会儿说,这个人有心思啊。"嘭嘭","嘭嘭",又凝神听了一会儿,说这声音透着苦闷,好像诉说没人理解我、没人理解我呀。就好比过河,水深就穿衣服涉过,水浅就提起衣服蹚过。这种解说让孔子感叹万分,遇到知音了,称赞他说得对啊说得对。

故事讲完就照合影。女导游逗大家笑:"你们的导游美不美?"老头老奶奶齐口回答美。女导游又问一遍:"你们的导游美不美?"老人们又齐声回答美。

和往常一样,遇见美女康胖子就失控,是那种情不自禁地失控。首先表现在他的无所顾忌的眼神,这时候他会把周围的人忽略掉。他想和女导游有所交集,可又知道,若按常规来,时间那么短,只能匆匆擦肩而过。怎么办呢?看来需要逆向操作了——和她发生冲突。这方式和平日所惯用的方式截然相悖,以往他总是笑脸相迎,搭讪讨好,这次就不同了,人家转身一走,在有限的时空里将会消逝得无影无踪。凭直觉,用创造性的鲁莽应是留下她的唯一方式。他要和她吵架,至于留下的印象是好是坏,就暂时管不了这么多了。重要的是留下。留下来就有希望。有的时候拙劣胜于高超。

康胖子把试卷发给大家。女导游果然出面干涉:"我们这是旅游团,你不要发你们的广告。"

"我这是公益性的文化调查。"

"你调查就是商业行为呀。"女导游伸手去阻拦。

康胖子的手碰到了女导游的手,也就是那么一碰,他就很高兴很满意。为了再碰一碰,他便伸出手去拨她的手,结果碰得面积大多了。

"你看看再说好不好?这是关于孔子的调查。"

女导游抖抖手中的调查表,不屑地回应:"不用看。看不看都是商业活动。"

"你没看,怎么就说是商业活动?"

搭讪在别人那里只是手段,而在康胖子则是目的。他和美女交锋了,面对面争吵几句,还碰了碰那只白皙纤细的小手。

6

在女导游的眼里,一切类似填表格的调查都是手段,背后隐藏着商业目的。既然是商业活动参与者就得有好处,分一杯羹。如果没有,那就可以找堂皇的理由严正拒绝。天下的事太让人明白了,没有商业功利在其中,你也就没有动力去做。

"大爷大娘们,这是关于家庭问题的调查表,是关于儿女孝不孝的调查表,你们最在乎什么?家庭和谐,老有所养。"这句话太要命了,老头老太太们纷纷伸手去拿。不大工夫,孔子敲磬处的边沿上就围了一圈填写的老人。事态都成这样子了,游客们乐意询问填表,女导游也只好采取听天由命的态度,找个石凳坐下,放软身段休息一会儿。康胖子在人群里解释问题,偶尔向她瞥上一眼,得胜地耸耸双肩。她则投去一个"没有见过你这样厚脸皮的男人"的表情作为回应。

康胖子为自己争取了点儿宝贵的时间而赞赏自己,他掏出烟在拇指上磕了两下,这个动作以前从来没有过,也不知道为什么,他就这么磕了两下,便笑嘻嘻地走向女导游,去搭讪。女导游讨厌地扭过头,他又转到她面前,双手恭敬地递上名片,说:"我们见过的。"

7

左佑在大转盘转晕了,找不到回宾馆的方向,他和纪念联系说自己迷了路。纪念让他拦辆出租车,告诉司机宾馆的名字就行了。几分钟后,左佑坐进一辆出租车,即使这种情况下还不忘开展"一对一"的调查。司机听不懂了,经过他一番解释,勉强知道个大概。面对这个神神道道的人,司机决定开个玩笑:"好吧,你就可劲儿调查吧。"

左佑感谢地哈了哈腰,看着前面的夜色,突然不知从哪句话开始了。司机斜了一眼:"怎么不说话?我等着哩。"

"《论语》你知道吧?"

"不知道。"

"孔子呢?"

"不知道。"

左佑难以置信,问:"你连孔子都不知道?"

"我为什么要知道他?"

"你再想一想,古代的?"

看来启发很有效果,司机拖着长嗓"噢"了一声:"模模糊糊想起是有这么个人。"司机在一个岔口向宾馆的反向驶去。

左佑一种期待下文的样子:"还有呢?"

"孔府家酒,是不是沾点边?"

"沾沾,还有。"

"这个牌子现在不行了。"

左佑好像从灰烬里挣扎出来:"你开车算是做生意,做生意最讲究什么?当然是信誉。我们讲的信誉是从哪里来的呢?就是从孔子那里来的。"

"噢,这也从孔子那来的。"司机表示明白一点点,这时候经过一宾馆,他明知不是,还装负责的样子让左佑看看是不是。待左佑眨巴了几下眼说不是,他开车向前继续快乐地寻找。

"你认为你在这上面做得怎么样?我说在信上面。"

"很好。我当然做得很好。有一次,我定好了去给人家当婚车,一次三百,可是同时又来了一个老板,急着叫我出车,给六百。你说怎么办?我是做生意的,谁给钱多给谁开,可是先答应了婚车,给人家撂那怎么行?这是不是很不讲信誉,人家是婚娶大事。我矛盾了好大一会儿,我是做生意的,同样是开车,价钱差一倍,换你不也撂下?"

"见利忘义,没有信誉。"左佑自言自语,而他独自言语外人不知情,自然引发司机的误解,侧着头疑惑地打量了他。

"怎么没有信誉?我这样办。我又给结婚那家找了辆车,只是没有我这个新。但也帮了忙,没丢你说的那个孔子的信誉。反过身我就去接老板了。这老板好哇,每次都给我六百。就前天,给我打手机,让我从工人路送到金凤大厦,只五分钟,除了大票子给六百,还给我买皮带买皮鞋。"

"什么意思?"

"奖励。嗯,奖励!他去见另一个老板,让我当他的司机,还要我说跟他两年了。"

"什么意思?"

"跟你说话费劲。这老板跟那老板谈事儿,装派头,说我的奥迪A6,豪华车是他的,我是他的司机,这不说他是我的老总嘛。"

"骗子吧?肯定是骗子。只花六百租费就冒充老总,是骗子!"

司机最看不上这种酸不啦叽的文人,故意得罪他说:"要说骗呀,那可到处是骗。比如你,放在我眼里,你也是骗子。现在人的骗法不一样。"

"等等,我怎么是骗子了?"

"这有什么难为情的?你打着文化的招牌,做赚钱的勾当。肯定是为了赚钱,这事儿我见得多了。"

"你见得多也不能张口说我是骗子。"

"看看你,赚钱跟多丢人一样。谁不是为了赚钱?哪个人上班不给工资,他干?"汽车顺利地绕城跑了一大圈,又折到那个起始的大转盘。

"怎么又见大转盘了?"左佑奇怪地伸手指着,"跟刚才见的那个一模一样。"

"你看见两个,说明它就有两个。"司机多绕了二十来里,都不好意思绕了,最后停在了早知道的宾馆前面。

左佑按计价器上的数字,交了38块,还感谢他:"要不是遇上你,我不定跑哪里了。"

司机给了很暖人心的回答:"我们这好人多,你碰不上我,碰上别人也拉。你这是有钱,没钱我也一样拉你回来。"

8

试卷内容
调查问卷

性　　别	男	女	城市		乡镇	
年　　龄	20岁	30岁	40岁	50岁	60岁	70岁或以上
婚姻状况						
文化程度						
职　　业						
请简要回答: 1. 孔子是哪个朝代的人? 2. 孔子是什么学说的代表? 3. 孔子生活在哪个国家?						

4. 孔子周游列国主要指哪几个？在现今的哪个省份？
5. 孔子当时的年龄有多大？周游列国用了多少时间？
6. 孔子为什么要周游列国？
7. 你知道孔子的哪些故事？
8. 你知道孔子的什么名言？
9. 你知道孔子在当时的地位吗？
10. 孔子学说的主要内容是什么？
11. 儒家学说发展有哪几个阶段？
12. "罢黜百家、独尊儒术"是谁提出的？
13. "半部《论语》治天下"出自谁之口？

十字箴言是什么？并各举出一个例子。
1. 仁是什么意思？
2. 义是什么意思？
3. 礼是什么意思？
4. 智是什么意思？
5. 信是什么意思？
6. 温是什么意思？
7. 良是什么意思？
8. 恭是什么意思？
9. 俭是什么意思？
10. 让是什么意思？

9

庄娜娜去附近一家餐馆，交了押金，拉来四张长条桌子，铺上白色的桌布，在桌子后面的两棵树间拉条横幅，上写"国教源头普查"。总撰稿坐在桌子中间,一边是左佑、莫茗,另一边是叶芝,这样就有了一个基本阵容。85后扛着摄像机跑东跑西,调试角度。最清闲的是纪念,他一人混在行人里捕捉信息,掌握动态。

行人以为这是在搞义诊,只是不见听诊器、血压计,也不见买一赠二的药。有好奇的声音问,国教是不是算命的?大多数人拿过卷子,有一眼没一眼地看,摇头不知所云,索然无味地走了。倒是有个戴眼镜大爷琢磨出了名堂,估摸着这是一项涉及道德的调查,便给行人解释,这和那些医院咨询不一样,那是生理性的病,这是心灵上的病。大爷还说现今的人身上少了好多东西,仁、义、礼,都没有了。

发出去的一百份问卷,三十多份被丢到地上或握在手里。收回来的只有六十来份,白卷十七份,答1至5题的三十四份,答5至10题的二十七份,余下没一个答对的。除十七份白卷外,答的内容花样繁多,错处无数。其中三十一人不知孔子为何朝何代者,有写宋朝的,有写"五四"时期的,有的怀疑是神话人物。至于周游列国有哪些国家,六人说是美国,一人说是苏联,三人说是香港,还有一人说是越南。纪念满怀好奇地问他怎么说到了越南。那人挠了挠头,说"文革"时批林批孔,看大字报上有个妖精叫南子,和越南的南是一个字,就以为孔子跑到越南了。写孔子是宋朝的人的是个成年人,问及原因,回答得很干脆,应当是宋朝人了,"文革"时批林批孔批宋江,宋江是宋代人,他们好像是一伙的。

康胖子拦着一个人问,你四十来岁了,从你读过的书和实际生活中,看到和听到过关于儒家的故事有几个?那人想想,回答不出。康胖子降低标准,哪怕讲出来一个也行啊。那人又做出使劲的样子,憋得脸都快肿了。

"你再想想,知道不知道?"

"不知道。"

"好吧,不知道。咱们换个问法,那你平时关心什么呢?"

"最关心的是怎么不吵架。我和我老婆三天两头吵架。我最头疼的就是这个问题。不是感情不和,也到不了离婚的程度,可就是吵架。你这国教能解决吵架问题比送我十箱保健品还好。"

康胖子把他领到总撰稿的桌子前面,介绍了情况。

总撰稿像坐诊大夫那样,在卷子上的格格里打勾。一个"仁"字,一个"礼"字,一个"智"字。"你不是说只要不吵架,比给你十箱保健品还好?我给你开这三个字的药方,回去,天天看十遍,保你第一个月少吵架十次,第二个月少吵架五次,第三个月我看就不吵架了。"

"少吵一次我就谢天谢地了。"

"哦,"总撰稿又加了个"俭"。"别小看这个'俭',很管用。'俭'是什么?众所周知,就是少的意思,你和老婆吵架有一个重要原因是话多。你试试,每句话少说一半,大多数的吵架是话多给惹的。"

"不想吵,又避免不了,事后又后悔得不行。"

"你是个诚实的人,有面对问题的勇气,也有坦诚的品质。我觉得你本身就传承了儒家的东西。"

"哦?"汉子不由得在身上摸摸,不知道身上哪里传承了儒家的东西。

"你诚实。不知道就说不知道,知之为知之,不知为不知。你答不上来,不像有的人胡乱涂抹;也不像另外一种人,卷子答对许多题,日常的行为却很糟。有学问的人实际生活倒着走。这是一条公理。"

11

纪念停在一个角落,心里流动着悲凉感。大多数人不知道孔子是什么时代的人,那么凭什么称儒家为"国教"?在基督教国家,教民知道基督是谁,以色列在哪里,知道玛利亚和基督是什么关系,知道摩西和犹大。在伊斯兰教,教民知道《古兰经》、穆罕默德、清真寺、真主和阿门。而我们称儒家为"国教",人们对于儒家的认识几乎是空白。作为制片人,纪念知道这些真实的情况不能透露,它会让学术界恐慌,看到自己在书斋里的工作毫无意义。官方也会抵制,人们宁愿继续活在虚假的欺骗和轻飘的幻觉中。

尽管"国教"的基本知识不行,关于时事倒不乏精彩的议论。其中一个汉子对三十年的变迁,有着独特的见解。他说他发现在中国有个奇怪的现象,凡是批判的东西,过不了多久,它就正常了;凡是令人震惊的事,到了一两年之后,它就平淡了。就拿这食品安全问题、病死猪、农药菜、黑心棉来说,开始揭露的时候举世震惊,难以置信,过了几年,它还普遍了、公开了;比如豆腐渣工程,楼塌了,桥断了,抓了责任人,人们想,总不会再出问题了,一出就抓你。可是,哪一年没有几个,它倒越来越多了。开始只是水泥少,到现在,竟然没有钢筋,这是肯定要出事的。工程耗时不是几年而是几十天,一装修就能暴露,还是有人敢做。再说这贪官,又揭又抓又判,二十年一过,反而更加猖獗。现在一个贪官不搞个几千万,很丢人,不包几个二奶不够劲;还有色情,也是一步步往坏处走,从跳舞开始抓,到歌厅抓,到发廊抓,又发展到夜总会,越来越多,越来越公开,成了产业化了。前两年出了法律,凡是收容妓女的判重刑,到了极限,人们想这可抓到根儿上了,抓不住妓女抓老板,妓女跑了,老板看你跑哪里去?嗨,没半年,洗浴城在祖国大地遍地开花,成了大街小巷的一道道风景了。再比如,医生收红包的问题,也经常曝光,可这一爆,成了规则了!还要我说不说了?可以说的还很多。每件事都有个潜伏期,好像疾病,经过一段就爆发了。

第一六章　钓鱼法

雨后的太阳很湿,太阳一湿,落的时候就像滑那样,先是在城市空中向西滑落,滑到一个建筑物顶端,移一格,又滑到另一个建筑物上,一个顶端一个顶端地下移,直到坠入桔黄色的雾气。夜幕含着阴湿的雾霾降临了,先是楼与楼之间,再是街道与街道之间,车辆隐藏似的缓慢地流动。

康胖子从饭馆里出来,边向宾馆走边给纪念打电话,要求马上见面,好看看如此清晰遥视的手机到底增加了什么新玩意儿。他相信高科技。多年前,手机刚问世的时候,他和许多人一样,不相信在没有一根电线连接的前提下,只要拨通对方号码,两人的声音就可以在空中那么精确地跑来窜去。有一天,他使用了朋友的手机,惊诧疑惑更重了,对方的声音是怎么在浩浩天际穿过茫茫的空间飞入手机里的呢？电话已经够神奇了,它那根细若游丝的线远隔千山万水,也能传过去,手机竟然连个线都没有,光秃秃,孤零零。现在,已经发展到不仅能够传递声音,还可以看到图像,看到对方人在哪里和干什么。

当然康胖子并不傻,他要排除纪念是否进行了跟踪,躲在某个角落打电话捉弄自己。如果跟踪自己,那么他所见到的一切,就没有什么好奇怪的了。为了排除这,他专门给总撰稿打电话,以询问其他事情的方式,把总撰稿绕进他的意图。总撰稿不明就里,回答说纪念同他在文物所采访。可是康胖子又不像他以为的那样聪明,如果他这时候追问文物所的具体地点,得知文物所与博物馆其实只是一步之遥,问题就明白了。康胖子没有这样问,在他的头脑里,两者之间有着相当的距离。他先下了车,看着他们朝一个据说还有七八里的方向驶去可以证明。这是没办法的事，什么样的人办什么样的事。康胖子只能办他能力范围的事。当他成功地排除纪念躲在某处捉弄他的可能之后，只能相信本来不可能相信的"天之眼"了。

过了半小时，纪念出现在宾馆门口。两人都喝过酒，康胖子迎了上去。肥壮的左腿一抖一抖，笨拙地打着节拍。他抖到纪念跟前，像只公鸡围着母鸡那样滑稽地转了半圈，猛然扑了上去，劈手夺下手机。他夺下东西往侧面跑几步，搜索着手机每一个部位，机壳、按键、触摸屏，翻来覆去寻找蛛丝马迹。

纪念将错就错，借用巫术的神秘来欺骗和降服他："我觉得用我们拥有的知识解释已经不够了。我是说，可能真有异灵这东西。你知道吗？我在手机里看到你的和你周围的时候，我比你都震惊。"

"好吧，异灵，你把它藏在哪里了？"康胖子捯饬了一会儿，当然找不到想要的东西。

要做的只能是摆出一副诚恳的样子了，纪念说："当时，我看到你的时候，我更愿意你否定我，劝我看到的都是假的，是幻觉，这样就符合了我所受的教育，也符合我对这个世界物质化的理解。"

康胖子不搭理，握着手机用力甩一甩："后来呢？你和我通话以后，那个叫异灵的东西又去哪里了？"

"没有了，不知道跑哪儿了。"纪念摊开手，又指了指空中，"整个下午，我都在想，这异灵和环境是不是有种感应，放在其他的地方就出不来？"

康胖子觉得这个说法很耳熟，愣了片刻嘎地笑起来："别来这一套，左佑就是什么稀奇古怪都和《重走列国路》瞎扯。"

"我们可以有所保留地怀疑一下嘛。"

康胖子决不相信这种看不见的随意杜撰的东西："我可不是你以为的那么容易哄骗的人。这手机里一定有个什么软件。你要隐藏，才荒唐地编造什么异灵出来。"

纪念继续按自己的思路哄骗下去，说着说着，他有种奇怪的感觉，其实就是骗康胖子那样隔着空中看到了他。他甚至觉得，路上的偶遇本身也是种幻觉。一种好让自己有个凭证的真正的幻觉。为此，他态度坚决地骗过了自己。"如果我们遇到从来没有遇到的事，而这件事又是真实可信的，为什么不能面对呢？

前些天,左佑逢人就说他的双重影像,我和大家一样,觉得很荒唐,觉得这人癔癔症症的。可是,'天之眼'遥视的突发,就倒逼我要重新面对和思考了。人们解释不了的东西不能说就是伪科学。在这个世界,我们人类很渺小,这渺小的人类的认识,按身体存在的大小比例来说,当然也很渺小,一点点。"他的两指搓了搓,似乎里面有个很小的蚂蚁,"今天,通过超越现实之上的异灵,也多少能理解左佑的神神道道。他神神道道,不是他要神神道道,而是他看到了神神道道的事才神神道道。在重走列国的道路上,确实发生了一些非同一般的东西。噢,那天烟头竖立的事也算一个。你看,我有近三十年烟龄,历来吸烟只吸一半,丢掉的数以万计,唯有踏上圣人之路,这烟头就神奇地站了起来。你回想一下当时的情景,它像不像插进香炉里的一炷香呢?"他将正好吸了一半的烟打肩头上扔过去。回头看,那半截烟可怜地躺在地上。

尽管康胖子和纪念相处并不久,已经多次领教这个人超乎寻常的能力了。此时,又眼睁睁地看到他按照一套逻辑,条分缕析,把一堆事情搅入他的意图里。看来任何事情只要认真地、煞有介事地进行探讨就有它的效果。只要态度诚恳,有理有据,转变人的观念就有成功的可能。康胖子岌岌乎处在半催眠状态。

"噢,对了。"纪念将话题往深处引,"你身上也发生了稀罕事儿。"

"我没有稀罕事发生。"康胖子也将半根烟打肩头上扔过去,回头看,半根烟同样可怜地躺在地上。

"当然发生了,只是换了角度没看出来罢了。左佑身上发生了,我身上发生了,你身上也同样发生了。我们确实在走一条和以往不同的路。"

"我身上发生什么了?"康胖子问,"我囫囵一个,什么也没发生呀。"

"我不这么认为。"纪念马上意识到这个话题的征服性,意味深长地,笑了:"勾搭女孩子失手算不算?过去,你也多次做过这些事,无怪乎两种情况,要么成功,要么失败。失败也是默默地无声地失败,无人知晓。可事实上,自从踏上这条路以来,你一出手就惹了麻烦,那女人跑了也就算了,非要大喊大叫,招惹一帮人来围观。你在心里骂,不对呀,怎么这么背呢?老江湖了怎么那么没成色呢?这几天,你是不是懊恼又奇怪,多次在心里这么骂了?"

"是多次骂。"康胖子顺从地承认。

"这就对了。上路以来,多多少少,我们每个人身上都发生了奇怪的事情。只是每个人因为自身的性格、思想,发生得不一样。但它们之间却有一个共同特点,就是平时绝不可能发生。你看看,只要把这些奇怪堆积在一起,就能基本看得出和这条路有关系了。这些事一个个单独地看,很偶然,不靠谱。但是,同一个时间段里集中发生,我想恐怕就有种东西来主宰了。至于这东西是什么,它在什么地方,我们暂时还看不见。好在,我们这才走一半路,剩下的一半,我相信还有神奇发生的可能。"

康胖子整个身体已经像蛀坏的房屋,被摇晃得松垮了,装着相信的样子替他说:"等我们发现了,就把它一把抓着,不能放它跑了!"

纪念走了,留下康胖子一人迷迷糊糊待在宾馆大堂。纪念发表的这些奇谈怪论,又是那么丝丝入理,他就觉得"天之眼"真的有可能了。几分钟之后,康胖子也走了。当他离开宾馆来到街上,他便很快进入了世俗的场景。一切都是那么普普通通,平平凡凡。他沿着一条临河的街道溜达,拐入一个集贸夜市,买了三块一包的廉价烟,准备随手扔掉看看有没有站起来的可能。

地上摆着日常用品,三轮车上挂着衣物和小饰件。有一口价的十块钱皮带,开价十块还到五块的玉镯,三十块的西装。整个集市大约五十米长,康胖子溜达的时候,依旧延续着固有的习惯,对那些有姿色的卖主多看几眼,或者凑上摊位摸摸东西,问问价钱,搭上几句话。后来,当他快走到尽头的时候,恍然看到一个熟人,很面熟的那种,他向前几步,那个很面熟的卖主正在和一个顾客讲解什么,结果声音出卖了一切,很面熟的人居然变成了庄娜娜。

庄娜娜已经换了一个人,平时扎的马尾放开了,蓬松地纷披在肩上,还有几绺搭在脸上,换了件不知从哪里找来的旧式衣裳,她刻意改装自己,像个农妇,再往坏处看其实更像个巫婆。她坐在垫有报纸的石头上,面前铺的报纸上面摆着几张调查试卷。如果没有这几张试卷,尽管她的声音出卖了她,康胖子还是以为碰上了个和庄娜娜相似的人。庄娜娜很敏感地观察着周围,在康胖子刚确认她的时候,只那么一眼,她也同时发现了康胖子。

她叹口气,一副想隐藏还是被发现了的嫌弃样子。最不想遇到熟人还是遇到了,糟糕的是,遇到了最不想遇到的家伙。她无奈地甩了甩手。她知道康胖子的好奇,非要盘问一下怎么回事,索性指指石头的另一边,让他坐下来。

康胖子挨着坐下来,懊悔极了。他责备自己为什么看见她,自己总是那么对不起她,上次走错了门,让那女的嗷嗷叫,毁了她和宾馆的合同,已经够对不起她了。此刻又在毫无准备的情况下,发现了她最不想让人看到的一幕。他深深地自责,然而又不能拔腿走。

"我不会跟别人说的。"康胖子带着赎罪的心理,保证地说。

康胖子保证的口气定性了一件丑陋事情,更让庄娜娜生气。她将头扭到一边。看来康胖子是欠了人情了。他只得装着满不在乎的样子,但他装得太笨拙。欠就是欠,装是装不过去的,越装越欠,装得不像还要罪加一等。

两人不知说什么,软塌塌的光线有气无力地散落在集市。

来了一对夫妻,四十来岁。男的以为是算命的,抬腿用脚指指问这是个什么算法。康胖子想插话,被庄娜娜用胳膊肘暗中一拐,他就闭上了嘴。她说这不是算命的,是一种文化调查,要是有兴趣的话,可以拿起来看看,答上几题是几题。那女的觉得太蹊跷,拉着男的转身离去,那男的说了什么,女的又回头证实似的看了一下。

康胖子憋不住,拿出刚买的烟,掐断一半,将另一截随手扔掉。扔了好几根,没有一根站起来,甚至连一根都没翻跟头,一着地儿就倒了。庄娜娜问他这是干什么。他也不想答,随口说只是个游戏。这才接着问她在这里待多久了。

"一个多小时。"

"你这法子很奇怪嘛。"康胖子显得轻松地问,"摄制组搞了不少的调查法,有一对一的,有传单法,有集中法。你这是啥法?"

"钓鱼法。"庄娜娜应承地说,"你刚才说的那些法子,都是我们找人家,这一找反而被动。我想,怎么化被动为主动?我们这是国教调查,为什么低三下四地求人呢?我就想到钓鱼法。姜太公钓鱼,愿者上钩。卷子摆地上,谁看了有兴趣就会问,一问就有意向了。一个是一个,效果比你在路上拦人好。这不是,填了五份了。"

康胖子接过卷子,草草地溜了几眼,和其他方式调查的结果大差不差。他对钓鱼法已经很感兴趣了,更奇怪的是庄娜娜为什么这副打扮。

"摆地摊就得有摆地摊的样子,"她告诉他,"如果没上大学,进城工作,我就是现在这副样子。"

"噢,"康胖子理解地点点头,还是忍不住说,"不管怎么说,你用摆地摊的方式来调查,还是给我一种羞耻感。"

"哟,"庄娜娜一惊,他这号人还谈羞耻哩,"哪个地方让你有羞耻感了?"

"把国教搞到地摊上,就是羞耻。叶芝知道不?她怎么看?"

"为什么让她知道?"她声音抬得很高。

"你们一个屋子呀。比方说我,和左佑一间屋,他做什么我都知道,我做什么他也知道。"

"她不知道。"庄娜娜气鼓鼓地说,"我就是不想和她在一起,才摆地摊的。这女人毛病大了,真让人受不了。只要回房间就给她老公打电话,问他晚上和谁一起吃饭,什么局长、书记。还扯到和什么市长哪次吃饭发生的故事。硬往上扯呀扯。我相信,她打这些电话都是冲我来的。你炫耀好了,我出去,没有人看你。没有人听见,你就没劲打这电话了,就省了这份心。"

"就为了躲她而摆地摊?"

"转也是瞎转,我们不像你们男的,有歌厅,有洗浴中心,有酒馆。女的去哪里?只能逛商场,这县城有什么逛的?反正闲着也是闲着,就摆个地摊搞调查。"

"坦诚,少见的坦诚啊,"康胖子伸手在她的手上拍了一下,这一拍就拍出了佩服,拍出了期待,"换了别人完全可以说为了工作,为了大业。"

庄娜娜一副没有被拍的样子,好像碰了下石头:"是什么就是什么。编谎和隐瞒很累。不过,这客观上还是促进工作的。"

又来了一位中年妇女,低头看了两眼,她肯定看明白了,只是和其他人一样,在集市上看到这东西疑云顿起。她眨巴着惊诧的眼睛,先是掠过庄娜娜,又定了一下康胖子。

"这不是卖身的东西吧?"中年妇女问。

沦陷到这种地步,真是委屈而恼火,待中年妇女离开,康胖子说:"都怪这个纪念,非要搞什么调查。历来专题片都是沿路拍拍。你看看,都成了什么样子。在他的脑袋里这儒家的五字真言,仁、义、礼、智、信,好像五味药材,放到药柜的抽屉里拉开,去抓一把放到天平上量一量。非官方意志也是很害人的。我们是不是方向上出了问题,这事压根儿就调查不出来。调查不出还调查,就涉嫌对我们进行身心迫害了。"

庄娜娜双手抱膝,幽幽地说:"要说迫害那就过了。什么事情都要辩证地看,沦落街头是羞耻,但从实际进度来说,这样调查还是有效的。调查也能体验到诸多感悟。要是天天坐车里,从景点到景点,从宾馆到宾馆,很轻松但难有收获。没有国教调查,我们拍的东西真的很表面化。"

"表面化也比沦落民间好。太滑稽!"

"是很滑稽。我在这儿这么一蹲,摆个地摊,就像一张过滤的网了。只有个别人才会停下来。这样一来,我们之间就好像有了接头暗号。"

"还暗号呢,这圣人摆在集市的地摊上,就不是圣人了,它就成了怪物。"

第一七章　考场剧

　　虚荣是社会性的一种表现。虚荣不是一种自我欣赏,而是一种预设别人欣赏的情感。它的最好的直观的凭证就是,一旦你远离人群、居住幽远,就没有了这种虚荣的需求了。叶芝发现,虚荣的可笑之处在于你越想让别人欣赏和赞美,就越是遭遇讨厌和不屑。她还进一步发现,想要得到人们的欣赏和赞美,恰恰得反着做,装得很平实、很低调,掩盖自己的优势。既要说心里不想说的话,又要不说心里想说的。

　　自踏上圣人路以来,展示虚荣和战胜虚荣就成了叶芝的矛盾课题,在这个课题中,叶芝有时对有时错,有时半对有时半错,今天看着对明天看着又错了。她觉得,虚荣本身无所谓好坏,在于你在对方眼里是什么样的人。同样几句话,当她跟莫茗说的时候得到了赞赏,当她跟庄娜娜说时则遭遇了冷漠。她还发现,表达虚荣的最佳分寸,是限制在不让对方感到伤害的程度,可她就是做不好。

　　叶芝过去比较内敛,并不虚荣。可是,随着社会畸形发展,自己是"什么样的人"这个大宗问题就受到了严峻挑战。在金钱、名利、成功等社会性的元素成为主体或主宰的今天,你是什么固然重要,你是什么"让别人知道"更为重要。淡泊和内敛等被人们称道的美德品质,面对成功引发的傲慢是那么不堪一击。在短暂的重走的日子里,她总是用"试探性"、"闪烁其词"、"迂回式"、"插话"等手法告诉别人她所拥有的家庭幸福。比如,双休日"去了连排别墅","老公的一个哥们儿是副市长。前些日子,几家人去一家酒店吃饭,老板认出副市长来,非要免单。"她并没有直接提起副市长,而是拐弯抹角,以批评商人免单的故事,将她与副市长的关系不经意地拎出来。还有宝贝儿子,在中学的成绩永远是"年级的前十名"。虚荣心像魔盒,打开就甭想收住。起初还有人附和,流露出羡慕,当她说多了,炫耀的东西给人们一种压力之后,人们的态度转而变冷了。虚荣的魔盒一旦打开怎么关都关不住了。想控制而缺乏掌控力的情况下,事情不可避免地走向反面。再说什么,往她的目的绕,人们就假装没听见。像大多数人一样,叶芝只得简单地将人们的态度归于嫉妒。为了让对方更加嫉妒,她的不够用的经验在这关口帮了她的倒忙。她继续高调地贩卖自己的幸福。结果,有一天,案发了,庄娜娜当众呛了她几句。周边的人暗递秋波,期待着事情往坏处升级好看笑话。她这才猛然惊醒,自己不是得罪了个别人,而是犯了众怒。她孤独地陷入了被侮辱的浓重境地,脸上有点湿,那是被抛弃的泪。她一边哭,一边给老公打电话。她老公二十年前是著名诗人,后来不写诗了,因为诗解决不了现实问题。什么是现实呢?很抽象又很具体,很近也很远。现实是什么?她老公电话里说,现实就是你接触的有限的一个个人,个体的人;现实由一个个独立的人组成。每个人都说面对现实,其实面对的就是一个个人,一个个对象,这一个个对象就是现实。反过来,你也成了对方的现实。每个人都是现实的组成部分,现实是一个个人组成的扇面。说到最后,每个人的内在都与现实格格不入。人面对人就是现实面对现实。

庄娜娜呛人的几句话是这样的:"有财富和声望的老公当然好,可那与别人有关系吗?没关系你一个劲儿地说什么?"

叶芝的幸福是拥有别人没有的老公,她的痛苦是这老公与别人没关系那就顶屁用。

这天,叶芝走在秋天的风景里,她感到秋天里一个外地女人的自由状态,那是种在陌生环境中谁也不认识的自由状态,身体松弛,心绪飘浮在空中,有种柳条轻扬的意思。多年来她都没有过这种感觉。那是只有在陌生的、人又少的县城里才有的感觉。在她的都市里,到处滚动着熟人的面孔,身上的每个器官像一个个利器,警觉地张开。

走着走着,叶芝看见了一家学校,突然想起老公的建议,把调查搞到学校里。

门卫领她到了校长办公室。校长五十来岁,混到这把年龄,懂得最基本的组织观念,那就是再好的事情只要不是局里安排的就不是好事情。这位只对上面负责的人惋惜地说,公办学校有个程序问题,建议她去民营学校。那里的老板一人说了算,效率高,反正你是社会调查,公办和民营都一样。

她找到了一家叫"天行健"的民营学校。校长果然像老板那样直通通谈交易:"我有什么好处?"

"当然有了。"她看到了希望,也不知是灵巧的本能,还是人生经验使然,她在表达上一连用了几个"您的"——我们可以免费拍摄"您的"学校,我在采访"您的"时候,电视画面还会扫过"您的"校园,还有"您的"大门牌子。

既然有这么大的好处,校长当然乐意合作了,便吩咐助理去安排一下填写调查表的事情。校园静了下来。在等待结果的过程中,校长看着卷子发表了一通学说,据他介绍,自己是个"海归",在国外拿了顶硕士帽子。

"这个项目很好。不过,要想有深度的话,你们最好听听海归朋友的看法,他们有国际化的视野。"海归校长主动摆出接受采访的样子,"光局限国内没什么大出息。就拿现在流行的观点来说,'什么中国人嘴上最讲仁义道德,实际上最不讲仁义道德;而外国人嘴上不讲,在生活中最有仁义道德。'你们摄制组怎么处理呢?这个观点对不对呢?"还没等叶芝回答,他就继续说,"我在国外留学几年,是有发言权的。这个观点是错的。是网络上发的二三流的东西。网络有个发表尺度,什么歪,发什么;什么反,发什么;都是二三流作家的东西。中国坏就坏在这些二三流作家手里了,观点说多了就成了一种市场。这也是当今思想混乱的主要原因。网络时代是二三流学者横行的时代。他们没有专业水平、专业能力、专业操守,只追求网络的市场反应。一来二去就借恶炒赚取名声。我一直很奇怪,那些负面的、错误的东西为什么能在网络里大行其道,成了没人管的沦陷区呢?"

叶芝做出采访的样子,点头称赞。

"事实上不是这样子的。外国人真的不讲仁义反而更道德吗?仁义也好,道德也罢,主体是什么?当然是人,我可以说,在人的问题上,国外要比我们重视得多得多。他们有宗教!他们把人的善恶上升到宗教上来了。我们还仅仅是世俗层面,你好也罢坏也罢,只停留在规范层面而已。人家可好,硬是创造个上帝出来,再让上帝拐回来管人的事。你看看,这比我们的力度大得多。有宗教就有天堂和地狱,就有忏悔和赎罪,就有祷告,一天到晚要和上帝他老人家说多少话啊。还有个观点,说中国不懂忏悔,这更涉嫌胡来了。你抬头看看,你的天空连上帝都没有,你给谁忏悔?所以说,有些学者无聊得很,拿不出真货又不甘寂寞就胡说。"

"你的观点很有意思,回头你和我们制片人见个面。"

海归校长没有理会见面的问题,他要倾诉的很多:"因为宗教,外国人等于天天说道德,自我与上帝建立了关系,办了好事坏事,天上的上帝看得清清楚楚,跑都跑不了。而中国的生活中和思维里没有上帝,只有一个'慎独'。什么意思?没人监督也要自觉。这对少数人有用,对大多数人顶屁用。你们这个项目我很赞同,但要有一个好的中心思想,不能就历史资料再讲一通。在道德方面,人家国外不仅搬出个上帝,还搞出个灵魂,这比中国对人的探讨要走得远,远得多得多。说到头,孔子的思想是中庸的,不左不右,不高不低。"海归校长抖抖手里的试卷,探头看女记者记到哪儿了,"都骂宋朝的存天理灭人性、孔教吃人了什么的,比比那宗教,基督教、伊斯兰教、佛教,可差远了。"

"叫你这么一说,中国没有好东西了?"

"有,肯定有。但得看什么人说、什么时候用。现在又兴老庄热,清静无为,可对我来说不行。"海归校长回忆着,"好多年前,我的运气跌到了低谷,人一到低谷就容易看破红尘,一看破红尘就急着找老庄,清静无为,淡泊遁世。结果呢,你能想象出来吗?不学还好一学就跟朋友吵,回家就跟老婆吵。甚至吵到分居了。对此我很奇怪,为什么一提老庄她就发疯,人家求静啊求虚啊,我一提庄子她就神经过敏,我想,这里一定有个悖论关系,只是我看不清。有一天,我恍然大悟,老庄有两大问题,很严重的问题,第一,教人好高骛远,远离尘世,什么酒神、大鹏,另一边是青蛙、小草,生生把人分等级了。天和地的等级。我老婆就是看到我把我比成了前者,把她比成了后者而失控了。而过去我们夫妻是平等的。每次吵她都叫唤,我本来是青蛙很幸福,你非要整个神龟出来。你一直看不起我,用庄子的大鹏自喻,看我是个小鸟。第二个问题是,讲道理,什么事都要讲个道理,这在家庭生活中是行不通的。什么上善若水、厚德载物,把这些句子满大街上贴。"这个海归看来是个话痨,从老庄转到了雨果,又从雨果转到《笑面人》，问她看了没，他建议她看看，里面有句话只看一遍就记了十几年，什么话呢？"我们都知道弥尔顿，就是《失乐园》的作者，更知道莎士比亚，可在他们那个时代，这都是二流的作家，有比他们更优秀的作家。你看看，在我们眼里弥尔顿和莎翁是超一流的，放在他们生活的时代其实是二流、三流的，结果是二流、三流的比一流的更有影响力，这也符合我刚开始的观点，网络上活跃的二三流的作家兴风作浪，影响着社会的价值观。"

答卷一节课，海归校长也宣扬了自己一节课。当一百二十张卷子送到办公室，他的宣扬顿时变成了咆哮。胡填的有八十三份，空白的二十七份，勉强打上二十分或者四十来分，只有少数可以打上五十分和六十分。几个班主任贴着墙站一排，低头负罪。因为胡乱写得太让人难以置信了。

"难以置信，奇耻大辱。难以置信的是，这些卷子出现在我的学校里，奇耻大辱的是，我们尊为国教的东西，学生们都不知道！学生们不知道证明老师也不知道。看看这道题，孔子是哪国的人？答，东汉，东汉是个国家吗？看看这道题，周游列国用了多少时间？答，四十年。一个人在外面转他四十年，真是头猪啊，转那么长干什么，我在外留学也就五年。没有一点儿常识。再看这题，讲一则孔子的故事，他讲的是孔融让犁。孔融是孔子的多少代孙子，还有错别字，让犁。一个是清脆爽口的水果，一个是田间地头的劳动工具，你把犁让出去，这是不想干活吗？我看你们是不想干活了！"

任何事情都没有好坏，这要看对谁了。糟糕的卷子对校长是灾难，对叶芝而言却是好得不能再好的喜事了！不费什么功夫她就从中看到了几个好处。第一，这件事是她独立操作完成的，她谁也没有说，更没有人帮忙，自己就把大家渴望调查的事给办了；第二，在学校，孔子的测试才是最有代表性的；第三，拿着那些空白和乱写的卷子，等于看到全体摄制组的错愕级的赞美。由于一切来得那么顺利、那么圆满，笑容也就无一遗漏地舒展在脸上。她伸手跟校长道谢告别，意外得像好事突然降临一样。先前海归校长友好的脸变成了气愤，横在眼前，她被拦着不能走了！

她还没有看出这种变卦的意思："我们不是说好条件了吗？"

"条件？什么事情在一定的条件下都会变的。看着这些卷子，我很难过的，我以为你和我一样也很难过，可我发现你很高兴。这就奇怪了。你为什么很高兴?"

"噢,是这样,"她这才知道为什么,"我并不是看到卷子差才高兴。我是为我的工作有了收获而高兴。"

"这是什么意思?"

"对我们来说,调查的成绩不重要,调查的结果才重要。"

校长助理在一边帮腔:"对我们来说,在哪里调查更重要。"

她安慰道:"成绩差的绝不止你们一家学校,放到其他学校一样。有的学校比你们更差。我还觉得你们的教育水平很好呢。"

"别人是什么我不管,这事发生在我的学校里就不行。人们不会说答卷的人,而会说我的事,'天行健的学生满卷错题'这谣言一出,我的名誉就损害了,牌子一砸,我的生源就完蛋了。"

"那你要我怎么样?"

"把东西留下。"

"这不可能。"

校长助理马上启用反制措施:"我们还要调查你呢,你是什么人,我们还不知道。你不是说你是拍电视的吗?总不能一个人拍。叫你单位的人过来领人。我们得先搞清,你是什么人。"

"我是什么人?"

校长助理喝道:"当然了,我们不知道你是什么人。你要是别的学校派来的人呢?要是来拿证据毁我们名誉的人呢!"

叶芝这才意识到问题的严重性,她光从自己的角度看自己的利益了,她的利益就是给摄制组的人一个惊喜。现在,校方要给摄制组打电话来证明她是什么人,就成了天大的笑柄。这是绝对不行的。

"你们这是限制人身自由。"她想讲道理。

"说点儿别的吧。限制自由,我还告你非法入侵哪。把卷子给我留下,留下我们就放你走。"助理表现得很强硬,他知道在主子面前表现的机会并不多。

"你们这是限制人身自由,是非法的。"她又搬法律。

"这可不一定,"校长对助理的表现很满意,就赞许地看着他说,"也许我们抓了个有案底的人呢。"

她需要打破困境,退一步说:"如果这次的调查比较好呢,你们会不会放我走?"

"那当然,如果考好了,我们不是说还有合作的吗?"

看到求生希望的人大都会说:"那我就说你们的成绩很好。"

"哈,这是你玩的金蝉脱壳之计。看样子你真是故意来破坏我们名声的。"校长用一种得到证明的口气说,"竞争那样残酷,名声就是品牌,你们砸我们的牌子,好打败我们。一定是这样的。你把你单位的人叫来。"

叶芝习惯性地双手捧着手机,这个动作让校长略微一惊,那好像给中央一级的大人物打的,但转而一想要真有什么背景,也不会到这小地方搞调查了。

纪念接到求助电话赶往学校的途中,陷入了多重疑问。他不知叶芝怎么窜到一家学校去了。等他驱车停到大门口后,气喘吁吁进入办公室,这才明白叶芝独自来搞试卷调查。接着更大的疑问又出来了,校方为什么扣留她?他好奇地听了从头到尾的复述之后,这才重重地松了口气,明白了一切:她用心良苦,想通过试卷证明她的能力,飘扬自己一回。

情况搞清楚了,也就知道怎么解决僵局了。纪念把叶芝拉出办公室,规劝她把卷子还给人家。事情很简单,只要把卷子留下来就 OK 了。这是人家的地盘。

叶芝坚定地回答:"这不可能!"她言之凿凿地说,"这是开始说好的条件,事先并不知道什么结果。校方也不在乎这结果,他是怕我们是来坏他们的名声,这才是问题的关键。你这一来,证明我是外地的,对他们没有危害,就得让我们走。"

"走?"纪念摇了摇头,"我看难行。"

叶芝又倾身向前,小声地告知秘密似的:"这卷子是我的突破,也是我们摄制组的突破。调查突破,知道吗?对我们来说很重要。"

"这我知道,也很感谢,我们还可以用这种模式嘛。出了校门我们想怎么做就怎么做。先把东西还给他们。"

"不。我不!"

"这才开始,闹大了,你还得把东西留下来,到那时更被动。"

"你要是帮我,助我一臂之力,就能逼他们就范。"

"你太过分了!"纪念生气地压低声音,"你这人为了自己的虚荣,让大家看到你的成果,就要冒这么大的风险。我不是说了,我们出去后完全可以这样如法炮制,贴上你的叶式商标。"

纪念发着火转身走了,走到几米外的树下,又停下来。他并不怕事情闹大,在他的手机里有省城重要部门朋友的电话,真的出了问题把电话打过去就行了。可这件事又很难在电话中说明白。他没别的地方去,就拐个弯又回到办公室,对坐在老板椅上等待的校长,谎报了商量结果:"我们商量了,打110。叫警察过来解决。不过我在打110之前,提醒你最好请教你的律师,这是不是非法拘人罪。你要是有律师的话,可以赶快咨询是不是触犯了这个条例。"

校长不吃威胁这一套。他有的是社会关系。一个创办学校的人没有各种政府资源,那是敢办的吗?在这所学校里已经安排了实权人物的内弟、小姨子、外甥等亲朋关系。"找屁律师。"他的拳头很强硬地擂在桌上,"把卷子留下,这卷子是我们的,所有权在我们手里。"

纪念说:"你现在还没明白,我们告你肯定成立,你先背着这个罪名,人家就可倒查原因,你懂吗?这里有个因果关系。你背了罪名之后人家才查卷子的归属问题。"

校长嘲笑地反驳:"你还好意思说因果关系。你们是因,我们只是果。把卷子留下,把我们的所有权留下,没有了你们的因,我们的果也就没有了。"

"你还是没明白,校长。"纪念再次强调,"我们说的是法律。法律是不讲人情的,只要你扣下我们,违背我们的意愿,就叫非法拘人。"

"你讲的是国外。我在国外混过多年,懂得这个!现在,我得正告你,是你们先非法侵入我的领域……"

"我们没有非法入侵,考试是双方合作的,只是成绩出了问题,矛盾才出来,你怕我们坏了你的名声,才要扣下卷子,而我们不让你扣卷子,你就扣了人。"

"不扣人那我怎么办呢?"

纪念替他出主意:"吃个哑巴亏,让我们带走卷子。"

"我正是不让你带走卷子才留下你的人。"

"不是留下,是扣下,用法律术语叫'非法拘役'。更重要的是,你是坐地生意,110一来人,闹的动静就大了。"

"这个法律很混蛋呀!"校长也看到了走下去的灾难,与其说露出一个微笑,不如说一个微笑从脸上掉下来,"噢,到现在我还没有问,你们搞这个调查有什么意义?"

"当然有意义,社会的文明程度到了什么地步,我们的行为准则到了什么程度,都可以从这里看到参数的。这个仁义的……"

校长眼见着试卷要被陌生人给搞走,跟抢劫没什么区别,生气地打断他:"我算看出来了,越是讲仁义就越是吃人。我要跟你讲仁义,你就要吃我。所以,为了不让你吃我,就不能跟你讲,仁义!"

第一八章　道德的半径

对左佑来说，重走圣人路是寻找而不是游历，是求魂而不是漫游，是圣事而不是项目。他在空气中呼吸圣人的气味，捕捉着看不见但坚信存在的国教的根和覆盖全国的神经。他甚至有种模糊感觉，在历史与现实交织处有条缝隙，稀罕事情就是从这条缝隙里面出来的。他相信，世界存在着神奇。这天清晨，他正在诵读《论语》，突然灵光闪现，想到各种宗教都有的仪式上来了。伊斯兰教一天做五次礼拜，洗脸洗脚，净化灵魂。佛教更不用说了，一天到晚阿弥陀佛罪过善哉。他在问自己，我们所称的国教为什么没有仪式呢？我们所说的十字箴言，也只是说说而已，一年到头也说不上那么几次。如果，一天天，一月月，一年年，一辈子这样背诵十字箴言，"仁义礼智信，温良恭俭让"，就能把国教的真谛请到心里来，像别的宗教那样，指导自己的行为，融化到日常生活中来。仪式是内心的物化，反过来又影响内心，如果人们每天早晚各来一次，那么一定能达到深入灵魂的效果。

他决定编创一套能够把国教世俗化动作化的形体修灵操。

左佑酝酿着一种仪式方案，得空就趴到宾馆的桌上写，将飘忽的思绪记下来。他的不大连贯的自言自语说明他的思维忽隐忽现和阵发性中断。在仪式方案中，他这样写道：儒家伟大之处是立了一个标准，划分好人与坏人的区别。用国学给的标准去衡量一个人的言行，就知道哪人好哪人坏了。如果没有标准，你怎么知道好与坏呢？他起劲儿地边写边说，现实的人们会藏，他一藏你就很难发现哪个是好人哪个是坏人了。为了解决这个藏的问题，就要搞个仪式。

他这样写道:"一个坏人决不会天天念十字箴言的。"

关于仪式,大家基本上采取敬而远之的态度,人们知道,这种行为除了神圣的内心力量被唤起,还多少涉嫌精神上的不大正常。

"弄得我心里发毛。"康胖子抱怨地叫道,"晚上,灯灭了,他坐在床上设计动作,边想边说,跟下神儿的一样;早上天不亮,又被他的声音闹醒了。"

"你可以劝阻他呀。"叶芝说。

"问题在于,他不知道他有自言自语的习惯,他不知道。我说,你不要说话好不好?"

庄娜娜替左佑回答,用戏仿的口吻:"我说话了吗?我刚才说话了吗?"

"问题就在这里,他不、知、道!前两天搞什么道德冲动,这两天又搞起了儒教仪式。"

什么事情都有它的多义性,全看你怎么看了。左佑以自己的方式沉浸在仪式的设计中,十字箴言的每个字,都要配上一个动作、表情、口气。这在客观上也多少影响了康胖子。但是,康胖子是那么容易受到影响的人吗?他躺下就呼噜,清晨醒来眯着眼看邻床的人装神弄鬼,那也是娱乐性的欣赏。他之所以做出一副受伤害的样子逢人吐苦水,那是要以此为题说说话,满足口舌快感。因为这样一来,既可以夸张地把看到的情景绘声绘色地描绘一番,逗得别人发笑;又可以装成伤害者,抒发自己的苦恼和无奈。还可以增加串门的理由,好在女人房间多待一会儿,不是那么赖着不走的样子了。

康胖子是个较有心计的人,只是城府不深,城府不深的人往往给人一种错觉,没有心计。康胖子先是去找纪念,又转到叶芝和庄娜娜的房间,这时候,他还只是想和女人聊天的常态。然而,当他钻到莫茗屋里,心思就分出岔来了。尽管同样是诉苦,博得莫茗的同情,康胖子的眼珠子已经把持不住地在两张单人床上蹦来蹦去。

起初,他还是下意识的、自发性的,几分钟后,就显得有意为之了。他话里伸出了小手,去够她,挠她:"真好哇,一个人住,不受干扰。我是一睁开眼就害怕。"他的眼光又在她的胸部轻轻地抚摸了两下,接着又玩起了他惯常的手法,"我可没有留下来的企图。"

第一时间,纪念就知道有人钻进莫茗屋里了。他张开的视听足以辐射五个房间的每个角落。五分钟过去了,他便站在走廊唤康胖子,还一副他在本人屋里的样子,当看到那人从莫茗的房间出来,则故意显出意外的、多少有点儿责备的表情。他让康胖子来自己屋里谈了有关摄像上的问题,这个问题饭前已经谈过了。最后,看着康胖子离开的背影拍下一句话:"左佑的事情不要到处说,大家都知道,没有像你吵吵的那么严重。"

康胖子被揭穿了,又懊恼又怨恨。在这种恶劣的情绪指使下,回到屋子再看左佑,怎么看怎么别扭,甚至还突然发现,这人的额头有道棱痕,像是没进化好仍在进化中的猿。

康胖子打算把他从较远的某个地方唤回来,他切入的是精神不大正常这一块,问道:"等一等,你为什么非要一个人说话,存在脑子里不行吗?"

"我又说话了?"

康胖子用医生对病人的口气:"你说话的时候真的不知道吗?"

"我知道,"又补充一句,"我不知道。"

"这是什么意思?"

"我知道,是我有跟自己说话的情况,这是多年前就知道的。"左佑解释,"我不知道,是我不知道具体什么时候跟自己说话。"

康胖子又用老师对差生的口气批评:"你总是用这种听不懂的话跟对方交流,你能不能说得通俗易懂一点儿。比方说举个例子,说明你的知道和不知道。"

左佑想了想,还真找出个通俗易懂的例子:"比方你爱照镜子,但你不一定知道你在照镜子的时候照镜子。"

"我照镜子是知道的,我看镜子的时候,难道不知道里面的那胖子是谁吗?"

左佑想了想又举个例子:"比方看女人,大家知道你爱看女人,这是对你的总体评价,你也知道你爱看,但具体到某一次恐怕就不一定知道了。"

"每次我都知道。"康胖子把《论语》扔到床上,太匪夷所思了!"这两个例子对你很不利啊。这更加突出了你的问题。我是知道的,而你不知道。两者差别很大。噢,听我一声劝,要不你到医院看一看,这应该是种病。"康胖子终于把话题引到下面要说的了,"拍个片子,CT还有磁共振,看看脑器官是不是多了点儿东西,或是少一点点东西。"

"你才有病呢你!"左佑没料到对方蹦出如此恶毒的说法,恼火地反击,"你动不动看镜子,追女人。更该到医院化验化验,是不是激素分泌过剩造成的?"

康胖子说道:"我是好心,你就是与众不同嘛。上次我绊了一跤,你非说你看到什么东西,你给我说一说,你看到了什么?"

"我没有看到什么,"左佑觉得事情弄反了,"我只是奇怪,要问就问你看到了什么,怎么返回去又走一次。"

"没有什么东西指使我重走一遍,你也没有看到有什么东西推动我重走一遍。噢,说到这,我倒是突然想到一件事来。第一天,你拿着一张相片让大家看,人们没有看到什么,你却非要说多个头像。这是怎么回事?"

关于双影相片的事,左佑尝过种种的漠视和讥嘲,这冷不丁有人突然提及,倒很意外。他疑惑地看着对方,等他基本上认定康胖子的态度是真诚的,不属于捉弄人的,这才去拿旅行包,好让对方看看是不是有个头像。包里面没有,又去翻书,书也没有夹着,去掏衣兜子也没有。于是,左佑按照找东西的惯有程序,先易后难,先近后远,先是平常放的后是可能放的,蔓延到不可能放的,最后将找过的地方再重新来一遍……当他实在没辙走向卫生间的时候,康胖子一把拉住了他,说:"别找了,我这也只是说说。"

左佑保证绝不会丢,只是暂时找不到了:"你不用担心,它只是自己藏起来了,它应该有这种本领。"

康胖子吓了一跳:"你都胡说什么呀。"

"你想想,好端端的相片里平空出来个人像,既然如此神奇,那也可以神奇地把自己藏起来。"

康胖子看他走火入魔,看到对方亢奋而混乱的思路:"看样子,我们两个人的世界观太不一样了。"

左佑一针见血地:"那是,我们两个是两种人。"

"唔?在你眼里,我的世界观也有问题了?"

"这是可以肯定的呀。"

康胖子停了下来,这种话题的争论好长时间没有了。那是大学时代的东西:"你根本没有看透这个世界的本质。等你看透这个世界的本质,你就和我是一样的人了。"

"我决不会和你一样!"

"你为什么不问问我,我说的看透是什么呢?"

"我不会问!"左佑坚定地回答,接着放低声音问,"好吧,你说说你看透的是什么呢?"

康胖子终于取得了阶段性胜利,重重地喘了一口气,又故意把话说得很玄虚,讲起了商业利益的种种表现。他说人是本位化的,有意无意都受自己的社会位置来定规则,这一点儿用儒家思想很难看到。左佑最听不得这种对儒家的贬损,皱起眉头。

"这话你又不爱听了,"康胖子接着刚才的话说,"其实先贤也是以自己的利益为半径划圈,他们也有自身利益,只是用学说来掩盖自己的利益。就拿'仁爱'这两字来说吧,孔子的和墨子的就有区别。"他做了个区别的手势,"孔子的仁爱是等级制的,君君臣臣,父父子子。孔子一直叫嚣克己复礼,他要复什么礼? 就是周礼。等级制,秩序,为什么呢? 因为他本人具有大夫级的身份,他就受这个阶级身份或者立场的局限,宣扬他的学说。墨子就不同了,他的仁爱有个'兼'字,'兼爱'。世界是大同式的,人人相爱,有点儿基督教的意思。为什么? 一找就找到了根子,他是平民,一个工匠,他决不会宣扬统治者的学术,他要平民们相互爱、跨阶级地爱,还希望有权有钱者加入爱的洪流,去'兼爱'。看明白了吧,人们一直在说什么学说、学术,还有什么纯学术、超越时代,真个是文化人的短视和无知。"

左佑不会被所谓的高见蒙蔽,又回到争论的原点上了:"这就是你看透的东西吗? 说来说去我们还是两种人,你说得再好也是你的看法。"

康胖子本来要用这些知识征服他,对方撂这么一句就很难继续下去了。短暂的一时语塞,康胖子又恢复了盎然:"我不是说服你,我没有必要做说服工作,我是在寻找你的错误源是什么,为什么错,为什么错了自己还不知道错。"

"我错也是在你眼里错,并不是我的错。我没有错。"

"看看,你还是不知道,你错得很严重,这个问题前几天说过了,深度迷惘,你这是深度迷惘。你深度迷惘你自己都不知道。我问你,为什么美好的现实在你眼里总是那么黑暗?"

"黑暗?"左佑吓了一跳,"什么时候我说我看到黑暗了?"

"我现在也不想说服你成为和我一样的人了。还是两种人好。对人类,对社会,我一直保有敬意。对人类进化到这种程度,我已经很满足了,再有问题也是伟大之上的问题。你呢?你是这样看世界的吗?你不是,你一会儿道德冲动,一会儿儒家仪式,搞这么多东西那是源自于你对社会的不满!只是你认识不到罢了。"

"我知道我认识到什么、没认识到什么。"

"你不知道。"

"我知道我是谁!"

"这可不一定!你是不是仁慈,值得怀疑。但你拿仁慈来招摇却是一目了然的。我们人类才五千年的历史,在宇宙的长河中才那么几滴水,人类就可喜地发展到今天。照这种趋势,五百年之后我们想都想不出来。一句话,从兽变成人,从洞穴走进飞船,用了那么多的法律宗教文化围绕他转,天上飞地下窜,真的很不错了。人类好得不能再好了,你还让他怎么样?咳?看问题要客观、要积极、要正面,这就是我的人类观,也是我和你的世界观本质的区别。"

"你说的是动物和人的关系,我说的是人和神的关系。"

"神是不存在的,你用不存在的神来看世界,这世界没法不黑暗。"

"神存在与否,不决定于神,决定于人的灵魂,有了灵魂神就存在。"

"你总是把世界弄反。"康胖子一向觉得灵魂问题不可思议,存在不存在值得怀疑,要是存在那么它在哪里,还有,要是存在它为什么能变?而身边的左佑张嘴道德,闭嘴灵魂,"它在哪里,有没有形状?"

"它没有形状。"

"没有形状你怎么看到了?"

"精神看不到你就说没有精神了?"

康胖子预感到对方占了优势,把话题拉回:"还有,你这人太矛盾了,一面说世界黑暗,一面又说自己是好人。打重走的第一天起,你就好像真的在走民族复兴之路,唉!这种幻觉很荒唐。还有,你总在说自己是好人,但在逻辑上有问题。比方说,坏人是做了坏事,才称得上坏人,就拿你总是盯着我的腿不放为例,你给我造成了很大的行走障碍,一个好好的人都快被你说成废人了,你这是不是做了坏事？你说自己是好人，得用你做了什么好事来证明。这些天你搞十字箴言的仪式，并不能说你是个好人啊。说到这里我倒要问问，你都做过什么好事，给我说说？"

左佑一时回答不上来。

"说一件好事总不难吧？一件，就一件。"

左佑紧张地深深地吸了口气。他被问着了，关于好事，他一直觉得自己是知道的，可是要马上回答具体的什么事，却顿时搞不清了。

"看到了吧，连最以为是好人的人，都说不上做了什么好事。"

争论最大的好处是，对立一方批驳你的话往往正是自身的问题。

康胖子让左佑"举出一件好事"而他举不出来的时候，这促使他猛然醒悟，对这个问题进行了严肃思考。他的道德冲动并不能等同于道德实践，如此一算，他似乎没做过什么好事，这个结论令人沮丧，他想也许自己做过什么好事由于没有记录而想不起来了。他相信，后面的可能性更大一点儿。他肯定做过好事，只是记忆原因或不好意思记忆的原因，就没有留下资料。既然如此，这就促使他要把平时做过的好事，大大小小，记录下来。有了这个想法，他突然觉得自己升级超越了。如果研究仪式还停留在思想层面，做好事就是行动层面了。那么，为了提示自己去做好事尤其做了好事要有记录，就应该找个什么东西。那天争论后，他独自离开房间，到外面转，最后在餐厅后边找到一块板，他在板的下端钉了一根棍，做了一块可以举起的牌子，写了四个字"日行一善"。

左佑举了举，从外面走回来，喃喃自语称赞找了个做好事的方法，"我们排着队，一人举个牌子，要是有人问，"他身子往后一退，自作问状地，"这善，什么是善、怎么做才是善？人们都不大知道仁、义、礼，但人们都知道善。其实质是一样的。但老百姓对这个字很熟悉，对，这样就对了，要找到人们知道的。我们要一人举一个牌子，八个人，走一队，问的人一多，我们再把卷子拿出来。"他做了一个拿出卷子的动作，送给想象中的围观者。

"好，"他赞扬地用拳头击了下，举着牌子模拟地在屋里走，转了几个来回，开开门又走到外面的走廊，一边嘴里念念有词，像全世界只有他一人似的。

康胖子正在屋里做丢烟试验，几天来他已经丢了三盒了，没有看到一个立着的，全都是滚两下装死。这当口看左佑又玩老一套，想等他再次从身边过，装着无意地把膝盖往前一耸,绊他一下。

"现在不说你的问题了,不说你知道不知道自己说话了,那是你的事,我要问的是新问题。你老这么在屋里走来走去,有没有感到我在身边呢?"

"这还是个老问题。"

"你没有觉得严重地破坏了别人的正常生活吗?你旁边有个人,为什么你还这样独自唠叨?"康胖子已经不好意思再表示好奇了,他不再无奈地苦恼,而是谴责的态度,"每次你张嘴,我就以为你在跟我说话,待我要回答,发现你又是跟自己唠叨。"

"对不起,"左佑真诚地道歉,"我不知道。"

"你为什么到走廊转一圈,回到房间以后,再到走廊去转呢?"

左佑进行解释:"我这是在画半径。我出去一次就是个半径,在我的意识里,它就是一个道德的半径,我转一圈就是划一个道德的半径。我这是在模拟,等我走到街上,围观我的人一多起来,我的半径就大了,我要让人们知道我在做善事。"

康胖子匪夷所思:"这举牌和做善事有关系吗?"

"当然。"

康胖子觉得这人真的很蠢,怎么举牌宣传就成了做善事了:"我就看不惯你们这种人,宣传善事怎么成做善事了呢?这是两回事。很多人都觉得是一回事。我问你个问题,'九·一八'事变的纪念日,刚刚过。电视上播放了当年青年学生上街游行的镜头。你说那些上街宣传抗日的学生,是不是抗日?"

"当然是了。"

"错啦!抗日是要拿枪杆子、上前线、流血牺牲杀敌人的,那才叫抗日。而学生们义愤填膺,只是号召民众去前线。我说,那民众不用唤起,真的不用,都知道非要打仗不可。但学生把人们包括自己给骗了,走上街头号召别人去杀敌,搞得自己热血沸腾。这正是这个民族的悲剧之处。自己一热血沸腾就等于抗日了。"

"你怎么扯到抗日了?"左佑要把他拉回来,"我们在说善事。"

康胖子只是要举个例子来说明问题,而对方还要说什么"善事"。他突然想到"道貌岸然"这个词,眼前的这位,貌就很道,然就很岸。康胖子假意地笑道:"我怀疑啊,我是说我怀疑,你是不是有这么一种感觉,有两个自己?一个现在的自己,一个古代的孔子哪个弟子的化身?你独自唠叨其实是在和那个化身交谈?"

"这个倒没有。"左佑认真得近于庄重,"我不是天天对自己说,只是个别时候。还有一点儿需要声明,我只一个我自己。"

"这样子应该很危险吧?"

"唔?哪里危险?"左佑举着牌子走到门口,又停下。

"比方说,"康胖子尽量把口气调到色情频道,"你哪天突然想了,女人,我这是比方啊,你要想到女人,不由自主地说出了嘴,自己给自己开个会,旁边的人听得一清二楚。那,算不算一种风险呢?"

这种话不仅冒昧,还带有风险和侮辱。左佑脸沉了下来,愠怒地看着他。

康胖子平时喜欢谈女人,包括身边的女人,可是和左佑住一起他就没了这种机会和兴趣。按照他的鸡巴决定品质的诊断,左佑的问题不是道德感的问题,而是裤裆里萎缩的问题。他很想验证一下这人到底是伪君子呢,还是里必多稀少的问题。

"我也是为你好,男人想女人天经地义,没什么不好意思的。问题是你心里怎么想都可以,哪怕很黄色跟三级片一样也可以,只要不说谁也不知道。只要不说,是不是呢?比方这报纸上曝光的贪官,让情妇用微型相机给录了,要挟不成就发网上了,一发网上公众就知道了,接着万人围观就给双规了。而这种人这等事多得很,只要不曝光,可以继续在主席台上唱高调。"康胖子实在忍不住要对他嘲弄,他太感谢世上有"嘲弄"这个东西了,要是没有这个词他真不知道自己的情绪怎么表达。"噢,话有点儿远了。我是说,像你这种人做什么都太专注,一专注就独个唠叨,若是想女人肯定对你不利。"

左佑又粗又重地气喘:"在我眼里,你这人趣味很低俗。"

"男人想女人说到天边都不低俗。"康胖子真想给他补补课,"你不要把自己搞得庄严肃穆,跟旗杆似的。放在国外,你顶多是个神职人员。"

"神职人员?"

"普通的神职人员,连神甫都当不上。不过,即使是神职人员,也没什么了不起,再说这里还隐藏着坏人。"

左佑怒目圆睁,他平生最厌恶这种小人,自己坏还非要诋毁好人是伪君子:"你低俗之余还恶劣。"

　　"当然了。"康胖子装出低俗的样子,又恶劣地笑起来,"尽管我们是两类人,但我还是难以把人的动物性从你身上分离出来。我坦诚地再问一次,你不想女人吗?你真的不想把手放到女人的胸脯摸几把吗?比如莫茗的胸脯,丰满有弹性,你真的没想过摸上几把吗?"

　　这侮辱进入到生活的具体细节,左佑过于震惊而张不开口。

　　康胖子见他举牌子的手抖动,"哈哈哈。"笑得故意淫荡了,"哈哈哈,你真不想和她睡觉吗?你敢拍着良心说你从来没有想过吗?拍拍良心。有天夜里,我是听到了你的梦话的。下一次,我可要偷偷录音,第二天放给你听。"为了打败对方,应该走向极端,此刻的康胖子就使用卑鄙这个法宝来摧毁对方,"我录音。"

　　"你休想,你永远听不到!"

　　"没有空穴来风,你逼得我没办法,我告诉你好了,这几天我就听到过一次……"

　　左佑还能怎么表达呢?只好行动了。他举起"日行一善"的纸牌在空中。

　　"哟,这可是你做好事的道具啊,你砸好了。"

　　扬善还要惩恶,左佑晃了晃就砸了过去……

第一九章　功过格

现在,"重走"十天了,进行的调查多种多样,搞了一对一聊天、专家访谈、景区调查、钓鱼法、学校考试,从形式上来看,这些素材足够拍上十集八集。然而,正是这些足够多的素材恰恰无法使用。因为它们是那么相似单一,不知道国教是什么,不知道孔子,不知道五常,不知道周游列国。问什么,什么都不知道!哪能这样呢?一个号称统治国家两千多年的儒教,城市和乡村,男人和女人,各种各样的职业,代表着平均值的民众手里答出的卷子怎么如此糟糕呢?太令人困惑不解了。我们一直以儒家文化当话语权,传统的沉淀到底在哪里呢?遗漏的总得剩下点儿东西吧?看来历史的断裂很容易啊,连主流的都这样所剩无几,那些有价值的东西就更加烟消云散了。它是个庞然大物吗?当然是。可它从什么时候倒塌了呢,连烟尘好像都没有了。

人们知道走到了死胡同,但是没有人公开说出来,起码纪念没有听到什么议论。这显然不大符合实情。按照通常的情况来说,人们肯定议论了,甚至抱怨了,只是背着纪念而已。为此,纪念启动了应急预案,悄悄地打电话给莫茗。

那是午休时分,纪念用的是宾馆内线。

莫茗尽管对当卧底有抵触,但还是深明大义地说:"我没有听到什么议论。"

"这不可能。这么大的事搞不下去,人们不可能不议论。"

"我没有听到。"

"你是不是对当卧底有意见赌气不说?"

"怎么可能呢？我真的没听到。"

"也许你听到了，不一定分辨出是不是议论？"

"也许吧。"

"好吧，"纪念退一步问，"你没听到，或者听到了分辨不出。那我问问，你本人怎么看这事情，作为摄制组的一成员，总会有看法吧？"

"噢，我想起来了，"因为这句话莫茗想起来了是有人议论，"有人说，如果不调查一样能拍，历来都是这样拍的，这一调查暴露了很多问题反而不好拍了。"

"那么你刚才为什么不说呢？"

"我是因为你问我怎么看的突然想起来的。"

"两者有什么关系吗？"

"因为我也是这么看的。"

"你是因为自己和别人的看法一样才不好分辨出来吗？"

"是的。"

纪念听过这种议论，即使没听过也能猜到，因为他本人也是这样看的："但是，你应该同时发现，要是没有调查，我们拍摄的片子将是多么空洞虚假？"

"大家在看你怎么办了。"

搞民意调查造成了一种原本可以不知道，而现在知道又不能装着不知道的糟糕现实！如果没有调查，谁会知道这些呢？不知道这些就可以像过去那样惯性地用学院派笔法，无所顾忌地讴歌、赞扬。最后再装模作样地沉痛地反思几句。依照那种模式化的路数同样能够操作出有分量的好片子。

纪念要知难而上，要将这种现实通过绕弯子的办法、过滤的手法写成大众在情感上能够理解和接受的解说词。调解现实和屏幕之间的矛盾是职业人的基本能力，在他以往的制片生涯中都能磕磕绊绊地解决。

他把总撰稿叫到自己房间。

总撰稿一脸怨气地说，面对桌上的卷子，他难以下手。一堆资料撂到面前，像一堆烂白菜糠萝卜，让他独自张罗出色香味俱全的佳肴去到电视上卖！

纪念不高兴了："你这是什么话，你是总撰稿，解说词是你分内的事情。"

"本来沿着列国路走一遍，边走边拍就可以了，简单得多，绝大多数专题片都是这样玩的。你非要搞调查,不光添了难度,更大的麻烦是我们调查的结果很糟糕,我们将了自己一军,还把自己给将死了。"

这就是通常诟病的中国人的劣根性,遇到问题先是找理由,接着推脱责任。

纪念为自己辩解:"话不能这样说,钱是我找来的,投资人提出的条件是搞民意调查,这是投资的前提条件。你说的问题并不在调查上,而是调查的结果很糟糕。可是出门之前,谁也不知道会是这种情况。"

"这种糟糕的结果让我怎么写?"总撰稿摆出困难,他知道现在主动权在自己手里,不可能再来一次重走圣人路,换个人写稿子,"出发前定的合同,一集两万,你看看,这是两万能解决的吗?这十集比三十集都难。"

"噢,"纪念明白了,"稿费是先前定好的,要是追加也得回去之后再说。"

"我不是这个意思!"总撰稿听纪念的口气知道他误会了,自己确实不是为了提高稿酬,只是用稿费的标准来说明稿子很难写,"你难道听话听不出来音吗?"这是通病,只要把钱摆到眼前就急着把自己从钱里择出来,哪怕大家都知道是冲钱来的。像对女人,目的很明确又不能直接谈性一样。

总撰稿加盟摄制组以来,基本上是以尊重的态度、客气的口气相处,这还是第一次表示不满,按常理推算,一个人在嘴上表示不满,那是心里积蓄了许多的反感。纪念涉世多年,很明白。

他瞭了总撰稿一眼:"我们肯定不能表现真实的情况。"

总撰稿说:"真实的不行,你总不能再编造一套假的。"

"你是总撰稿啊。"他把"总"字咬得很重,"大家有分工,我的分工是找钱、花钱、定大盘;你的工作就是把资料素材写成专题片的文字;康胖子的分工是,扛着摄像机,寻找角度、光线、中景、特写。"

总撰稿从门口走到窗口,又折到门口:"你看看,这话又转回来了。我是撰稿人,"他将"总"字去掉了,"那也是惯常的那种撰稿人。现在问题很大,还要绕开问题,去造假。我不能当一个造假的撰稿人。"

"当然,不能造假。"纪念表示人格方面不能含糊,"但是,解决矛盾可以在策略上多考虑,真不行,假也不行,"在真与假之间,我们是不是可以找条中间道路呢?"

"你说得很空,能不能具体点?关键时候你应该拿出指导性意见。"

"实际情况很糟糕,不光是你,连85后刚才也在谈这个问题,问题摆在那里,躲是躲不过去的。多日来,一系列民调基本上可以确定,我们所要说的话,比如十字箴言,他们不会说,不知道怎么说。关于孔子与弟子的故事,他们也不会说的,不知道怎么说。一句话,我们预定的目标他们达不到。达不到就是个问题。既然是问题就得解决,怎么解决呢?我想来想去,想到了一个办法,暂时叫'转换法'。"纪念停一下,等待对方问什么叫转换法,可惜对方的注意力似乎有些涣散,对转换法还没有应有的注意。没有意识到这个词从通常的思路中一跃而出开辟了一条新的方向。没有方向的路不能叫路。纪念只得自己接着往下说,"怎么个转换法呢?我是这样想的,由我们给他们提供,生活化的、性格化的范例。注意,下面是我要说的,找我们自己的人,摄制组八个人,每个人都按十字箴言给自己对号入座说上一大堆。这一大堆就是材料,再转换给那些被采访者。"

总撰稿拍了拍头,也许身体太累了,也许是半夜脑力不够用,也许转换法本身尚属新玩意儿不易理解。总之,他让纪念最好再解释一下。

"我刚才说了,还不成熟。不一定那么符合情理、逻辑,我也不是很有把握。好吧,我再来一遍,重说的过程中我们也好共同梳理梳理。"

总撰稿点根烟,又随手掐灭:"这几天抽得太多,脑仁儿都疼了。"

纪念又说了一遍。

总撰稿努力头脑清醒,明白是降低难度的意思:"先由我们自己来说,这样比较容易,然后将我们说的东西转给被采访者,让他们转述我们的话,而观众们不知内情,以为是他们自己说的,是不是这个意思?"

"是吧,是这个意思。"

"问题跟着来了,我们又怎么说自己呢?"

"这是个新问题,也是我们往下探讨的话题。我想设置为——自我评估,或者就叫自己给自己打分。"他说的其实是自查,但巧妙地回避自查两字,还将自查升级了。自查有贬义,而自我评估或自己给自己打分则表现出一种客观,有高分有低分相对就全面得多。

总撰稿心里很失望,这太一般、太普通、太老套了。但他掩饰得很好,还用求解的目光鼓励纪念说下去。

"分项,把一事物分解为几个单项。比如调查儒教是个大概念,核心价值是十字箴言,我们就在这上面做文章,每字箴言给十分,十个即百分。每十分根据答的好和坏,给加分或扣分。"纪念将初步方案说得更具体一点儿,"摄制组八个人,每个人都是儒家文化的传承者,从年龄划分有二十多岁的、三十多岁的、四十多岁的、五十多岁的;从性别划分有男有女;从学历划分有高中、中专、大学、研究生;从职业划分,在进公司以前,有工人、有职员、有文化人,应该具有代表性。"

总撰稿很乐意和这帮人打交道。因为在知识的准确度上没有负担和压力,他可以像专家那样讲历史和历史典故。某些自己没有把握以及模糊的细节,也好意思夹在滔滔不绝的讲述中滚落下去。换句话,如果面对几个学院派的人,他就不敢轻易张口,因为,自己的话语像一架试飞的机器,在空中正飞翔的时候,会有一束疑惑的目光冷冷地射过来,"啪"地被击落了。面对策划,这是另外一个领域了,思维明显地跟不上趟儿,一肚子的东西派不上用场。

"只是,"总撰稿提出了顾虑,"只是,会不会有人给孔总打报告,说咱们造假,说咱们搞欺骗,狸猫换太子?这就失去学理基础了。"

纪念干脆利落地打消了他的顾虑:"这个不会,不存在造假。我开始就说了,介于真与假之间。因为真实的结果有问题,又要往前走,才这么转换一下。你的顾虑很多余。孔总要的是成果,事情办好又不出麻烦,他才不管造假不造假呢。自查本身可以列入调查的一部分。"

"我不知理解的对不对。你的转换法是将调查变成自查,因为我们自查容易操作?是不是?进一步说我们出剧本,由摄制组的成员来演,再转换到街头上的张三李四?变成调查?"

"就是这个意思。"

总撰稿开始在房间里转了,抬手动一动:"我突然想起来一个词。噢,是宋代的哪个人提的?没关系,回头查资料,这个词叫功过格。对,叫功过格。"

"功过格?我是头一次听到。"

"功过格的意思是,将自己的行为分为功和过两大块,好的一块符合功的,放一起;错的为过,说错了什么话,办错了什么事,这叫过,放在一起。当然,我用功过格这个词,是想把你刚才说的自我评估学术化。这样好不好?"

再没有更令人满意的事了。纪念顺水推舟:"当然好了,我刚才自我评估是太俗了。"

总撰稿作为摄制组的重要成员,事情推动不了,当然负有直接责任,现在纪念提供了一个新思路,等于替自己解了围。"那就这么办吧?"

"不要用这种勉强的、无奈的口气,好像走投无路似的。不要这样,而是必须这么办!"

总撰稿又提出知识分子式的顾虑:"我们的人会不会说风凉话呢?他们会说,在'重走'之前的策划里为什么没有这一项?有人会发难质疑咱们事先怎么没有成熟的方案呢?毕竟这是我们刚刚想出来的。我的意思是……"

如果是在多年前纪念也会提这个问题,现在,他已经是成熟的制片人了:"这个问题也好办。你和我,这样告诉说风凉话的人,当初我们就有这套方案。只是到哪一步说哪一步。开始的社会调查是为了摸底,现在进展到了我们的预案第二阶段。这样一来,说风凉话的人会暗暗佩服我们聪明。让他们深刻地认识到,幸好遇到了力挽狂澜的高手。换了别人,项目肯定死了。"

总撰稿知道这时该说什么,或者替纪念说什么。他搬出历史教科书来当论据:"这就像遵义会议,开得很及时挽救了红军,你就不能说,这么重要的会议你怎么不在瑞金召开呢?我赞同事情到哪步说哪步。另外再补充一点儿。关于自信的问题,功过格虽然是我们刚刚搞出来的,老实说心里不大踏实,但是,我们在给摄制组说的时候,就要有自信,要有理论上的自信。我发现越是没有把握的时候,越要自信。只要有自信,别人就会不由得觉得你很有理。咱们就这样说。"

纪念的信心更足了,信心一足,人也真的更加聪明:"你说自信提醒了我。咱们就把功过格叫作 B 计划。刚刚已经说过,咱们老早就想到这一方案,明天就跟他们说这是我们出发前就拟定的 B 计划。也就是说,我们有两个计划,先前的社会调查是 A 计划,而替身代言的功过格叫 B 计划。"

总撰稿一时没反应过来:"怎么眨眼功夫出来了两个计划?"

"是你刚才说的要自信启发了我,我们不能流露出这套替身方案是临时想的,这样才有自信的基础,也是反击那些风凉话的理由。明天,我们抛出 A、B 计划,给他们一种出发前就制订好的印象。这一点儿很重要,什么都是那么胸有成竹,那么有步骤。有 A 就有 B,我们搞民调就是 A,功过格就是 B。所以跳出 A、B 两个计划,就不会有人胡乱说话了。"

"把人的嘴堵上了!"总撰稿竖直大拇指,往前一推,这是前两天从考古学家那里学来的。当时,考古学家的大拇指推到他面前,他觉得很受用,现在当他推向前,不仅觉得纪念很受用,自己也很受用,既然都受用,那么有必要再推一下。"起码他们不会觉得我们没本事胡乱来了。你可能知道,已经有人在说我们乱来的话了。"

"唔?"纪念不动声色地问,"这人是谁?"看总撰稿为难地表示不好说出来,就半真半假地用手指着,"那就是你喽?"

总撰稿看出不指认就涉嫌自己,只有说了:"莫茗。"

"莫茗?"

"你别看这女人平时少言寡语,闷骚型。她跟叶芝说的时候我听到的。"为了证明真实可信,他还专门披露了细节,"两人说得正起劲,莫茗看到了我,还用胳膊肘拐了叶芝两下,提醒她。"

"我就讨厌莫茗这一点儿,爱嘀咕。"

总撰稿最看不起嚼舌头的小人了,至于自己嚼舌头,就和别人不同了,那是为了倡导一种公正。他接着又拾起话题:"这是张共赢的牌,对投资商有好处,对孔总也有交代。让他们看到我们的水平,同时也禁不住猜想,下面是不是还有C计划呢。好,明天就宣布B计划!"总撰稿挥了下拳头,突然"噢"了一声,狡黠地眨眨眼,"你看看,光去激动了,我还不知道这B计划是什么呢?它长得啥样?"

"B计划就是功过格呀。"纪念以同谋者的口气回答,"功过格就是自我评估,自我评估就是自查,自查就是对号入座给自己打分数,模拟了之后,我们再将提供的材料,转给被采访者。"

"被采访者是谁?"

"那些陌生人。"

总撰稿对具体操作上还有些模糊,又不能总是问来问去,尽量显出明白的样子,接着问下一步:"打分的环节我还不大清楚。"

"双向式,十字箴言,先是每个人给自己打分,再让别人给自己打分。"

总撰稿迅速在脑中模拟一下,恍惚发现有个人性方面的问题,这个问题恐怕纪念想不到:"首先我表示赞同。众所周知,什么东西都是从蒙眬到清晰,不断地走向完善。我是这么想,人们给自己打分可能很难打,说白了打不准。为什么呢？这涉及人性问题。每个人都病态地欣赏自己，甚至仰视自己的角度在45度以上，无一例外地要把分数打得很高。反过来，让别人给自己打分，那可更悬。每个人看别人都那么别扭，横挑鼻子竖挑眼。"

纪念满脸堆笑，笑容里已经透着胜利的曙光了："是的，你说的是常理，可我们已经将常理推倒进了模拟中，就能够将常理转换得美轮美奂。你说的是自查出现的可能性。而我们还没有走第一步呢。我们先迈出第一步，按这个方向走走吧，走总比不走的好。"

有了模拟的想法做什么都像在模拟。第二天，汽车一上路，正常的行驶就成了模拟。照史书上说，孔子在宋国的檀树下讲学，听到宋国大司马来追杀，仓惶逃走。其情景类似武侠电视剧里的亡命情节，好好的一帮人，镜头一转就人马失散。

其实，摄制组出来的第一天，就是对两千五百年前孔子周游列国的模拟。孔子抛家离舍的时候一定踌躇满志，以为诸侯国君们会重用他，给他个一官半职。结果是，沦落得被匡人围堵、宋人追杀，成了四处奔波的丧家之狗。摄制组又何尝不是呢？康胖子被人围了，叶芝被人扣了，左佑举着牌子刚到大街上被一群小孩子跟在后面投石子，当成神经病。孔子当年游说诸侯，没人搭理他，摄制组的调查同样没人搭理。十有八九不如意，种种挫折正暗合了世道的进展规律。如果那么顺当、圆满，倒真的不那么正常了。摄制组重走的列国线路里还有着另外一幅时空图景。他们行走在孔子之后的历史时空，从战国时代的刀光剑影翻越到秦朝的巅峰，进入汉朝的大厦，再迈过唐朝的商贸集市，宋代的半江瑟瑟半江红，以及明清的灰色的平原丘陵……太阳在灰雾漫漶的天空中像浸泡在水中的桔色盘子。纪念看了两眼，又看了两眼，恍惚中那盘子就幻化成映照古今的镜子。一个老者在里面游动，模糊如魂。空中的镜子掉落到地上，隐约听到"啪"的碎响，老者从里面跑出来，长袍飘飘，沿着道路跟跟跄跄地奔跑，忽远忽近……纪念知道这是幻觉，但他控制着自己的思维和视线，尽量让幻觉保持和拉长。路上没有人，只有树、草、开阔的平原。在一条河面上，他看到老者身子一跃，跳进了郑国地段。汽车在后面追，近了一点儿，虚拟变得清晰，再近一点儿，清晰变得真实，再近点，真实变成了一个雕像。一个丧家狗的雕像，那是一个固化了的孔子。

第二〇章 戏仿

下午3点,会议室里,纪念把收到的卷子摆到桌上,沉着脸开始讲话。这是出游以来,他第一次用严肃的口气和表情跟大家讲话。是"讲话"而不是"说话"。"讲话"里的这个"讲"字含有"讲道理"的意思,含有"明是非"的意思,当然也含有"定规则"的意思。

"八个人,除我之外,每个人都把分数打得偏高,最高的居然90分。看了卷子,我第一个印象是,很不严肃,很不负责任。第一份卷子是82分,觉得偏高了;第二份更高,85分。我从中找到了共同点,那就是把打分当成了评先进,基本上都不遗余力地给自己打高分。高估自我是人之常情,仰视自己就不对了。我,就没那么大的胆量。坦白地告诉大家,我是66分,平均每字只是6.6分。"

叶芝轴承式地扭了下脖子问:"总撰稿多少分?"

纪念有质感的目光把这问话铲起,搬到对面的屋角。

总撰稿多少有点儿羞愧地说:"我给自己打的86分。"

叶芝又轴承下脖子,问:"哪位神最高?"

"如果90分最高的话,那是我。"康胖子举了下手。

大家忍不住哄笑了,每个人的笑不大一样,莫茗绷着嘴像是强忍着哭似的,庄娜娜用手捂着脸,留条指缝和人们交换眼色。

"我不该给自己打90分吗?"康胖子没料到自己引起群怨,抗议反问大家。

"可以,当然可以,"叶芝回应,她相信自己一定能够代表大家,"打90分,那对自己得有多高的赞美,拥有多么深的祝福啊。"

康胖子没有错误感的优势又派上了用场。他双手在胸前向两边比划着,拉开弧度,好像扯出一条条数据线:"这是每一项累加的,仁,9分;义,10分;礼,10分;智,10分;信,10分;温,7分;良,9分;恭,7分;俭,8分;让,10分。加起来总共扣了10分。坦白地说,我不知你们给自己打多少。现在看来,我给自己是打高了点儿,那就去掉5分吧,比总撰稿少1分。但基本上我觉得还是挺理性和客观的。"

　　大伙给自己打分无外乎两种,一是基于事实,二是源于感觉。而后一点儿占的权重可能更多。这就出现了凡是感觉好就打得多,又因为感觉好打得多还不知道多。

　　"你打什么分,为什么打这么多分,得有数据支撑。比如康胖子,你给自己的'仁'字打9分,就得说明剩下的1分怎么扣的。"

　　"我想用事实说好了,看我这9分能不能打。"康胖子一脸回忆状,"我送过一个大爷回家,那大爷失忆了,出门后就找不到家了。我看他迷瞪糊涂的样,一问三不知,幸好发现衣服上有块布条,写有地址,就走一路问一路送大爷回家了。送到家,他们的儿子和……"

　　庄娜娜发现情节里有漏洞:"为什么不打110?大凡遇到这样的事,头一个反应就是打110,你怎么走一路问一路?"

　　"那时候还没有110。"

　　"哦,老早老早就有110了。"

　　"那时候没有。"

　　"那时候是什么时候?"

　　康胖子回答:"三年级啊。"

　　"大三?"

　　"不是。"

　　"高三?"

　　"不是。"

　　"总不会初三吧?"

　　"小三。"

　　大家又一次集体哄笑了,莫茗还是刚才那样,绷着嘴跟强忍着哭似的,试探地估摸着问:"你说的是你少先队时期的事?"

康胖子对屈辱的嘲讽,态度基本上是平稳的。

"虽然过去三十多年了,但这反映了我的本质。什么本质呢,就是我心地善良。当时也有好多人看到失忆迷路的大爷,为什么偏偏我来管呢?这一管,就和别人拉开了距离。既然管了,就体现了'仁'字。至于纪念问我怎么扣了一分?那是人无完人,从理论上来说,身上总有一点点不那么积极的东西。"

纪念表示佩服地点了点头,觉得一个人能把几十年前的事提溜出来,又佩服地点了点头。然后翻着卷子,转移对象问叶芝:"在'智'这个字上,你打了10分。总共八个人,有七个人打10分。看样子大家对自己是否聪明的问题不大含糊。你打10分,请问凭据是什么?"

听到七个人悍然打了10分,叶芝的忐忑随之坦然下来,情况已经很明确,打不打高分不是问题,构成问题的关键在于人数的多少,既然有七个人打10分,成为大多数,作为其中一员,她也就有为大多数人立言的责任和信心。

"我觉得我在为人处事上,挺优质。"叶芝说,"不仅知道自己怎么回事,也知道别人是怎么回事。不上当,不信谣,有什么问题解决什么问题。比方昨天有人提我的意见,说我炫耀,我会引以为戒,以后尽量不在别人面前言说自己。实在忍不住就自己给自己来一句。生活中已经有榜样了。"她适时地以让大家都能看到的方式,溜了一眼左佑,"既然有人能自己跟自己玩,那么我同样可以。"

纪念肚里咕咕笑了两声,脸上还沉着,越发觉得给自己打66分英明。正是这个较低的分数赢得了主动,占据了俯视别人的制高点。接着翻到庄娜娜的卷子:"你在'信'字上打了10分,这种评价可谓很高。现在,到处诚信危机。只要出现问题,人们总习惯性地把责任一股脑儿推到对方身上,已经成了本能。很想知道你是怎么做到10分上的。"

庄娜娜咬了下嘴唇,这一咬就把强装的从容给咬露馅儿了。"大伙相处一段时间了,我想也能看出我这人实在,一说谎就心跳的,占点儿小便宜就睡不好觉,有什么说什么,说话算话,绝不食言。我不但自己诚信上过硬,对那些违约弃言的人也很看不惯,在情况允许的情况下,还能不留情面去指责一番!"

看两个女人在话语的缝隙中夹枪使棒,纪念忙插话打断,再次声明B计划是一种游戏,不要弄假成真,伤了和气,我们只是将自己说的话平移到被采访者的身上,以侧面的、解释的、旁白的多元和精彩方式,呈现在专题片里。作为自我的调查方式,B计划迈出了可喜的一步。任何事开始都是在摸索中前进的,看似龟行,很慢,其实在积蓄能量,到一定的阶段会突然爆发,从量变到质变,从螺旋上升到飞跃。但是工作归工作,不能破坏同事间的友好关系。同时,他转向总撰稿抬起下巴,那意思很明确,你给自己打了86分,是不是得说点儿什么,好给大家有个交待。

总撰稿张开右手抚摸着倦容,也绕着说:"我给自己打了86分,和大家比较起来,是偏高了那么一点儿。不过,在分项上,比如'礼'这个字上,我偏偏打得很低,5分。5分!这一点儿在座的朋友们出乎意料,是不是笔误?我声明打的就是5分。有人这厢问了,你谈吐教养很好啊,怎么会打这么低呢?这就涉及深层次的问题了。众所周知,儒学提倡好人哲学,实质可以说是弱者哲学。我想解释一下,不是贬低的意思,好人往往是什么人?弱者!弱者的特点是什么?胆小!不敢和强势较劲,只得以好人自居,躲在道德的屏障里遮掩一番,是不是呢?比如前两天,我和在座的某朋友在街上散步,走着走着,总是给对面来的人让路。有时还让对面的人从我们中间穿过去。表面上看,我们是懂礼,礼节啊,礼让啊,礼仪啊。但实质而言,那是我们怕撞到对方身上,哪怕碰一下胳膊上的袖口都担心发生冲突。我们害怕冲突,才躲人家、绕人家。众所周知,称自己胆小怕事很不体面,要是把胆小怕事美化成文化教养,那就好看得多了。我说涉及深层次问题就是这意思,礼的虚伪性。既然虚伪,我就可以多扣几分。"

纪念感动地说:"剖析自己很困难,把剖析的结果公布于众更需要勇气,总撰稿这样坦诚让我心生敬意。"

"这倒不敢当。"总撰稿撸了撸袖管,一副艰难又不管不顾的样子,"这恐怕和年龄有关,年过半百了嘛。再不返璞归真更待何日?掩盖和装假没什么意思,是什么就是什么。当然每个人都有每个人的过程史,谁也不可能超越阶段。我倒同意在座的某位说的十字箴言因人而异。功过格也充分地证明了这一点儿。相互很矛盾,矛盾无孔不入!"总撰稿冲85后问,"你说世上什么东西最多?"

85后想想,找不到答案。

"世上矛盾最多。有人说世上理由最多,那也是面对矛盾而找的理由。说到矛盾我还要回到孔子身上。这是个复合型人。什么叫复合型人呢?就是讨厌什么还去做什么。孔子把那种能说会道的人,指责为心术不正、巧言令色,不大待见。他喜欢什么样的人呢?木讷的,像颜回就木讷,喜欢得很。可是他本人又是什么情况呢?如果不能说会道,怎么讲学带徒弟?又怎么能周游列国游说国君?他喜欢的他本身就没有,他讨厌的他本身就存在。"

左佑一听到对孔子贬低的评价,身子不由得绷紧了。

"当然,有人是反对这种发现的,我也不想过早地下结论,可以再沉淀沉淀。"

B计划是条调制好的既定轨道,让人们尽量在这条轨道上行走。纪念开始觉得大家把分打得太高了,可是听了诸位发言以后觉得也未尝不可。每个人都是自己欲望故事里的主角,当然对自己的分数有个主观性很强的判断。自己给自己打分,这让他想到了田赛的评判标准——只取最好成绩的那一次。运动员跳远,需跳三次,只取最好成绩的那一次;再比如投掷,也是三次,最差的不管,最臭的不管,只取最远的那一次,把它定格,记入成绩。这就是标准决定论。总撰稿刚才不厌其烦地一直在说这标准那暗箱,其精神实质就是这个意思。康胖子谈到仁,居然把少先队员的故事从生命源头拉了过来,也就是遵循了田赛的评判规则,将最好的一次当成了成绩。所以"仁"字,就成了他人生道路上的最强音。少先队员的好事够他享用终生,有效期一辈子。田赛和径赛的评判方式不一样。田赛中的跳高、掷铅球、跳远等等,都有三次机会,犯规,摔倒,都不算。只取最好的一次为成绩,这最好的一次就是你了。径赛则不然,它只一次机会,一锤定音。自我的评价很接近田赛的评价方式,人们可以犯很多错,但每个人总是按最好的一次成绩来确认和定义自己。

滑稽就在这里,每个人都看最好那一次的成绩,而别人不仅盯着对方最差的并且用尺子去量最差的好固定下来成为证据。人们往往抓着对方的一句不慎的话、一件欠妥的行为抢着去贬损。这显然不客观,然而客观不客观又是以什么为标准呢?而所谓的客观是不是对太主观的一种强力修正呢?

进入B计划的第二环节给对方扣分就遇到这个问题。胆敢给自己打90分是种主观作为,那么别人评一评从中扣下几分,又正好公允了。当然,指出人的毛病很容易同时也很难。为了平稳过渡,纪念讲了个例子,以此说明人们的相互认知有多麻烦。在他居住的楼上有个公共阳台,五楼的一家独占三分之一,养花、种菜、喂鸡,铁丝绕着俨然一块自留地。针对这家人侵占公共地方的行为,邻居们反感但也能忍受。后来另一家养宠物狗,在院子里街上遛狗,情趣所致,偶尔上到顶层转一下。问题就出来了。霸占楼顶三分之一的人在阳台上愤然写道,"公共场合禁止遛狗"!瞧,这家人已经把公共场所划为已有了,就得保护私人的菜园。怎么保护菜园呢?重新将阳台的归属权荣升为公共场合,再以捍卫公共场合的名誉维护自己的私利。这种转换让人很难反应过来。这家人写的禁令当然不生效,就骂养宠物的很可恶,继而还跑到社区办事处去告状。社区调解说,首先,人家办的有狗证,公共场合可以遛狗,阳台也属于公共场所的一部分,为什么不能遛呢?纪念举这个例子有点儿极端了,可他想这件事很典型。世上的矛盾大同小异,归于一点儿总是找不到自身的问题。人与人之间的误差大都来自于过度自信和自私而不自知。

自尊和虚荣是人的最有价值的两块宝贝,敏感得像火药一点就炸。人们平常都默默地回避,能绕多远绕多远。然而,功过格作为一个特定项目,又必须正面触及。问题在于既要触及,又不能引发冲突,为此设计一个稳健的技术性屏障,将功过格限定在一个缓冲坡度里的策略就尤为必要了。

纪念再次强调游戏说的核心就是千万不要对号入座。你知道是说你,也要当成游戏。每个人只是个符号。被批评者,只是一个靶子,是一个儒家的元素。一定不要以为是在说你,一定不要当成自己,这是最重要的。每个人不要把自己当自己,而要当另一个人。像假面舞会,躲在面具后面,这样舞才能跳起来,舞场才能旋转起来。说到这里,纪念又紧了一道,他深知这群人最在乎什么:"能不能做到这一点儿,是对在座的智慧的考验。"

人们依旧半低着头,貌似沉思状。待了足足两分钟,总撰稿便用一种略带对某种情况很了解的口吻说:"是的,迈出第一步很难。大家习惯了你好我好大家好,提意见来得有点陡然。酝酿酝酿也属正常。众所周知,书斋是一回事,实际又是一回事。大凡讲灵魂的人是干什么的?是学者!从书里来到书里去,他的营生就是灵魂,兜售灵魂并不是他有灵魂、灵魂高尚,而是他的工作。"总撰稿原来要启发大家进入他查,说着说着被自己精彩的分析吸引住了。

所谓的游戏其实很荒唐,人们不可能不把自己当自己,不可能把自己当别人。纪念是项目负责人,只得往前推动,他不能让人们看出他自己的怀疑、犹豫,不能让人们看出这是自己临时的补救措施。人们信任他,才不怀疑 B 计划,也就可以按照游戏的荒唐性跟着他走。

为了打破僵局,纪念邀请康胖子先和他演练一下:"当然,批评者也要注意对事不对人,说话语气能平和一点儿就尽量平和一点儿。"

康胖子说真难为这位哥了,说了一大堆,就是想把这现实变成游戏,再变成模拟,既说了真话又想要人们不信以为真:"我这人喜欢痛快,肉肥,先从我身上割二两下来。"

康胖子撸了下袖子。两个男人的手就这么不三不四地握在一起。大家表示赞赏,终于有人迈出了难能可贵的一步。

纪念顿了下,问:"你爱你自己吧?"

康胖子自豪地:"当然,我深深地爱着。"

"因为人们不对你公开指责,你就以为你的行为很少有错。"

康胖子觉得这话可以反着说:"因为我行为上很少有错,就很难得到别人指责。"

"不不,事实的真相是,只是碍于面子,免生是非,人们看在眼里并不说在嘴上。就真实而言,你是有问题的。"他把问题两字说得很厚实,有着动词的感觉。

"你是在假设,听不到就算没有。"

纪念意识到自己口气近于严肃,不像游戏,补上个友好的笑,耍个小花招:"每个人都有毛病。可每个人都不知道自己的毛病。有毛病又不知道怎么办呢?那就叫别人挑。"

"我知道我自己的毛病。"康胖子防备式地双手抱起。

"那你说说看。"

"我的毛病已经说过了,我以前觉得自己挺好,通过重走列国活动,发现自己更好了。"

"你哪里更好了呢?"

"好多地方呢。"

纪念决定往里深入,扎出点儿血:"你知不知道别人在背后说你呢?就是议论。"

"隐隐有感,但不知道说我什么。"

"'不知道说我什么'?"纪念重复一下,想到自己其实也处在这种状态,不知道别人在说自己什么。正是为了解决不知道别人说什么,才拉情人当卧底。本来,这应该比别人优越,然而直到现在还没有从莫茗嘴里听到一句话。简直和没有卧底一样,什么都不知道,称得上可怜巴巴。他不自觉地横了侧面不负责任的人一眼,那一眼又不能来得明确,像发毛的边,只好似是而非地摆出游戏正在进行的样子。

"要是你知道有人嘲笑你,还不是个别现象你怎么看,高兴吗?"

"不高兴。"康胖子脸上的肥肉掉下一半,嘟哝着,"我不高兴。"

"那你凭啥觉得自己过得很好呢?"

"因为我不知道你说的情况,"康胖子挪着身子靠近问,这是一种有把握探到秘密的动作,"告诉我,他们都说了我什么?"

"这个,不可能告诉你。"

"那我就认定是你自己编造的。"

"你不认为自己的所作所为在别人眼里不怎么样吗?"

"个别人吗?"

"刚才说了,如果不是个别,而是几个人呢?大多数呢?"

"那就是他们几个人的问题。"

纪念吃惊而气愤,他时刻提醒自己这是做游戏示范,干咽几下,尽量平静地说:"你这话说得很低能呀。"

"我不认为。大家对我很好,即使有点儿恶意,那只是他本人的问题。"说到这句话,等于说到康胖子的一个重要的人生观点,"每个人都是对的!每个人的本身都是无可指责的。他之所以有这样那样的毛病,不是他本人的,而是别人的看法。这话再往前走下去可以说,当他有这样那样的毛病的时候,正是别人的毛病。"康胖子看到大家依旧困惑,甚至像听到诡辩那样带有讥嘲,他发现真得趁机要把问题说透讲明白了,"我有毛病吗?没有。就我本人来说真没有毛病。为什么有人说我这毛病那问题呢?那是你们的看法。你们以你们自身的眼光来看我,我的毛病是你们眼睛里的毛病,再往下走,我本来好好的,却在你们的视角里成了问题人。既然如此我就不客气了,这是你们的毛病。那么,明明是你们的毛病为什么非要我改呢?对不对?有人要说这不是没标准了吗?要我说又有又没有。有,是大家都有;没有,是大家都从自己利益出发衡量别人,就没有。成功之路其实很奇怪,你想得到尊重和关注,那你就成功吧;你想得到美女投怀送抱,那你就大成功吧;你要被人讨厌、指责、诋毁,那你就争取更大的成功吧。我并不是说我成功了什么,我是说这个道理。"

康胖子突然愣怔了一下,接着说:"咦?纪念,这些话我们好像过去说过。我现在相信你说的那句话了,似曾相识的那句话,有些事情会瞬间给人一种在过去什么时候发生过一样的感觉,我这会儿就是这种感觉。"

纪念告诉他:"这事就是发生过,你当时说你害怕什么,"他使了个眼色,"非要闹着一个人单独住。我们是说过这些话。"

康胖子想起来了,他想起重走的当初,因为害怕左佑的道德冲动将他当成试验品,而到纪念那里闹着分开住的事。当时纪念一口气罗列了他六大毛病。

纪念决定换个话题:"好了,不说你了,把眼睛抬高一点儿,说说别人。在你眼里别人怎么样,也好吗?"

康胖子还沉浸在自己的回忆中,一时没转过来。

纪念指着自己:"具体点儿,说说我好了,在你眼里我怎么样?"

康胖子张大嘴做个空洞的笑,把眉毛一挑,采用刚才纪念拒绝的口气:"这个我不可能说。"

纪念松了一口气,像从舞台卸了妆,伸手和同台表演的康胖子握了握手,说:"大家都看到了吧,我和康胖子的示范。只要当成游戏,就没有什么冲突。哪怕平时真的有意见,有火气,你也不要当真。指责的人不当真,被指责的人更不要当真。这样下来,该说的都说了,并没有造成冲突,解决了问题又达到了和为贵的目的。"

第二一章　面子控

　　总撰稿说,在我住的小区,不知不觉就停了许多汽车。不知不觉,是城市飞速发展的常态感觉。总是不知不觉。我们走到大街上,突然发现一个二十层以上的高楼封顶了,而两三年内我们从这里路过无数次,都没有注意。倒不是它使了什么法术,从天而降或拔地而起,它是一砖一石盖起来的,之所以不知不觉而又突然,是因为周边太多这种情况。不像三十多年前,建纪念塔每天都有成千上万的人到市中心观看它的成长,成为全市瞩目的热点。我曾和同学去过三四回,每回都激动得哇哇叫。六十四米啊,雄伟啊,壮丽。当时全市最高的建筑也就是七层楼,现在呢?几十年过去,纪念塔窝在四周百米以上的大厦里,像群峰中间的一个小庙。据报纸披露,市区拥有电梯的建筑就有两万,每个人都有自己的事情做,你不可能在忙于自己的事情之外,还有闲情再操心哪个地方大楼盖起来了。所以说,身在其中总是不知不觉。

　　小区里面的车增加到相互影响的程度。每天早上听到的不是鸡鸣狗吠,不是闹钟响,而是楼下高叫车号腾地方的声音:"5389是谁的?5389!"接着是抗议的喇叭声。这种情况出现之日,便随着时间无穷无尽地复制。至于谁吆喝,取决于他头天晚上车停的位置。有次,一家人急着出门,喊前面挡道的车,越喊越恼火,骂了起来。那辆车听不大懂,稳稳当当平平静静地卧在原地。我站在窗口看,猜想车主是什么状态。是不是睡如死猪,可睡如死猪的家人呢?或者故意不出,是个光棍,不在乎别人骂?或者胆小怕事,怕出去别人动手?或者到外面办事了不在家里……我猜着结局,看着动静,后来一家四人把最难听的话骂完之后,到外面搭车去了。还有一次,更好笑了。张家的车堵住了李家的车,李家喊了若干时间,足以感天动地,还是无效。李家竟使出戏剧性的一招,调过来一辆车顶住了张家车的屁股。这样,两辆车一前一后夹住中间的车,给封锁住了,什么意思呢?张家车总得开吧,你开总得能开动吧,你开不动总得喊吧。我下去买菜看到了这一阵式,想张家喊的时候,李家权当没听见,以示报复。这时,我又失误了,是啊,总是以自己的标准来猜测别人的行为,张家主人没喊叫,三辆车排成一排三天三夜,打了一场消耗战。这就是拥有车没有停车位的恶果。说到停车场,又怎么能不冤枉呢?我住的小区是个示范区,楼与楼之间的间距很宽,中间两排车棚每家一个,车棚能放三辆自行车再加一些杂物,像个储藏室。在当时有这么宽的空间,是社会发展到一定程度的结果。小区二十幢楼,每幢四个单元,每单元对开十二户,也就是说,每楼四十八家。四十八乘二十,也就是说小区共有近千户。停车场只能容纳六十部车,随后买的车只有占用公共场地。主干道路的一侧,楼与楼之间的过道,规划小区的投资商无法预测几年之内就会涌现出这么多私家车,即使想到,也不可能把地皮弄到无偿停车的地步。结果是,车辆拥挤,相互堵塞。有一次中午,我正在休息,又听见窗外的吆喝声:"312挪一挪!"当他喊叫十遍以上而无人回应时,我走到窗边,高声回应:"等一会儿!"这可是真正的恶作剧呀。楼下不喊了,等车主呢,十几分钟过去,吆喝的人又喊:"咋还不下来啊?"我又应声:"再等一会儿!"他只能听到声音,却不知声从何来。我打开电视,带着喜悦的心情观看节目,心里想,没地方硬停,知道堵还要买车,就真的那么需要吗?不就是一种虚荣?为虚荣就要付出代价。

　　这还仅仅是院子里头,大街上堵得更糟糕。还经常听到车主之间的相互谩骂,看到拐弯处两辆车剐蹭等事故现场。这种情况只要上街都是常见的。有多少人必须用车呢?朋友们聚会不足三四里地,有车的都开着车来了,那不是来吃饭的,那是以吃饭为由来显示自己的生活档次的。我心里作善意的嘲笑,这人哪,总是异化自己,简单的事情弄复杂就是为了一张脸。既然别人是为一张脸,我就不能再步其后尘了。买车已经不是一个买车的问题,而是找罪受,显摆、虚荣的世俗行为。我暗下决心不买车了。尤其是喝了酒,那是多么多么多么的危险啊。这已经不是虚荣了,是拿自己的生命和别人的生命来换取自己的虚荣，其实是一种犯罪，对自己的犯罪，对家人的犯罪。中国还很落后，整个一个穷人心态，视堵车麻烦于不顾，视酒后驾驶危险于不顾。

朋友的车子越来越多了。左邻右舍的车子越来越多了。我还只身一人，我觉得我是对的。这是自信，这是对自己明智的欣赏和赞扬。有一次，到医院看病，熟人岳大夫领我去找专家名医，在电梯里，和一个同事说到昨天下午她倒车时碰到别人的车赔了八百元钱，一边说一边笑，很开心的样子。看了病，经过一个小停车场，她指给我看她的新驾座。刚学会，不熟练，虽说碰的熟人，但也得赔人家八百元钱。说完又笑。我知道她家与医院只有几站路，并且上班期间是高峰期，住在她爱人单位的家属楼又没有停车场，但还是有点儿好奇。你是需要车吗？岳大夫多少有点儿脸红，也算家里买个大件吧，十八万。我开玩笑，家里买大件不放家里放外头？你咋不把冰箱空调放外头呢？但我说了之后马上觉得这不是给她难堪吗？反而给我自己弄得无趣。我没有车，就涉嫌为自己没有车找理由。是啊，在商品社会，物就是一种标准，物是人的外化，你占有多少就是你人的价值体现了多少。你有一辆私家车，就能证明你不比别人差，它已经通过世俗的公式换算出了另一种答案。比如岳大夫在电梯里的笑，八百元，那种笑是开心的，如果她丢了八百元，或者她买了一个八百元的东西毁坏了，她不会这么笑，同样是八百元，放在赔偿别人上就已经上升到财富拥有者的层面了。改变了自己的身份，这八百元已附加了一种新的东西。

买车已经放到经济结构调整中，放到日常议题中。像很多事情一样，距实施还有一个过程，算是进入有车族行列的前奏吧。这个社会的发展确实超出人的预测，多年来打车不是问题，这两年情况发生了变化，人多车少了。自行车基本上不骑，主要是路况险恶，聚会都是在午饭和晚饭之时，在高峰期间，我不能在电动车、自行车、行人中穿梭，可是打车往往打不到。有一次，我等了四十分钟才见到一辆空车，但是等的人已经有四五个了，年轻力壮的跟着车跑的同时拉开门争抢。我也跑了几步，但看不是他们的对手，就放弃了。这种情况出现过几次，我问出租车司机全市多少辆出租车。一万两千辆。我问第二个问题，除了乘客增加还有什么别的原因，车怎么越来越少？还有什么其他原因？司机说当然有了，交通堵塞嘛，公车、私车越来越多，你看这路堵得还像路吗？像个停车场。你拦车的路段都是主要路段，又是上下班期间，出租车不敢往这个区域开,要绕到主城区外。我恍然大悟了。因为打不到车,我放弃过一次聚会,也因为去晚被罚买了一次单。行的问题艰难重重了,走不动了。我跟你阿姨说,股市的钱拿出来,痛下决心买一辆。你阿姨的理由同样硬邦邦,股市的十几万元抽出来没意见,问题是,已经走不动了,你买辆车同样开不动。我们单位的人已经被堵得不敢开车了,本来买车是为了上班快捷,现在堵得反而迟到了,改成骑自行车了。再有,停放车更麻烦,十分钟都找不到个车位……话题又回到了哪个方便哪个实际的问题上。你阿姨建议,从时效上讲,你不妨坐坐公交。我一听蹦起来了:公交?我二十年没坐过了,我再坐公交,那彻底算是不算了。你阿姨说:"什么叫不算了?还是虚荣,你只是相比之下没那么虚荣,但你还是虚荣。说到根本你还是虚荣。"我一听又想蹦,不过这次蹦不起来了。"为什么不能坐公交?公交比汽车快,有公交专线,准时啊。堵车也就那一会儿,也就是红绿灯嘛,你可以试试。"我心里想,如果再等不到出租车的时候我可以试试,总比等上半个小时再和年轻人争抢要好。

好吧。咱就返璞归真吧。心态问题,如果我下岗了呢,如果我是个工薪阶层呢?

当金钱像强盗和妓女,闯入我们的每个角落,弥漫在日常生活中,成为一种新标尺的时候,一个人如果无视或无动,恐怕只有两种人,一个是圣人,一个不是人。我是凡人,我目光离不开这时代,这时代被欲望绑架了,被金钱操纵了,被丰富的物质腐蚀了。一个吃五谷杂粮的人怎么进行有效抵抗?我努力却看到一步步往后退。当我去掉超脱、理由等等外衣,我就活脱脱地看到自己真实的世俗之身了。我可怜无能,我在抵抗和妥协投降之间,看到了自己的可怜无能。

总撰稿说,十多年来没有坐过公交,现在站在公交牌下,就有种从陌生地方掉下来的感觉。第一次坐车就出现了笑话,我跟着乘客往上挤,"嘀嘀"上个乘客刷一下卡,我拿出手里的一元在刷卡器上来回寻找,司机横我一眼:"在右边。"我还是没看到,我的注意力在刷卡器上,还是没找到,这时我有点儿慌了,旁边的几个人看着我,仿佛看一个从深山老林走出来的大爷,那看的眼光含有刀刃!司机霍地站起劈手抓过钱,替我塞到刷卡器旁边的投币箱的缝里。这种情况无法理解,一个人找不到投钱的地方,只能说第一次坐公交。那么第一次坐公交,在这以前坐什么呢?应该是赶马车的吧。在那拥挤又狭窄的密度里,公交缓慢爬行。我的手捏出了汗,本来要坐五站的,第一站我就狠狠下车了。很滑稽,真的很滑稽。在最普通的平民百姓的视线里,我再次降格沦落,身份的沦陷。我一直不大看好什么身份啊、什么地位啊,但是当一元钱找不到要塞的地方时,这种沦陷感就触及了身份的神经。晚上回去我把情况给你阿姨说了,我感觉好像很屈辱,分不清是沦陷还是回归,是降格还是返璞。你阿姨说:"这是你的秀才心理。不就是个公交车嘛,全国人民都坐。不就是一元钱吗?这次没有塞进去下次塞进去不就行了吗?这么简单的事情,联想到尊严、身份、人格、混砸了,拉扯那么多事。"我知道她说得对:"我一下午也在想这个问题,可是,什么事情只要突破底线就复杂了。"你阿姨说:"你给我举个例子,还为自己狡辩呢。举个例子。"我想了一下说:"比方说吧,舞场搂着女人跳舞,那是一手搂腰,一手相握。在这种特定环境下没有一点儿问题,还是这个动作,换到没人的地方,性质就变了。"

　　人在这个世上啊,只要活动总是要发生矛盾和冲突,我别无办法,只得自己说服自己、自己改造自己、自己教育自己。有一次,我到东区办事,正犹豫怎么去的时候,来了一辆公交车,好像是培养和恢复勇气,我三步赶两步到了前门,还差一步吧,门"噗"的一声关上了。我对着后视镜招招手,我相信司机能看到我,我上车前他能看到我,我招手他同样能看到我,但他权当没有这个人,昂扬地开走了。我震惊了,太让我震惊了。难道是我的动作慢惹了他生气?还是他真的没看见我?这两者都不是,他完全能看到我赶车的样子,只是没有跑起来而已。恰好来了一辆出租车,玻璃窗前亮着空车的红玫瑰,我招手坐上。指着33路车说:"超过它,截住它。"司机看我气愤的样子问怎么回事。我说:"故意拒载。是不是有气啊,逮住我撒?"第一站没截住,越过高架桥进入东区,第二站就像警匪片一样,公交刚停,出租车就横到前面了,我扔下一张十元钱说,不用找了,谢谢。直接冲上公交车,是个女司机。"为什么不停车?""在哪儿不停车呀?""岔路。""岔路没人哪。""有人没人你知道。"我心想,跟她讲肯定她不认,也说不明白,就问她投诉电话,她说在下车门旁边。说话间到了终点站。我按投诉电话号码打了过去反映了情况。对方请我下去打,怕影响司机的情绪影响安全,我知道车上有摄像记录,故意说:"我下去打就说不清了,就无法对证了。"接听投诉的人说,我们会尽快调查答复处理结果。我再次强调一句:她是故意的,不希望调查有没有,而希望调查出来她为什么。整个下午我无法平静,被一个公交司机以恶作剧的形式羞辱了,回到家,我又给你阿姨说了。

"这个社会是分等级的。三六九等都显少。亿万富翁、千万富翁、百万富翁,在改革开放三十年里造就了一大批。像我这老汉,还厚着脸皮登公交车,人家就没给你当成人。"你阿姨说:"那不对,她没资格看不起你呀,她一个开公交的,本身就是底层的百姓嘛,应该惺惺相惜呀。她这样做可能是失恋了、挨批了、家里生气了,或者说乘客说难听话了。"我忙插话:"打住,你这不是善解人意,是胡解人意。我都被她甩了,白掏十块打的钱,一个箭步冲车上。你还不站到老公的立场上。"你阿姨开心地大笑:"你那会儿是不是有种特工的感觉?拿着对讲机,一个箭步冲上去。"我喘口气,说:"等消息吧,也不知真处理假处理。这种司机,太嚣张了。"自然又说到买车不买车上了。你阿姨说:"还是那句话,要从麻烦说,买车有买车的麻烦。只是咱没有车,这些麻烦是别人的,等咱有了车,人家的麻烦都装咱车里了。"

第二天9点,一个陌生电话打来,自称是什么书记,调查了昨天那个司机的情况,狠狠地批评了她,并向我道歉,还说:"她本人会给你打电话的。"果然,半个小时以后,又一个陌生电话打来,是那个闯祸的司机。口气消沉,向我道歉请我原谅。我说:"我说两点,第一,你是故意的,这个你我都清楚。书记给我通话说你没看到,我也不再坚持,但我跟你说你是故意的。第二,不要得罪乘客,你还年轻,这个口不要开,这个念头不要有。你得罪一个很有可能得罪十个,九个人可能认倒霉,有一个人像我一样跟你过不去……"说实话,我以为我和你阿姨的看法一样,是个孤案,是当事者与当时特定的情绪有关系,不必上升到什么原则上。从书记和投诉站能够说明管理是相当严的。可是,半月之后,当我乘坐公交车融入大众的怀抱中,尝到了准时快捷的甜头儿时,又发生了一件事。在西郊办完事我坐了82路车,时值下午三点半,我在82路站查看站牌途经地点,我站的地方离终点站只有两站。等车的人很多,我动了个小聪明,虽说乘坐公交车的车龄不足一月,但还是动了聪明,想回东区有二十多站,得一个小时的路途,这么站着可不行。就到对面坐车。对面到终点站只有两站,几乎下空了。我横穿马路,果真对面来了辆空荡荡的82路,不见乘客。下来一个女人,我站的地方正好是下客门,女乘客从我身旁走过。我大步向上客门走,还有两步吧,车门一响,关上了,又气昂昂拉空车开走了,半个月前的情景居然重演。我看到车尾的四位尾数,4722。我没有急于打出租车,因为只有两站就是终点。几分钟后,我坐了随后的一趟82路。很快到了终点,大概有十几辆等候的公交。我看到4722的车门开了,一个小伙子正在擦洗,我厉声道:"知道我为什么追来吗?""怎么回事?""在长城路我要上车,你怎么开走了?""长城路?长城路只下了一个女人,没有乘客。""你的后视镜看不到?连这都看不到,你还开什么车?"

司机一副冤枉又不愿受冤枉的样子:"你来坐到我这位置,我到你说的地方,你看看能不能看到我?"他说完跳了下去,向后走,到了下客门,我坐到方向盘前完全可以看到他。我就警告他,我这次不投诉,但我以后再遇到会投诉。小伙子说,真的不可能,你要刷卡还有我好处呢,我怎么会不停车?

看样子这车在人们的思想上确实成了一种象征。我倒同意你的观点,世上分两种人,穷人和富人。只是我本人陷入一种文化的氛围中,善良的愿望,一个受过"文革"洗礼的人,不太看重物质世界,这只是我的角度和局限。在你们年轻人眼里,一切都简单化了,你上公交,就是穷人,不管你其他的什么,而对穷人,就可以怠慢、玩弄、不当回事。这个世界不只是外部巨变,人的内心也巨变了。我应该重新认识,起码要调整一下。买不买汽车暂放一放,我得先把这个眼前的世界看清楚再说。

一个中年人,一个经历过相当事情的中年人,并不是成熟的年龄。两个公交司机的行为把我抛到庞大车体后面的情境就足以刺激我。从此,我再立在公交牌下就有了一种尖锐的裸露感:穷、窝囊、没成色。我从来没有这种认识,我从来没有轻视过穷人。我是遇到乞丐总是要掏出一块钱的人。有了丑恶尖锐的裸露感,站在公交站前的从容哪怕是真实的,也显得很虚假;哪怕是清高的,也显得很做作。我想到一个类比,就像一个学生,按分数录取,在重点学校的学生就是优秀生,在普通的或差的学校不可能有优秀生,优秀生的分数和水平就不可能沦落到差的学校。学校以分数取人,社会同样也有一种分数,它们就像暗物质一样存在并起作用,只是没有量化。那么你站在公交牌子下,你就像是学校的差生,人家就可以怠慢你。当汽车成了重要的分数标尺,当这个社会奉行金钱至上,我已经感到昂扬的头颅软弱下来,我已经无力再找任何自身的因素和观念的超脱面对这个滚滚车流了。站在公交牌下面,你枯萎成两个字:失败。尽管你不是失败者,尽管你有种种比别人优越的地方,但在别人的眼里,你就是失败者。那么你会因为这个失败的印记造成别人的否定甚至负面的猜测,我是说朋友。陌生人敢悍然公开地无视你,朋友圈未必不是这种反应。说得温和点,不影响人际关系,但很难促进人际关系。在一个公平竞争强者为王的世界里,没有人相信一个成年人站在公交牌前是有水平的。还有一点儿,我在想自己是不是过于固执,所谓的坚守不自觉已经是病态的先兆了。就像我们看其他病人有先兆,对方无法认识自己一样。有能力买车却坚持不买又想得到别人世俗性的尊重,反而成为一种考验自己的坚守是不是潜在的病态在起作用?那几天,买车不买车,在心里来回地翻动,不自觉地自言自语。有时被你阿姨抓着了质问,又私下嘟囔什么呢?

"车一定要买,这车不是车了,而是富不富的象征、穷不穷的符号。我不怕别人说我不富,也不怕别人说我穷。如果我真的穷也就算了,就老实乘公交,别说甩我两次,甩我二十次我也认。你没本事嘛,没本事就得认命。"你阿姨说:"你权当自己没本事,心态就平衡了。"我说:"无法权当。"你阿姨说:"还是那两个字,虚荣。你的孩子上了重点大学,你失败了吗?你的老婆漂亮贤惠,你失败了吗?你的电视剧播出,你失败了吗?三套房子随着市场节节攀高,拥有三百万的家产你失败了吗?你父母身体好,虽说有点儿家庭矛盾,但总体上和睦温馨,你失败了吗?"你阿姨越说越激动,"说你虚荣你不认,你看看啊,人生几大要素,家庭、经济、事业,那个马斯洛说的人生七大需求你样样都好,反过来比,你周围的朋友综合指标有你好吗?你还说你失败,不就是一个车吗?你应该对自己反省了,这不是车的问题而是你的问题了。就是你有车也不行,你会在开车的时候发现总有比你的车好的车,这是你平时最讨厌的攀比心理。"我说:"不会,有了车我就不会坐公交了嘛,有了车我就不会抢出租车了嘛。"你阿姨问:"那你朋友里面有有好车的人,你怎么办呢?你准备买多少钱的车?"我想了想说:"这个还没有定。"你阿姨在手边一张纸上边写边说:"还有一点儿,我一直没有正面说。你的思想跑毛了呀,你当编剧呢应该潜心写作,应该心无旁骛,这是正道,怎么天天陷入车、失败、虚荣这个旋涡里头了?要甘于寂寞的。

这可好,你的心里有个闹钟,还每天都要定时响一响。你不能光考虑别人看得起看不起你,你还得考虑你老婆看得起看不起你。"

从第一次想买车的1998年到买车的2010年,整整十二年,我看到自己的内心历程就是一个周游列国的历程。我在寻找根,我在中国,只能找中国的根,而文化的主流是儒家,它到底起了什么作用呢?在没有强力压迫的情况下,做一桩根本不想去做的事情,这让我震惊,肯定出问题了,肯定的。那么,是什么?人性的?社会的?时代的?文化的?根源在哪里?在我们心里是不是有个遗产的问题?最主要的是什么?国教?追来寻去到这个上面——脸文化。

这车是我春节买的,是为这次出游列国、考察国教而买,我开着它重游列国,就是要看看我们社会生活中,儒家文化还保留有多少成分和作用。

第二二章　关于圣遗的考察

1

这天,摄制组来到了阿谷。

在孔子众多的故事里,有两个逸出了圣人体例,就是说出现了两个女人。一个是世人皆知的南子,国君夫人,热情奔放,被后人诟指生性淫荡,勾引孔子入室,似乎沾着暧昧;另一个则是很少人知晓的传说,周游列国期间,在一个叫阿谷的地方,孔子和一民间少妇的浪漫故事。阿谷少妇,重走列国路之前,摄制组没人知道,只是沿线采风时偶尔得知。类似的情况还不少,有的史料上没有,民间有传说;有的史料记载得很具体,有鼻子有眼,而他们实地采访,百姓们却不知道。不过,阿谷胜地则是两者兼有,先从民间听来故事,史料上又同样可以查到。

到了阿谷河畔,孔子看见一个姣美少妇洗衣,怦然心动。动了心又不便亲自接触,就指使子贡去和她聊一聊,还拿个杯子给子贡,如此这般授计,看她什么反应。子贡溜过去对少妇说,姐,我要到南边的楚国,这大热天的让人受不了,你能不能给我一杯水喝?这显然是非常低劣的搭讪。还好,那个社会的女人很讲礼仪,回答得也很文明:这阿谷的河水涓涓向前,你想喝就喝,为什么让我给你水呢?反感归反感,还是接过杯子舀了一杯,然后放在沙滩上,说:你自己来拿好了,礼上规定不能我递交给你。子贡真是个好学生,杯子派上用场之后,不知下面怎么办,折回堤上进行了汇报。

孔子琢磨一下,又拿出琴来,拔掉琴轸,交给子贡。子贡又颠颠儿溜到河边,赞扬起了少妇,说她的话很得体,像清风那样沁人心脾啊。姐,我这里有一个琴,可惜没有轸,想请你调调音。少妇觉得这太可笑了,回说,我是乡村妇人,没有什么见识,连五音都不通,怎么给你调琴呢?子贡又没话了,闷着头再返到孔子那里。

孔子一看玩文化也不行,就用了最直接的办法,拿出五匹布,交给子贡,面对重礼看她还说些什么。子贡又来到河边,直露而笨拙地献媚。姐,我从北方来要到南方去,这里有五匹布,我不再说什么了,放在这里你看着办吧。少妇终于恼火了,怒斥道,你这个人真是的,你认识我吗?你白送这东西什么意思?趁早离开,我那脾气粗暴的家人知道了,可有你们好看的。

2

泉边美女,可以情景再现的方式拍摄。纪念安排莫茗去扮这角色。莫茗沿着河边走了十几米,从脖上摘取纱巾,蹲着淘洗,充当那个两千多年前的浣衣女。纪念站在远处看到情人清纯的身影,喜上眉梢,她可以在专题片里呈现和存影,走向大众,走进记录和历史。

这个场景让纪念联想到《诗经》。周游列国之后,孔子编删《诗经》,为什么"诗三百",开篇就是《关雎》呢?"关关雎鸠,在河之洲。窈窕淑女,君子好逑?"大概孔子在生活中有过类似的经历,有过类似阿谷女人的场面。"求之不得,寤寐思服;优哉游哉,辗转反侧。"因为美感,留下了难忘的记忆,这才在众多的诗歌中把它推为首席。很难想象,一个生活中没有这种感受的人,内心没有涟漪的人,怎么会把男女之情的《关雎》,隆重地上到头条?如此看来,史上应该有阿谷其人。

3

　　康胖子对此的解释很透彻,这其实是文化人惯用的三步曲。而三步曲基本上又将女人分三个类型。第一类,轻浮,水性杨花;对这种女人只搭讪就可以了,投石问路,渐渐入港。第二类,讲品位,档次;康胖子供认,他自己玩的就是这一路,侃点儿策划,发点儿名片,你别说,就有女人吃这套。如果再不成就走第三步,物质诱惑;说明这女人很物质,很势利。孔子把五匹布给陌生女子,是白给的吗?非也,这里是含有交易的。为什么又是五匹布呢?那是人家少妇太美值得用五匹布换。一个浪漫的、给圣人沾点人情味的故事,经康胖子世俗化的分析不可挽救地给颠覆了。

4

　　一支乐队在演奏《幽兰操》。

　　几台古琴,音调忽高忽低,饱满时像圆形的陶器皿,凄切时又像陶器皿一件件地破碎。低沉苍凉表达了一种忧伤,几个着古装的女孩子,前面摆了几盆兰花。

　　当时,孔子周游列国已经十三年了,自卫国返鲁的路上,过隐谷之中,见芗兰独茂,悲叹生不逢时,仅落个与众草为伍。故托词于兰花,以兰自喻。孔子到处找诸侯自荐,可是没有人看中他、任用他。奔波而无着落。一代圣人身负宏图,却落了个四处周游居无定所的悲惨。

　　　习习谷风,以阴以雨。
　　　之子于归,远送于野。
　　　何彼苍天,不得其所。
　　　逍遥九州,无有定处。

世人暗蔽,不知贤者。

年纪逝迈,一身将老。

尤以"逍遥九州,无有定处"这句诗最打动人。庄娜娜在大学期间登台演唱过美声,对音乐有一定程度的造诣。听了《幽兰操》,觉得没有展示出苍茫无助的悲切,只是限定在似诉似泣、如怨如愤、幽怨悱恻的抒情层面。

庄娜娜对乐队的负责人指出:"一首曲起码要有一段或是一句留给听众。我觉得最能打动人的就是'逍遥九州,无有定所'这八个字。"并以专家的姿态建议将这八个字结合美声唱法,唱出绝响。她展现了自己高音的嘹亮、悠长。她的气息太好了,高的地方再高,长的地方再长,庄娜娜用眼角瞥向大家的掌声,唯有叶芝一人,嘴角上歪着淡淡的,只要稍往深处捉摸就是副不屑的样子。

5

从景区回到宾馆的路上,庄娜娜的心旷神怡已经被叶芝的嫉妒拉回了地面。

办入住手续,庄娜娜伏在总台上交钱,听到身后的叶芝跟康胖子说:"懂那么点儿美声唱法,就以为成了什么高雅音乐。所谓美声,只是外国人爱大声吆喝。这么说吧,有人把西方嗷嗷叫的民族唱法当成了美声唱法。"

还是头一次,庄娜娜听到如此愚蠢的胡说,真是嫉妒叫人愚蠢。进入房间,两人的矛盾触手可摸地,仅有几寸远了。歌声成了她的号角,为了迎接战斗,她高亢地唱起了《今夜无眠》,空气中顿时乒乓撞击着色块斑斓的声音。

叶芝讥笑:"这种震得头皮发麻的歌,没有美感呀。分贝太大,音乐主要是讲究美感的。"

叶芝已经预感到矛盾爆发在即,优雅地抚了抚精致的领口,她身上的居家气质,可从精致的领口联想到衣柜的整洁和床单的平展。至少有十年了,没有很像样地吵过架,当然不包括她和老公,其实和老公的吵架是一种程序。他要说什么,以什么样的口气说什么,她都可以预先想出来。双方说什么苛毒的话以及怎么恶意刺疼,都是一种套路。现在两个女人,却不知以什么样的声音压倒对方。两个矛盾的女人心里冲突着,吵的句子、动作,也正进行着描摹和预演。只差一个爆破点。

"来!给你听听什么叫美感!"庄娜娜又飙了一声。

"再大声点!我想看见楼塌下来!"叶芝大声地吼,高分贝刺耳的声音,一下子将十年前和老公闹离婚的那次吵架唤到了眼前——"你为什么不信任我!!"当时她和一个同窗好友旧情复燃,当老公多次质问时,她喊的声音又高又尖。"你为什么不信任我!!"她又喊了第二句。其又高又大的程度,正好和受到的怀疑、愤怒是那么一致,那么吻合。当然,她的老公没有退让,而是指出:"你声音这么大,正好表现了你的心虚。你后悔,要是没有犯错该多好啊。可是你犯了,你再这样喊不是愤怒,而是无耻。"叶芝被揭穿了,内心悔恨得要命,为什么当初不把好关,贪享一时之欢,害得这会儿发火都不那么痛快。

愤怒的庄娜娜看不到对方想到了什么,她有她的打算。她要通过吵架表明自己不是好惹的。做事要有底线。让对方看到,自己表面随和,骨子里却很强硬。这点潜台词很重要。给人一种信息,随和是一种教养而不是软弱。倘若触摸底线会遭遇反击。她想到曾听纪念说的那句话,善良是邪恶的土壤。

两个女人都盼望有人劝架。因为搞不清楚,再往下发展,对方的破坏力该有多大。

6

孔子还乡祠。

孔子的祖先是宋国人。因宋国内乱,逃亡鲁国,到了孔子已经是第六代移民了。尽管如此,在人们对祖先的祭祀成为重要文化生活的时代,孔子还常回来祭祖扫墓。《礼经》和《孔子家语》记载,孔子曾多次回故里宋国考察殷礼。

为纪念孔子还乡,后人建了"还乡祠"。

还乡祠当然是对圣人的追思,像其他类似的建筑一样,成为内心的外化。在这个世界,心里有什么,自然派生表现的外在形态。发生了什么就是心里有什么。创造源自心里的需要。比如修道院,那是有人需要清静和超俗;比如妓院,那是有人需要肉欲狂欢;比如纪念塔,那是有人需要某件事成为时代的精神符号;比如赛马场,那是有人需要财富在娱乐中重新划分。其实,应该更透彻地说,这些性质迥异之物,分布坐落在每个人灵魂的不同区域。每个人内心中都有一座修道院,也有妓院,有剧场也有角落,有马路也有幽径。只是先后顺序不同,只是大小比例不同。就拿修道院来说,在左佑的心里面积就很大,而娱乐场,在康胖子心里面积就很大。大多数情况下,它们在心灵的区域中转来转去。

根据地图上查阅的情况,摄制组走过虬龙沟大桥,瞧见一幢古建筑:重檐歇山顶,金黄色的琉璃瓦,飞檐鸱尾。可是大门关着。有个老汉坐把破椅打瞌睡,见开进两辆车,下来一帮男女,打瞌睡的老汉来了劲头,张罗起了生意:"不要票的话给六十块,要票的话得八十块。"庄娜娜掏钱的手缩回去:"这是谁的规定,孔子还乡祠好像你家开的店?"老汉懒得解释又把门给关上了,重新坐回破椅子上。纪念抬了抬下巴示意不必跟他啰唆,庄娜娜就给了六十元,最后一张甩在破椅上。老汉拾了钱还不罢休,又要五十元的讲解费。纪念又使了个不跟他啰唆的眼色。老汉才领人进入大门,他先是往大道东边的碑林走,告诉大家每个名字都是一个墓主人,都是孔子的先祖。又领到孔子的铜像前。孔子已经被铜固化了,仁厚而超然。这座铜像是由香港人捐赠所建,铜像三米高,加上两米多高的底座,尽量给游人一种"仰之弥高"的感觉。从破老汉的嘴里听到"仰之弥高",惹得大家相互看着笑。破老汉看见大家笑也就露出干燥的笑。为了证明给五十块钱不亏,他又讲了几个看不到的事。其中一个鸡疯事件很令人悚然。说是"文革"之前,有个村民在祠内拾只鸡,回到家人就疯了。怎么疯呢?自己跟自己说话。但他又不是街上那种真疯,只是一个人叨叨个没完。吓得家里的都不敢睡觉,请来了半仙看。那半仙问了情况,劝他把鸡还回去,他死活不还,整个晚上又哭又闹,折腾得全村都睡不安。第二天下午,只得掂着鸡送回来,丢到祠里,那鸡一出溜,像道光不知道钻到哪里了,这人的疯病就好了。

环绕着圣贤帝王总要迷信地做文章,也许是真,也许是假,但目的只有一个,那就是好让人看到显性的世界里,其实隐藏着更深的吊诡之谜。

7

作为儒家始祖,决定了中华民族的历史,影响还扩大到中国之外的包括日本、韩国等,形成了儒家文化圈,建一个还乡祠,怎么还要香港人投资?这是左佑第一个疑问。接着是这么大的名号,管理怎么如此混乱,随意安排村里的老汉乱收费。第三个问题是,在孔子圣地不讲圣贤故事,竟然大讲鸡疯人疯的迷信。左佑想不通,一串串问号在脑袋里缠绕,结果就难以避免地自言自语起来。破老汉不知鸡疯事件在这人身上也有,误将自言自语当成了对他的质问。听两句不耐烦了,硬邦邦撂下话来:"这是村里办的收费点,我想咋收就咋收,你不是看完了吗?你看完还不走,问那么多屁话!"

"屁话!"蛮横粗野的两个字,放到任何地方,左佑都相信自己听清楚了,可在这特定的还乡祠,便怀疑自己可能听错了,他甚至还替老汉找理由,人家这是说的当地方言,在听觉上很像"屁话"两个字。

左佑停下脚步,侧身证实地问:"你刚才说什么?屁话?"

老汉从他身边蹭着过去,既是挑衅更是不屑的样子。

"我问你哪。"因为受辱骂而恼火的左佑追上几步,好在纪念拽住了他袖子,劝他:"这在人家的地盘,你真闹起来吃亏的还是咱们。"

"什么叫人家的地盘?这是还乡祠这!他一个看门的竟敢这样放……"左佑停下嘴,强忍一会儿,对纪念说,"我们应该去找他的领导,让领导知道在这里看门的人是什么样的,孔子还乡祠怎么能有这种人?还有,要他把收的钱退回来!"

"不可能把钱还给我们。"

"那就告诉他领导。"

"他领导可能就是他的哥他的弟。他敢骂就不怕告。"

"太不可思议了,放别处也就算了,怎么在这里随便骂人?"

没有人能接受,但这就是现实。纪念害怕左佑一闹,激起那老汉还击就惹了大麻烦,急忙招手叫总撰稿过来,低声讲明了危险性:"这可不是我们内部的矛盾,两人交火冲突都没法收场。"他用委以重任的手拍拍总撰稿,便和康胖子几个人拥着看门人往前走。

距离拉开的过程,也是总撰稿制定策略的过程。他知道,左佑是对的,人们面对受辱只有一条道理,那就是反击,只是反击势必形成冲突,而在人家的地界不能冲突。怎么办呢,解决问题又不能讲道理,只得施以"术"了。总撰稿抚了一下肩头,那上面有纪念拍下的重任。他决定用障眼法术把左佑给搞蒙,搞得他晕头转向,从而失去"闹事"能力。

8

"我妈妈最爱说的一句话,三条大道走中间。"总撰稿说,这开头一句话,很见效。左佑跟踪那老汉的眼睛收了回来。

"什么叫三条大道呢?我们知道,任何事都有好中坏、上中下、高中低。"总撰稿说,"你听我一口气说了三个'中'。我想你也会自然联想到孔子的中庸。'中庸'这两个字,太可贵了,它是一种思想、一种理念。"

"他骂人。"左佑的目光又投向远处。

总撰稿边琢磨边说:"他是骂人了,然而要是放在'社会三像'里,他又不是骂人了。'社会三像'是我这些天的个人感悟。镜像,本像,现象。先说镜像,它是对圣人的种种宣传,比如书本、报纸、电视、学校的讲台等等,换句话说,镜像是对事实的上半部分进行理想化渲染;再说本像,也就是事实的下半部分,就是那个乱收费还骂人的老汉,粗俗、野蛮,这是较为原始的,我把它称为本像;至于现象就是这两者之间的了,中间人,什么人是这中间的人呢?当然是我们。你,我,康胖子,就是中间人,没有魂,好不上去,没有胆也坏不下来。"

"我们之间还是有区别的。"左佑说。

"我们之间当然有区别,但在那个老汉面前,我们之间的区别就很小了。我们中间有谁比那老汉恶吗?显然没有。他敢乱收费,换了我们敢吗?显然不敢。"

"让他把钱还给我们!这不是钱不钱的事,骂人应该受到处罚。"

"你现在和他的冲突,不是两个人的冲突。而是这三个像的冲突。你满脑子的幻觉,也就是镜像,来衡量看待别人的,这个标准高……"

"我的标准一点儿不高。在哪儿骂人我都可以忍了,在还乡祠,我不忍!"

"从道理上来说,你很对,我也知道你很对,但是,我们面对的事实是,你要是激怒了他,一发生冲突,招惹一帮村民来,更加可怕。你说,你要哪一个?"

"什么哪一个?"

"是容忍屁话呢还是招惹一帮村民?"

"这不是没王法了?他总有领导吧?我就不相信他的领导会让他骂人说屁话!"

"好吧,你还是没明白我在努力做什么。"

9

总撰稿向大门方向走去,两人边说边走,只要出了大门,上了汽车,避免冲突也算成功了。左佑不自觉地跟着走。

"领导很可能或者说就是他亲哥,他亲哥会替你说话吗?我再说一次,你和他的矛盾是'社会三像'的矛盾。你的伦理道德只不过是文化人的虚幻。你气愤的是,一个堂堂的文化人,竟然轻易地被一个乡野村夫脱口辱骂。你会想很多,你会想儒家的仁义礼智信,概括一句话,就是对他人好。在家里对父母好、对兄弟好;在单位对同事好;在社会上对朋友好,当一个利他主义者。可是,你好不容易把自己修炼成好人。好人的标准是对别人好的人才是好人,对自己好的人,不能说是好人。你说,你是不是这个意思?我提了个有趣的悖论,人类无数个悖论中最大的悖论。"

"你讲得太多了,这屁话怎么和悖论扯一块儿了?"

两人已经回到了孔子铜像前,再走几十米就出大门了。总撰稿看到了希望:"好好好,不扯那么远,说眼前,就说这看门人,你告他有用吗?他既然来当看门人,已经和村里的干部有瓜葛了,村干部是不是得到好处了呢?你再告到乡政府、县政府,也没用呀。上面的人在专心致志地搞腐败,谁来管什么屁话不屁话呢?"

"我绝不能就此罢休。"

"我劝你一定要看清本像,它是存在着的。腐败,你得看到它。它是许多问题的土壤。谁最想让社会腐败?渴望腐败?从中谁得好处?只有一种人,当官的有权人。社会生态系统紊乱,上下成了腐败链条,在升官要多少钱、花多少钱买个官或保个官多少钱的大气候中,官场上的每个人就是潜在的成员。你无须给属下暗示什么、表露什么,因为官场的行规大家都知道,你只管依照着做好了。所以,腐败越来越猖狂是官场的最大渴望。"

他俩已经走到大门口,摄制组的人还跟着老汉在里面转。85后一个人过来了,发现问题还没有解决,明白他们都陷入了道理泥潭,拔不出来。就掏出几张钱,谎称这是看门人还给我们的。

"他退给我们的钱。"

果然,左佑一下子气消了。

宋国既是孔子的故乡,也是他仓皇逃跑之地。

东门外,孔子和弟子在一棵大檀树下习礼作乐。宋国的大司马听说后,唯恐孔子见了宋景公,对他不利,驱马带兵要杀孔子。对危难处境孔子是划等级的,用现在的话分为黄色、橙色、红色预警。周游列国,有过多次的险境,孔子都不大紧张,甚至一次还弹琴奏曲,化解了危情。这次就不同了,听说后就匆匆忙忙地逃走了,急慢不得。大司马抓不到人把那棵檀树砍掉,留了大坑。

《孟子》较为具体地记录了这件事,还煞有其事地说,孔子连夜逃亡郑国了。一百年前的事,好像他亲眼看见似的。

西汉时期,梁孝王修梁园,在孔子习礼的遗址之上,建了一个小园林,把当时投奔他的一些文人,像司马相如、枚乘等名流召集在一起,经常在这里饮酒作赋,燕集唱和,时有文雅之风,后人称之为文雅台。

11

摄制组来参谒,文雅台的大门挂了锁。一块石碑上写着孔子的十个弟子的名字:冉求、宰予、冉雍、子思、颜回、曾参、闵子骞、冉耕、子贡、子路。他们都是陪伴圣人周游列国的人。

一个老太太坐着晒太阳,皮肤皱巴巴的不成样子。庄娜娜打听文雅台的状况。老人连声叹息:"哪有人来呀,都忙着挣钱去了。你们要是想去看,可以翻窗子。"

翻窗子?凭吊圣迹得翻窗子?

翻窗的时候,纪念突然卡在中间不动了。除了笨拙之外,更有一种从未有过的荒唐感,荒唐感里撒满了灰烬,这种灰烬让人乏力无助——济国救世的儒家源头,竟然破败到了这等地步。文雅台,中国的历史见证,一个圣人讲经的地方,今日荒败无人问津,参谒者竟然如盗贼那样,翻窗而入。这扇窗户简直是儒家沦落的注释和隐喻。

纪念卡在窗户里,一只手撑着,两条腿分别吊在内外,典型的盗贼模样。一排墙有三扇窗户,人们一个个钻入翻过去,连女人和胖子都笨拙地翻过去,可是纪念却卡着,动不成了。先是衣服锈了似的,接着手和脚有种石化的僵硬,这种僵硬感很明晰。他悲凉地看到一条灰色的线,从时间深处曲折地弯到窗口前,蓄满苦艾打个结,延伸远方,进入大理石铺就的殿堂,那里有一堆学者和堆积如山的专著,灰色的线又像蛇一样盘起飘入电视变成名人。他们在台上背诵名句,侃侃而谈。两千多年来,有多少儒家圣徒呢?人们是真正地信仰呢,还是将它当成一个饭碗?在那些研讨会上、学术报告会上、大学报刊里、电视讲座里,一拨拨倡导儒学的人粉墨登场成了名人,头顶光环光耀人眼。

文雅台是儒学著名遗址,历朝历代都讲述过它。现在凋落了,实质上是儒家的败落。人们可以到寺庙烧香,到教堂里诵经,那里的信仰给人寄托,给人帮助和拯救,人们不信孔子,他帮不了人,也救不了人,还要求人们做这做那,以及不做这不做那。而人呢,天性又是那么懒,不乐意和找麻烦的人打交道。

12

从窗口下去,就是著名的檀树坑了。国教在这个地方留下了巨大的叹号。这个坑也是个象征。国教的陷落,其实从过去就开始了,现在只是过去的证明。

面对大坑,纪念杂感顿起,到底儒家的东西存在不存在了？如果存在,哪怕只有一点儿,就不会容忍翻窗而入。如果不存在,报纸电视讲坛又在不绝于耳地鼓噪。可以说,它又存在又不存在。它存在是有一座文雅台,它不存在是得翻窗而入。儒家的五字箴言,是不是已经像切除人体生理上的器官一样,给切除下来了呢？若此,人会残缺到什么程度？还有,在金钱、权力欲望之火的焚烧中,它们是不是像眼睛被尘土堵上、像耳朵被糊上一样失去功能了呢？在物欲泛滥的时代,它是什么状态？是不是像植物失去阳光和泥土,水分干燥地枯萎了呢？是不是在地上假死、装睡？缩成一团等待来年春天的顾盼和召唤？

它和物质的欲望、贪婪的享受、沉浸的纵乐到底是什么关系？

是不是敌对关系？是不是一条去掉一个最高分、减去一个最低分的中庸之路呢？

它现在还在不在工作？

枯萎后是不是死亡？

这些混乱的念头,在开始也就是出征之前并没有想到。

一扇破窗,一个大坑。

事实上,大家都在用儒家的理念当行为的准则和尺度。尽管我们做不好,但我们可以衡量自己和别人。它是把尺子。尺子,就是对与错、是与非的界限。当然,这把有刻度的尺子,是把卷尺,或者是用皮筋绑的尺子。时代变,它也变,材料不同,刻度也发生变化。

纪念对康胖子交代："在片子里,一定要给破窗一分钟的时间,静静的,长镜头和特写变换地用,最好不要一句话。让旅客翻入！那这将是何等震撼和警醒？而大坑,应该转着圈拍摄。我们的文化和社会,到处是坑。"

他对总撰稿说,这个地方要有解说词,我们看不见我们文化里的坑,还以为自己很好,是因为在现实中没有时间机会去验证自己。这种人生的理想主义和市场的虚拟性完全一样,觉得自己好,而难以把尺子变成解剖刀。

离开文雅台,回头再望,它已经掩映在清晰与朦胧之间。轮廓与真相互为表里的建筑,在历史的云雾中有种迷宫色彩。迷宫的主要标志是难以确认出口。八天的奔波之旅,身体已经一道道刻下劳累,生理上的疲惫容易在感觉上丧失对环境的敏感。

13

孔子的学说是关于人的学说,做什么样的人和怎么做人。可是这种学说有个缺陷,人性的恶几乎不提,恶包括贪婪、腐败、凶残、诽谤等等。人类大抵由三种人组成,即好人(君子)、中间分子(小人)、恶人(坏人),而在孔子学说里只划分了两种人,即君子和小人。这就缺乏深刻性和科学性。其实,孔子时代的恶已经很充分地释放表达出来了,有目共睹,但他的学说里没有提及。这说明他只看到了他希望关注的地方。

儒家思想有一项很重要,中庸之道,孔子却不大中庸。五十五岁,到了他所说的"知天命"之年,刚刚掌权,他就把持不同政见者少正卯给杀了,堪比暴君。六十九岁结束周游列国,回到家乡,还要讨伐齐国。由此可见,孔子的标准是给别人定的。

儒教其实是面镜子。一面尘封已久的镜子。每个人都能从里面映照出自己模糊但还能分辨得出的面孔。步入儒家的国度,会让人们发现自己的优点和缺点。人们还会进一步地发现,你,我,他,每个人其实很相像。传统渗进了人们的皮下组织。人们的经历是那么一样,思维是那么一样,人们的生活态度又是那么一样。喜怒哀乐又是那么一样。人们盲目地忧伤、表达话语、无奈和摇头的样子是那么一样。人们对失败的痛心、对自己可耻事情的掩饰是那么一样。孤独、愤怒、懒散等等的来源是那么一样。人们既是对方,又不是对方,而是一个对方的自己或自己的对方……

第二三章 三人行，必有我敌

将极为敏感的人事冲突转化为一种游戏，无疑是行之有效的策略。

当游戏中的每个人变成符号和代码，生硬的现实也就显得舒缓柔和起来。这种游戏力图造成一个错觉就是，你的问题不再是你本人的，而是类型化的，抽象化的，你只是提供受访者需要的材料。如此置换，就巧妙地得出了难以辩驳的论断——谁面对别人对自己的指责、批评而不反驳，就是不仅承认自己有问题，更严重地承认了自己的无知。

道理归道理，不能有了道理人们就能遵守了，面对即将出现的关于人性最敏感的自尊和自私的底线，谁都难以保证不会发生危险事情。为了以防万一，道理之外还得定好约束冲突的规则。

总撰稿让85后找个牌子，找来找去找不到，有人就提议车厢后面那块"日行一善"可以改用，左佑想了一下，勉强同意了。85后去楼下拿来，将原来的字，改为"游戏"。总撰稿很高兴地举了举"尚方宝剑"，黄色的一面表示警告，红色的一面就是罚下场。能够罚人下场，风险就降低在可控的程度里了。

还是沿用抓阄的方式，把运气交给公正的上帝之手。八个小纸团有七张空白的，只有一个写着："游戏从你开始。"

这回是庄娜娜抓着了有字的纸团。

"这一段时间，我老是在想纪念的'隐形说'，刚开始我是不以为然的，觉得故弄玄虚，走着走着，我觉得很有意思了，隐形说让人看问题更清晰了。确确实实，这个世界上每个人看到的不一样。成功者看到的和失败者看到的不一样，俭朴的人看到的和浪费的人看到的不一样,城里人看到的和乡村人看到的不一样,内敛的人看到的和夸张的人看到的不一样,健康的人看到的和病人看到的又不一样,男人看到的和女人看到的又不一样。有多少种人就有多少种眼光。"

纪念点头:"看来隐形说对你的人生观有着相当大的影响。"

庄娜娜接着说:"人类发展到今天,所有的人手里都有一套为自己存在的哲学武器,穷人有穷人的,富人有富人的,得志者有得志者的,失意者又有失意者的,强者有强者的,弱者有弱者的。"

总撰稿咳了一声,提示她:"你的起跑是不是太长了点儿,怎么还没起飞?"

庄娜娜笑道:"酝酿一下情绪嘛,好有个过渡。说别人太难了,这样吧,我还是自查好了。我这人有个毛病……"

纪念右手向前一推做个严重制止的动作:"自查环节已经结束,现在只能他查。"

庄娜娜告求地:"我,过渡不过去呀。"

总撰稿举了一下黄牌:"你放心,我们这是游戏,是模拟。说什么都是为了工作,你说得越尖锐,就是对工作越负责。"

纪念从实际出发,替庄娜娜说情:"你要实在不能硬着陆,可以先发散地说说别的,但要形散神不散,尽量往主题上靠靠。"

庄娜娜双手合十感谢纪念的善解人意:"我觉得吧,生活中最大的问题是知错和认错。十字箴言定的标准,仅是知错层面。我发现,其实,对我们来讲知错不是关键,认错才是关键。为利于表述,我就举我和老公的吵架。其实吵来吵去,都不是错不错的问题,而是认不认错的问题。不认错是最糟糕的,明明知道自己错了,还非要强词夺理、文过饰非,结果对方就更恼火,矛盾恶化升级,全是抵赖导致的。犯错不可怕,只是诱因,问题是狡辩抵赖,这样就成了恶果。我要请教大家的是,认错的问题应该用十字箴言的什么字?这个字一旦给大家找到,能够解决现实问题,那将是功德无量的。"

叶芝赞同这个提法:"这个问题很普遍,只要求对方认个错,就没事了。可他就是不认错。"

莫茗也叹一声:"一天到晚,我跟我老公说,我对你没别的要求,我对你没别的要求,只要说'我错了'这三个字,我就满足了。"

纪念从来没有听到莫茗说老公的情况,谈及夫妻关系,暗通曲款近两个月,这还是头一次。

康胖子深有同感地叫:"我也是这三个字:'我错了。'认错就这么难吗?我们并不缺乏是非观念,而是缺少认错精神和道歉态度。"

总撰稿正要打断人们跑题,看到纪念一个眼神,改口道:"也是,每次看到抵赖狡辩的嘴脸,就让人伤心、气愤,又无奈。"

85后听到"无奈"两字,想到总撰稿在述说和儿子的关系时,用的最多的一个词就是"无奈"。他吭吭憋着笑,又绷不住地咧开了嘴。纪念把目光移过去问他笑什么。"你一天到晚不说话,怎么说到这话题笑成这样?"叶芝也催他说。85后只好转弯说起了自己的父母:"我们家的矛盾也是这个问题,我爸对我妈说得最多的一句话是:'你犯错没关系,谁没个错?问题是你总不认账,这就把矛盾升级了。'我妈也拿这话反击我爸,可是到事儿上他们自己就是不认错。"

庄娜娜说:"看来抵赖是本能,是本能,也就普遍。大家看看,十字箴言,哪个能对照解决呢?"

左佑说:"孔子有句名言:'过而能改,善莫大焉。'我看能对照。"

庄娜娜琢磨一下:"好像还不一样。关于错,其实有三个层面,知错,认错,改错。你说的过而能改,是改的层面。知错是思想上的,认错是嘴巴上的,改错是行为层面。改是为了避免麻烦,解决问题,表面改和偷偷改。可是认错就难了,认错就是当面服输了。"

总撰稿还是打断了:"越说越离题了,现在是他查。时间有限,不能无限度地发散。庄娜娜,请用你雪亮的眼睛找个人,查查。"

庄娜娜深吸一口气,憋红了脸,表情也随之有了三分狰狞:"好吧,那我可就说了。对事不对人。某些人总体上是好的,我很欣赏,但也有一些问题,比方喜欢在别人面前炫耀自己。理由是,人活在这个世界就应该是啥说啥,你们不高兴是你们嫉妒。某些人有套理论,穷人向往公平,富人则说所谓公平只是愿望,还得金钱来说话,并扒来扒去,找出一系列用钱来说话的实例。折腾的结果呢,咱穷人就不和你玩了,疏远你,不搭理你了,让你的好处和优越憋进嘴里,在那里受难。社会本来就是有区别,可是叶芝总是在强调这种,噢!"庄娜娜为失口惨叫,"看我防着防着还是溜走了嘴。某些人,面临着尴尬境地,没人搭理她。这是不是很无趣呢?在孩子身上你是胜者,在老公身上你是胜者,可出了家门,被不如你的大多数孤立了,你就有痛苦。这就是另外一个层面的失败者了。"

纪念打断指出:"这个话题前两天自查的时候多次说过了。游戏是种形式。他查,也要围绕十字箴言选材料,在你看来,这炫耀是个问题。可和十字箴言哪一个字能扣在一起?"

"应该有关系吧,"庄娜娜扳着手指,"仁、礼、智、温、良、恭,还有个让。我看有七个字和虚荣炫耀有关系。"

"这也太多了点儿,就拿里面的'仁'字来说,这字含在里面了吗?"

"当然含了。仁者爱人,仁是爱的意思,也是俩人相处的意思。两个人只要相处,就得照顾别人的感受。摊上什么好事让同事分享的愿望是好的,可某些人,打着分享的牌子来满足自己的虚荣心,无视别人的痛苦,或者更坏一点儿的动机是,故意让对方痛苦,这就不仁!"

"你是说,有的人故意让别人听着难过?"

"应该是吧。"

纪念询问地看看叶芝,叶芝一副和自己无关的漠然——既然说是游戏自己就不能当真了,"某些人"就是和自己无关的某个类型。不仅如此,还故意显得很感兴趣的样子主动问:"娜娜,你说的七个字,第二个礼,容易理解,可这智,就有点含糊了。炫耀和智有关系吗?"

"太有关系了,"庄娜娜还是一副对事不对人的样子,友好地微笑,一点儿不像在对叶芝提意见,好像那个人远在天边,"你想啊,智是什么?是聪明,是慧通,是解决问题的能力,是排除疑难的高手。可是,某些人总在别人面前说自己这好那好,而人家又烦又恼最后都恶心了,她还看不出来,这是不是很笨、很蠢呢?很笨很蠢就是没有智呀。如果真有智,就不再说了,就会憋在肚子里,烂掉。"

总撰稿觉得这段话将生活现实与十字箴言结合得最完美,看样子仗是越打越会打了。由于深受感染,他便以插话的方式谈了自己的观点:"我们的许多灾难来自人们成了自私的个体。每个人都成了自私的动物了,一交往,必然发生利益性的冲突。一冲突,还能怎么样呢?当然进入了动物界的丛林法则,无法安生。这个大的原则难以改变了,要改变,只能在生活的艺术技能方面下点儿功夫。个人主义与他人之间的平衡问题,这个平衡点很难找到,因为你对这个人找到了,换了另一个人,又得重新找,见人就找,找来找去你能找个完不能?人活得真的很难很累。下面再抓。"

于是,大家接着抓阄。这次是叶芝抓着了"游戏从你开始"。

叶芝抓着了阄就等于抓着了反击的机会:"有人把一件事掰开揉碎,连说了七个字,看到了为人的犀利和为文的深刻。人和人就是不一样,我远没这水平。我只说两个字,'温'和'俭'。"

大家充满期待,好戏要上场了。

"这温是什么意思?温和,温暖,说热它不热说凉它也不凉,人也应该是这种状态,不能容不得人家有好事,一有好事就受刺激,就难过,就热出一身汗,再浇灌一颗冷酷的心。这就离温远了,离温良恭俭让的温远了。孔子的中庸之道,我看就有温的意思。温,中庸的平常之意。人家说人家的好事,只是就客观存在说一说,没有太多的含意。你姑且听听,说哪儿听哪儿不就完了?可是某些人就是太在乎。我在此必须补充一点儿,我说普遍性的人……"

总撰稿做了个不必要解释的手势:"游哉,戏哉,你接着说。"

叶芝在一道看不见的墙前站下,终于穿了过去:"说者无心听者有意。说者忘了,该干嘛干嘛,听者尖着耳朵听,在心里梗着堵着,该干嘛不干嘛。这到底是谁的问题呢?我看是听者的问题,为人不温哪!人不温,对外界的任何事情都会有过度反应。某些人说了,内敛人和夸张人看到的东西不一样,我同意。那么我看到了温,是不是某人看不到呢?我有个善意的想法,如果掌握了温这个字,矛盾也就减少八成了。"

叶芝看着纪念,觉得这种观点他会很认同,接着说'俭'字。

"关于俭,通常是节俭。如果只是这样讲,我想有点儿包不住。大家想想,把眼光投到历史原点,孔子时代是物质贫乏的,吃的也就是个鸡肉猪肉,穿的也就是丝绸桑麻,坐的也就是马车牛车。那时候的俭,又能俭到什么程度?现在,我们的物质极度丰富,这个俭就要有新的延伸的东西了。我想举个例子。"

叶芝停顿下来,手指在鼻边思考地滑动,给人一种不是想什么例子,而是说不说已经想好的例子:"麦当劳肯德基,大家都认为是快餐垃圾,没什么好处,为什么总有那么多的人吃？快三十年了吧？你走在城市的街道，一拐弯就一个，一拐弯就一个。连锁店越办越多，吃的人也越来越多。为什么？我对此有自己的考察。它的主要客源是孩子们。这些孩子又是什么样的家庭背景呢？他们的父母大多数都是从乡镇走出来在城市的打拼者。这些进入城市的年轻人觉得吃西餐快餐是种时尚，是融入现代城市生活的标志，所以就要带着孩子去标志一下。一拨一拨的农村后代就这样模式化地消费，去标志。我是在城市长大的，对这现象有个纵观的比较。"

这显然是城镇化的问题，听不出来和"俭"字什么关系，但大家相信叶芝的目的会绕到这个"俭"字上的。

叶芝接着说："暴发户呗，朋友们！有钱了，带着孩子去吃快餐垃圾，就一脸占领城市的得意，还给孩子讲自己小时候吃红薯玉米的经历，好像那都是猪狗吃的。还有，也不看看自己的身段、气质，是不是合适，花花绿绿只管往身上套。还有美容，那些美容院的客户大多是从县乡里来的，花大钱把自己再造一番。对此，我是看不惯的。看不惯也不好表态，一表态就招惹是非，不就是早来几年城市吗？臭美啥呀。我见这种样子多了。只好间接地介绍一下我自己的生活质量，说说老公，说说儿子，什么叫内在的品质，什么叫真正的现代生活，可是某些人就是听不懂，偏偏往坏的地方曲解。所以说，我对城市化很失望，这代人城市化了，下一代人从农村进来，重新占领和包围，又把刚上扬的城市化的指数，呱唧，拉下来了。"

庄娜娜听到美容，这等于揭自己的短，喘的气都粗糙了："说人家暴发户，无非想表明自己是贵族。可是，大家说在我们国家有贵族吗？进城早几年，最多是个市侩。"

游戏的包装已经撕破，赤裸裸的冲突跳到眼前。

总撰稿发现情况异动，提示性地举了举黄牌。庄娜娜看到自己的言行触及了游戏规则，强制自己，由于压抑过火，反应在脸上就有了几成狰狞。

叶芝看到对方气急败坏，马上意识到这是较量教养和水平的好机会，脸上浮现优雅，装着冲突与自己无关的样子："唔，我想起来了，有一次，某人骂应试教育摧残孩子，我提出了相反的观点，什么观点呢？凡是家长有问题的都不自查，而是一股脑儿地推给应试教育。我最反对这种行为，只要有问题总是怪罪别人,列出一大堆理由来骗自己。讲道理需要举例说明的,我这才把我的孩子拿出来,这和炫耀没关系。孩子的成绩放在那里,重点学校放在那里,我还有必要去炫耀吗?什么叫应试教育?什么叫素质教育?很多人都不明白跟着瞎叫唤。人们以为素质教育就是兴趣和轻松,错了。我认为真正的素质教育正是应试教育本身。这话我跟好多人说过,没人听懂。当学生面对不喜爱的课程,还能迎难而上,战胜自己,跨越标准,这才是最好的素质。而某些人说的素质教育其实是逃避问题的措辞。只是一种玩,只是不把玩说成玩的欺人之谈!弹琴画画就素质了?弹琴也分等级的,又有几个孩子弹到十级?"

庄娜娜正要跳起身,看到总撰稿又举了举黄牌,只得愤怒地坐下。每个人都是按自己的标准和方式看待别人,只要张口就能在瞬间发生冲突。他查的脚步已经进入了雷区,动一发而触犯天条。现实与游戏的关系,真里面有假,假里面有真。起始掩映的柔和的植物已经化成尖芒,刺向对方。

"好。太好了。"纪念用一种意外收获的口气说,"真是太好了。表面上看,刚才两个美女在争吵,有点儿对立的样子。这让我想起多年前的一个观点,我的这个观点叫'敌人是最好的朋友'。"

康胖子打断:"只是听过'敌人的敌人就是朋友',也听过'凡是敌人反对的,我们就要拥护'。还没听过'敌人是最好的朋友'。"

"这话听起来很矛盾,我分析一下,你就会觉得有道理了。"

莫茗的目光下意识地闪了闪。纪念一如平常地看着别处,他知道她会留心听。

"什么叫'敌人是最好的朋友'呢。只要有一定阅历的人都有这种体会,你从敌对方身上,学到的往往比从朋友身上学到的东西更多、更有价值。就拿刚才两美女的冲突为例。炫富,这是个非常普遍的人际问题。有人到处说自己的好事,这叫炫富;别人不舒服,当然引发仇富。炫富的一方就成了敌对方,你就会从中认识到,人不能炫富,不能卖弄,你会提醒自己,不要走别人的路,否则就陷入了同样的腹诽和妄议。这种警示从朋友那里是找不到的。"

左佑不高兴了,独自喃喃自语:"朋友就是朋友,敌人就是敌人,什么叫'敌人是最好的朋友'呢?"

纪念解释:"我的意思是说,你为什么讨厌这个人反感那个人,是因为他们有这样的毛病和那样的缺点。比方,冷漠、无义、骄横、张狂、自私、啰唆、臭美等等。这就给你一面镜子,警示你,自己是不是也有这种情况呢?你讨厌别人什么,你本身是不是同样也有呢?只是你不知道,那么其他的人也同样会讨厌你。敌对方不是朋友,没有友情,却能给你启迪。你讨厌对方,是他身上有这样那样的毛病,你也就会提醒自己不要犯同样的毛病。通常来说,给你帮助的是朋友,而从敌对方那里,你学到的东西更多、更重要。我刚才的悖论命题是从这个层面上说的。"

"你总是爱来点儿奇谈怪论。一会儿隐形说,这会儿又来个'敌人是最好的朋友'。"

"噢,这是题外话,"纪念不敢争执,说,"接着往下走。"

康胖子原本还不知他该说什么,看到两个女人假借游戏将生活掩饰在包装里,借机发挥,又因为游戏的规则,被侵犯的人有火不能发,还得装出事不关己的样子,就觉得很好玩、很有趣,也就乐意投入这场把戏。他的目标设定为左佑,他完全想象得到刺激左佑会是什么情形。所以,当第三次抓阄,他如愿以偿地抓到之后,立马对左佑展开了攻势。

"有一种人自言自语,表现出精神有点儿不大正常的样子,其实是用迷信那一套搞欺骗。而大家知道,凡是欺骗,都是不良行为。"

这段话在句法上有点混乱,但人们都知道他在诋毁谁,左佑也不便直接回应,可是见大家的目光都齐刷刷投向自己,只得试探地问:"十字箴言,仁义礼智信温良恭俭让,你想说哪个字?"

"信。"

"信?"不光左佑,所有的人都觉得错了。在左佑身上最没问题的就是这个"信"字。

左佑整个身子倾斜,充满好奇地看着康胖子,等他说下文。

"这些天来,我一直在琢磨。这种人所言是真是假?如果是真的也就算了,如果是假,问题就麻烦。那是作秀给别人看。这就严重地触犯'信'字了。第一晚,这种人看到宾馆的夫妻用品、按摩女郎,私自出走,表现得不食人间烟火,我信了;多次拿出双重影像的相片,说什么圣人之路,我也信了。可是后来,发生的事引发了我的怀疑。这就是'日行一善'的牌子。众所周知,行善,是来自内心的力量,外部的表现形式通常是偷偷摸摸,哪像这种人,举着牌子高调亮相,走街串巷,不遗余力地去表演。有这样办好事的吗?好事没办一件,善事不见踪影,就招呼得全世界都知道了。那么我要问了,你到底是要办善事还是让行人看你招摇?"

康胖子停下来,故意对左佑眨眨眼睛,等待对方发火。看样子躲在游戏里面就是好,既说了平时想说的话,对方受到游戏规则的限制又不能当面冲突。他知道左佑的痛处在哪里,不信他不跳起来。

他准备好了,如果黄牌和红牌都不管用,他就逃跑。"还有一次,我提出个疑问,这个疑问想想都大胆。我的疑问是什么呢?孔子是不是教育家——人们都知道他有弟子三千,贤人七十二,给后人留下了许多经典的名言,应该说是大教育家。那么我就要问了,他有两个孩子,一男一女,女儿嫁给了犯人。儿子孔鲤,也是非常庸庸碌碌,按现在的说法,还缺心眼儿,问啥啥不知哩。史料说得多明白,'孔鲤过庭',孔子问他诗,不懂;问他礼,也不懂。父子两人天天一起,吃喝拉撒,可连自己的孩子都培养不成,凭什么成教育家、先圣宗师?我的疑问很有智慧光芒的,可是这种人根本就不听,气得差点拿杯子砸我!"

左佑伸手拿起桌上的杯子,在空中停了下,弯着胳膊送到嘴边。

庄娜娜摇着头说:"你让我想起了宰予。宰予多次为难孔子,孔子很恼火,最后抓着他爱睡觉来说事儿。"

左佑整个身上都绷紧了,像颗出膛的带着火药气的炮弹,把杯子重重地蹾在桌上。总撰稿急忙将牌子向他伸过去,同时配了"游戏"两字来提醒。

左佑压抑不成,挥手推开牌子,说:"这已经超出游戏范畴。他查,怎么都查起孔子了?"

康胖子相信,只要继续努力,他准会跳起来的,便说:"什么叫查起孔子?没有孔子我们一千人会围在一起,乱哄哄,瞎嚷嚷吗?"

"你在说我们都瞎嚷嚷,是吗?!"左佑果然腾地站起,扫了一圈大家说,"都听见了吧?我们干的事叫瞎嚷嚷!"看大家并没有他那么义愤,就更加义愤地质问,"你说,我们怎么瞎嚷嚷了?"

康胖子这句话原本是冲左佑一个人的,大家也知道是冲他来的,但经左佑一歪曲,就不可避免地得罪了大家。于是,康胖子对左佑的戏弄就转成了恼怒,他很想抽左佑一个耳光,要不是理性告诉他那样对方也会反过来抽他一个或者两个耳光,他真会这样做的。他把伸出的手拍到桌子上:"我是说你瞎嚷嚷。你以为举个牌子走来走去,就品质高尚了?你只不过用标榜来吸引人关注围拢。人们围拢过来,它就乱哄哄了嘛。左佑,我向来反感你这种极端人物,向来很反感,以道德的名义来夸张地表现自己。"

左佑最听不得人们对他的道德追求进行侮辱了,呼叫道:"康胖子,你太肮脏了!太肮脏了!"

总撰稿举起红牌,但他发觉已经无济于事了。一个人被故意歪曲、刻意诋毁反激发出的反击力是阻拦不住的。可是左佑骂人"肮脏"的话毕竟超出了规则。"我们强调过多次,自查也好,他查也好,都是为了搞出素材,再转换给别人。我和纪念一再说,在座的每个人都是符号,不能对号入座。可还是入港很深,难以自拔。你们两个都有问题。"

"他说我我可以不对号入座,可他说孔子不是教育家,这叫人怎么能充耳不闻、听之任之?"

"游戏!"总撰稿忍不住也火了,"不是说游戏吗?他说不是教育家就不是教育家了?两千多年来的历史他说篡改就篡改了?我们可以否定孔子所有的一切,如果只留一个名号,那也只能是教育家。至于说他的孩子不成才,最多是医不自治。伟大的医学家也会有这样那样的病,你不能说他有病就不是医学家了吧?"

"这是两回事。"左佑争辩道,"医学家有无数,圣人只有一个!"

"看看,到处都是你在吵架,你跟康胖子吵,还跟纪念吵,这会儿还要跟我吵,是吗?"

"事关圣人的尊严,我不得不吵。"左佑在屋子里气冲冲地兜来兜去,带起的风又热又硬,都有点儿火辣辣的了,"其他的事我可以让步,这件事我寸步不让!"他声明自己的底线在哪里——"说孔子不是教育家?!"

"你坐下。"总撰稿的眼睛跟着他转。

左佑不坐下。

"再不坐下你就给我出去!"

左佑坐不下来,兜到门口直接出去了。

"咦?"康胖子很意外,看着背影,又得胜地晃晃屁股,"这货还真出去了。"

第二四章　梦狗

　　那天傍晚向楚国进发的途中,人们突然觉得有种阴森的重量感和萧然气,好像四周分布着许多水井,而冰凉的水井连接出一大片不祥的阴气。汽车里凝结着难以名状的寂静,这种寂静产生的压力,又使人们不敢说话。不大一会儿,险象露出了端倪,一条狗卧在马路当中,安然地抬着头,犹如卧在自家门口。

　　多日来的奔波,让相当疲劳的康胖子认为自己产生了幻觉,汽车大灯的光柱探过去,铺到前方,那条黄色大狗依旧泰然自若。按惯常的逻辑,康胖子以为只要驶到前面,它就会起身躲开,可是只差十几米那活物还一动不动,康胖子这才吓得脱口喊了声"他妈的",急打方向盘,扭着曲线贴着大黄狗身边蹿过,车里的人宛如一堆货箱,叽里咣当碰撞挪闪,坐在副驾驶室的叶芝头撞到他的肩头,惊慌恐惧地吼道:"怎么回事?!"

　　"卧了一条狗!"

　　"什么?"

　　康胖子继续叫着,充满惊吓和后怕:"他妈的,这狗太胆大了!"

　　莫茗不相信,再胆大也不敢卧路中间:"是个死的吧?"

　　"活的!抬头观望来着!"

　　"那就不可能了。"莫茗从后面探过头,很行家地说,"狗的自我保护意识最强了,我家的葡萄,只要是没吃过的,都要叼起来,一路小跑钻进笼子里,一点点地舔着,品着。而你刚才说的狗……"

　　"绝对是活的,身子卧着,头抬起来。"

莫茗又分析："是不是受伤,动不成了?"

"没有伤,它很从容,有一瞬间我看到它的眼睛,就像他妈的在它家门口。"

庄娜娜说笑话："在路当中还从容,那一定是村长家的狗。"

正说着,马路上又有一条走动的小狗。车灯照耀下可以看出,那是条驼绒色又暗黄的小狗,它在路上漫步迎面踱来,悠闲的身影同白天走在田野一样。汽车已经奔驰到面前了,惹得康胖子惨叫得更厉害,双手握着方向盘朝一边打转,使大家再度剧烈地摇晃着撞到车里的任何地方。来不及了,速度是掌控不了的,每个人都能听到车体下面"砰"的一声,是撞击发出的那种肉质的沉闷,混合筋骨的绽裂声音。人们能从那"砰"的暗哑声中,描绘出一条血色的死亡线路。小狗的身体,在汽车的保险杠前给撞飞了,人们还能感到撞到了它的身体的三分之一或者二分之一。轮子没有轧上去,汽车没有因为那个肉体而颠一下。短短的几秒,车上的人都没有声音,又过了漫长的几秒,车上的人还是没有声音。人们知道刚刚撞死了一只狗,当它丧生的那片刻,已经进入了另一个世界。一种恐惧、悲悯、负罪的复杂情绪弥漫在狭窄的空间。

更加怪异的事情还在后面。又开了几百米远,驶到一个村子,光线迷蒙,气氛阴郁,路边人们三五成群地聊天,再往前似有七八个孩子叽叽喳喳争论什么,左顾右盼,你推我扛,还不时有人指指汽车这边,好像什么事与汽车有瓜葛。就在汽车离他们有十来米时,突然,从右边冲出一个男孩,径直横穿马路,向对面奔跑。康胖子一个急刹车,和冲过马路的男孩只有一步之遥。

男孩子野兽似的冲过去,两边爆发出胜利的欢呼。

康胖子魂飞魄散,惊恐地乱叫："我靠,我靠!"他的胳膊都软了,努力握着方向盘,飞驰五十来米,才将左冲右突的汽车从曲线拉到路中间,"这他妈的是干什么!"

"快开！快开！"纪念催促地命令,"快,离开这个鬼地方！"

汽车像只被雷电击中的野牛,画着妖怪式的曲线向前狂奔,它几乎失控了。它跑了几百米远,这才喘着粗气,勉强地恢复了平稳的步子。

陷入恐慌中的纪念突然想到后面的总撰稿,忙打手机过去,时间太紧迫了,也只能简洁地提示性地告诉他："注意,注意,到村头注意减速,有野孩子冲汽车,有野孩子玩游戏!"纪念放下手机,以他对总撰稿的了解,在关键时刻仅用这种简洁的语言,应该能起到提示性作用。

因为从来没有听过野孩子把穿越汽车当游戏来玩,总撰稿在思想上并没有当回事,他的车还那么四平八稳地开着。可是以他对纪念的了解,纪念不会开这种玩笑。不会开玩笑又开起了玩笑,这让他满腹狐疑。按照他的经验,一个人突然听到某种莫名其妙的提示,应该引起足够的重视。总撰稿便对旁边的85后嘟噜两句:"前面可能发生了什么事。"

85后听到郑重又迟疑的口气,凝神听他往下讲。

"一群孩子玩游戏?"

85后听不懂,但松了口气:"一群孩子?"

"穿越汽车的游戏?"总撰稿口气带着罕见的纳闷,摇了几下头,又重复地嘟囔几下游戏,他警觉地注意前方。

85后由于没有听到纪念的说话内容尤其是提示性口气,便很自然地想到了功过格。"游戏?不会是功过格吧?功过格就是一种游戏。"

总撰稿受到启发。纪念喜欢玩这一套,刚刚上路的那一次,在大家毫无准备的情况下,他就突然驱使每个人拿十份卷子去调查。现在,他又打来电话让他注意什么游戏,很可能真的像85后说的那样,游戏只是功过格的一个环节,只是功过格的一个延续。总撰稿又气愤地抱怨起来,作为总撰稿,在摄制组里是个核心人物,纪念有什么想法应该事先征求一下自己的意见,哪怕透透气也好。像B计划,就是两个人智慧的结晶。这个人真是无聊,没意思,总要搞点花样,力图表现高人一筹。

于是带着猜疑、抱怨的复杂心情,他的汽车随后开进了村里。刚才纪念看到的情景,在他的眼前同样一一展现,先是三五成群的村民们聊天,后是马路两边各有七八个孩子簇拥着,推推搡搡,叽叽喳喳。有那么一瞬间,总撰稿倒是感觉他们真的在做什么游戏,便好奇地把车速放慢,晃晃悠悠。如果这当口,把他的汽车换成一匹枣红马那就更好了,那就比较符合他的观赏心情。骑着高头大马,手拉缰绳,身体在马背上有韵律地一颠一顿,得得得,带着颠顿出的贵族姿态,好观看孩子们玩的什么,纪念专门打手机通告的游戏。路边的两伙孩子比刚才更兴奋了,因为曾有一个勇者从行驶的车前穿过,气氛热烈得像夹道欢迎的啦啦队。总撰稿轻踩刹车,放慢的速度中,便有了对自己的些微责备,看来错怪了纪念。人家确实提示自己,有一群孩子搞什么游戏,而这游戏可能要制造什么麻烦。这个想法刚一露头,汽车已经与两边的孩子接近成一条水平线。突然,一个小孩被另外几个小孩猛地推了出来,被推出的小孩,像只惊恐的猴子,先是刹了下步,接着在驶来的汽车前朝路对面冲刺。总撰稿吓傻惊呆了,他本来是带着欣赏的游戏心理,结果却蹿来一个野人,他的头脑一片空白,恐慌中将刹车猛然踩死。车"嘣"的一声给卡住,小孩的衣边擦着车飞过,85后给掀了起来,头撞到车顶。

险情来得太突然了,一团黑色的噩梦裹住了总撰稿。他简直像从那匹幻觉中的大马背上弹跳起来,重重摔下,还被伤残凌乱地拖了几十米。

等逃出村庄之后,又在黑夜驶了好大一会儿,那个称作理智的东西才渐渐集聚。这一切都怪那个该死的游戏电话,看来这脾气不发是不中了。他操起手机追打纪念:"什么游戏?你说的什么游戏!"

前面几里远传来回答:"穿越汽车的游戏,他们穿越你的汽车了吗?"

"你这是误导啊,我以为你在说什么游戏!"

"那还不是游戏吗?"

"这是死亡游戏!你可没有把问题的严重性告诉我。"

"我已经很清楚地告诉你了。我知道你马上就从后面赶来了,在那么短的时间,在那种恐慌的情绪下我只能那么说了,只有一个意思,要你警惕。"

"但是你给我透露的信息是,一群孩子做一种稀奇古怪的游戏,是他们自己的游戏,而不是和闯车有关的游戏。我还专门减速,欣赏你说的游戏呢,结果冷不丁蹿出来一个野孩子。我……"

"你怎么啦?你那里怎么啦?"

"我撞着小孩了!"他灵机一动,报复地吓纪念。

"啊?撞到小孩了,你撞到小孩哪里了?"

总撰稿觉得玩笑过头了,忙改口:"差一点儿,只差一点儿。"又余怒未消,"你说碰瓷不完了!"

纪念不高兴了,这只能怪总撰稿缺乏灵性。任何人都能从简洁的提示语后立刻明白要发生险情,而不会以为是什么游戏,还去欣赏。他抱怨地对康胖子说了几句话。而康胖子听不进去,他什么都听不进去。因为在茫茫黑夜的奔跑中,车轮与路面急促的沙沙沙的摩擦声转换成了鬼魂的哀鸣。那只小狗死了,带着它的血肉、皮毛和骨屑附着在车轮上,发出叽叽叽叽的湿不拉几的黏连声。直到半个小时过去,他们到宾馆里住下,那个悲惨的哀鸣还在耳边一拉一扯地嘶响。

半夜,康胖子做了个梦,那只被轧死的狗血淋淋地拱到他的梦里,用没有牙齿的嘴咬他的踩着离合器的右腿。康胖子知道自己在梦中,也想让自己惊醒过来,可他怎么挣扎、哭泣、讨饶,一概没用,那只被他轧死的狗咬着他的右腿,就是不放。这一夜就在噩梦中度过。直到第二天早上,那只狗才离开。他睁开眼,看到窗外的晨光,庆幸自己还在人间。可是翻身下床的时候,右腿不大听使唤了。他试着动动,还是沉滞。右腿已经光滑明亮地肿了起来,只是没有牙齿的痕迹。在左佑的帮助下,他一拐一跛地向前挪,这才艰难下到了二楼的餐厅。

他严肃而怨气十足地告诉大家,那只轧死的狗半夜钻进他的梦中,拱他的身子咬他的腿,今天早上就这么奇怪地肿了。他卷起裤子给人看。没人相信他说的胡话,都以为他只是无厘头拿肿腿开开玩笑。大家边吃饭边回忆昨天离奇的场景,一条狗卧路当中,另一条狗漫步行走,再就是那群闯汽车的野孩子,从而断定这个村落游离于社会之外,凡是没有文明的野蛮之地都会视生命如草芥。这样一来,康胖子的腿被人们严重忽略了,这让他感到十分委屈。左佑曾经被冷落,"重走"之始,左佑的双重影像遇到的冷落就是这样。左佑是左佑,他康胖子是康胖子,别人受冷落可以,他可不答应。

早餐后,按计划大家出发,康胖子闹起了情绪,红肿的地方像兔子那么大小,灸热难耐。由于捏来揉去,又呈现一圈似有非有的獠牙式的轮廓线。他说必须休息半天,还声明自己被狗咬了,这算得上工伤。

他们开车拉他到县医院,当医生询问原因的时候,康胖子没有提及梦中的那只狗,而是打听东边三十里远有个什么村,"那里是不是兴小孩闯汽车的游戏?"医生天天和病人打交道,而病人中稀奇古怪的又居多,最好的办法就是顺从病人的话。医生回答,没有听到你说的那种游戏。然后,给他开了活血化瘀的膏药,打发他离开。

左佑搀扶着他。多日来的对立状态,因为康胖子出了麻烦,左佑就主动化解矛盾,伸出援助之手搀扶着他,一拐一拐地走。这个行为可算是左佑的道德冲动得以具体实施。帮人助人的道德冲动也就在生活中不期然地找到了机会。

左佑有个疑问:"既然你坚持是梦中的事,那你怎么不对医生说?"

"原本想说,可你看看医生那麻木不仁的狗脸,我一说他还不骂我神经病?"

"有病不讳医嘛,你应该跟他说的。"

"他能算医生吗?穿个白大褂就医生了?"

"那你为什么去医院?"

"有病不去医院去哪儿?"

"那你就得给医生说说那只狗。"

"他会骂我神经病的。"

"那你为什么给我说?"

"这可不一样,"康胖子停下来喘口气,"你知道我不是神经病,医生可不知道。我无法让他相信,我的这腿肯定与那狗日的狗有关。"

"那只被你轧死的狗吗?"

"它死了,半夜就钻进我的梦,报复咬我。"

左佑打算拯救他,这比用手帮扶更重要,而拯救人就得用科学观:"狗在梦中咬人,可以理解,可把腿咬肿了,就是迷信。"

"把你的科学放一边去。"康胖子恼火地说,同时甩了甩胳膊,从对方的搀扶中挣脱出来,没挪两步,因为肿痛的腿受力很大,他只好重新抓着左佑。

"这件事还必须用科学才能说清楚。我想应该是这样的,你当时轧死了那条狗,心里紧张,身体也自然紧张,而你的腿因为紧张一直僵硬地支在刹车上,僵硬的时间一长,它就血液不畅。"

"唉,老兄,你要看到我梦中的那只狗就好了。它哇呜哇呜,真咬啊!"

"对了,"左佑突然想起一件和这相关的事,兴奋地说,"我想起来了,你看看啊,又是腿的事,上次你绊倒的也是这腿。都是腿的事。我们是不是应该把这两件事联系起来?"

"腿与腿没有联系。倒是狗与狗有关系,先是撞死了一只,半夜三更它就溜到梦里了。"

"我觉得,"左佑坚持他的看法,"还是腿与腿联系的好,也许解释起来更接近科学。比方说,你绊倒的时候,这条腿已经有了疾病,正好昨天夜里加重。一加重就疼,而疼又不能白疼,它得有个中介,结果那只狗就成了中介。它被你撞死后,乘虚而入,钻进梦中,在梦中你让它把你的腿给咬了。"

"我让它把我的腿给咬了?"

"是呀,你不让它咬,它怎么能进入你的梦里呢?你为了给自己一个解释,就制造一种假象。"

"这是你的逻辑。"要不是人家帮扶自己,康胖子会再次叫起来,"当你需要的时候,你的迷信就是科学;当你不需要的时候,别人的科学就是迷信。我梦中的狗要是迷信,你那个双重影像是不是迷信?还有你一个劲儿地纠缠我绊跤,是不是迷信?"

左佑一时半会儿没反应过来,好似对方说的有点道理,可是想了一想,又不知对方的哪里有道理。出于策略,他还是乐意继续探讨探讨。

来到宾馆门前,康胖子停下来休息一下:"前几天,你给我罗列一堆奇迹,说这条圣人路和什么有关,和什么有关。你的双重影像是奇迹,纪念的香烟倒立是奇迹。这些奇迹发生在你们身上就科学,为什么,在梦中咬我的那只狗,就不能当成一个奇迹呢?这可不大公平啦。"康胖子觉得自己委屈得很,"哪怕作为交换,你也该相信我。相信我在梦中被狗咬了。昨天晚上,我们上床睡觉它还好好的,半夜又没起床,更没有出门,好端端的一觉醒来,在没有任何外力的情况下,就被狗日的给咬了,要是咬了也就算了,可它还肿,这就是凭证了嘛。左佑,你是唯一的见证人,你得站在我的立场,你要不站在我的立场替我说话,那可太没有公理心了!"

"我又没看见狗进来,我怎么成了证人?"左佑拒绝这种强行推论的荒唐身份。

"你只要证明我没有下床,没有出门,什么都没有做,一觉醒来腿肿成大冬瓜就成。"

这就太夸张了:"只是稍微红肿一点儿,哪来的大冬瓜?"

康胖子闹起了情绪,大冬瓜只是个比喻,在他肥胖的大腿上这种比喻非常贴切。既然大家都不当回事,他就加重肿腿的疼痛程度。他不能工作了,他是摄影师,他不能工作当然影响工期。看样子解决不了康胖子的荒唐问题,摄制组就不能按计划行动。大家把希望寄托在纪念身上,因为纪念从列国地图上有了重大的新发现,还处在自我认证的关口,没有时间,又把任务交给总撰稿。

总撰稿头天晚上受了惊吓,那个野孩子还在他的幻觉中猴子般地跳来跳去,将心比心,他算是最能理解康胖子的人了。他认为把对方的情绪平复下来,事情就好办了。先得顺着他。

"腿肿的事我理解,别人不一定理解。就拿那个医生来说,就不理解。你没给医生说那是对的,说明你是个明白人。医生玩的是实用科学,像这腿肿,他们就当撞着、碰着、扭着,或者开车时间长了,说的都跟真的一样。和你看到的真相出入很大,为什么呢?因为你确实看到了一只狗,一只被你轧死的狗进了你的梦里。它咬你,报复地咬你,只是梦中无力,只能等到第二天醒来,证据就是它肿了。"

"对的,对的。就是这样。"康胖子用手拍打着证据。

总撰稿的话锋一转进入了心理科学:"比如说,一个人瘫痪多年,通过气功而一下子站起来了,这不是气功,而是心理暗示。只是通过气功这一形式,调动了人的自身能量。你呢,轧死只狗,产生恐惧和负罪,怕它来报复,结果半夜就做了这个梦。你觉得我说的在理不在?"

康胖子迟疑地拉长声:"仿佛不在理。"

总撰稿看到隐约有转机:"往下说,狗咬了你。我相信,在梦里你是被狗咬了,这个也可以姑且当真。"

"不能姑且。"

"好,不姑且。"总撰稿诚恳地附和,"问题在后面,早上醒来,你的腿肿了。"

"你看看这是不是肿了?"康胖子再捋起裤筒。

总撰稿似看非看地扫一眼:"看来,得把一个问题分几个层次来解释,从科学层面来说,这个梦是假的……"

"梦是真的。"康胖子辩驳地纠正。

"我们说的梦不是同一个概念。"总撰稿制止地摆摆手,又担心惹恼对方,安抚地说,"我说'梦是假的',是指梦的虚幻性。噢,你知道什么意思就行了,不要在字面上较真,否则我们很难有效地往深处推进。"总撰稿已经适量地焕发出专家才有的那种优越感了,"我们往下说。既然梦是假的,怎么腿就肿了呢?

两者之间有没有联系？这才是问题的要害。"

左佑插话："我也在说这两者之间的什么关系。"

总撰稿没有看他。在这当口，他不乐意别人和自己的想法一样。

左佑又插话："如果没有梦，这腿照样肿。"

总撰稿受到干扰，这才不满地横了左佑一眼，否定说："我的意思是，不肿。"

"这就是说，两者之间没有先后关系了？"

说起先后关系，总撰稿想起昨天晚上险些出了大祸。纪念在前面，打了那个糟糕的电话，而他在后面，根本没有听懂是什么意思，幸亏自己的运气好，踩住刹车，只擦着了野孩子的衣服，要是踩着油门那后果就不堪设想了——出了事故，村民们非拦着车给砸了。"它们之间应该有逻辑关系。如果半夜没有潜伏梦中的那只狗，他的腿也许肿也许不肿。我的意思是，肿！"

"你怎么一会儿说肿，一会儿又说不肿？"

康胖子也听不懂了。在关键时，总撰稿义无反顾给了他道义上的支持，又莫名其妙地出尔反尔。

"肿和恐惧有关系。我对恐惧是有所研究的。"总撰稿看到别人被自己引入迷途，便其乐陶陶起来，每逢抓着兜售学问的好机会他总会这样。"恐惧造成的生理反应很多，有的人表现在心脏上，结果给吓死了；有的反应在脾胃上，就冒肚——'冒肚'是医学术语，民间叫'蹿稀'，当然最合适的表达叫拉裤子；嗯，拉裤子。众所周知，这叫个体差异。康胖子则反应在腿上。为什么反应在腿上呢？大家经常看到他总是喜欢晃动他的腿。"

"你一口一个'他'，一口一个'他'，你不是看着我说我的吗？"康胖子说。

"好吧。对你来说，腿这个部位是敏感区，所以那只狗哪里都不咬，只咬你的，OK！"总撰稿指指那只肿腿，做出了诊断，接着开了治疗的处方："你是通过一个狗的入梦形式，将恐惧的问题形象化了。我看不用贴膏药，只要注意力分散就成。"

"分散注意力？"

"心理因素。而心理因素的良药就是分散注意力。"

"怎么才能分散？"

"分散注意力的方式很多,找找女孩子吹牛、唱歌。当然,就眼前的具体情况,这些不大方便。但可以聊天。聊天没有成本。左佑,你来一下,今天你的任务就是和胖子聊天。"

这叫康胖子很难为情。多日来,他一直讨厌左佑,既讨厌又害怕,害怕听到他的自言自语,自己也成了神经病。多日来,两人公开地冲撞过,康胖子私下里还找过纪念要和他分开居住。现在,在被梦中的狗咬得腿肿之后,人家表现得那么耐心、友好。康胖子心里就有了悔意。不管怎么说,在关键时候,在他需要安慰的时候,人家一步步地陪伴着自己。关爱是超越一切事物之上的。

左佑当然很乐意,既然自己富有仁爱之心,尤其近日萌发的道德冲动,就可以在帮人时具体化了。关于腿肿的问题,他和总撰稿一样也很矛盾。他既同意总撰稿的说法,又反对他的说法。他想他应该是个科学的唯物主义者。

"我觉得总撰稿把事情搞反了。"左佑接受了任务,当只有他和康胖子两人的时候,他打算将聊天的内容变得有意义些,不能瞎聊,"按照他的说法,你是心理问题,因为恐惧而做了噩梦,这腿才肿的。我的看法相反。"

康胖子颔首,以一个聊天的样子听他相反的看法。

"首先,是你的腿肿了,然后才做的梦。打个比方,就像我们梦中喝水,首先我们口渴,有了这个生理需求,怎么办呢?才在梦中找啊找地到处找水,运气好了还真找到泉水,而不是见到水才渴。"左佑分析之后得出结论,"你不做梦,腿也肿。世上那么多肿腿的人,难道都要和噩梦拉扯上吗?我看两者没有必然关系,只是碰巧了。"

康胖子觉得是与非对自己没什么意义了,只要能聊一聊分散注意力就好:"对对对,你接着说。"他沐浴在聊天的仁爱之中。他发现,这还是头一回,对方说什么他都能听得进去。

"我跟你聊天,并不是遵从总撰稿的话,分散你的注意力,而是你本人需要,我就把它当成很重要的事情来做。"

"这说明你境界高,相比之下我就差远了。如果你的腿肿了,我可能会嘲笑你,但面对我的问题你是这么耐烦,有爱心。"康胖子感慨地赞扬。

"说是这样说,我相信你会跟我一样的。人性本善。"

"不不不。我不一定做得到。但是通过这件事,你搀扶我、跟我聊天、陪伴我、帮助我,让我很感动。如果以后你遇到这种事,凭直觉,我相信我会向你学习的。"

"不是向我学习。"

"哦,"看样子越聊越精彩了,"还有哪个人?向谁学?"

"不是哪个人,是这个'仁','仁义'的'仁'。这个'仁'是有力量的。"左佑胜利地微笑,"人性本善。你要留心的话,能够渐渐看出,其实这个世界有个大道,这个大道就是'仁',它能和谐万物。"

"仁的大道?"康胖子琢磨地说,"就在刚才不久,我们两个还争论什么科学、什么奇迹、什么迷信。你看看,这些东西在仁的光芒下,就显得小了。"

"仁者无敌。"一个人在短暂的时间里,有这么深刻的转变,太让人兴奋了,"这句话我是这样理解的,不是你能打过敌人,而是你根本没有敌人。所有的人都在仁的关爱之中。好的,坏的,都在仁的化育之中,哪里还有敌人呢?你说是不是?"

"你说的是。"康胖子觉得他今天特别可爱,"我觉得你今天特别可爱!"

第二五章　厕所怪象与敲门理论

每个人像张卷子，自己总是看分数的正面，如果是 85 分，那么看到的就是 85 分的成绩，并且渴望人家也看到这 85 分。可事实正相反，人家非要抓着你出错的扣除的那 15 分，把它放大，当成全部的你。如此下来，一张卷子总有两个隐形物。对自己而言，丢掉的那 15 分就是隐形物，对外人来说你的 85 分就是隐形物。隐形物存在着、发生着、作用着。人们之间总是看不到、听不到，然后像从黑暗的山洞里蹿出来的动物，与你发生碰撞。

《论语》是本仁爱之书，性本善的观点，决定了儒家看不清事物，因为它仅用一只眼看白天的事物，看不到或者说不愿费心正视夜晚的存在。只愿看到花朵，不愿看到根部的腐叶；只愿看丛林，不愿看丛林里的野兽。如果儒家上升到国教成立的话，那么它自身的先天缺陷也是成立的。

在走投无路的时候，B 计划救了摄制组。A 计划调查出现的问题，要靠 B 计划置换来解决。可是，B 计划通过自查和他查的功过格，弄出一堆材料。这些材料丰富多样，超出了人们的预期，如何将 B 计划的成果转换到 A 计划，又成了实实在在的新问题。

有问题就要去解决，这种不畏困难的态度是对的，然而态度和找到途径是两码事。在总撰稿的主持下，摄制组开了两次会，广开思路，抛砖引玉，研究如何将生硬的别扭的东西转换得巧妙、柔软和自然。

按照总撰稿的逻辑，解决的途径肯定有，正像我们多日来遇到的问题，都能一一解决那样。转换的问题，同样能够找到打开锁的钥匙。只是暂时没有找到。但要有找到的信心,这是重要的。找着找不着和信心有关系。也许钥匙在看不见的拐弯处,可是没有信心那钥匙就算在我们的脚下,你也找不到。

在叶芝看来,这只不过是总撰稿给大家鼓劲儿或者给自己安慰。以她的人生经验,这种转换是不可能的。她沮丧地看到,B计划只不过是一场游戏,无法转换成电视画面。她和康胖子交流过,康胖子比她更悲观。

"我不大相信什么事情都有钥匙的说法。"康胖子很坦率地给予否定,"现在这个社会,全得反着看。正确的途径不一定有正确的目的地,正确的思维往往走向错误。好人办坏事,而坏人办的事,你看着看着它又成好事了。"

纪念虽然参加讨论,但他总是一会儿去他的房间,一会儿过来。大家都知道他忙,一定有更重要的事。确实如此,他又多了一个新发现,回到房间,就独自凝视着墙上的列国地图。他的新发现具有巨大的颠覆性,直接影响整个专题片的走向,他需要静下心来细想,好得出个结果,看看这个新发现到底是不是真的新发现。

当纪念再次回到讨论上,庄娜娜问他有什么高见。

纪念既没有总撰稿那样的信心至上说,也没有康胖子等人的悲观失败论。他选择一条中间道路。三条大路走中间,这是总撰稿多次说的。既然是个崭新的课题,实际操作上就得有个时间段,不可能很快地对接成功。就是说,转换的问题不一定马上找到方法,这个钥匙不一定在这两天就能找到。也许在回去的路上,也许在回去之后。眼下可以先放一放。

转换的问题可以放一放,拍摄的工作还得干。可是康胖子以腿肿为由执意要继续休息。他是摄影师,他一休息等于工作就得停下来。其实,他的病根本没有达到那种躺下的程度。大家对他很不满意,甚至有人建议,如果他活动活动兴许好得更快。

总撰稿叫诸位不要议论,毕竟病在人家身上,如果康胖子听到了再闹情绪,事情更麻烦。

总撰稿把左佑叫到纪念的房间,询问左佑是不是和康胖子聊天了,聊得怎么样?如果腿真的肿疼,在房间里走是不是一拐一拐的?

"房间太小,看不出来。"

总撰稿在屋里踱来踱去,他以为,康胖子平时总被人嘲笑,现在以腿肿为由休息,八成是借机来强调自己的价值和作用,好让人们知道离开他,这个地球是不转的——这已经超出了他的心理疗法,但他又没有更好的办法,只好对左佑说:"你回去继续跟他聊。"

左佑走了一会儿,又很快推门进来,告诉他们康胖子正在打呼噜。以他对康胖子的了解,这呼噜一打肯定半天。

纪念向总撰稿使了个"把他给我叫醒"的眼色,总撰稿三脚并两步去找康胖子。他进屋迟疑了几秒钟,就毫不客气就把他晃醒了。

"你可以躺床上,但不能睡觉。这是上班时间。"

康胖子好歹也是在文化人堆里混的,还懂些规矩,知道人家说得在理,哼哼唧唧坐起来:"躺床上不睡觉还能干什么?"

总撰稿说:"当然有事了,我们可以谈谈。"

"好吧,谈什么?"

"隐形物。"总撰稿临时想个话题。

"什么隐形物?"康胖子拱身靠床头,摸着大腿。

"情况是这样的。关于隐形物,是纪念多次提到的。我以前觉得,这个隐形物类似于幻觉,故作神秘,可是这些天发生的事情,倒让我觉得很有道理了。所谓隐形物,有的是藏起来了,你看不见,有的就在你眼前,也同样看不见。我在想怎么在专题里表现这个问题。你是摄影师,关于隐形物的拍摄你要提出具体意见。"

康胖子看到莫茗从门口闪过去,凝神听了听楼梯口电梯的动静:"隐形物只是种理念,大众化的电视片只能通俗。你要把隐形物写进专题片,恐怕不行。"

"这我知道,可是,"总撰稿看他心思不在自己身上,"我有什么说什么啊,这两天我眼前总是出现一只狗。"

康胖子吭哧笑了:"什么,狗?"他的声音故意放大,放大到那边的女人正好听到的程度,"你是说梦中咬我的那只狗吗?"

"两回事,完全两回事。我的狗是形而上的。这是个象征,是个隐喻。我是这样想的,我们让它在电视片里反复出现。不明说它是什么,只是反复地出现。周游列国,不管孔子求仕也好、救世也罢,总是那么的艰难,一路上奔波,吃尽苦头,说白了就是一只丧家狗。将这个意象扩大,我们的民族又何尝不如此呢?

你明白了没？这是个象征。"

"容我想一想。"康胖子转过身子，从床上翻身下来，一拐一拐地来到窗前——莫茗走出了楼下的门洞。那女人好像料到四楼的窗口有人在关注她，头都不抬，把右手举起摇摇。而侧面窗口站着纪念，那双手显然是冲他摇的。莫茗拐到楼角那边消失了。纪念也随之微笑着从窗口消失了。

这一幕被康胖子看到了。

"我是这样想的，既然是隐喻，那么在专题片里就让它似隐似现，在苍茫的夜色中，在辽阔的平原里，在村头，还有街道上，就让这条狗似隐似有地不断出现。懂的人会悟到深意的。仅这个反复出现的意象，就会引发人们的猜测、争议。"

"这个想法太突然，又离奇。"康胖子提到了专业问题，"但你们非要这样做，我也可以做。技术上不成问题。"

"好，你想一想，拿出个方案来。"总撰稿走了。他来到纪念的屋里，气咻咻地说，"装的，装的。我刚才看他起来，走向窗口，没有一点儿吃力的样子。"

"我们的计划是十四天，"纪念担忧地说，"康胖子一人就耽误了一天，我看他还有再耽误下去的打算！"

"是呀，关键时候就看出人的素质了。"

纪念说："我们得想法让他好起来。"

"我不是说了，他是装的，他只是借机摆摆谱。不是生理问题，不是心理问题，而是品德问题。这样子，既然他要赖，我们就要想法让他走，只要抓着能走的事实，他就没理由了。"

"一走他就露馅儿了。"纪念应声赞同，"什么事情能让他走？什么事情能让他忘掉自己的腿去走？"

午饭之后，人们只得自由活动。叶芝找莫茗上街，庄娜娜不知道也发来了邀请。为避免矛盾，莫茗找理由待在屋子里，哪儿都不去。直到午休后，她才悄悄地独自溜走。经过纪念的门口时，她只停留了二分之一秒。纪念依旧站在列国地图前面，凝神观看。他听到她的门"嘣"地锁上了，看到她在那极为短暂的二分之一秒向他抬了抬下巴，闪了过去。

大约十几分钟后，总撰稿来了，他已经发觉，这两天纪念总是独自看着列国地图,好像有什么心思。稍停片刻,他打断了纪念的思路,说自己想出了个让康胖子工作的好办法,只是有点儿荒唐,他正在琢磨怎么让它不荒唐。

"是这样子,"总撰稿多少有点儿苦笑地说,"初听起来可能有点儿荒唐,不过,我相信,很可能说着说着就不大荒唐了。"

"是是是,"纪念随声附和,"这么多年我们就是这样走过来的,初看起来很荒唐,走着走着就习惯了。"纪念从自己的思路中转出来,"你说吧,也许我能受到启发,反过来再启发你一下呢。"

总撰稿说,以他对康胖子的了解,想到了"色"字上。这是他的短板。只是,这在操作层面有相当的困难。首先,不可以用女色来诱惑,那就太下作了;其次,他装着疼痛的样子也出不了门:"怎么办?我想到了你的厕所怪象。"

"什么?"纪念挑高了眉头。

"看来你很意外。我说了,为了叫康胖子出来工作,我们得找个理由让他露馅儿。而拍摄厕所现象,就是一个很好的既能靠上工作,又能让他兴奋的事情,他一兴奋就把腿的事忘了。"总撰稿表示出在行政工作方面很有经验的样子,"我说的意思你听明白了吧?"

纪念似是而非地点了点头。

"你的厕所现象也确实有奇异之处。就像你所说,人们习惯的错误性,潜意识的错误性。这么直观的一眼就可见到的错误,为什么绝大多数人都在犯呢?你发现的这个案例,足以说明人们或人类走在错误的路上时,是不自知的。"

纪念很感谢地在他的胳膊上扫一把:"我很高兴,你一直没有对此表态,还以为你没什么反应呢。"

"很强烈,内在的强烈。现在,我们可以用这个事情把康胖子调动起来。我敢拍胸脯,只要我一提'咱们去拍拍厕所吧?',他准会扛着机器,像奔小康那样地奔过去!"

纪念想了想,提出自己的疑虑:"我们这是关于儒家文化的专题片,怎么捏巴捏巴也不能把洗手问题弄到片子里,这太牵强、太附会。"

"是的,是的,牵强,附会。"总撰稿承认,显然还有话要说,"从内容上说,当然欠妥,但我们在专题片拍完后,"总撰稿做了个"请注意"的手势,"把厕所怪象放到网上,让人们看到,一个一个地进去,一个一个地出来,自己原来犯了那么大的错误。等它火了——我相信它会火——人们就会问这视频怎么拍的,谁拍的,为什么拍的?我们就说在拍摄专题片的路上拍的。你明白了吧?这就进入了我们的炒作。这样一来,人们对我们的专题片就有了浓厚的期待。从这个日常问题,看出我们的社会和文化同样有许多问题,人们就会蓦然惊醒,发现我们的文化原来是有病的。连洗手的问题都认识不到,一直这样在错误的路上走下去……这种想法可能胆大了点儿,也离奇了点儿。"

纪念听到一半就明白了:"创意真的很棒。我看可以!"

总撰稿受到赞扬,先前的荒谬的错乱感,也就像从泥淖中跋涉出来那样,可以大踏步地往前走了:"我们可以试试。也许在以后回头看的时候,这个动作是多余的,但我们又不能排除,这个荒谬的行为,也许能导致下一个精彩的东西出来。"

"好吧。"纪念同意,"我是明白了,你过去,看看康胖子的反应吧。"

总撰稿再次来到康胖子的房间,他以为只要这个动议一开口,康胖子准会翻身从床上滚下来,拖着还肿着的腿,把摄像机支在厕所门口。以自己对他的品格的了解,他会热衷于这些涉及猥琐的场景。可是,出乎意外,康胖子一点儿不高兴。他正在看电视。

"你凭什么以为我会拍厕所?"

"听你的口气,好像多丢人的事?"

"我不喜欢你一进门的那种口气和眼神。"康胖子坦率地指出,"我知道我在别人的眼里形象不大好。我看不得你们用这种眼光来定义我。我还是比较讲品位的。我低,那也得是我自己低,不允许别人认为我低。我这人是有毛病,但我对我的职业还是充满敬畏。什么时候,别人知道我用摄像机对着厕所拍照,那将是难以想象的,我丢不起这种人,我也决不干砸牌子的事!"

没有人知道康胖子还有什么牌子,可是人家那么敏感和坚定,你就不得不重新看待了。"很抱歉,"每当对方强硬的时候,总撰稿总是本能地退让,"但这是工作呀,既然是工作,你是不是得去完成?哪怕你有意见?我和纪念商量好了,由你来执行。"

"那你把纪念叫来。"

总撰稿被他支使着返回纪念房间:"他让你过去。"

纪念过去,身体挡着电视机,问:"这是工作,有什么难处吗?"

正在调台的康胖子把遥控器对着他的裤裆,连捺两下:"工作不是这样安排的,不能把机器往那一架就行了。"

总撰稿的头从纪念的肩膀后面探出来:"其实就是把机器往那一架就行了。我是这样想的,我们把摄像机搬到公厕附近,不远也不近,选好一个角度,正好对着男女厕所。当然,我已经观察好了,在我们附近就有一个厕所,一排水管在外面,人们只要进去和出来,洗不洗手都能一目了然。你悄悄地打开机器,如果你觉得显眼,那么可以在上面搭个衣服之类的东西,盖着。当然,既然拍了,就要有一个时间和数量。你站在旁边默默地查数,男女各查到六十个人。这样好有个统计。"总撰稿诱惑地说,"如果有可能的话,你可以根据情况,调调焦距,来几张美女特写。"

"还有什么不清楚吗?"纪念问。

"光我自己可不行,你们得一起去。我一个大男人对着厕所拍摄,风险很大。人们会把我当成流氓抓起来打一顿的。"

"我们一起去,目标不是更大?"

"不一样。三个人站在那里,摄像机围在中间,行人基本上看不到,真的看到,也不往坏处想,不往坏处想就没有风险。"

三人出了宾馆向东走,康胖子果然如总撰稿判断的那样,开始一拐一拐地,拖着腿走,那是从电影上学来的动作。可是走了一会儿,大家说着话,康胖子就把自己的腿忘了。大约半里地的模样,果然有个比较大的公厕。左厢是男厕,右厢是女厕,这种格局能够无一遗漏地看到,中间是一排白色瓷片的洗手池。和纪念说的一样,无论是老人,孩子,帅哥靓仔,美女艳妇,几乎或者更准确地说,全部是直接进入厕所,办完事之后,这才出来洗手走人。

康胖子将摄像机用衣服包着,没有人能看明白,其实只要稍加留意,每个行人都能认出来,只是不爱管闲事。

三个人有分工,康胖子查女的,纪念查男的。总撰稿在外围转来转去,一旦有便衣、城管或者什么人露头,他就挺身周旋。尽管康胖子不大乐意,一旦身临其境,便很快陶醉其中。他念念有词,一个个地查着数。而纪念则侧着身,默默地察看从里面出来的男人,尽量做得没有观察的痕迹。两个人进入了超越现实的一种文化的层面：在厕所外点查人类的错误，真是品尝着难以言说的快感。纪念说的对——最直观的错误又往往看不出来，以此类推，生活中掩盖着的其他错误又该有多少呢。

纪念默默地查，示意康胖子不要出声，可是制止不了。康胖子还指手画脚让他看那些时尚美女，多么讲究的人，保准又是先去里面，办了事再出来洗手。而那些美女也像被无线遥控似的，一头钻了进去。康胖子呵呵地笑起来。

纪念揽着他的肩头往旁边走，恳求他只说说就行了，不要用手指指点点。

"你偷偷地查不行吗？你看这么大的动静，你会被当成流氓的。我提醒你，你已经被当过一次流氓了。"

"二十八。哎，看这个，这个可能是做小姐的。"

"嘴上积德吧。"

"浪不浪，看走样。"

纪念借机问："你这次出来，找没找小姐？"

"这怎么可能？看来我真的被你们深深地误解了。表面上看，我这人是有点儿花里胡哨，其实我还是有内在标准的。只寻花，不问柳。我崇尚的是风流而不是下流。"康胖子过于急切过于严正，连自己都感到虚假。

"对你的坦诚，我是很赞赏的，现在这种人已经很少了。可是，你并不像我获知的那样。"

"哦，又来这一套。你都获知了什么？"

"好吧，你只寻花，你都寻了什么花呢？"

康胖子觉得这种问话不大符合纪念的为人，很聪明地想到，这也许是为了让他分散注意力的手法，或者在"厕所怪象"的语境，人们不由自主地就世俗起来了。

"寻花不是摘花。"康胖子说，"摘是拿到手了，寻就不一定了。这是个过程，寻寻觅觅，不一定得手。"

"那就是白忙活了？"

康胖子笑起来："每个人都不是白忙活的。你有'厕所怪象'的发现，我还有一套'敲门理论'呢。"于是他就顺势而为地谈起自己独创的"敲门理论"。他说，"这女人就像一扇门，你得敲一敲。你不敲怎么知道她是虚掩着呢？你敲他十扇,总会有一扇开着的。从概率上说,仅为了那一扇,每扇门就有敲一敲的必要。这世上没傻子。人们只看到我敲那没开的九扇门,而我要的就是那开的一扇。懂不懂?这敲的过程其实就是寻觅的过程。"

纪念自然联想到摄制组里的三个女人,他康胖子是不是也轮流地"敲"过了。哪怕敲不开,也要敲一敲。

"你敲过摄制组三个女人的门没有?"

康胖子讳莫如深的样子,嘻嘻笑道:"我要告诉你你发火不发?"

"敲过庄的门没?"

"你这口气我听着很不舒服,同事间不能聊聊吗?"他把"聊聊"说得直涉暧昧。

"往下说,"纪念有种不妙的预感,忐忑地问,"莫茗的门,敲过没?"

"有什么不可以吗?"又似是而非的样子。

"能不能具体点儿?"

"这是私密性很强的事,你让我怎么具体?"他想起了宾馆窗口的一幕。莫茗头都不抬地,伸手摇摇,给楼上的某个人招呼,而这个人应该就是纪念。

纪念又惊讶又恼火。惊讶的是,身边发生的事情他一点儿感觉都没有,康胖子居然有敢对内部下手的劣行。恼火的则是莫茗,她是他的情人,也是答应的卧底,人家都把你的门给敲了,却没有告诉他。仅以情人的身份就得告诉他,况且还有卧底的角色呢?他一直渴望她说点儿内部消息,像刚开始他的初衷那样,听到想听而听不到的消息。可是,从开始到现在竟一无所获。

纪念指责道:"你再敲也不能敲我们内部人的门!"

"按常理来说,摄制组五男三女,十几天,没有蝇营狗苟、花花草草倒也不大正常。"

"那你说什么情况叫正常?"

"出点儿风流韵事呀。"康胖子可是真切地看到楼下的莫茗挥手,给楼上的纪念看的镜头。那是一个极为默契的招呼,连头都不抬,只是挥挥手,那可不是一般的关系。"你是头儿,知道的内情多,难道在我们的内部,真的没有事吗?"

"从世俗层面上看,五男三女,好像应该出点儿什么事。可我们走在圣人走过的路上,已经超越了世俗层面。这十几天就不会发生你说的风流韵事了。"

"这和圣人路没什么关系吧?"康胖子肚子里咕噜咕噜笑了,表情还是一副疑惑的样子。

"应该有,左佑不是一再说有吗?"纪念说。

康胖子讨厌这种小伎俩,明明是自己的意思,却总借别人之口说。现在,当他看到纪念的虚伪,很想给他办点儿难看。

"一开始,你就贩卖什么'隐形说',搞了个魔术,三次抓6的魔术,好让人觉得你神秘。其实,莫茗就是一个托儿。那时候我还没想到什么托儿,现在我明白了。再往后,又搞了个'天之眼'。看一看,你都搞了什么把戏,一会儿'隐形说',一会儿'天之眼',还有那根倒竖起的烟。随便一丢,就倒立起来。你当我相信是巧合吗?我倒是相信这是你和某个人,合演的一个双簧!"

"我坐的位置不可能演双簧,后面是墙,我能与墙密谋吗?"

"肯定有个人。"

"我后面是墙啊。"

"墙里面要是有人呢?"

"墙里面?好吧,墙里面就墙里面吧,那个人又是谁呢?"

"我不知道,那个人在我们不注意的时候,利用隐形的方式悄悄移过去,把烟扶起来。"

"好,扶起来。扶起来干什么呢?"

"这得问你了。"

"看来我像你一样,被深深地误解了。"

"我一点儿没有误解你。"

在远一点儿徘徊的总撰稿闻声而来:"怎么回事?"

纪念对康胖子说:"烟能扶直吗?你扶一根给我试试。你现在就去买盒烟过来。"

康胖子走向小卖部——那完全是正常的行走姿态。

第二六章　隐形物

重走的路上,每个乡镇都是那么一样,连地界的名称也雷同。这地方有二里岗,那地方也有二里岗;这地方有三里屯,百十里外也有个三里屯;这地方有四里铺,那地方在四里铺后面同样也有个五里店;这个地方有七里营,不消说,另一个地方出现七里营的后面也有个八里庙。

县城与县城也是那么一样,大都是南北与东西交叉十字形的主干道,几条与之平行的次干道,规划好的整体格局。街道商铺则以自我为中心,变成花里胡哨的大杂烩。并不是谁复制谁,而是人们的经济水平、审美标准、政治氛围、投资心理都打上了时代烙印。谁又能跳出多少呢?摄制组跑了十几个县城,开始还觉得向西或向南,后来跑着跑着,越觉得绕着一个大圆盘转。又因为旋转产生的疲劳和眩晕,人们对外部世界有种钝化甚至麻木。

莫茗在街上漫步些许时候,走到黄河路时一下子错乱起来。在省城有条黄河路,这十几天经过的县城,其中两个县城也有黄河路,这是她见到的第四条黄河路了。周围场景又是那样相像,正在建设的半拉子楼盘,同样写着"盛大认筹"。由于疲倦、虚弱,看什么都无精打采、印象模糊。记忆中黄河路之后应该到淮河路,可这条黄河路后面却是友爱路,而友爱路在她老家也有一条,那里的友爱路旁边有个集市,这里的友爱路则是一个广场。一群人在欢快地跳舞。其实,她走着走着已经把自己丢到迷宫里了。

"我找不到路了。"她打电话求助。

纪念看到来电就离开房间,避免总撰稿和康胖子听到。他原本可以告诉她,给出租车司机报一下宾馆名字就行了。可是,康胖子的"敲门理论"和暧昧样子,让他很恼火。他很急切地要见到她,质问康胖子是怎么敲她的门的。连敲门这么大的事都不说,以此类推,又该有多少需要说的事而不说呢?时至今天,他还没有听到作为卧底的她透露过一件事。这在道理上是说不过去的。仅是情人也该说一些事情。莫茗始终没有履职透露过一点儿信息。如果没有安排卧底,还能猜测人们说些什么。她不说什么,他就假装相信没什么。现在,由于卧底的失职,他反而把注意力集中到莫茗身上了。为什么不跟自己透露点儿什么,哪怕一点点也是种安慰啊。

纪念让他俩再商量商量,随后就独自离开了宾馆。

在路上,纪念再次出现了记忆短路,也就是想不起莫茗的模样了。于是又按曾经的办法,先去想那个二十年前的妯娌,变成诱饵,好将莫茗从虚无的深处钓上来,可他连妯娌也想不起来了。先是一个身影,接着是半个身影,再后来隐在一片虚无中,真正的雾气蒙蒙。两个人都消失了,他又尝试着想日常生活中的细节,走廊迎面而过的样子,吃饭的样子,床上的样子,车里的样子,一片连一片,什么都没有,只是一个虚虚的轮廓。那个二十年前的妯娌站的大门口成了一个空空的地方,伏在办公桌上的身子只是一个弯曲的形状。为了拯救消失的记忆,纪念去想康胖子,还好康胖子仍在,再拐回头使用康胖子重新激活图像,这次连康胖子也找不到了。短暂的失忆让他恐惧,他无法用记忆来固定飘忽。很像看字那样,只要盯上一分钟,任何简单的字全变得陌生和不认识了。

二十分钟后,在广场一隅,他找到了她。看到的瞬间,他知道她是什么样子了,并悄悄对自己说,以后再也不会想不起了,如果真的再来一次空白,就回想这一会儿的情景。

"眼圈有点儿红,是不是又想你的葡萄了?"

她凄楚地述说宠物生了病,不吃不喝,生的病其实就是想她,一天到晚蹲在门口等。她恳求提前两天回家。她说:"一想到它蹲在门口等我的可怜样子,这鼻子都是酸的。"

纪念正生着气,这个女人对他的工作没有帮助,只能说没有上心,没有上心也就是没有爱他,没有爱他还当什么情人呢?既然都这样了,他也不大愿意帮她:"我同意你请假,但不能为小狗。你给我编个理由,让别人能认可的理由。

只要理由充足,你明天一大早就走。"

"你替我想一个。"

纪念一张嘴就觉得耻辱爬到了喉咙里:"我很伤心,本来不想说,但我不说你又不会知道我为什么恼火。最初,我们协商好的,有什么事你跟我说,至今你没有跟我说一件事,要不是康胖子跟我说的,我还相信你什么都不知道呢。"

"他跟你说了什么?"

"他找过你的事你没有说?"

"什么意思?"

"他,找过你的事你没有说?"

"我不知道你说的事是什么,我也不知道他跟你说了什么?怎么跟你说的?"

"闹了半天,我想知道而不知道又必然知道的还是个不知道。我本来可以知道,对我的工作有重大意义的事,对我的方向和进度有着影响。"

"你还恼火呢,恼火的应该是我。你为了搞你那套'敌人是最好的朋友',把我当成了工具。"

"你答应帮助我的。"

"帮也看为什么帮,怎么帮。如果我认为这事对你不利,给你说了反而制造矛盾,我还要给你说吗?"

"又来了!我说过很多次,你只管说,因为你没有能力判断这事该说不该说。康胖子找你的事你就该跟我说。"

"我觉得这事可以不说,一是人家只是有那个意思,我又不接招,事情到此为止有什么好说的?退一步说,我跟你说了,还不是人为制造矛盾吗?"

"好吧,"纪念退让一步,"我听听他跟你说了什么?"

"就是那天我家人打电话说宠物病了,你当众给我脸色看。他替我不平,尤其出门在外,同事间应该照顾。他还说最看不惯这种人了,动不动训人,跟没当过领导似的。说你人品有问题。"

"我对这家伙这么好,多次为他惹的事擦屁股,不感恩也算了,还落个我人品有问题。"

"没问题吗?你与人偷情,人品没问题吗?"

"你说我偷情有问题,我接受。可他并不知道我偷情啊?知道我偷情说我人品不好我认了,可不知道却也说我人品不好,就很糟糕了。"纪念在她面前兜了几个圈子,突然被一个问题绊着了,"我问你,他到过你的房间图谋不轨没有?"

"这话说得太恶心了,他是去过,说左佑去的,没有几分钟你不是站走廊给喊过去了吗?"

"那事后我问过你多次,你怎么不说呢?"

"当时我觉得没什么事。因为你事先定的标准是,那些直接影响工作的事给你汇报,这些话又没影响工作。"

纪念在她面前深思般地徘徊,突然又被第二个问题绊着了:"能不能这样推论,我当众给你难堪,反而给了他私下找你讨好你的机会和理由?"

莫茗以第三者的身份默默地看他:"应该是。"

"这就滑稽了啊。我当众指责你的本意是,为了让人们知道我很反感你,有什么话好对你说,再通过你的嘴传达给我。可结果正好搞反,让人家抄了后路,抓着机会迎合你,别有用心地讨好你……"

"还'隐形说'呢,你只看到你聪明,没看到人家比你更聪明。你设计的迷宫把自己弄得晕头转向。"

"看来得调整方案了,我不能这样自做聪明地当众批你了,要是再批,人家还会装着同情而打抱不平——所谓打抱不平就是勾搭你。"

"这得怪你啦,本来好好的,你非要搞什么演绎。结果你越对我不好人家就会越对我好。请你吃饭,安慰你,打电话宽你的心,都是堂堂正正的同事之举,我又不能不知趣。"莫茗看到事情往有利于自己的方向发展,知道说什么了。

"他真请你吃饭了?"

"我说你要是再当众批我,人家就会请我吃饭了。"

纪念看出问题原来出在自己身上,他做出新的决定:"以后我不再这样对待你了,得和同事那样相处。"

莫茗有种解放的轻松:"本来很简单,都让你给深刻坏了。"

"是呀是呀。"

"这件事看得出你并不像你以为的那样棒。你玩的路数也不是最好的路数。"

纪念认输地叹口气。这都怪康胖子,要不是康胖子抄后路,他的路数肯定是正确的。他恼火地说:"知道什么叫宽容吗?就是你宽恕了,别人就纵容了。"

因为撤销了卧底计划,情人就回归了情人。莫茗觉得很舒畅。这也是十三天重走列国路,真正舒畅的一次,不再时不时地防备冷不丁地被人挑剔,当众受指责了。相比之下,蹲在家门口痴情守候的宠物,也不那么可怜了。看样子自己为宠物伤心,其实包含了自身心理处境的因素。

去掉卧底身份,还原情人关系,莫茗倒想用实际来庆贺一下,奖赏奖赏纪念。她的脑子里跳的就是这两个字,而这两个字其实是两层意思,一是奖励,终于可以默默无闻地平静下来,像其他人一样正常地生活;二是犒赏,换句话就是同意半夜时分纪念去她的房间了——自从当了情人,这宝贵的"第三次"因种种缘故,总是夭折。

纪念潜入莫茗房间。窗帘拉满了,边沿透着微弱灰色的光,屋里只能模糊地映着人影。

也许是身处异乡独有的刺激,也许由于情感的放松肉体的炙热而容易放纵,没有多久,深夜的床上就升起了快感的哭泣,这声音像古井底处的沉闷浊音,比尖叫更色情。"噢唔吁"的声音不是从嘴里发出的,而是从喉咙或者从胸腔的深处发出的,也不是肉体的表层的快感、欢叫,而是从肉体内部释放出来的压抑很久的兽性的痛快。声浪浑浊挟带着泥沙涌过来,奇怪的是很难分清是高处涌还是低处流,持续十几秒沉寂下来,之后又持续了十几秒,这还不仅是声音的波动起伏感,是那声音搅拌的情欲。

左佑被这声音弄醒了,"噢唔吁",好像塞着毛巾的毒打,发生了一桩虐待案?过一会儿,声音没有了,是不是被打昏过去了?左佑实在判断不清这是从什么地方出来的。他需要帮助,又知道把康胖子从酣睡中给唤醒很不合适;可是墙那边的生命安危远比扯呼噜的人更重要。他先是咳了几声,没效果,接着悄悄下床把卫生间的马桶盖掀开,再放下,好让发出的脆响起点作用,还是无效。他急得团团转,还有什么东西以掉的方式弄出响声,把这头猪弄醒呢?一只肥脚露在被罩外。按说他生性严肃、作风严谨,那只胖乎乎的脚也没什么主意好打，可是，为了隔壁一个被虐待昏死过去的女人，他只得牺牲自己的尊严，用这等下作手段来了。

　　他拿起桌上的杂志，握成筒状在他的脚掌画起了圈。第一圈，那胖脚没动一动，又一圈，仅收了一下，最后他使劲捅了一下，康胖子触电似的一收脚，腾地弹坐起来，那动作的灵敏远远超出了肥胖吨位。一边嘴里吧唧吧唧，一边用手揉了几把脸。恰在这时，那"噢唔吁"的声音隔墙渗过来了。"噢、唔、吁"，"噢、唔、吁"。康胖子迅速回到现实中，听出来这女人的喊叫是源于做爱的快感。"噢唔吁"，"噢唔吁"。在他和女人的做爱史上，那是发自内心的快感又因环境限制，压成了貌似的痛苦。不像炸、炒，那种尖叫的，哭天喊地，假装刺激反而扫兴。它似高压锅里的炖，焖声，咕嘟嘟。康胖子从声音断定这不是色情从业人员，可在不解风情的左佑听来，这是一种虐待。

　　和左佑一样，康胖子很想知道声音是从哪儿传出来的，因为建筑物的构造，声音的传递往往和正常的方向不同，有相当大的欺骗性。听来好像很近，实际上可能很远，听着来自楼下，实际上可能来自楼上。上次宾馆隔壁响过的男女嬉戏，康胖子有过猛击一掌的教训，现在他在搞不清是木板夹层还是水泥之前，不敢妄动。他用手指弹一弹，那边没有反应。这样一来，所谓的那边其实应该是"哪边"。它可以来自建筑物的任何一个角落。东西南北，东南下，西南下，北南上，北南下……凡是有过经验的人都知道无法断定具体的准确方位。也就是说，对声音而言，建筑物就是个迷宫。康胖子换了几个地方贴着墙，都能听到微弱的"噢唔吁"的声音，来自于喉咙部位。浑浊中透着激昂，振动、扩展，又郁闷地升起来。声音里包含着肉质的快感，仿佛变成一只淋湿的鸟，拍打着沉重的翅膀在楼里盘绕。

　　"唔唔"，掠过华丽的大堂、散发着霉味的地毯、睡着做梦的客人。

　　"是不是叫保安？再等人就出事了。"

　　按照康胖子的本意，应该实情相告，这是女人的高潮之前的快感。可他知道一旦说了，自己肯定又要被看成流氓了。这是无法转变的事实，自己做什么都要往流氓上挂。深更半夜，人家都快死了，你无耻地想到性高潮更是流氓了！他只得降低姿态，违心地说这是酒店，什么样的人都有，可能是发癔症。再说你能听到，保安和工作人员同样能听到，死不了人，你就放心地睡吧。

果然，几分钟之后，连着几声的更显亢奋的喊叫，一切归于寂静。

第二天早上，人们在楼下餐厅吃自助，等大家围到桌前，康胖子就满脸绽放地发布半夜的哭声。半夜有个女人哭，好像捂着嘴，左佑非要说被人虐待了，打得不敢哭。左佑争辩肯定是女人被打了，受到威胁堵着嘴，只是搞不清声音是从哪里出来的，在楼中声音容易欺骗感觉。

康胖子附身移近纪念："你没听到哭？半小时哭了两回。"

纪念不动声色地剥鸡蛋，没有回应，只是用眼角最边溜了一下莫茗，莫茗只顾埋着头努力地吃饭。

康胖子又低声评价："声音一听就不像职业队的，但更刺激，淫而不荡。那种职业队就不懂了，以为乱喊乱叫就刺激，其实淫而不荡更有穿透力。'喔喔喔'比'啊啊啊'强得多。"

叶芝做了副讨厌的样子，瞅了纪念一眼，想让他制止这种色情话题。恰巧看到纪念的眼角溜向莫茗，因为她坐的位置与纪念和莫茗形成了扇面，也就同时看到莫茗低头吃饭。作为过来人，一个有着生活阅历的人，从过度亢奋之后的气色、嘴唇的松弛度，尤其是既明亮又迷离的眼睛，基本上可以用蒙太奇的手法，拼接成一个符合事实的画面。

纪念看到叶芝愣怔的样子，问："你怎么不吃饭？"

"我好像发烧了。"

庄娜娜关心地接过话茬儿："我那儿有温度计，饭后量量。"

第二七章　在儒术里找答案

叶芝病了。十三天的劳顿,大家都很累,第一个病倒的是叶芝。在县医院里打点滴的时候,同事们显得善良友好,争着陪护。最后,纪念让大家都回宾馆,自己留下来,这样两人有了充分聊天的时间和心情。

纪念坐在叶芝身旁,谈了自己曾经发烧的事,讲着讲着,发现她的眼神里有种异样的东西,貌似没听。"你的注意力好像不在这儿?"

是的,她的注意力在另外一件事上。她发现了纪念和莫茗的秘密,便有种很强的好奇心,想得以验证。一对情人,为什么如此反常地在公众场合演绎成对头的角色?这里的情感和心理,这里的技巧和策略都让她迷惑。这得有多深的城府啊。相比之下,自己就苍白了、幼稚了,只要有好事总向外广告,明知效果适得其反,还是停不下来。眼下,因为打针有了单独聊天的条件。

她问的是:"能隐藏已经很不容易了,让人奇怪的是,你怎么反向操作——我说这些不是对别人的隐私有兴趣,关键想从中受到启发,解决我的城府问题。"

纪念表示不知她在说什么。

叶芝闪烁其词之后,又问:"我点到这儿,你该明白了吧?"

纪念表示不明白。

叶芝没有再问,而是换了种方式,用眼睛瞟了一下他,然后眉毛挑起,灿然地笑了笑,转过身来,发现他还是不明白的一脸困惑。

"当然,"她说,"能料到你会否认。"

纪念以为隐藏很深的秘密,还是被人发现了。为此,他也有着同样吃惊和好奇,问:"你好像发现了什么,我是说,暂时假定你说的某种情况属实,你又是什么时候发现的?"

叶芝看到打哑谜有进展,抛出一个理由:"为什么她一人一间屋?这个问题我从第一天就发现不对。"

要是这的话,就索然无味了:"三个女人,总得有一人一个屋。"

"没有其他原因?"

"这话听不懂。"

叶芝看着跟前这个大男人窘迫的样子:"看来我要选择一个词,不让你难堪,又能表达我的意思。我现在需要选择一个词。"

这句话让纪念想到不久前和莫茗相处的情景,当时他想提卧底的事,欲言又止,莫茗看出问题,也是用注入模糊的方式向前过渡。因为医院的环境不能正常地说话,低声细语就给别人包括他们自己一种情人的感觉。这让俩人同时感到了一种游离于现实之外的美妙。人生的一种好奇的求证和同样好奇的对求证的求证,这种情境是非常少的,透着轻松的玫瑰色暧昧。

一个女人闪烁其词地对一个男人谈论着他和另一个女人的暧昧,这本身就含着暧昧。凡是涉及暧昧的话题总是那么妙不可言。

纪念将当初和莫茗的方式重温了:"你挑选一个词说吧,我等着。"

叶芝找不到一个过渡性的词,沉吟片刻:"你们刚开始的时候。"

"你怎么知道我们什么时候开始的?"

"因为你一厢情愿,她并不跟你配合。"

哎哟,纪念怀疑是不是问题出在莫茗身上:"不配合?她是不是说了不该说的东西?"

"正相反,让人起疑的地方恰恰是她什么都没说。"

"那又是怎么回事?"

"你多次在公开场合表示对她的不满,说明两人有矛盾。问题在,她没有说过你什么,没有一、二、三,你明白我的意思吗?这就很不正常了,违背人性的。正常的情况是,你对她不满,她会有抱怨,可是她没有。这让我有了悬念感,通过默默地观察,发现你们其实不是仇人,而是非同一般的情人。所以,我就不会当着她的面说你的坏话了。至于别人是不是看破,我拿不准,只是我不会说你的坏话了。"

纪念被女人的直觉判断折服,嘴上故意平淡地说:"好像理由不充分。"

她接着说:"你很讨厌其他的人,比如康胖子,但你以你的教养,进行了克制,并没有流露,起码表现得不明显。而对莫茗,就不一样了,做出一副受不了的样子。都是同事,为什么反差那么大?这显然有作秀的成分。"

叶芝对两人的隐情,只是想求证一下真伪,现在看到纪念低头认同,算是得到了确认:"反感一人很简单,可是流露出反感,就不简单了。你对莫茗反感的流露,有让大家注意的意思。为什么要让大家注意呢?恐怕只有一个答案,为了掩饰什么。那么再往前推,两个男女又有什么事好掩饰呢?所以啊……"叶芝点着头,眉眼间传达了个"下面还用我说吗"的调皮表情。

纪念还之以同样的点头,表示佩服。过了一会儿,他说:"既然你说了——咱们还假定是事实——那又怎么样?你能向什么人告发,我能得到什么处罚吗?"

"现在这个社会,即使你老婆知道,她老公知道,你又能得到什么处罚?我只是好奇想确认一下直觉。"

"你只说对了百分之三十。"

"百分之三十?"

"这应该是一个法则,大凡人们对别人看法的正确率只在百分之三十。对,那你为什么跟我说出来,让我知道你掌握了我的隐私?"

"好奇是一,还有一点儿,说出口有点儿不大好意思。因为我现在的处境。"

"你什么处境,在医院打点滴?"

"你别回避。你知道,大家对我不大友好。"

"没那么严重。每个人都觉得大家对自己不大好。你并没有太大的问题,最多是太爱当着大家的面秀你的幸福了。"

"秀也成了罪?我只是如实地说。如果我说我的家庭很糟糕,同样是如实的,是不是大家就很开心,不再说我炫耀了?"

"应该是吧。大家就会很同情你。上次他查会上,我说过这个问题,个人主义与他人之间的平衡问题。成功的人就是要多学点儿平衡技术。一个人失败了,不需要学平衡,没人看得起你,没什么好平衡的,只有成功者需要考虑别人的目光去搞平衡。"

"功过格上我已经说过了。"

"修养是人的一生的话题。"

纪念说在人生道路上,每个人都有自己的感悟。重走列国路之前,他对儒家只是一个笼统概念。有一次,当他看到汉代董仲舒"罢黜百家,独尊儒术"这句话时,眼睛一亮,他感到这事一下具象化了。"儒术",不是道,而是术!术与道是两个层面,纪念说那天他的眼睛久久盯着"术"字,思路也随之开阔。术就是一种技能了,既然是技能,就允许应用一些手法,比如伪装、夸张、运作、打压等等手法了。儒家回归为或升华为儒术,一字之差,天地之别了。比如五常中的仁义礼智信,你可以内化为思想,也可以在操作层面上赋予伪装的形式。具体地说,纪念针对叶芝个人问题开药方:"你家庭幸福、事业向上,这在道上是很好,但在术上则另有讲究。刚才说了,术有操作的意思,怎么操作呢?对你而言,操作到要装着不幸福。"

"这是什么规矩?这要是儒家的规矩,那就是反人性的。"

"我刚才说了,儒家和儒术是有天壤之别的。当然,也可以这样说,反人性。那么借问一下,什么是人性呢?炫耀是人性,反感炫耀同样是人性;成功是人性,妒忌成功同样是人性。那么你一个人的人性和其他人的人性相对,你的人性就被包围了。怎么办?我在儒术里给你找到了答案,要装出不幸福!否则你就会被别人咒,直到你真的不幸福了为止。儒家之术,也是处世之术。为了让别人高兴,我必须压抑自己的高兴,为了让别人不嫉妒,我必须装着自己一点儿也不幸福。为了让别人舒服,我必须低调,察言观色,谨言慎行,哪怕一个眼神、口气都得拿捏好。"

"看样子我不适合生活在中国。过好了不能说;过坏了,就可以说。都是事实,到底是谁的问题呢?我最看不惯这种歪风邪气。三十年前的计划经济,大家都在一个平台上,缺乏空间。现在,人们有了差别,这是事实,为什么要掩盖这个事实。面对事实,怎么就是高调就是没修养就要被孤立呢,你说说为什么?"

"好事不能全让你占了,你的筐里没烂杏就不行。所以说,要学会压抑。"

"压抑,怎么学呢?我太想知道你是怎么压抑的。好了,话又回到刚开始的地方。你喜欢某个人却要当众批评她,这是不是压抑?"

"没有啊,这说明我'术'字应用得很好。"

"噢,我想起来了,康胖子不也是到处炫耀吗?"

纪念发现这番谈话将会无功徒劳。因为她不是深刻反省自己,而是拉个陪绑:"表面上你和康胖子一样,炫耀自己,但你和他又有很大的区别。康胖子这个人,通常不在乎别人的感受和评价。一味地说自己,不留意别人的嘲笑和厌恶;你不一样,你在意别人的反应,包括厌恶、敌对,都在意。但你还是克制不住自己,非让别人知道你的好事,于是别人满怀期待地等着看你灾难降临。这个拍摄项目对你来说是个启发,比如这'克己复礼'。压抑就是'克己'的一种,'复礼'是为了给大家一个礼,庄娜娜唱两嗓子就不行了。你天天在人家面前炫,怎么没想到自己给别人造成不快?让别人欣赏你,不欣赏就是反人性。克己就是以自己为敌战胜自己,可是放纵自己,以人为敌就只有败的份儿了。"

纪念为自己的新解而兴奋:"这一点儿可以用在片子里了。"

"你是什么都往你的片子里拉。"

纪念说远不是这样的,通过十来天的重游,将以往的知识激活了许多,过去是从书本到书本、知识到学问,可是这次重游好像将一种化学品投入进去。想了很多,而这些并不能一一拉入片子里。他说:"就拿'嫉妒'举例吧。嫉妒,在基督教里是罪,要忏悔和赎罪,在我们这里只是反思和修养。这个问题我也琢磨好久了。国家开放了,个人也开放了,我们被孔子从没听过的东西占据,丰富的物质生活、自由、民主、个性张扬、欲望、膨胀等等,孔子体验过这些东西吗?这些东西在我们身上疯长,就免不了纠缠和碰撞,又没有制约机制,不发生冲突那才怪呢。说实话,我发现我们真有自我保护能力。一方面鼓励成功,表现自我,一方面又强调修养,人就变形了,在看不见的缝隙里拧着。像大街上,人们在拥挤中,自行车、汽车、公交车、行人,乱成麻了,可人们闪躲着。就是这样,躲来躲去真的闪不过来,就撞上了。像你和庄娜娜,撞上了。"

纪念停了停,又说:"从这次重走列国路,是一场游走,每个人体验到的都不一样。你是云游的游,康胖子是游冶的游,我是游说的游,左佑是梦游的游。每个人都有痛苦,我也知道你的痛苦,你的痛苦是拥有的太多,长得漂亮、老公好、儿子争气,人们向往的你都有。痛苦很多种。你的痛苦是,你有了别人所渴望的东西,要让人们知道,分享,替你高兴。可你发现,人们不替你高兴,有的还反感,你打算不再炫了,可到了儿还是忍不住。"

"问题就在这里,我心里命令自己无数次,可张开嘴就后悔。像吸毒似的,戒不掉啊。"

"那怎么办?好好的事因为别人反成了绝望和痛苦了。"

"我常想啊,世上应该有种什么东西,就叫报喜器吧。你的好事一发生,它就义务替你发布。这念头是上个月才有的。那天周末,我老公带我去海鲜城吃鲍鱼,几个人吃了两万。老实说,鲍鱼的口感很一般,颜色也不好看,吃的时候并不高兴。可我出来后就想,一顿吃两万,得给谁说说,不能就这么不声不响地过去了。我是斗争了一夜,明知道说了没好处,但是,第二天还是忍不住,装着话赶话似的说了。我知道一张开口就俗,可还是管不住嘴。唉,要说虚荣,哪个女人不是这样的呢?都想把自己最好的一面给别人看。有什么资本亮什么资本。身材好的穿裙子,秀小蛮腰,丰满白嫩的就袒胸露背,好让男人的目光闪烁,文才好的就在报上发文章。可是……"

纪念深表同情地看着,拍拍她搭在扶手上的手:"你的报喜器好像只是表面的自我满足,好像只是一种展示,到此为止,可是再往深处追一步,那是为了让人艳羡,而再往里追一步,是不是还有一层让人痛苦的意思呢?当然,这是潜意识的,没有道德上的故意,但在结果上,让别人把痛苦直接转换为恼火。为什么?本来好好的,你一炫就平添了痛苦,人际关系就失衡了,一失衡就冲突。"

叶芝讨教地问:"你是怎么解决这个问题的?高兴的时候装着不高兴?"

"老子说,富贵而骄,自遗其咎。这么说吧,你走的路我全走过,所以我很理解你,也乐意帮助你。你的所想所思我都懂。我在能力上和事业上的小成功,引起了某种人的嫉妒,就造谣中伤。多年来,我每成功一件事就有一个朋友和我疏远,还有人故意造谣陷害,后来,我发觉只要装笨一点儿,一切就解决了。"

"怎么装笨呢?"

"比方说我吧,关于厕所洗手,我明明洗手在前是对的,但为了大家的俗成,还要在事后再洗一次,这一次就是为了给大家看。这就是术了。"

"其实你心里很委屈,是吗?"

"习惯了也不委屈。"

"我矛盾,我管不住,我常常回到家就骂自己,贱!自己的好事你自己享受就行了,让别人知道、分享干吗?人家又不想知道。可又想,管他妈的,我想说什么就说什么,看别人的脸色干嘛,东张西望,前怕狼后怕虎,这不是为别人活吗?为什么为别人活着?我幸福我想怎么说就怎么说。这很重要,为了别人很憋屈。这世道本来就矛盾,你要弱了、差了,别人更看不起你。"

"矛盾啊,矛盾,人一辈子就这么过,遇到高兴的事,多难,还不敢高兴。一高兴你就不高兴了。"纪念叹口气,说,"今天和你谈论这个话题,是因为我自己也时常陷入其中,不断地抵抗,不是抵抗外界,而是抵抗自己,抵抗不住也得抵抗。"

"你刚才说'压抑',这会儿又说'抵抗',你是怎么抵抗的?"

"是啊,压抑是悲剧,抵抗是悲壮。"

"具体一点儿。"

"我是这样想的,首先,我不认为我比别人强、好到哪里。你说你一顿吃了两万,我不会觉得这有什么,因为吃的比这更贵的不在少数,还有人经常吃,还有人都吃厌了。所以,一比,我没有优越感。如果,你跟比你差的人说,那是没意思的,嫉妒也好,怨恨也好,人家觉得你很肤浅,一个市长不会对别人说他是市长,吃了什么,只有不是市长的人才说他认识市长,昨晚和市长一起吃了什么。炫耀,基本是穷人心理。在我们一个多月的接触中,你说了很多话,其实你翻来覆去只有两句话,什么话呢?你的东西总是好的,别人的东西再好也是有毛病的。你的话基本上是围绕这两句话展开的。这不是你个人的问题,是很多人的共性。我只差没有说包括自己了。"

"你是怕别人说你肤浅,说你穷人心理,才不说的?"

"基本上是。"

"你还没明白我的意思,我的意思是,什么缘由不说,你压抑了没有?你克制没有?你战胜自己没有?"

"没有,自然而然。我再给你举个例子,二十年前,谁家有彩电,夸耀会如何?现在你还会说吗?"

"我知道,你说的我都知道,来公司之前我就知道,吃过亏,但还是改不了。我最大的愿望是,自己的好事自己不说,但别人知道。像我幻想报喜器之类的。"

"那又怎么样?"

"传递给别人我会很幸福,真正的幸福。"

"你儿子很优秀,你不是真正的幸福?"

"当然是,可是,这是两种不同的幸福。"

"双重的?"

"对,我斗争很长时间。你看怎么办?"

"没办法,要从自身做起。看样子是文化问题,也许你身上的儒家什么少了?俭,这一块少了。不用报喜器,只要身上增加个俭,就没这么痛苦了。"

"你又用儒术麻醉我了,只是你应该能看到,没用。"

"你要非让我给你开个药方,我给你写个字,这就是答案。"

他从衣兜里摸出一个小本,又取下别在上衣兜的水笔,在纸上写个"我"字,又写了一个,竖起让叶芝看。

叶芝问:"两个'我'。什么意思?"

"这是个象形文字,怎么组成的?你看,'我'的左边是个'打'字,右边是个'戈','我'是两个捆在一起的兵器。这就告诉你,'我'是对抗的矛盾体、对抗体。一个人总是跟自己冲突,又捆绑在一起。古时候的人比现在的人聪明,看透了人的本质,就造了这个字。"

"第二个'我'字呢?"

"第二个'我',是上面一撇,和一个'找'字。这就更有意思了,我,其实一直在找自己,找别人,找出路,找那么多东西,找来找去找不到,这就是'我'。"

"人看不清自己,最大的隐形物在人自己的身上。"叶芝抽出一只手,捂着脸,吃吃地笑,"又是你的隐形物,别再说了,再说都快看不见你了。"

第二八章 乌龙时代

第十四天,摄制组到了最后一站。和中原连为一体的楚国,已经有了江南的风味。整个路途上,总撰稿以长者的身份跟85后沟通,把他当成儿子。多年来,他很想把自己的思想、人生经验传授给儿子,可是儿子总是拒绝。如今,85后成了儿子的替代品。

总撰稿讲述买车与买脸的漫长历程之后,好像场景转换,轮到了85后。作为两代人,总撰稿更愿意听到85后的声音。85后和儿子在文化时代上是画了等号的,切入的时代刻度也一样,生活方式、思想感情、人生认知都一样,为了探索儿子的封闭世界、把握时机,他暗中命令自己对85后的议论不反对、不争论,以倾听的姿态来相处。

85后告诉总撰稿,在十四天里,他发了五十多条微博,增加了八百多个粉丝。像任何事物一样,重走列国路,有的赞扬,有的嘲笑,有的抨击。有几个不知身份的评论很有意思,85后把这几条转述给总撰稿。

其中一条是——什么叫国学热?这话得综合性评判,不能人们看得多了一点儿,阅读量增加了一点儿,就是国学热了?如果单从人员的多少,我们可以说很多热。赌博的比读国学的人多得多,卖淫者也不计其数,吸毒者近千万人,你能说这是黄赌毒热吗?

他们在城墙下散步,傍晚的天空有种离乡的愁绪。85后谈了微博时代是真正的众生喧哗的时代,没有权威,大家都在一个平台上发表各自的看法。哲学博士与看大门的保安没有什么区别。几十字的《论语》体,对事物的认识达到了罕有的简洁,也把人们的学识的深浅抹平了。一个风云人物可以骂"狗屎";一个农民工同样脱口而出地骂"狗屎"。在网络世界里,鲸鱼和小虾是一样的,大象和蚂蚁也是一样的。往往蚂蚁还会挺着枪去搠大象,或者是一群蚂蚁去转攻大象。现实中,教授在台上传道,万人折服,转身进入微博里,还是那群听众就可以起哄嗷嗷叫地围攻他。

网络世界把人淹没了,同时,微博天地又给每人一声音,无穷大产生的虚无中又有了个人化的实体感。人们发声是刷存在感,这种声音就是存在的证明。难道我们到这个世界,就是要给别人喝彩,被淹没得不存在吗?

网络时代其实是"乌龙时代"。

每个人都有自己的关注点,总撰稿关注面子车,看到面子车从历史源头开过来。85后则关注网络。

85后说,这巴掌大的物件里,藏着全世界。当你想了解孔子的时候,你只输入这两个字,它会出现无穷的词条。你再点击一个词条它还出现新的词条。一个词就是一条道路,它把所有的知识都摆在你的面前。你倘若思考孔子与基督的关系,不必费神,点击一下,无数个思考过的答案都会涌现出来。

网络上,可以看到孔子和柏拉图的关系,分别是东西方文化体系中极重要的思想家。有几个很像:一、教育;二、指向政治;三、游说统治者;四、所处时期混乱腐败。但两人前景方向不同,孔子是复古周礼,柏拉图则是建立"理想国"。

在网上,你还可以看到孔子与堂·吉诃德的关系;看到丧家狗与哭丧脸的倒霉相的关系;看到孔子到卫国的雄心,要让它们富裕,再教育它们,这和堂·吉诃德那个"天叫我生在这铁的时代,是叫我恢复金子时代,我再说一遍,我是有使命的"有着精神上的血缘关系。

理想主义发展到一定程度进入幻觉主义,会被自己迷惑,以为别人也希望这样。85后说,网络就是一切。在网上,人类实现了大同。

比如这几天,您除了说买车、面子、国教、代沟之外,又多次说过公正和利益。其实,您在说的时候,我已经在网上点击搜索了。各种见解很多很多,驳杂混乱,任何个人都淹没其中。所以,网络时代,每个人的思考都那么无意义。

知识的无穷大让我们没有思想了,发生的事情也很多,比如我们这次重走列国,我们以为很了不起,可是在这半个月里,全世界发生了多少事情?国家级的、省级的、企业的,无穷无尽的事件。我们的"重走"只是一滴水。如果没有网络,我们可以感到自己的存在,明了一件事情的意义。可是,当我们打开网络,我们的活动全淹没到信息的海洋了。

知识,我们不用学了;主义,我们不用思考了;行动,也不用实施了。任何事物早已注定归于无。您能从买车想那么多的国教文化,您想那么多,结果还不是买一辆,开回了家?

总撰稿不关心网络与知识的关系、有与无的关系、虚与实的关系,他在意的是现实中的父子关系。他问,在家里,你和爸爸沟通困难的主要原因是什么?

要说因素有好多,我只说最突出的好了。比如这低调。许多人的炫耀是吹自己如何如何,成果多高。我爸的路子跟别人不一样,很低调。不是他道行多深,是他本身内向。这种人只有低调,像男低音,你的发音部位本身就在胸腔,当然不能高音了。他最喜欢的一句话是"我是农民的儿子",这句话别人听了会赞美,我听了就恶心。你知道他是个作家,很有名。如果他是农民,就没有人认识他,人们认识他,是因为他写的小说很有影响。每次采访他,他都不说本职的事,而急着声明自己是农民的儿子。不错,他是从农村走出来的,因为考上了大学,安排到城市工作,现在到了五十多岁。无论时间、从事的工作、生活质量都已经城市化了,但他非要强调他是农民的儿子。

问题就在这里变得恶心了。他上大学的时候,不敢说自己是农民的儿子。他学城里人,用雪花膏、梳分头、说着曲里拐弯的普通话,拐了好多年,这才拐直溜了。尽量把自己往城市靠,把土的味道洗去。他的爹娘来找他,他是想了办法不让同事看到的。当他是农民时,他是不敢说的,他看不起自己。我发现,大部分农民的孩子都有种病态的敏感,容易误解,以为城里人看不起自己。一个嘲笑、一个眼神,本来是对某件事的反应,农家子弟非往自己身上扯。其实,城里人之间也相互攻击,并不专对农民,只是他本人太在意,过度敏感,才觉得是对自己的放大和强化。

后来,他的事业有成,可以说自己家乡在哪里了,声音也大了起来,别人也听得见了。随着他更加成功,他的声音走向了明亮,只要写文章接受采访,都急于声明"我是农民的儿子"。事实上,我前面说过,他已经不是讲农民了,而是借农民炫耀自己来自贫困。

我十几岁的时候,就不跟他去饭店和他的朋友们见面了。我讨厌他那拿贫困来炫耀的故事。人们说到衣服,他会来一句"我十二岁之前没穿过鞋";人们说健身会所,他得笑谈,"到了夏天,我就在我村头的泥塘里玩狗刨";人们在酒店里吃美食,他会动情地描述他不识字的妈妈做的馍:"那可比这好吃,吃一个,你都想吃第二个。"天呀,那是做得好吗?那是穷,给饿的。总之,他成功以后,太喜欢提及他的家乡,述说那里的贫困了。

许多人会说,他不忘本,热爱家乡,有一颗真金的心,那么坦荡,透出了洒脱,那是骨子里流出来的对故乡的眷恋。其实,这是他的生存发迹的资源。好像没有忘了大地、没有忘本似的,其实,他是要昭彰他的现状与他出身之间的差距,当然是一种更大的炫耀——炫耀他自己。

他不仅卖弄贫困,后来发展到动不动就讽刺城里人。我妈是城市长大的,知识分子后代,当我妈抱怨城市畸形发展,怀念当初安静的街道和院落的时候,他总是一副不屑的样子。看看吧,你们有多笨哪。我是从生活最底层起来的,都比你们强,要是从小在一个起跑线上,还不定比你们强多少倍呢!其实,他一点儿不比城里人聪明。我看过一项统计,城市里的能人们相当一部分出国了,相当一部分在医学、科技、金融领域,没有多少从事文学的。文学圈是二流人混迹的地方,因为没有标准和尺度,写好写坏都能成为个性。甩开作品,他什么都不是。前两天搞的功过格,你说了在街上走路总是给对面来的人让路,这话我看是对我爸说的。他要是去掉作家的身份,放到生活中他其实是一个弱者。多年前我俩上街,本来并排走,只要对面有人,他都提前分开,躲着让对方从我们中间穿过。我生气地说过多次,他总是说把方便让给别人,这是教养,这是文明。狗屁!从他身上我看出了许多理论的外衣,明明怯懦,非要说教养。我发现他批别人的时候恰恰是他自己犯的错,但他自己犯了错总有成立不成立的理由骗自己。

要不是和85后聊天,怎么知道下一代的真实心理呢?以此推论,总撰稿想,在儿子眼中自己也好不到哪儿去。

85后说,你们当家长的很可怜,还可笑,以为自己的成功在孩子眼里有道光圈,其实,我们看到的是阴影。

85后说,人们都知道炫耀财富是浅薄,其实,炫耀贫困同样是种浅薄。我是学社会学的,有些事情只有到一定时候才明白。比方说我爸总爱谈卡夫卡。上了大学,我读了几本卡夫卡的小说,发现这人的作品没有那么伟大、深邃,很枯燥、很晦涩、难以卒读。这就奇怪了,既然如此,我爸为什么那么热衷呢?当然,许多人都热衷于卡夫卡,如果我不知我爸是什么样的人,我就以为卡夫卡一定有过人之处,能够达到被推崇的地步。但是,我太了解我爸了,从我爸身上我发现,他对卡夫卡的推崇不是从文学出发,而是有种世俗的功利。卡夫卡其实是"皇帝的新装"。大一的暑假,我看了卡夫卡,问了他几个问题,小说里的人物、场景,我爸竟然不知道。他炫耀贫困得到人品的好处,而炫耀卡夫卡能得到事业上的好处,可启发他用孤独的笔调把他的自卑、压抑、失败表达出来,展示的是一个生活中的弱者。卡夫卡本身是社会生活的一个场景,在成功者面前是没有市场的。但为什么,有不少作家膜拜他呢?弄着弄着乌鸡变成了凤凰呢?我从我爸身上发现,除了内心的自卑之外,更重要的是,这些人在才华上达不到十九世纪大师们的高度。把卡夫卡拉到面前成为一个标杆,这样自己就能跳过去了。众所周知,谁谈论卡夫卡,谁就是先锋和现代派。荒唐的场景是,人们在热闹的会议扯谈孤独,在豪华的酒店咀嚼失败。

85后说,有一次我和我爸吵了一架,我说作家这种行当很奇怪。他最听不得我这种口气了。我举例证明——比如,我爸三十一岁发了篇中篇小说,被转载,评论,获奖。之后,也算写了几部作品,但是,反响寥寥。二十多年过去了,还是那部中篇小说有分量。这部小说成了他的代表作,什么时候都要把它拿出来说。可以说,吃了一辈子立身之作,换了其他任何行当都不行。就拿他搞行政的弟弟来说,三十出头当科长,二十年来没动静,成了老科长,很没面子,这个科长越当越丢人。再说我姨夫,三十来岁,办企业,搞了五年,很红,全市十佳企业家。随着市场经济的深入,恶性竞争,后来垮了。垮了就垮了,也就不好意思说是什么企业家了。没有财产,没有工人,你什么都不是。可是,作家不一样啊,我爸二十年都没拿出什么像样的东西,名气反而越来越大了。还动不动以名家嘴脸嘲讽我叔,讥笑我姨夫。这又是我讨厌他的地方。

这个世界没有问题,它之所以有问题,是你的态度。如果你宽容了,事情就没什么了,如果你不宽容,它就成了问题。而不宽容,那是你用自己当标准去衡量,结果,在这个世上,除了你自己,别人总是那么有问题。

这两年,我爸和您一样,很想和我沟通,又总是失败。怎么办呢?他就让我进入他的世界,看看吧,老爸多么了不起,是个人物,是个受人赞扬不已的人物。他还让我参加过几次研讨会。您知道,每年这种研讨会在市里有七八个。有的是他主持的,有的是他当嘉宾发言的。他本来是为了让我佩服他有水平、有修养、有影响,可是参加了三次,我不再去了。如果直率地谈谈我的真实想法,我就要说八个字:震惊、无耻、恶心、陋视。

我说到恶心,我再次说到恶心,从心理转到生理,是真恶心,想呕吐的那种。人怎么这么无耻呢?

那种场景您一定很熟悉,二三十个人围在一起,当面吹捧,不吝赞词。更可笑的是,当事者就那么厚脸皮坐在中间,沐浴着春风,一点儿不脸红!我们这个社会里丢掉了许多的东西,其中一个带根本的问题,就是"耻"。这些作家,四五十岁了,六七十岁了,看了几千本书,知道苏东坡、莎士比亚,知道什么叫尊严,也知道什么叫人格,知道什么叫无聊、什么叫无耻,对社会他们什么都知道,在书里他们什么都知道,可是,放到自己身上,像幼儿园的孩童,要听阿姨表扬:"乖,真好;乖,知道桌子擦净了。"知道"不给小朋友闹了",知道"拉臭臭要擦屁屁了"……不,还不一样,比这更荒唐。孩童不懂事,你表扬他,是对他的指导。而这些作家呢,一把年龄了,不懂事吗?他知道人们吹捧是假的,也要听。不,可怕的还有。我爸在家里多次指责这种研讨会毫无真诚,毫无意义。他还说,在人类史上,这一幕是人类最无耻的。但说归说,下次还能声情并茂地去无耻地赞美。在批判里,我们能看到仇恨、看到愤怒、看到恶意,而在赞扬中,这些就是道德的犯罪和人格的污点了。这是无耻者们举办的一场虚伪豪宴。人们在集体说谎。我并不是一概否定研讨会,起码要有相当的艺术或学术价值。哪能出个东西就开,大家拿着一本破书,为恶心而开呢?

这些天来,您从头到尾讲了"面子车"成为社会公害,并且找到了它的文化源头,来自孔子的思想和行为。当您说到"面子车"时,我突然联想到没有耻感的研讨会,也应该定为"面子会"了。没有耻感的文化真的很可怕。如果说儒家文化中没有"恶"、"罪"等命题,那么同样没有"耻"。以前我搞不懂为什么一群成年人公开地、毫无羞耻地说假话,通过"重走",我像你找到"孔子牌"的"面子车"一样,我也找到了"面子会"的源头。儒家的十字箴言,仁义礼智信,温良恭俭让,恰恰给"面子会"提供了外部气候,也就是温床。都是为了让对方高兴啊,给对方面子啊!

85后说,你们天天担心我们这一代,这也不行那也不行,看看吧,你们都做了些什么?无耻到处弥漫。顾炎武痛心疾首地指出:这士大夫无耻,谓之国耻。

顾炎武,哪个顾炎武?

明朝的那个思想家。

他说是国耻了吗?总撰稿震惊而汗颜,85后说的"面子会",在他们看来早已经习以为常了。

真的是国耻!85后说,士大夫是什么人?类似于你们这种人。你们都无耻了,全民族又怎能不无耻?所以,能够上升到"国耻"。

总撰稿喃喃自语说了几句"国耻",而后苦笑着说,这说明我们根本不具备拍《重走圣人路》的资格。都成这样子了,真的没有资格了。可是,他又自嘲地说,我们不拍摄《重走圣人路》,又能干什么呢?

85后说,可以实际点儿,把它变成一个旅游线。

这是一个富有商机的创意,将圣人路连在一起,形成一条穿越历史专线。有关这个创意,85后已经跟叶芝说过,两人悄悄地私下也多次商谈过。

总撰稿的思绪还在国耻里面,85后说的旅游线也就没有进入他的耳朵。

国耻?上犯国耻,下就没有底线了。为什么底线一破再破?就是触犯了国耻而不知触犯了国耻。

第二九章　走错的路也是路

1

最后一天,到了,十四天的重走列国路进入尾声。有些事情像交响乐,在尾声,矗立起哗然的高潮,又像某种戏剧在结束的地方,发生意外,将悬念抛向舞台外的虚无。其实,这些艺术正是遵循了事物本身的运动律,悄悄积聚着神秘物,而神秘物往往容易裂变。

左佑失踪了。

康胖子说,左佑是晚上9点左右离开房间的。他以为左佑去散步了,而他本人,只要上床就打呼噜,早上看到床上空空的,才知道他一夜未归。

上午的时候,摄制组拍了些外景,左佑没有出现;中午吃饭,还不见踪影。庄娜娜打了两次电话,关机,下午又打了两次电话还是关机。你就不能再以为什么没电了,睡懒觉,或者走错路了等等。这些情况在时间有限的框架里都足以解决掉。晚上,人们来到楚天酒店,因不祥的预感而弥漫着阴郁乌云,原本庆贺的晚餐,变成了"案情分析会"。

可以定性为失踪。

而左佑的失踪因其自身原因,又有诸多可能。你可以说走失,也可以说躲避,还可以说是逃离。左佑失踪的原因呈现了开放式的多样性。

两千五百年前,孔子和弟子们从宋国逃亡到郑国,失散了,只得逢人打听。可在通讯发达的今天,有病或走错路,都可以用手机解决。

如果没有电了,那可以打公用电话。换句话说,在这个地球上,只要想找谁都能找得到。那么,能找到而不找,只有一个结果,左佑是故意逃离!

锁定"逃离"之后,大家又针对这一情况进行分析。一个人只要有了逃离的念头,不会突然发生,在前两天就该有征兆。可是,所谓征兆,对大多数人来说有迹可循,唯独对左佑好像难寻踪迹。这是个性格怪诞和思路迥异的人物,你以为这样的,对他而言可能相反。怪人的踪迹恰恰不能按常人来算。

因为和左佑同间房,康胖子就免不了被追问,左佑临走之前,有没有什么迹象,还有,走失以后,仔细查看一下房间,是不是留了什么纸条?康胖子充当了被审讯的角色,不管愿意与否,都得老老实实提交各种情况,供人们捕风捉影,做五花八门的分析。

2

有人说,摄制组到了楚国就是最后一站,计划完成,要回去了。对左佑来说,半个月的周游,基本上是一种洗礼,他心里已经认同了这种儒家精神的故乡,要是结束回去,他不忍重新面对丑恶的社会现象了,他不愿结束周游,为此而选择逃离。

有人分析,十四天的朝圣在内心改变了他。是不是云游了?像穿道袍或袈裟的人那样,抛家离舍。左佑在一次会上说过"孔子行"的问题,他专一从史料上做了统计,"孔子行"多次出现。也就是,凡是孔子不高兴的时候,总是转身离去。在鲁国有,有卫国有,在齐国还有。这种"行"往往是不打招呼的,如此看来,左佑是不是对"孔子行"的一种模拟呢?这种人有一共性,有离去不打招呼的习惯。他的口头禅是"在我眼里"。既然和我们看到的不一样,他是不是看到了什么异样的东西,不由得跟着走了呢?

有人回忆道,左佑说过一句话,两千年前的人是理智的,现在的人是疯狂的。他们是水我们是酒。那时是个别人的天下,现在是天下人的天下。疯狂也是战争。而现在每个人都疯了,都是战争的一分子。左佑已经在某种思想的指引下走向迷途,走向他看到的星光、飞鸟和散发着香气的树木。这些东西,我们看不见。它们藏在我们看不到的地方。他一定看到了历史的秘密通道。也许离世俗越来越远,离自己越来越近。大家应该看到,在精神气质上,左佑是更加接近圣徒的那种类型。

3

康胖子心里明白,左佑的逃离和自己有重要的直接关系,但他没有说。

头天晚上,康胖子正在洗澡,他床头柜上的手机响了,左佑拿起来并递进卫生间。于是,一个肥白的完整的肉体涌现在左佑眼前——之所以说"完整",是同住的十几天,总有一条浴巾或大裤衩兜着裆部,将身体上下分开两大块。今天因为送手机这一突发事件,康胖子没有来得及用东西遮掩,也就突显了浑然一体的庞大。更重要的是,那个宝物终于袒露了——隐藏在茂密的草丛,又短又小,像粒从土里钻出的灰黄的蝉蛹。

打电话来的同学很是喜悦,报告另一个同学被双规了。在大学不显山不露水的人,二十来年攀升到副市长宝座,基本上和同学们没什么来往了。现在犯案了,这些被他蔑视的同学们报复性地幸灾乐祸一下也不为过。报喜者讲过两千万赃款之后,重点讲了包养的九个女人。九个女人之一是演员,是她举报了副市长。康胖子兴奋诧异,两人热烈地探讨起了操作上的诸多问题。九个未婚女人,他是在什么情况下认识的?包养的?又是怎么分配时间玩弄享受的呢?每人一套房子,这么大的动静,他的老婆真的不知道吗?更让两人难以想象的是,在电视上和报纸上看到他的政务活动,又要正常上班,开会,讲话做报告,已经忙得不可开交了,怎么一个个去临幸那些女人呢?

"这简直是个谜啊。"康胖子真诚地直喊,"敬佩,分身有术又金刚不坏!"

因为太开心,康胖子从卫生间出来,忘记了围浴巾。或者说,他边打手机边掂着浴巾,潜意识中以为这就系上了腰围,遮着了裆部。他肥胖的身子,泛着白色的瓷光,呼哧呼哧在屋里兜圈。这当口,屋子里已经发生了大事,他没有一点儿觉察。直到几分钟后，两位同窗好友齐唱"老天有眼"做了总结，康胖子欢快地将手机丢到床上，这才蓦然发现了左佑那种罕见的、极为震惊的表情和伸头向前琢磨的神态。

他顺着左佑的眼光泊到自己的胯下，如雷轰顶，自家的东东败露了！

4

和所有人一样，左佑以为康胖子那里有个庞然大物。而眼前的实物短小得可怜，害羞地深藏草丛里。这就给人一种目光扑空的失落。确切地说，左佑并非观赏男人的根器，他的道德水准远远超出了对人体的兴趣。他的专注源自惊愕，而惊愕又源自他发现了一个严重的造假——在最初极短的时间里，他还以为康胖子那东东断掉了一大半。

"看什么看？"康胖子遮着，气急败坏地斥道。

惊诧的程度太大了，困惑的嘴迟迟难以合拢。隔着遮挡的毛巾，左佑还是继续看着那个地方。

康胖子嚷嚷地骂："还看。你这货涉嫌下流啊！"

左佑打了个很八卦的含糊手势，酷似一条从水里钻出的狗，抖动几下头。因为康胖子一天到晚晃屁股，抓裤裆，"那里有一个大实物"的认知已经固化在人们的意识中了。现在，眼睛突然扑了个空，舌头便短了："它，呢？"

"你要什么？"

"你的那个东西呢？"

"这不是在这放着吗？"

"不是，我问的是你的东西。"

"我的东西，"康胖子受了侮辱，看来东西小就是被人看不起，"这不是裹在里面了吗？"

"不是！它不是你的！"左佑有种被戏弄的屈辱，他用辩护的口气说，"这是别人的。"

"你胡说，它是我的！"康胖子尽管对自己的东西极为不满，力图掩饰，制造假象,可是当有人指着说是别人的,他就不大乐意了。这已经超越了大与小的关系,而是严重涉及产权的属性了。

左佑愣怔了好大一会儿,凝固的眼珠子终于活泛了,吭吭哧哧地自言自语:"不是那样的,不是的。人们以为是。不是的,不是……"

"不是什么?"

"你说谎,你欺骗大家!"

"我说什么了?我什么也没说。"

"你说了。你天天晃屁股,你天天造势,在人们眼里你有一个大家伙的。"

"那是你们以为,和我没关系,我只是做了一些动作……"

"这个话题太丢人、太低级了。可我实在惊诧,你为什么这样做呢?"

康胖子知道,他的回避否认只能加剧对方的追问,他又知道,以左佑的偏执行为是不可能逃避的。他无路可走,像通常陷入窘迫的人又急于摆脱的那样,开始强词进而夺理起来,将小东东硬往"文化泡沫"上扯。

惊异的左佑更加迷惑了:"这怎么扯上了泡沫?"

5

康胖子承认那玩意儿先天不足,短小。大学期间,连谈几任女友,每到关键时刻,缺陷就暴露了。工作后,总算找了个层次低的女人结婚。后来,随着社会的发展,尤其经济的快速膨胀,发现许多原本无望的事情只要用假象就可以办成。

"假象就是在现实中再造一个伪现实,而伪现实又成为人们活动的现实。我从中受到启发。像我的根器小,是问题,也不是问题,只要伪装,它就能够成大的。缺陷小,又不能让人知道它小,怎么办呢?就让它大起来,我就晃屁股,挠挠裆,好像里面有个大家伙。它那么弱小,可怜,理应受到主人的珍爱和保护。久而久之,我也就惯性使然,为晃屁股而晃屁股了。这个现象其实很接近文化,文化是一个空泛的概念,可大可小,可实可虚。后来我发现,这种泡沫还能运用到任何事情上。"

左佑听不懂。他无法听懂,目光散乱得不成样子。

康胖子最担心败露,眼下既然不幸地败露,那么就要挽回,不能扩散。

"我有个请求,这事你知道也就算了,千万不要说给别人。"

左佑不是学舌的好事之徒,但他也不能这么轻易地放过康胖子。前几天进行B计划,康胖子悍然叫嚣孔子不是教育家,这让左佑很伤心,坐卧不安。左佑就以此为条件,逼他改嘴。左佑说:"可以不说,但我有个条件。"

一听条件,康胖子看到了希望,恨不得"扑通"一声给跪下。

"你说孔子不是教育家这句话,得收回。"

康胖子不记得说过这话:"什么教育家?"

"就是孔鲤过庭,你拿这事说孔子不是教育家。这话你说过的。"

"噢,我想起来了。我收回。我一定收回!"

"以后什么时候都不能举这例子!"左佑像对一个俘虏那样发布命令,"对孔子,人们可以有无数个批判,也可以有无数个反批判,都无损孔子的形象。可是,你把孔子的儿女拎出来,这个事就太有杀伤力了,因为无法还口。人们再智慧和愚蠢,再诡辩和超脱,都得面对孔鲤过庭一问三不知的这个事实。这个事实,你不说别人发现不了。"

"它就在书里记录着,在那摆着呢。"

"摆是摆着,你不说别人就一定看得见?你没说以前,我就没看见。"

"那是你装着没看见。"

"不是装,我真的没看见。或者说,我看见了没当回事。"

"那还是装着没看见。"

左佑不想打嘴仗,不说看见看不见了:"反正你以后不能说。你说了就对我们维护神圣的东西很不利。"

康胖子再次保证绝对不说,同时暗自感谢命运,幸好无意中说了"孔鲤过庭",否定孔子是教育家,要不是这个问题,今天还没有和左佑兑换的条件呢!

那天晚上,康胖子后悔至极,都最后一天了,竟败露这洋相。东东小而短是生理问题,无可厚非,谁也嘲笑不到哪里去。可像他这样的创意,将小玩意儿摇成庞然大物,多大号的裤子都盛不下它似的,却是世上罕见的行为。康胖子想,左佑恨的是我,更恨我说的文化泡沫。

人在憎恨的时候是会出走的。

这么重大的缘由,康胖子怎能说出口呢?

6

在康胖子看来,左佑逃离的缘由在自己,只是出于自我保护而不能透露真相。其凭据来自时间点上的计算。这是人们看推理片受的影响,最后一个和受害者见面的人,负有取证上的定性责任。

其实,若从离开宾馆的时间上划分,纪念比康胖子更晚见到左佑,也就是说,左佑离开房间,并没有直接消失在茫茫黑夜,而是被走廊侧对面的纪念叫到了自己房间。换一种说法,左佑离开房间是晚上9点,纪念则是在9点10分见的左佑,并聊了半个小时。在时间上,纪念才是看到左佑的最后一人。

两天来,纪念在列国地图面前徘徊了无数次,桌子上,也凌乱地记录了想法和统计。现在,他终于可以公布他的重大发现了。基于他的"敌人是最好的朋友"的观点,在真正公布之前,他想给最反对的人先说一说,因为敌对方的反应,会激烈、极端,有利于自己重视,有利于参照也就有利于修正。每个人都本能地算自己的账。他准备找左佑来一趟,因为左佑肯定是最反对的人。恰好这个人外出经过他的门前。纪念叫他进来,说了自己的这个重大发现。结果,他不但得到了激烈反对,还非常意外地看到,作为复制模拟,左佑在激愤中踏着圣人的足迹也潜逃了。

这当口,两人的思想状况基本上背道而驰,只因为思想像气体隐藏在脑袋里谁也看不见,有重大发现的纪念,一厢情愿地期待对方也像他一样激动。

"重走"十四天来,人们对列国有了个整体印象,它在全国雄鸡的位置上只有胸脯般大小,孔子的十四年,就是在这个胸脯的地方打转转,就是在当今中原地区三分之一的面积里打转转。

7

纪念指着列国地图,讲着"鸡胸脯",两相进行对比,谈起了足以颠覆史学的新发现——孔子之所以周游列国,并非史书上的两点论,一求仕或一救世,而是摆脱追杀的畏罪潜逃!

"畏罪潜逃?"左佑拒绝任何非议圣人的言论,拒绝将儒家的信仰主义变成学术问题。刚刚解决了康胖子的"孔鲤过庭",这才转身又撞上更恶劣更具颠覆性的"畏罪潜逃"。左佑知道,在当今所谓的自由社会,许多观点不是针对学术本身,而是假学术之名故作惊人之语的自我表演。

"纪念,"左佑痛心地说,"我一直很尊重你,在你带领大家重走圣人路这一壮举的日子里,我一直很敬佩你。为国教,你做了件功德无量的大好事。可是,我万万没有想到,你今天来了个一百八十度的大转向。"

纪念知道他是什么人,也料到他会怎么反应,从本质上来说,他俩之间相互是异己分子。正是从"敌人是最好的朋友"的观点出发,在发布之前跟他说一下,好发现自己的发现是不是偏颇。纪念劝他保持十分钟的克制,然后从几个时间点来分析——第一阶段,《史记》中记载,孔子当了大司寇之后,先"堕三都",又与少正卯政见不同,轻易地把他杀掉,势头很猛。齐国预感鲁国不久将会强盛,称霸一方,为了瓦解,派人送了一群美艳舞女和百十匹有花纹的骏马。从此,鲁王沉溺其中,三日不朝。一个国家的主脑被腐蚀,孔子再去问朝,大当家的就不那么待见了。

第二阶段,按照惯例,每年要搞一次大型祭祀,祭祀结束的肉品由国君郑重地分给大臣们。而那一次,不知何故,鲁王到场应酬一下就走了,把分肉这等紧要的事交给季氏办理。季氏又安排了家臣,家臣又吩咐给下面的人,而下面的人养成了看上面人眼色的习惯,既然上面的人都不当回事,就有了贪占的可能,结果私自扣留给了自己。结果呢,孔子回到家里等着国君送肉过来,左等右等,到了晚上国君派送的肉也没出现。孔子就悲叹起来,看来鲁王不搭理自己了,实在待不下去了,带着几个门徒凄惶地离开了鲁国。

纪念对祭祀进行了分析,这次分肉是家臣下面人的所为,和国君没有关系,孔子即使抱怨也应该先四下打听,诸大臣是不是也没有分到肉?这是能够调查出结果的。自己为什么急于抛家离舍,周游列国?

左佑迷瞪不过来:"什么抛家离舍,周游列国?"

纪念继续说,关于周游列国,历来著家都在说"传播儒家"或"求仕当官"。可是,当时的文件里并没有什么表述,一本专门记录孔子言行的《论语》,虽然有所记录,但也是非常稀少。他到底见过哪几个诸侯国君?除了卫国,还见过什么国君吗?从逻辑推导,卫国有所表述,那是有事情可做,也做了事;其他国家没有表述,那是没有事情可做,也就是说没有和其他国君交往,当然就没法表述。那么问题出来了,从五十五岁出游,跑出去十四年,为什么不回国看一下,哪怕休息一下,看看家人孩子呢?又不是很远。况且在外面一再受挫,对一个六十多岁的人来说,对一个很容易病故的老人来说,尤其对孔子这样一天到晚将"孝悌"挂在嘴上的人来说,真是难以想象的。

"你到底要说什么,难以想象?"

纪念重点强调道:"出走本身没什么,问题是十四年而不回!如果是千山万水也可理解,问题是一望无际的大平原。我们走了一遍,不要说山脉了,就是一个山包你见过吗?也没有江河阻隔,单从交通层面,赶着马车或者牛车,从列国的任何一个点回到鲁国,只用十天半月时间。可他在中原腹地转来转去,就是坚持不回!鲁国有他的家人有他的儿子,满嘴讲仁义礼智信的人,怎么就能忍心割舍呢?

左佑听不懂,不知道纪念滔滔不绝在说什么。只是从他的语气里判断好像有个重大发现。他觉得纪念在用已知的史料进行恶意拼接,企图引向一个荒谬的结论。有信仰的人不大讲逻辑,于是,左佑再往下听就完全是对立情绪了。

8

纪念不管对方的敌对情绪,他相信只要有点儿头脑的人听他层层分析,都会理解和赞同的。"这十几天的重走列国路,给我们一个非常直观的看法,最核心的是两点,空间和时间。空间刚才已经说了,大平原,诸列国相距不远,就当时最通用的交通工具,也是很容易返回鲁国的;再说时间,历朝历代人们纠缠十四年,可是当我们站在这个列国路的尽头,才能发现,我再次强调,正是这一点儿,将所有的资料一下子点燃了。站在楚国,我们发现,第十一个年头孔子就来到这里,仅仅待了几个月,又回到了卫国。第五次回到了卫国。注意,下面是我的最重要的话,孔子在卫国,又是莫名其妙地硬待三年!

"我们将历史还原一下看,周游列国,孔子是带着一些学生的,其中两个最铁杆的子贡和冉求,都半路返鲁了。当然,弟子可以离开老师,但是,孔子多年的奔波已经足够证明求仕无望、救世无着,弟子纷纷离去,你都近七十岁的人了,无事可干,为什么不回去呢?若说讲学,那鲁国留的弟子更多,是不是?十几年出游,不思念家乡的儿子亲人吗?孔子把孝当成天下第一要务,他没有了父母,孝不成了,可他有一对儿女啊,在卫国待三年,他的儿子也不来看他,尽尽孝心。康胖子说的对,孔子在教育上很失败,他的儿子孔鲤,为什么不去卫国看看孔子呢?孔子最看重的孝,在他的儿子身上无一体现。两国相距一步之遥,不要护照,不要过境签,可他就是不肯回!他好像在等,等啊等。"

左佑已经愤怒了,听到"康胖子"这个让他讨厌的名字,马上知道他们是一伙的,专门和孔子过不去的:"怎么不肯回?后来不还是回去了?"

"当然,他还是回去了,六十九岁,垂垂老矣。而回去的前提是什么?是半路返鲁的冉求,在对齐国的战争中立了奇功,受到了季氏的重用,并保证对孔子以礼相待。看清楚了没有?正是在有保障的前提下,孔子才结束了漫长的周游。"

9

纪念下了结论,孔子出走的真正原因是潜逃,是逃避血债!

当年把三大贵族的城堡给拆了,杀了少正卯,国君中了美人计,不再重用他,受了冷落,孔子就感到复仇之箭已瞄准自己……这是很普通的人之常情。只是史料没有记载。周游列国其实是一条求生之路,而不是求仕之路,从这个角度看,孔子也就真的有点惶惶然像只丧家狗了。

纪念在毁灭一个人的信仰和偶像。

"照你这一胡说,我们走的朝圣之路,就发生了实质性的逆转,是不是?我们重走的,我们调查的,其实是一条逃离之旅。是不是?"

左佑转身走到门口,突然爆发出怒吼:"你就是要把他骂成丧家狗,是不是?!"接着发生了更令人意外的举动,他像疯子一样,扑到墙上,把上面的列国地图扒扯下来,哗啦啦,地图撕裂几块,坠落地上。

"是不是!是不是!是不是!!"

一分钟后,他消失在茫茫夜色之中。

也许正是孔子的潜逃,暗示了他,并模拟了……潜逃?

和康胖子的心理相似,纪念也没有给人们讲述这一幕——最后一个和受害者见面的人,负有取证上的定性责任!

10

当天晚上,摄制组分头寻找,尽管知道劳而无功但必须有个姿态。康胖子开车带着庄娜娜和叶芝去找,主要是街道上、河边。总撰稿开车带着85后去找,重点是医院和派出所。

等到两辆车开走,纪念发现只有莫茗留在身边。

他有点儿愕然。就道理而言,最不该留的就是她了。俩人来到宾馆对面的小饭店,从窗口可以看到宾馆来往的旅客。守候本身也是一种寻找。但纪念知道,无论是守候还是寻找,对左佑来说,都没有意义。

莫茗平时不喝酒,这天晚上太疲惫了,就倒了一杯给自己。两人喝了一会儿,被柔软的魔力一点点带进生活之上的境界,在半醉的状态中,生活成了一种液体,温暖的黏糊糊的东西包围着意识。

因为喝酒,莫茗的话多了起来。话一多,就不自觉地说出内心的矛盾。一会儿她说,左佑的逃离引发的震动,让她觉得应该检讨;一会儿她说,打开始,对所谓的卧底很排斥,采取阳奉阴违的态度;过一会儿她又说,其实生活充满了辩证,知道得多有知道得多的好处,又有知道得多的坏处。她坦诚地承认,她了解些事情,一些纪念"想听又听不到,又必须听的事情"。可是,因为把握不了尺度,恐怕说出来而横生矛盾,也就隐而不说了。莫茗就这么絮絮叨叨,又把话转了回来,针对左佑逃离的意外事故,她觉得有些事还是提前说出来好。"85后,他准备走。他回去要办家旅行社,专门走周游列国的线路。"莫茗说,"别看他岁数小,话少,从这件事看出他很有心计哩。依据85后的设想,开一条列国专线,从孔府开始,经过卫国、陈国、宋国、郑国,最后一站是楚国。把列国路的各个景点串在一起,走一条春秋时代的孔子线。用历史文化将沿途的名胜、古迹连为一体,而这样的创意,会得到当地政府的投资,联合开发。"

纪念心里越过一道阴郁的光,他多日来期待的事情,一直在期待中落空。而落空伴随着焦虑,预示着这个女人一开始就是个背叛者。也许,称不上背叛,人家并没有承诺,也没有誓约。那个卧底身份,只是纪念单边的奢望。

"这倒是个好创意,"纪念点头称赞,后面当然追加一条,"你是怎么知道的?"

"85后给我透露的。听他那意思,叶芝很可能和他联手。85后提供策划,叶芝提供资金。你会接着追问,这么大的事情怎么不跟你说,对吧?"

"是的,你怎么不跟我说?"

"我现在告诉你,我为什么不跟你说。在我看来,他们两人也只是一说,真假难分,要是一时之念呢?我跟你说了,你当真了,可回头人家要是不走呢?你天天操心很累,还会误导。"

"那为什么现在说?"

"这不是有人逃离了吗?"她说,"已经有个人走了,再走两个,你的整个计划就被动了。"

"明白。帮我。"

她晃晃手指间的酒杯,去找他的酒杯碰,笑道,"是的,看在'暗通曲款'的分儿上。"

"85后跟你说,是不是也有拉你入伙的意思?"

"没有。"莫茗说了谎。

她否定得太快了。

11

"好吧,"纪念从对方回答的语速,知道她说了谎,"你说有的事情把握不准,才不跟我说,这我明白。是否还有一种,就是故意不跟我说?"

因为酒的力量,莫茗顺利地承认:"算是吧。对卧底有抵触,说白了觉得被你利用。屈辱。"

纪念喝了杯酒在嘴里,没有咽下去,脸给撑得圆鼓鼓的,做了个怪样,才咕咚咽下。这"咕咚"一声,也恍然听到心里有种破裂。就那么片刻,他觉得她模糊,远去了。她隐瞒了想法,中止了行动,而他却一厢情愿地等待着。到底谁玩弄了谁呢?谁屈辱了谁呢?十几天的事情验证了这种伎俩的无聊。

"敌人。"他悄声地说,苦笑。

"什么敌人?"

"没什么,突然就想起了这两个字。"

她知道他在指责自己:"是不是又要提'敌人是最好的朋友'?"

"不提不提。"整个事先安排的计划,最信任的情人却没有帮忙,耽误了大事,成为一桩屈辱,"你说得对。一个人的成功不在他懂多少,而在他对多少。"

"那你说,让我当卧底是对了呢,还是错的?"

"回头来看,当然是错了。这种设置反而像被一种藻类缠着。我期待你的声音,以为这样就有了底牌,谁出什么和不出什么都能事先清楚。就像和女人结婚,你想了解她的过去,知道她有过半年之久的恋情就行了,那是一个概念。可有一天,你看到了她和那男人亲吻的照片、上床的日记,甚至流产的病历,这个概念就成了一个个生活镜头闯进你的视线,刺伤你的眼睛。你说得对,知道得多恰恰是一种灾难。而摄制组里的人和事也是同样的道理,说的人不过是说说而已,做的人不过是做做而已。看不见就看不见,没有必要什么都要看见。"

"听口气,你在抱怨我?"

"没有,这叫自取其辱。"纪念声音变了调。

莫茗知道事情全坏在酒上,因为酒将人的内在的东西解放了,既然如此,都到这份儿上了,也就不妨谈谈自己的顾虑和猜疑。十多天来,朝夕相处,多多少少,两人都会让外人发现可疑之处。哪怕一个眼神、一个口气。在男女情事上,是用不着过多的证据,仅凭气场的微波就能有所感应。

她问纪念:"有人发现没有?"

当然不能供出与叶芝的谈话。纪念说:"没有。"他也否定得太快了。

"好吧。"莫茗从对方回答的语速,知道他说了谎。

"也许发现,但我不知道。"多余的补充。

"等一等。"莫茗突然做个暂停的手势,右手在空中定了几秒钟之后,眼睛转了转,目送着一个什么神秘物悄然远去。

"怎么回事?"

"就是说过的似曾相识。"莫茗说,"就那么几秒钟,觉得见过这个地方和场景,你的样子,你拿酒杯的动作,在过去什么时候出现过。"

12

纪念说,这种似曾相识的感觉,前些天也出现过一次,又说以往旅游的时候多次出现过。旅游像生命中的一个标签,若干年后再回头时,就能轻而易举地寻找它在哪里。这点很重要,如果某一年没有外出,生活中又没有发生什么重大事件,再回头看,那一年几乎就不知怎么过的。纪念又细化了,说旅游可以分为两种,身体和情感。待在城市里,发生的情感故事就构成了特殊的内心旅游。这个城市因为爱,就变成了一个超大盆景。若干年之后,当你经过一个商场,一个饭店,一个宾馆,就能够激发那种似曾相识的感觉。

纪念说:"在一定程度上,旅游是一次灵魂流放,我想用'流放'这个词。你外出十天半月,这十天半月就从你的时间中卸下来,码一个地方来珍藏。然后不定什么时候就发酵,显影,这一发酵显影,我想就成了我们说的似曾相识。"

"在过去什么时候出现过。"

刚认识的时候,她是被他身上那种变戏法的本领迷惑着了。从解手到洗手,从游说百万投资到出征重走,从儒家调查到B计划实施,可如今回头看,这一切,解决什么问题了吗? 事物还不是按照常态的轨迹循环吗? 她明确看到,这个人不适合自己,太诡了。这种活动也不适合自己,太累了。这群人更不适合自己,太乱了。短短的十几天,给她一种半年的漫长感觉。

想到这里,袭来几缕分手前的怅然。"老大,"她唤了一句,声音发空,嗡嗡的。多日来,她心里沉放了个谜,就是测试抓阄那件事,她很想搞清楚:"连抓三回,为什么都是6呢?"

"还是那句话,碰巧了呗。"

"我不相信巧合,在别人是,在你就不一定是。"

"那你说什么?"

"我心里一直问,你搞了什么鬼?"

纪念说:"公开的场合,这鬼怎么搞?"

"重走都结束了,你就不能跟我说说吗?"

"我倒想说缘分和感应。在别人就不可能三次6,在你就可能。这是至今我们找到的唯一多少能够信服的答案。缘分。"

莫茗听到"缘分",心里有种空乏感,一间屋子的家什搬走后残留的空乏感。内涵抽掉了。两人都感觉对方的模糊。隔着一张桌子,远去。

"我感觉你有点模糊呢。"她伏在桌面说。

"是吗?"纪念一副疲惫状,"酒的作用吧?"

她站起身。

"怎么啦?"

"去厕所。"她有点儿晃地向那里走去。

13

窗口外"嘭"的一声,好像什么暗示。秋风响起了,很匀,很低,渐渐地抬高了,犹如一群雁阵回旋和游荡,飘向窗外,飘向原野,与呼呼的弧形的风声融为一体……

莫茗是个时尚兼忧郁的少妇,肤色属于典型的中原人的那种,说白有点儿黄,说黄又显得白,至于哪一种色泽为主调,这取决于什么样的情绪占上风。倘若情绪好了,眼睛发亮,笑容灿然,她的皮肤似乎就发些白;假如情绪低沉,小嘴歪着,微微皱着眉头,人们就觉得其实她的皮肤还泛点儿黄。

2016 年 2 月 28 日于郑州

图书在版编目（CIP）数据

圣人开花 / 杜禅著. --北京：华夏出版社，2016.8
ISBN 978-7-5080-8855-6

Ⅰ. ①圣… Ⅱ. ①杜… Ⅲ. ①长篇小说－中国－当代
Ⅳ. ① I247.5

中国版本图书馆 CIP 数据核字（2016）第 129887 号

圣人开花

作　　者	杜　禅
责任编辑	高　苏
出版发行	华夏出版社
经　　销	新华书店
印　　刷	三河市少明印务有限公司
装　　订	三河市少明印务有限公司
版　　次	2016 年 8 月北京第 1 版 2016 年 8 月北京第 1 次印刷
开　　本	720×1030　1/16 开
印　　张	18
字　　数	284 千字
定　　价	36.00 元

华夏出版社　地址：北京市东直门外香河园北里 4 号　邮编：100028
网址：www.hxph.com.cn　电话：（010）64663331（转）

若发现本版图书有印装质量问题，请与我社营销中心联系调换。